Gert Schrötter

Der Schlüssel

Gert Schrötter

Der Schlüssel

Geschichte einer Jugend in Nordböhmen

Universitas

ZUR ERINNERUNG
an
meine Heimat
und
meine Eltern
***
FÜR
Kathrin und Avigale,
Jonas und Max

Besuchen Sie uns im Internet unter
http://www.universitas-verlag.de

Schutzumschlag: Wolfgang Heinzel
Motiv: Sudetendeutsches Archiv, München
Satz: Fotosatz Völkl, Türkenfeld
Druck: Jos. C. Huber, Garching
Binden: Oldenbourg Buchmanufaktur
Printed in Germany
ISBN 3-8004-1459-7

I

»Der Einschluß ist fertig; die Arbeit kann abgeholt werden«, sprach Frau Wegerer ins Telefon und legte auf. Frau Wegerer leitet einen kleinen Betrieb, in dem in glasklares Plexiglas eingebettet, eingeschlossen wird, was sichtbar, aber unberührbar bleiben soll: Mineralien, kleine Figuren, Muscheln, Früchte, sogar Blumen. Zäh, aber geschmeidig wie Honig legt sich die Kunststoffmasse um die Dinge, die bewahrt werden sollen, füllt sie aus, umgibt sie mit einem durchsichtigen Mantel und erstarrt dann. Je nach Größe des Exponats werden kleine Blöcke gefertigt mit schönen geraden Kanten, die die oftmals bizarren Formen der zu beschützenden Kostbarkeiten um so besser zur Geltung bringen. Kleine, durchsichtige Särge sind entanden, deren Inhalt in lupenreiner Plastik zu schwimmen scheint, der sich aber in der Umklammerung nicht um den Bruchteil eines Millimeters bewegt, ganz gleich, wie der Betrachter den rechteckigen oder quadratischen Block auch dreht und wendet. Andreas hat sich entschlossen, einen ganz gewöhnlichen, schon etwas krummen und über dem Bart verrosteten Hausschlüssel Frau Wegerer zu übergeben und sie zu bitten, den unscheinbaren Gebrauchsgegenstand fachmännisch einzuschließen, was keine Schwierigkeiten bereiten sollte. Und so war es auch. Es schien ja eigentlich absurd, einen Schlüssel, der dazu da ist, etwas aufzuschließen, einzuschließen und ihn damit in seiner Funktion unbrauchbar zu machen. Zwar gab es noch die Tür, in deren Schloß dieser abgegriffene Schlüssel paßte, doch für Andreas würde sich diese Tür nie mehr öffnen. Deshalb bat er Frau Wegerer um ihre Dienste.

Andreas fand den Schlüssel zusammen mit einer über beinahe sechs Jahrzehnte kaum vergilbten Fotografie, einer kleinen Brosche aus schön geschliffenen böhmischen Granaten und einem schlichten silbernen Amulett in einer unauffälligen, oft gebrauchten Ledertasche. Die Fotografie zeigte das Grab der Eltern seiner Mutter, die kurz nacheinander starben, weil der zurückgebliebene Vater wohl ohne seine Frau nicht mehr leben konnte und wollte. Auf dem hellen, steil aufgerichteten Grabstein mit den kupfernen Laternen waren die Namen gut leserlich, die Blumen auf der Grabplatte frisch.

Die Brosche verriet gute handwerkliche Arbeit, die Steine waren sorgfältig gefaßt, der Verschluß mit der spitzen Nadel durch eine kleine Sperre gesichert. Das Amulett barg die Porträtfotografie von Andreas' Mutter als sehr junge Frau mit der für die damalige Zeit typischen hochgesteckten Frisur und eine Aufnahme, ebendieser Art und ebenso winzig von seinem Vater, der die Offiziersmütze der k.u.k.-Armee trug, in der er im Ersten Weltkrieg diente.

Alles war eingepackt in zerknittertes weißes Seidenpapier, das – man konnte es ihm ansehen – oft auseinandergefaltet worden war, um die Erinnerungen, die sich darin verbargen, zu betrachten.

Die unscheinbare Tasche, in der Schlüssel, Fotografien, Brosche und Amulett in den wenigen Minuten, die bei der Vertreibung aus Böhmen blieben, in aller Hast verborgen worden waren, war bewußt so gewählt, um nicht das Interesse der erbarmungslosen Häscher unnötig auf etwas zu lenken, das schon durch die Qualität des Materials und der Verarbeitung verriet, daß sich etwas Wertvolles darin befand. Auf diese Weise gelang es, oft unter Todesangst, das schäbige Täschchen durch alle Kontrollen zu bringen. Im Lauf der Jahre wäre bestimmt Gelegenheit gewesen, das billige Behältnis in ein Etui aus makellosem Leder umzutauschen, dessen Wert und Aussehen den Erinnerungen entsprach, die man ihm anvertraute. Aber das war sicher nicht so gewollt, weil das zerschundene Versteck an die Zeit erinnerte, als es in höchster Not gelang, die Erinnerungsminiaturen aus glücklicher Vergangenheit dorthin zu retten.

Der Schlüssel öffnete einmal die schwere massive eichene Tür mit der Messingklinke jenes Hauses in der Kantstraße, an das sich Andreas bis in alle Einzelheiten erinnerte. Es war eines jener Bürgerhäuser, die um die Jahrhundertwende entstanden und mit denen sich, aneinandergebaut, schnell ganze Straßenzüge entwickelten. Die Straßen wiederum, die sich meist im rechten Winkel schnitten, bildeten große Gevierte, die hinter den Häusern weite Gärten, sogar Gärtnereien umschlossen. Trotz der einheitlichen Traufhöhen, an die sich die Architekten halten mußten, verbreiteten diese Häuser keine graue Monotonie, weil die Fassade jedes der zweigeschossigen Bauten durch Stuck, Friese und Verblendungen originell gestaltet war. Hohe Fenster verliehen den Fronten eine gewisse Großzügigkeit, die sich auf die Treppenhäuser mit den bunten Verglasungen im Jugendstil und erst recht auf die Grundrisse der Wohnungen übertrug.

Die Höfe zwischen Haus und Garten waren meist auf einer Seite mit Geräte- und Vorratsschuppen und der unvermeidlichen Waschküche bebaut, in der je nach Bedarf zwischen dampfenden Kesseln, Bottichen und am Waschbrett die Waschfrau amtierte. Auf einer breiten Wiese dicht am Hof bleichte die weiße Wäsche, zwischendurch aus schweren Zinkkannen lückenlos begossen.

Andreas hört bis heute, wenn er die Augen schließt, das Geklapper dieser Kannen und meint auch den Duft der Rosen zu atmen, der, besonders abends, vom Garten über den Hof bis ins Haus zog. Sein Vater liebte besonders die sogenannten

Remontantrosen mit üppigen gefüllten Blüten, deren Sträucher fast mannshoch wurden, die äußerst widerstandsfähig waren und auch die kalten nordböhmischen Winter recht gut vertrugen. In der Mitte des Gartens, weit vor den Beerensträuchern, stand ein mächtiger Magnolienbaum, um dessen weiße und zartrosa Blüten in jedem Frühjahr die ganze Familie bangte, weil oft genug und über Nacht Frost die Pracht überfiel und rostig braun färbte.

An den langen Sommerabenden, zur Zeit der großen Ferien, tobten die Kinder, bis es dunkel wurde, in der grünen Oase hinter den Häuserfronten, die noch die Sonnenwärme ausatmeten. Die Rufe der Spielenden mischten sich in die schrillen Schreie der Mauersegler, die in Scharen um die Giebel schossen und nach Mücken jagten. Als die Kinder endlich in ihren Betten lagen, hörten sie bis zum Einschlafen durch die offenen Fenster die gedämpften Stimmen der Erwachsenen, die auf Bänken und Stühlen um behäbige Tische saßen und, wenn es kühl wurde, sich in die Gartenhäuser zurückzogen. Eine tiefe Stille lag dann über Bäumen, Wiesen, Blumen- und Gemüsebeeten. Nur zuweilen, wenn der Wind entsprechend stand, erinnerte Maschinenlärm aus dem Stahlwerk im Süden der Stadt daran, daß es da noch eine andere Welt gab, Männer, die die Nacht zum Tage machten, mit rußgeschwärzten Gesichtern vor den Öfen standen. Es war ein Lärm, der den Kindern unheimlich war, der sie oft aus dem Schlaf auffahren ließ, wenn Stahl gegen Stahl schlug wie ein fernes Gewitter, das sich über Dächer und Gärten legte.

Andreas wuchs, wie alle Nachbarkinder, in jener Unbekümmertheit auf, die das unbewußte Gefühl von Geborgenheit vermittelt, zu Hause zu sein. Da waren die Eltern und Großeltern, die unter demselben Dach wohnten, da gab es – fester Bestandteil im Tagesablauf – die Mahlzeiten, an denen alle teilnahmen, die Geburtstage der Familie, die in Heiterkeit gefeiert wurden, und schließlich die großen Feste, die der Kalender vorgab und die das Jahr in wichtige Abschnitte teilten: »vor und nach Ostern«, »vor und nach Pfingsten« und vor allem »vor und nach Weihnachten«.

Anders als heute gab es für Kinder wie Andreas keine Irritationen, keinen Grund zu Unruhe und Angst. Es sei denn, man bangte um den Hauskater, der sich schon drei Tage nicht hatte sehen lassen, oder fürchtete die Entdeckung eines Baumhauses, das die Kinderbande auf fremdem Grundstück errichtet hatte. Oft genug flossen Tränen im Schmerz über aufgeschlagene Knie oder über eine Ohrfeige, die Mutter mit leichter Hand austeilte, oft von dem Spruch begleitet: »Schade um jeden Hieb, der danebengeht.« Aber in diese Worte mischte sich schon wieder das Lachen und die Umarmung mit der Verwarnung: »Aber das nächste Mal paßt du auf!«

Die Familie, das Haus, der Garten, die Freunde aus dem ganzen Viertel und später die Schule waren die Fixpunkte, an denen sich der Alltag der Kinder orientierte. Die Kaskaden von bunten, oft genug schrecklichen Bildern, denen Kinder heute durch das Fernsehen von morgens bis abends ausgesetzt sind, ohne sie einordnen oder verarbeiten zu können, gab es nicht. Und weil diese Ablenkungen noch nicht erfunden waren, hatten die Kinder damals eines im Überfluß – sie hatten Zeit. Dennoch, daran erinnert sich Andreas genau, gab es keine Langeweile, dafür um so mehr Phantasie, mit Spaß über den Tag zu kommen. Stundenlang hockten sie in Gruppen in einer Ecke des Gartens oder irgendwo in den Grünanlagen der Stadt, wo sie auf ebener Fläche kleine Mulden in die Erde gegraben hatten. Dorthinein schoben sie mit abgewinkeltem Zeigefinger die »Schusser«, bunte Kugeln aus Ton. Wer ein paar Glaskugeln besaß, möglichst solche mit spiralig gedrehten bunten Fäden in der Mitte, die die Glasbläser auf wunderbare Weise da hineingezaubert hatten, war hoch angesehen, und es galt als große Leistung, ihm beim Spiel so eine wertvolle Kugel abzunehmen. Gewonnen hatte die oder der, dem es gelang, die letzte Kugel in den »Topf« zu rollen. Der ganze dort angesammelte Kugelschatz gehörte ihm.

Die Kinder trieben große Holzreifen (manchmal auch nur verrostete Fahrradfelgen) auf Straßen und Plätzen vor sich her, peitschten kleine Kreisel über die Gehsteige, warfen Bälle an die Wand und fingen sie wieder auf. »Semelbister« (»Semmel bist dürr«) riefen sie dabei: Einmal, zweimal, dreimal. Erst viel später lernten sie, daß diese Zählwörter »Semel, bis, ter« aus dem Lateinischen kamen, mit Semmeln nichts zu tun hatten, schon gar nicht mit »derren« (trockenen) Semmeln. Denn um dem Ballspiel noch eine besondere Note zu geben, hieß der Zählspruch nämlich »Semelbistprasselderr«, was soviel wie »Semmel bist prasseldürr« hieß.

Was wäre der Sommer gewesen ohne den See, der sich zwischen alten Eichenwäldern ausbreitete und der geheimnisvoll nach Alaun roch, genauso wie der daumendicke Stift weißen Minerals, das Vater gegen Wange oder Hals drückte, wenn er sich beim Rasieren geschnitten hatte. Der See war dort entstanden, wo einmal ein Alaun-Bergwerk war. Obwohl gewarnt, paßten Grubenarbeiter nicht auf, trieben die Stollen immer weiter, bis sie eines Tages auch eine Quelle anbohrten, die kräftig sprudelte, nicht mehr zu stopfen war. Das Bergwerk lief schnell voll, und bald bedeckte ein See das alte Bergwerksgelände. Weil das Wasser noch immer viel Alaun enthielt, schwammen dort weder Fische, noch gab es Frösche, höchstens ein paar Wasserkäfer.

Am Ufer wurden Umkleidekabinen, ein weitläufiges Restaurant mit Tanzboden errichtet, in den See eine Badelandschaft mit Schwimmbecken verschiedener Tiefe hineingebaut. Alles war aus Holz, stand auf Pfählen. Wenn das Wasser ruhig war, man bis auf den Grund sehen konnte, waren dort noch die mächtigen Stümpfe der abgesägten Eichen zu erkennen, in deren Schatten früher das Bergwerk lag. Eine lange Holzbrücke führte vom Ufer zunächst zu den Schwimmbecken und schließlich ans offene Wasser, das gut vier Meter tief war.

Der See war mehr als eine Badeanstalt oder »Schwimmschule«, wie früher solche Einrichtungen genannt wurden. Sie lag in den heißen Sommern wie eine Insel der Seligen vor der Stadt, wo sich Andreas und seine Freunde, zu denen sich bald die ersten Mädchen gesellten, für Monate in Amphibien verwandelten. Auf Betreiben seiner Mutter, die eine gute Schwimmerin war und ohne Mühe von einem Ufer des gut einen Kilometer langen Sees zum anderen und wieder zurückkraulte, hatte Andreas schon vor seiner Schulzeit schwimmen gelernt. Die Mutter übergab ihn einfach dem Bademeister, der kraft seines Amtes ein geübter Schwimmer, aber alles andere als ein Pädagoge war. Er schnallte seinen Schülern einen breiten Leinengürtel um den Bauch, der über ein Seil mit einer Rolle verbunden war, die an einem Stahlseil von einem Ende des Lehrschwimmbeckens zum andern lief. Über eine Holztreppe stieg der Schüler mehr oder weniger ängstlich ins Wasser, legte sich, gehalten von Gurt und Seil, aufs Wasser und versuchte Arme und Beine so zu bewegen, wie der Bademeister, der oben am Geländer stand, es befahl. Beim Schwimmtakt, wenn Arme und Beine geschlossen sind, der Schwimmer für den Bruchteil von Sekunden gerade auf dem Wasser liegt, wartete der Schüler gottergeben auf das Kommando »weiter«, das von oben kommen sollte. Es kam oft länger nicht, der Neuling verlor das Gleichgewicht, kippte meist nach vorn, schluckte literweise Alaunwasser und brüllte, wenn er das noch konnte. Dann endlich besann sich der Bademeister, der dafür bekannt war, daß er gern jedem halbwegs hübschen Bein und Busen nachschaute, die sich am Steg zeigten, auf seine Pflicht. Mit einer langen Stange brachte er die Schwimmeleven erst einmal wieder ins Gleichgewicht und eines Tages auch zum Schwimmen, machte sie seetüchtig fürs tiefe Wasser.

Wer nicht schwimmen konnte, für den war es nur ein halber Sommer. Die verschiedenen Schwimmbecken, durch stabile Holzlatten voneinander getrennt, oben mit breiten Stegen verbunden, Sprungbretter und Wasserrutschen ergaben zusammen einen Wasserspielplatz, der seinesgleichen suchte. Wer Bescheid wußte, konnte unter den Stegen hindurchschwimmen, durch geheime Öffnungen von einem Schwimmbecken zum anderen tauchen, immer begleitet vom Glucksen des Wassers, das gegen Pfähle und Latten schlug, während von oben das pausenlose Getrampel nackter Fußsohlen zu hören war. Denn Tausende von Menschen bevölkerten tagein, tagaus das Bad, ein beliebtes Ausflugsziel der ganzen Region am Fuß des Gebirges.

Beherrscht wurde diese Sommerfrische eindeutig von den »Großen«, den Studenten und Gymnasiasten, die sich ihre Reviere streng teilten. Nur wer von den »Kleinen« in ihrer Gunst stand, unter ihnen vielleicht einen Bruder oder eine – am besten hübsche – Schwester hatte, durfte sich in ihren Gebieten sehen lassen, mehr geduldet, als willkommen. Man stieg in der Gunst dieser braungebrannten Gestalten, die mit ihren knappen Badehosen und dem Salto vom Fünfmeterbrett protzten, wenn man ihnen dann und wann ein Eis holte oder einer ihrer angebeteten Nixen einen Zettel überbrachte, auf dem eine verschlüsselte Botschaft stand.

In der Hochsaison lag der See unter einer Glocke aus Geschrei, dem Geräusch aufspritzenden Wassers, Lautsprecherdurchsagen und den Klängen von Tanzmusik, die vom Restaurant herüberwehte. Es gab aber auch ganz stille Winkel am Ufer, wo Trauerweiden ihre Äste tief zum Wasser senkten. An einem verschwiegenen Ufer versteckte sich das Luftbad, eine an sich harmlose Einrichtung, für Andreas und seine Freunde jedoch eine aufregende Adresse, die nur gegen entsprechendes Honorar, das meist in großen Portionen Eis bestand, weitergegeben wurde.

Hinter hohen, streng nach Karbolineum riechenden Bretterzäunen badeten Damen und Herren, getrennt natürlich, hüllenlos in Luft. Naserümpfend und hinter vorgehaltener Hand erzählten sich dies, nicht frei von Neid, die bürgerlichen Kaffeekränzchen der Stadt. Wer wirklich dort in diesen hölzernen Freiluftkäfigen sich ausstreckte, wußten genau nur die Buben, die mit roten Ohren und gierigen Augen durch verborgene Astlöcher im Zaun spähten, zumeist in der Abteilung Damen. Andreas kann sich nicht mehr erinnern, ob das immer eine Augenweide war. Aber in einer Zeit, in der Nacktbaden fast der Prostitution gleichkam, hatte der Blick hinter den Zaun für lange Zeit den Ruch von Sünde, Verlockung und Verführung. Besonders an den endlosen Sommernachmittagen, wenn die Hitze flimmernd über dem Wasser tanzte, die Holzstege so heiß waren, daß man sich die Fußsohlen verbrannte, und auch das Schwimmen keine rechte Erfrischung mehr war, verschwanden die Buben in Richtung Luftbad und strolchten dann auf schmalen Wegen rund um den See mit dem herumwimmelnden Badevolk, den knarrenden Kähnen, auf denen manch einer seine erste Liebe an versteckte Plätze ruderte, den langen Reihen der Kabinen, den Restaurants, den Eisverkäufern, dem ständig brüllenden Bademeister, den Strandkörben im Sand, den ewig tröpfelnden Duschen, mit denen das Alaun, das auf der Haut klebte, fortgespült wurde. Sie entflohen der Wolke von Sonnenöl, die über den Badenden schwebte, und warteten bis zum Abend, an dem sie dann von irgendwoher zu den Kabinen zurückschwammen, sich umzogen und müde nach Hause strolchten. Die Sommermelodie währte lang, niemand wollte recht wahrhaben, daß sie dann doch zu Ende ging, auch die Dauerkabinen, von Jahr zu Jahr immer wieder gemietet, gesäubert und bis zur letzten Badehose geräumt werden mußten.

Andreas nahm schwer Abschied. Ganz tief in seinem Innern spürte er die Angst, daß es das letzte Mal sein könnte.

Und er erinnert sich genau an den Satz, den ein Freund der Familie, damals ein junger Mann, an die Stirnseite der Kabine, an einem Regentag vielleicht, ins Holz geschnitten hatte: »Man kann nicht alles haben«. Andreas erkannte damals nicht den tiefen Sinn dieser fünf Worte, die er sich in späteren Jahren so oft ins Gedächtnis rief, immer verbunden mit der Erinnerung an den See, das verlorene Paradies.

In den Ferien verreisten nur wenige Familien. Wenn Kinder mit den Eltern in die Alpen oder gar ans Meer fahren durften, war das eine Sensation. Andreas verwahrte einen zwischen Löschpapier gepreßten Enzian, den ihm eine befreundete Familie von einer Almwiese mitgebracht hatte, wie eine Kostbarkeit. Grell kolorierte Ansichtskarten aus der Schweiz oder Italien wurden in Alben eingeklebt und herumgezeigt, verblaßten bald wie der Wunsch, selbst an diese Orte zu gelangen. Das lag wohl auch daran, daß Andreas von seinem Vater schon bei frühen Wanderungen, die aus der Stadt hinaus durch Felder und Wald ins nahe Gebirge führten, lernen konnte, was Heimat ist. Eine Kinderheimat zwar, zu deren Bild Andreas, soviel er später auch reiste und die Welt kennenlernte, immer wieder zurückkehrte und das Rainer Maria Rilke als ein Land bezeichnet, »das lange zögert, ehe es untergeht«. Dieser Untergang, so sollte Andreas später erfahren, vollzog sich auf eine ganz andere, viel schmerzhaftere Weise, als Rilke dies gemeint hatte.

Das Bild der Heimat, dieses engbegrenzten Raumes, setzt sich aus vielen Teilen zusammen, die ein Mosaik ergeben, das man allerdings nicht nur optisch, vielmehr und auch noch nach Jahrzehnten mit allen Sinnen wahrnehmen kann. Durch Geräusche, die gegenwärtig blieben, durch Gerüche. Ein Ort dieser Heimat waren für Andreas die Familie, die Freunde, die »Hütte«. Ein solides Holzhaus am Waldrand des Gebirgskamms. Der Vater hatte es in jungen Jahren, noch vor dem ersten großen Krieg, mit ein paar Freunden unter Anleitung eines Zimmermanns aus dem Dorf in der Nachbarschaft gebaut. Zuerst entstand, groß genug für die Handvoll junger Männer, ein Raum mit Herd, schwerem Tisch und Bänken ringsum. Davor ein Windfang mit Vorratsraum, belegt mit grauen Granitplatten. Die Bänke, zwischen denen der Tisch stand, waren so angeordnet, daß für die Nacht der Tisch beiseite geschoben und von Bank zu Bank Matratzen gelegt werden konnten. So entstand ein Lager, wie es heute noch auf einfachen Schihütten üblich ist.

Ein paar Schritte hinter dem Holzhaus mit den kleinen Fenstern und den grünen Fensterläden spuckte, umgeben von Ebereschen, die im Volksmund nur Vogelbeeren genannt wurden, eine gefaßte Quelle aus einem eisernen Rohr unermüdlich Wasser in einen Holztrog, der ständig überfloß und an dessen Rändern Moos wuchs. Auch im Winter fror die Quelle nicht ein, nur um den Trog herum formte sich das Eis zu bizarren, funkelnden Kaskaden, und der Weg zum Brunnen führte durch Schluchten von Schnee, den die Winterstürme, die über den Kamm des Erzgebirges fegten, immer wieder auftürmten, sooft sie von den Hüttengästen auch weggeschaufelt wurden. Der Weg zum Wasser war im Winter immer mit viel Schweiß gepflastert, so tief das Thermometer auch unter Null sank. Hinter der Hütte erhob sich lichter Hochwald. In Reih und Glied standen die Stämme der Fichten, darunter wuchs dichtes geschmeidiges Gras.

Nur wenige Geräusche drangen in die Stille am Waldrand. Über allem war das Rauschen der Bäume, das nur selten abebbte, um so öfter aber anschwoll, denn der Wind im Gebirge ist allgegenwärtig wie an der See und bläst sich schnell zum Sturm auf.

Vor der Hütte fiel das Gelände leicht ab hin zum Dorf, dessen Häuser sich um den Kirchturm duckten. Wer gute Augen oder ein Fernglas hatte, konnte sehen, wie die Bauern ihrer Arbeit nachgingen, die Ochsen vor die Fuhrwerke spannten und langsam auf die Felder und Wiesen fuhren, von denen sich einige bis auf wenige Meter vor der Hütte ausdehnten. Der Boden war karg, reiche Ernte wurde nicht eingefahren. Kartoffeln wuchsen und Korn auf kurzem Halm, weil auch die Sommer hier oben kühl blieben.

Dafür dufteten die Wiesen kräftig, Arnika wuchs, die Trollblume, Margeriten und roter Mohn, der sich mit Kornblumen ins Getreide mischte. An den Wegrändern wucherte Lavendel, den die Frauen sorgfältig abschnitten, trockneten und in kleine Leinensäckchen füllten, die sie in den Kleiderschränken aufhingen oder zwischen die Wäsche legten.

Von der Bank vor der Hütte hatte man einen weiten Blick ins böhmische Mittelgebirge, in die fruchtbare Ebene, die sich weiter im Süden ausdehnte. Im Sommer verwischte flimmernde Hitze das Bild, ein leichter Wind strich über die Kornfelder, bog die schweren Ähren in Wellen zu Boden, ganz sanft nur. Dabei glänzten die reifen Halme goldgelb auf, helle Streifen jagten über das Feld, die dann wieder dunkel wurden, sobald sich die Halme aufrichteten. Es war wie am Meer, wo der Wind mit dem Wasser sein Spiel treibt. Stundenlang konnten Andreas' Vater und seine Freunde diese Bilder in sich aufnehmen, sie sprachen kaum ein Wort dabei, hingen ihren Gedanken nach, saugten den Frieden, der über dem Land lag, tief in sich ein.

So jung sie waren, sie hatten schon viel erlebt, waren in den ersten großen Krieg gezogen, hatten in ihren k.u.k.-österreichischen Feldregimentern im Südosten der Monarchie gekämpft, in Serbien.

Sie waren verwundet worden und, wie Andreas' Vater, verwundet in russische Gefangenschaft geraten, hatten Sibirien überlebt und konnten lange nach Kriegsende heimkehren in ihre nordböhmische Stadt, über der nun nicht mehr der Doppeladler im Fahnentuch wehte, sondern das Rot-Weiß-Blau der jungen tschechoslowakischen Republik, die auf den Trümmern der Wiener Monarchie entstanden war.

Es grenzte an ein Wunder, daß die fünf jungen Männer, die das Holzhaus gebaut hatten, Bräute und schließlich Frauen fanden, die sich ebenfalls verstanden, die die kleinen Handwagen, vollgepackt mit Lebensmitteln, den steinigen Weg vom Dorf hinauf zur Hütte zogen, kochten und – nach »Dienstplan« – mit den Männern Geschirr wuschen, Holz stapelten.

Mit einem waren sie allerdings nicht zufrieden: die Hütte war ihnen zu eng, das Nachtlager zu spartanisch. Holz war billig, der Zimmermann vom kleinen Hüttenbau noch im Dorf. Es dauerte nicht lang, bis die große Hütte stand. Platz gab es jetzt genug für alle, reichlich Betten, eine überdachte Veranda und einen großen runden Kachelofen mit einer Bank ringsherum und einem Holzgestell darüber, auf dem im Winter Hemden, Pullover und Socken trockneten, die beim Schifahren naß geworden waren.

Der Bauer, der das Grundstück den Stadtleuten verkauft hatte, auf dem nun die behäbige Hütte stand, schüttelte nur den Kopf, als die jungen Männer und nun gar ihre Frauen eines Tages mit hölzernen schmalen Brettern ankamen, die sie Schi nannten und auf denen sie ihre Schuhe und sich selber mit groben Lederriemen festschnallten. Die Sensation für das ganze Dorf war perfekt, als die Schifahrer, in der Faust einen langen Stock, mit dem sie lenkten und bremsten, den Hang vor der Hütte hinunterfuhren. Die Frauen zunächst noch in langen dunklen Kleidern, Schianzüge gab es erst später.

Das Schifahren kam auch im Erzgebirge schnell in Mode, die Dorfburschen banden sich Faßdauben unter die Füße und hatten denselben Spaß wie die Städter, die sich ihre Ausrüstung kauften.

Schifahren damals war mehr ein Tourengehen im tiefen Schnee, mit leichten Abfahrten dazwischen und Bögen, von denen einer »Telemark« hieß, ein etwas eleganterer »Christiania«, wie sich Andreas noch gut erinnerte, weil er selber schon auf seinen ersten Schi stand, noch ehe er zur Schule ging.

In der nordböhmischen Stadt, in der Andreas mit seiner Familie lebte, war die Luft im Winter bei weitem nicht so klar wie oben im Gebirge. Geheizt wurde mit Kohle, dieser stark schwefelhaltigen nordböhmischen Braunkohle. Gelber Rauch quoll aus den Kaminen, schwarzer Ruß fiel auf weißen Schnee, der sich beiderseits der Straßen türmte. Auf den Winter war Verlaß.

Oft schon zu Allerseelen, wenn Andreas mit Vater und Mutter zum Friedhof ging, um die Gräber zu schmücken und Kerzen aufzustellen, lag Schnee, der die Schritte der vielen Menschen dämpfte, so daß sie fast lautlos zwischen den Kreuzen einhergingen, standen und beteten. Es war eine stille Prozession, voller Andacht und Erinnerung an die Toten. Der Schnee reflektierte das Licht der unzähligen Kerzen und schickte es zum Himmel, der sich rot, wie bei einem großen Feuer, über dem Friedhof wölbte.

Niemand ahnte etwas, sah darin ein Zeichen, daß in wenigen Jahren ein neuer Weltbrand ausbrechen und es eines Tages nicht mehr möglich sein würde, hier, auf diesem Gräberfeld am Rand der Stadt, die Toten zu besuchen. Allerheiligen und Allerseelen galten für Andreas und seine Freunde als sichere Daten im Kalender, daß nun Weihnachten nicht mehr weit sein könnte.

Das ganze Erzgebirge, jenseits der böhmisch-sächsischen Grenze protestantisch, diesseits katholisch, ist ein einziges Weihnachtsland mit uralten Bräuchen und Überlieferungen. Die Kinder waren davon besonders fasziniert, weil die große Einstimmung auf das Fest mit dem ersten Advent begann und sich über den Heiligen Abend bis zum Dreikönigstag hinzog.

Das Aufstellen der Weihnachtskrippe gehörte ebenso zum Ritual und hatte dieselbe Bedeutung wie Kauf und Schmücken des Christbaums, der oft genung zum Händler zurückgetragen wurde, weil er vor den Augen der kritischen Familie nicht bestand, sich als »zu schlecht gewachsen«, »in der Spitze zu dünn« oder »nicht gut benadelt« erwies. Die schön geschnitzten und bemalten Krippenfiguren durfte nur der Vater aus den Kartons holen, in denen sie, sorgfältig in Seidenpapier eingewickelt, außerhalb der Weihnachtszeit aufbewahrt wurden. Jede der Figuren, die manchmal am Fuß das Signum des erzgebirgischen Schnitzers trugen, hatte ihren ganz bestimmten Platz, die schönsten natürlich ganz vorne um die Heilige Familie herum.

Die hatte ihre Zuflucht am Fuße einer bergigen Landschaft, typisch Erzgebirge, gefunden mit putzigen Häusern aus Holz, Mensch und Tier dazwischen und viel Wald, der aus dünnen Hobelspänen gemacht war. Die Heiligen Drei Könige mit ihren Kamelen machten sich in dieser nordböhmischen Gegend natürlich etwas fremd aus, zumal das Kamel, so jedenfalls fand Andreas, dem Schnitzer etwas mißraten war, denn es hatte zwei riesige Höcker, die im Mißverhältnis zu seinem Körper standen, der eher dem eines Pferdes ähnelte.

Um die hölzernen Wände, mit denen die ganze Krippenlandschaft eingefaßt war, nicht so nackt dastehen zu lassen, wurden sie sorgfältig mit duftendem Wacholderreisig geschmückt, das rechtzeitig »der Franz« aus dem Gebirge brachte. Genau der, der »seinen« Städtern auch das Hüttengrundstück verkauft hatte.

Franz mußte sich gut drei Stunden von seinem Hof über verschneite und vereiste Straßen, über die nicht immer ein Schneepflug fuhr, in die Stadt mühen. Dann saß er aber, langsam auftauend, auf der Eckbank in der Küche, ließ sich »echten« Kaffee bringen und Kuchen und am Ende eine Virginia. Andreas sieht ihn heute noch, wie er, das etwas abgegriffene grüne Jägerhütchen auf dem Kopf, fast andächtig die schlanke Zigarre anzündet und genießerisch pafft. Dabei zittern die Enden seines immer sorgfältig nach oben gezwirbelten Schnurrbartes.

Die Vorfahren dieses Franz kamen, wie die allermeisten der Deutschen am Südhang des Erzgebirges und westlich davon im Egerland, im elften und dreizehnten Jahrhundert aus Ostfranken, dem nördlichen Bayern und der Oberpfalz nach Böhmen. Sie rodeten die Wälder, errichteten Dörfer und Städte und schufteten vom Morgengrauen bis in die Nacht.

Am Tageslauf änderte sich bis in die Generation, der nun Franz angehörte, nichts, und zu großem Reichtum hatten es die Bauern im Erzgebirge auch nie gebracht.

Ein Besuch bei den Stadtleuten, nur im Winter denkbar, weil es sonst die Arbeit nicht zuließ, war immer ein Ereignis, ein Tag wie Sonntag. Und deshalb blieb er auch lange sitzen, der Franz, bis es draußen langsam dunkel wurde, er seine Kraxen schulterte, sich oft verabschiedete und dann in den Winterabend hinausging.

Der Duft seiner Virginia hing lang im Treppenhaus, und Andreas meint noch heute die schweren Schritte dieses Bauern zu hören, wie er das Haus verläßt.

Den Weg, den Franz an diesem Dezemberabend nahm, gingen auch die Familien, die ein Wochenende oder die Ferien im Gebirge verbringen wollten. Die Omnibusverbindungen waren spärlich, Autos rar. Das ganze Dorf lief zusammen, als ein Freund von Andreas' Vater mit einem luftgekühlten Tatra erschien, in dem das gesamte Gepäck für die Sommerfrische auf der Hütte verstaut war.

Eines Tages, es war im Frühling, ging Andreas mit dem Vater den gewohnten Weg ins Gebirge. Sie kannten jeden Baum, jeden der oben weiß gestrichenen Granitsteine, die die Straße links und rechts begrenzten. Plötzlich trat ein Soldat in olivgrüner Uniform, das Gewehr mit aufgepflanztem Bajonett über der Schulter, aus dem Unterholz. Am Koppel glänzte das Schloß mit dem tschechoslowakischen Staatswappen, dem doppelschwänzigen Löwen. Der junge Mann bedeutete den beiden Wanderern mit wortlosen Gesten, daß sie hier die Straße nicht weiter benutzen dürften, einen Umweg machen müßten. Der Grund war schnell auszumachen. Nicht weit von der Straße, doch gut verborgen im Unterholz, wurde ein kleiner Bunker gebaut. Die Stahlarmierung ragte aus der Schalung, in die Soldaten mit nacktem Oberkörper unaufhörlich Beton kippten, den Kameraden dicht daneben mit Schaufeln mischten. Offenbar sollten die Arbeiten unbeobachtet bleiben.

Andreas schaute den Vater verständnislos an. Ein solches Bauwerk mitten im Wald hatte der Bub noch nie gesehen. Etwas Unheimliches ging von dem grauen, fensterlosen Etwas aus, Bedrohung lag plötzlich über dem Frühlingswald, in dem Dotterblumen unter weißstämmigen Birken blühten und es die Vögel eilig hatten, ihre Nester zu bauen.

Der Vater, ohnehin ein schweigsamer, bedächtiger Mann, der nie redete, ohne zu überlegen, war in letzter Zeit noch stiller geworden. Auch jetzt sagte er nur einen Satz, der Andreas nie mehr aus dem Sinn gehen sollte: »Es wird doch hoffentlich keinen Krieg geben.«

Mit dem Wort »Krieg«, in dessen Mitte das langgezogene »ie« stand, das so gar nichts Gutes verhieß, konnte Andreas nichts anfangen. Es wurde zwar schon immer in der Familie davon gesprochen, wenn von seinem Vater die Rede war, der »in den Krieg mußte« wie der Bruder der Mutter. Vater und Onkel hatten gekämpft, waren verwundet worden und in Gefangenschaft geraten. Vater, wie gesagt, in die russische, der Onkel in die italienische. Sie waren zurückgekehrt nach vielen Jahren, der Vater erst fünf Jahre nach seiner Gefangennahme und zwei nachdem der Krieg schon vorbei war. In einem sibirischen Pelz, so erzählte die Mutter, war er mitten im Sommer in der Heimat angekommen, wo die Verlobte, die dann seine Frau wurde, auf ihn so lange gewartet hatte. Als Souvenir brachte der Mann einen riesigen Samowar mit.

Andreas hatte sich eines gut gemerkt aus all diesen Gesprächen, die die Großen führten: Mit Krieg war immer Hunger verbunden, Kälte, Zerstörung, Blut und Tod, wobei manchmal die Bemerkung »der ist gefallen« umging. Gefallen, dachte Andreas bei sich. Das klingt doch gar nicht so schlimm. Merkwürdig.

Und nun, an diesem Frühlingstag sprach der Vater von Krieg, schwieg dann lange auf dem Weg ins Gebirge, wo die Hütte bald erreicht war. Sonnenbeschienen, in tiefer Ruhe.

Die einfachen Handgriffe bei der Ankunft an dem Holzhaus, dessen Balken im Lauf der Jahre ganz dunkel geworden waren, erfolgten, fast mechanisch, immer in der gleichen Reihenfolge. Zuerst wurden die Rucksäcke neben der Tür auf den Boden gestellt, dann die beiden Hängeschlösser von der Tür zum Windfang abgenommen. Der Eingang war dunkel, es gab kein elektrisches Licht. Auf den Granitplatten, die auf dem Gang zur Küche verlegt waren, hallten die Schritte des Vaters, der vorausging, um von innen die Splinte aus den Halterungen zu ziehen, mit denen die Fensterläden gesichert waren. Die Läden wurden aufgestoßen und drehten sich krächzend in den geschmiedeten Angeln. Nun war es hell in der Küche. Dieselbe Zeremonie dann im großen Wohnraum, zu dem von der Küche eine kleine Treppe hinaufführte.

Obwohl die Sonne schien, es schon heller Tag war, fröstelte es Vater und Sohn gleichermaßen. Andreas holte Holz aus dem Schuppen, dünnes zum Anfeuern, Scheite zum Nachlegen. Es war gutes trockenes Holz. Das Feuer brannte schnell, ein wenig Rauch, der zwischen den Eisenringen auf der Herdplatte aufstieg, verzog sich bald. Andreas erinnert sich so genau an diesen Tag, weil es nicht oft vorkam, daß er mit dem Vater allein auf die Hütte ging, und weil an diesem Tag ihm der Vater einen hellen Punkt am Abhang des Gebirges besonders genau beschrieb.

Dieser Punkt, eher eine kleine Fläche im Grün der Bäume,

leuchtete am Nachmittag rotgelb in der Sonne: Schloß Rothenhaus, das von der Hütte aus meist gut zu sehen war. Aber nie so klar, wie es Andreas schien. Der großartige Bau, an der Stelle einer Burg im achtzehnten Jahrhundert errichtet, galt als das schönste Barockschloß des Erzgebirges.

Der Vater beschrieb es, erzählte von der herrlichen Freitreppe, die hinaufführte vom Park mit den seltenen Bäumen, von denen einer gerade einzugehen drohte, was die Herrschaft mit Hilfe aus England herbeigeholter Fachleute zu verhindern suchte. Der Baum nämlich war anläßlich der Geburt einer Prinzessin gepflanzt worden, und die Leute sagten, es sei ein böses Omen, sollte er sterben.

Was mit dem Baum passierte, dessen Stamm und Äste die Experten mit breiten Leinenbinden umwickelten wie die Gliedmaßen eines Schwerverletzten und die sie mit kräftigen Rasensprengern ständig feucht hielten, hat Andreas nicht mehr erfahren. Aber es dauert nicht lange, bis bekannt wurde, daß ebendieses Schloß Rothenhaus zu einem Schauplatz der europäischen Geschichte wurde.

Andreas und seine Freunde hatten noch längst keine Ahnung von Geschichte, und die Sorgen der Erwachsenen interessierten sie kaum. Wichtig war im Frühjahr, daß die Buben gegen den Protest der besorgten Mütter so bald wie möglich kurze Hosen trugen und das Schwimmbad am See endlich öffnete.

Die Schule bereitete keinem ernsthafte Sorgen, die Hausaufgaben waren rasch erledigt, Nachhilfestunden unbekannt. Da saß einer in der Schulbank hinter Andreas, dessen Familie mit allem handelte, was damals »Kolonialwaren« hieß. Wohnhaus, Lager, Schuppen und Pferdeställe umschlossen einen Hof mit holperigem Pflaster. Dort roch es immer nach Mehl, Zucker und Gewürzen. Kein Wunder, denn die Säcke, in denen die Ware transportiert wurde, lagerten kurz vor der Auslieferung in Hallen, deren Schiebetore meist offen standen. An denen vorbei führte durch eine kleine Tür und über hellen Kies der Weg ins Paradies, wenigstens was Andreas und seine Freunde darunter verstanden.

Es öffnete sich zunächst ein prächtiger Garten mit einem kunstvollen Springbrunnen in der Mitte. Das an sich war nichts Besonderes. Doch an der Seite des Gartens, berankt von scheinbar immer blühenden Rosen, erhob sich ein Gewächshaus. Dort, unter Glas und in einem sorgfältig temperierten feuchtwarmen Klima, pflegte der Senior der Familie, ein Herr, der nie ohne einen hohen steifen Kragen, einen Vatermörder, zu sehen war, eine tropische Landschaft.

Farne wucherten über Steine, die ein Rinnsal in Mäandern durchfloß, Orchideen blühten, Palmen breiteten ihre Fächer aus, und – was für die Buben das Faszinierendste war – es gab auch Tiere. Papageien und Sittiche flogen umher, und an einer Seite dieses exotischen Palastes erhob sich ein riesiges Seewasseraquarium.

Das Wasser dafür, so flüsterten andachtsvoll die Angestellten in der Firma, ließ sich der alte Herr regelmäßig in kleinen Fäßchen aus Hamburg kommen.

In den fein zerstäubten Sauerstoffwolken, die in das gläserne Becken gepumpt wurden, tanzten Korallenfische, und auf Steinen öffneten und schlossen sich die Arme von rosafarbenen Seeanemonen. Durchsichtige Garnelen bewegten sich ruckartig durchs klare Wasser, und Seeschnecken krochen über den hellen Sand, der den Boden bedeckte. Es galt als eine große Auszeichnung, wenn der alte Herr einen der Buben hinaus in den Garten schickte, um Regenwürmer zu holen, die er dann eigenhändig, den Zwicker auf der Nase und eine steile Falte zwischen den Brauen, mit einem silbernen Messerchen zerschnitt und mit einer langen hölzernen Zange in den Mund der Seeanemonen schob, der sich schnell und gierig um die Beute schloß.

Benommen von der schweren Luft gingen die Buben nach

angemessener Zeit wieder ins Freie, nicht ohne sich vorher artig bedankt zu haben bei dem alten Herrn, der gleich die Tür hinter den Besuchern ins Schloß zog, damit sich seine Exoten nur ja nicht verkühlten.

Irgendwie waren die Buben dann doch froh, wieder draußen zu sein, sie stürzten sich in den rückwärtigen Teil des weitläufigen Gartenareals, wo vom Frühjahr an bis in den späten Herbst immer etwas wuchs, das zu pflücken war. Der Lärm, den Andreas und seine Freunde bei der Ernte machten, paßte schlecht zu der Stille, die sich um das Kloster in unmittelbarer Nachbarschaft ausbreitete. Den Kopf gesenkt, ins Gebet vertieft, schritten die Nonnen durch den Klostergarten. Manchmal kamen sie am Zaun vorbei, hinter dem die Buben sie anstarrten, als seien sie Wesen aus einer anderen Welt. Und es war ja auch so.

Hinter viel höheren Zäunen und dicken Mauern bereiteten Politiker Entscheidungen vor, die fortan das Leben von Andreas, seiner Familie und bald aller Europäer bestimmen sollten, ganz gleich, in welchem Land sie lebten.

Dem Papst Julius III. wird das Zitat zugeschrieben: »Wenn die Völker wüßten, mit wie wenig Verstand sie regiert werden, kein Mensch würde ruhig schlafen.«

Der Vater von Andreas sowie über drei Millionen anderer Deutscher in der Tschechoslowakei hätten wohl in diesem Sommer 1938 oft kein Auge zugemacht.

Jeden Wochentag gegen fünf nachmittags brachte ein Bote das »Deutsche Volksblatt« in das Geschäft, das dem Vater gehörte und in dem vor allem mit Wolle und Textilien gehandelt wurde. Und regelmäßig nahm der Vater nach Geschäftsschluß die Zeitung mit nach Hause. Es gibt Augenblicke im Leben, die über Jahrzehnte vergessen werden, eines Tages aber wieder aus dem Gedächtnis auftauchen in gestochener Schärfe.

An diesem Abend, so erinnert sich Andreas, wies der Vater

auf ein Foto in der noch druckfrischen Zeitung. Es zeigte links einen freundlich dreinblickenden Mann mit Bauchansatz, den das Jackett nur mühsam verbarg. Den Hut hatte der wohlgenährte Mann leicht aus der Stirn geschoben. Neben ihm blickte eine schlanke Dame, ebenfalls mit Hut, in die Kamera. Sie trug eine weiße Bluse und eine Art Janker mit weitem Rock, die ein wenig an ein Trachtenkostüm erinnerten.

Es waren Lord und Lady Runciman, die vor Schloß Rothenhaus für den Fotografen posierten. Der englische Politiker war mit seiner Frau in die Tschechoslowakei gekommen, um sich in den deutschen Siedlungsgebieten, im Sudetenland, umzusehen und dem Londoner Foreign Office zu berichten, wie brisant die Lage zwischen Deutschen und Tschechen sich entwickelte.

Die vom ersten Präsidenten der nach dem Ersten Weltkrieg neugegründeten Tschechoslowakei der Weltöffentlichkeit verkündete Absicht, einen Vielvölkerstaat nach schweizerischem Vorbild zu schaffen, war nicht realisiert worden.

Thomas G. Masaryk, ebendieser erste Präsident, war offenbar nicht der weise und gerechte Politiker, als den er sich gerne selber sah und der Weltöffentlichkeit verkaufte. Slowaken, Sudetendeutsche, Ungarn und Ruthenen fühlten sich in dem jungen Staat, in dem 1921 die Tschechen nur knapp die Hälfte der Bevölkerung stellten, als Stiefkinder der Prager Regierung.

Eine insgesamt explosive Lage, die nun der Diplomat Runciman zu entschärfen suchte.

Nach London zurückgekehrt, sprach der Lord von »unhaltbaren Zuständen« zwischen Deutschen und Tschechen. Lange wurden Dokumente unter Verschluß gehalten, in denen schon Tage vor dem »Münchner Abkommen« (29./30. September 1938), nämlich am 20./21. September, zwischen Prag, Paris und London ein Abtretungsangebot der sudetendeutschen Gebiete an Hitlerdeutschland unter Dach und Fach gebracht worden war.

Von all dem wußten die Menschen, die einen Krieg zwischen der gut aufgerüsteten Tschechoslowakei und dem schier übermächtigen Deutschland besonders im Grenzland fürchteten, nichts.

Jung und unbekümmert wie Kinder sind, interessierten sie die Sorgen und Ängste der Erwachsenen wenig. In der Volksschule, in die Andreas noch ging, spielte das Problem Deutsche/Tschechen ohnehin keine Rolle. Es waren nur Deutsche da, höchstens getrennt im Religionsunterricht. Die Mehrzahl besuchte den katholischen, einige wenige den evangelischen. Niemand kümmerte sich darum, wer welchem Pfarrer zuhörte. Viel wichtiger war, wer schon ein Fahrrad hatte, möglichst eines mit »Ballonreifen«. Sein Rad, keines mit den dicken Reifen, stellte Andreas im Haus, das den Eltern gehörte und in dem die Familie im ersten Stock wohnte, immer am Geländer vor der Kellertreppe ab. Er hantierte eines Tages daran herum, als zu ganz ungewohnter Zeit der Vater nach Hause kam. Er hatte schon mittags die Rolläden heruntergelassen, die Angestellten heimgeschickt.

Der Vater stürmte, ganz gegen seine Art, die Treppe zur Wohnung hinauf, und Andreas hörte, wie er sich über das Telefonamt mit einem Freund verbinden ließ. Der saß in der Verwaltung des Röhrenwerkes, dessen Gedröhn in stillen Nächten in der ganzen Stadt zu hören war. Das Werk, eine Niederlassung eines großen deutschen Konzerns, unterhielt aktuelle Verbindungen »ins Reich«.

Außer den Tageszeitungen gab es damals keinerlei Informationsquellen. Die Rundfunkgeräte hatten die Deutschen längst abliefern müssen, damit sie nicht hören konnten, was Hitler zum sudetendeutschen Problem ins Mikrofon hämmerte.

Der Freund mit dem guten Draht nach draußen hatte auf den Anruf offenbar gewartet. Denn schon nach wenigen Minuten rief der Vater durchs Haus: »Sie treffen sich in München.« Gemeint waren der englische Premierminister Neville

Chamberlain, der französische Premierminister Edouard Daladier, der italienische Regierungschef Benito Mussolini und der deutsche Reichskanzler Adolf Hitler. Einen Tag später unterzeichneten diese vier Männer ein Dokument, das als das »Münchner Abkommen« in die Geschichte einging und die Abtretung der sudetendeutschen Gebiete an das Deutsche Reich besiegelte.

Die Begeisterung der Deutschen, die sich damit von der Tschechoslowakei lösen konnten, kannte keine Grenzen. Sie hatten sich dort immer als Staatsbürger zweiter Klasse gefühlt, was auch in dürren Zahlen zum Ausdruck kam. Während der katastrophalen Rezession in den dreißiger Jahren zählten die Statistiker in der Tschechoslowakei achthunderttausend Arbeitslose, fünfhunderttausend davon waren Deutsche. Kein Wunder, daß sie nach Deutschland schauten, wo binnen weniger Jahre Millionen neuer Arbeitsplätze entstanden. Nach dem Wie und Warum fragte niemand.

Selbst der bedächtige englische Lord Runciman gab der Prager Politik keine guten Noten. Er bezeichnete sie den Deutschen gegenüber als »verständnislos und diskriminierend«, die Forderung der Sudetendeutschen, sich mit Hitlerdeutschland zu vereinigen, als »natürliche Entwicklung«.

Nun schien, Ende September 1938, der Krieg gebannt, bekam das Leben eine neue Perspektive. In der »Heim-ins-Reich«-Euphorie war wenig Platz für Nachdenklichkeit. Nur wenige erkannten, daß es verhängnisvoll war, ausgerechnet in den Armen einer nationalsozialistischen Diktatur gelandet zu sein.

Die Deutschen in der Tschechoslowakei hatten bis in die dreißiger Jahre hinein vom Nationalsozialismus wenig Ahnung, sahen im »Dritten Reich« jenseits der Grenze nur einen Staat, in dem es aufwärtsging. Die Stärkung der Sudetendeutschen Heimatfront (später Sudetendeutsche Partei) unter Konrad Henlein erfolgte erst, als die Prager Regierung als Reaktion auf die Machtübernahme Hitlers 1933 die schon 1907 in Böhmen gegründete Deutsche Nationalsozialistische Arbeiterpartei und die Deutsche Nationalpartei auflöste und verbot und damit ungewollt Henleins Sammlungsbewegung stärkte, die sich 1938 dann zum Nationalsozialismus bekannte.

Mit dem Münchner Abkommen, auch als »Friede von München« gefeiert, verlor die Tschechoslowakei nicht nur die über drei Millionen starke sudetendeutsche Volksgruppe, sondern auch die hochindustrialisierten Randgebiete in Böhmen, Mähren und Sudetenschlesien und – was zum Fall der Resttschechoslowakei im März 1939 beitrug – die gut ausgebauten Grenzbefestigungen, die selbst hohe deutsche Militärs fürchteten. Beim Bau eines Bunkers in dem weitverzweigten System waren Andreas und sein Vater ja Zeuge gewesen.

Jubelnd begrüßt, rollten Anfang Oktober 1938 deutsche Soldaten über die nun nicht mehr bestehende deutsch-tschechoslowakische Grenze in die Sudetengebiete. Die Bevölkerung riß sich um die Einquartierung deutscher Soldaten, die so schneidig daherkamen. In dem Haus, in dem Andreas und seine Eltern wohnten, bezogen gleich drei Landser Quartier, stellten ihre Gewehre in die Ecke und machten sich zunächst einmal über die aufgetischten Zwetschgenknödel her, von denen sie Unmengen vertilgten, wobei sie die Kerne laut zählend am Tellerrand aufreihten.

Mit den Soldaten, von denen sich nicht wenige wunderten, wie gut die »Sudetendeutschen Deutsch sprachen«, kamen aber auch Männer ins Land, die nur selten Uniform trugen: die Gestapo.

Sie machte Jagd, nach reichsdeutschem Muster, auf Kommunisten und Sozialdemokraten, von denen Tausende verhaftet wurden, viele in KZs verschwanden. Vor dem Zugriff der Gestapo flüchteten andere zunächst in die Resttschechoslowakei, große Gruppen jedoch fanden in England Aufnahme, wanderten nach Amerika und Kanada aus.

Mit der Gestapo strömten auch Hitlers »Politische Leiter« ins Sudetenland, die zeigen wollten, wer nun das Sagen hat.

»Sie wissen alles besser«, kommentierte Andreas' Vater das wichtigtuerische Gehabe des Zuzugs »aus dem Reich«. Vermutlich waren schon diese ersten Erfahrungen ausschlaggebend für diesen Mann, sich beharrlich zu weigern, je eine Parteiunform anzuziehen, obwohl Ämter in der Verwaltung, die er später ehrenamtlich übernahm, das durchaus nahegelegt hätten.

Jeden Tag ging Andreas auf demselben Weg zur Schule, und es war immer allerhöchste Zeit. Denn das Frühstück zog sich endlos hin, nicht weil der Junge es genoß, sondern weil er lange an seiner Semmel herumkaute, bis er sie weglegen mußte, um die Schule nicht zu versäumen. Widerwillig steckte er noch das Pausenbrot in den Ranzen, das ihm die Mutter aufdrängte. Der Weg führte über den Deutschherrenplatz, an der evangelischen Kirche und den Sportplätzen vorbei, hinunter zur Weingasse, um eine Ecke herum und zur Schule »Am Graben«. Kein besonders interessanter Weg, Andreas traf immer dieselben Menschen um diese Zeit in diesem Teil der Stadt.

Eines Tages, im November 1938, war alles ganz anders. Die Leute standen in Gruppen zusammen, viele Rolläden an den Geschäften waren geschlossen, und je näher Andreas der Weingasse kam, um so stärker wurde ein penetranter Geruch. Ein Geruch, der stets in der Luft liegt, wenn Feuer gelöscht wird, nasses Holz noch qualmt. Andreas fühlte sich an Tage im Gebirge erinnert, wo man Wasser ins verglimmende offene Feuer goß, um jede Waldbrandgefahr auszuschließen.

An der Ecke der Weingasse, dort, wo die Kinder zur Schule abbogen, stand seit jeher die Synagoge, im Volksmund nur Judentempel genannt. Aber an diesem Morgen ragten nur noch Reste davon in den grauen Himmel. In schmutzigen

Pfützen lagen zerfetzte Bücher und Reste von kostbaren Gewändern. Der schmiedeeiserne Zaun, der das Grundstück umgeben hatte, war niedergerissen und verbogen.

Diese Bilder im Kopf, betrat Andreas die Schule. »Der Judentempel ist heute abgebrannt«, sagte die Lehrerin, die immer eine schwarze Schürze trug und mit dem Rohrstock gut umzugehen wußte.

Beim Mittagessen am Familientisch wurde es genauer. »Sie haben die Synagoge angezündet«, sagte der Vater, und es schien, als kenne er die Brandstifter. Es gab einige Judenfamilien in der Stadt. Einer gehörte die Tuchhandlung in dem Haus, in dem der Vater sein Textilgeschäft hatte. Es dauerte nicht lange, da war der Inhaber verschwunden. In dem Viertel, in dem wohlhabende Judenfamilien wohnten, standen auf einmal einige schöne Villen leer und zum Verkauf.

Ein knappes Jahr später machte Andreas die Aufnahmeprüfung für das Gymnasium. Es war ein prächtiger moderner Bau hoch oben auf dem Weinberg. Eine große Freitreppe führte zu den beiden wuchtigen Bronzetüren des Eingangs. Dazwischen erhob sich, die Eule auf der Hand und ebenfalls in Bronze gegossen, eine gut vier Meter hohe Figur der Pallas Athene, der Göttin der Weisheit.

Die Bürger der Stadt, die das neue Gymnasium errichten ließen, verkündeten in gewaltigen Lettern auf einer Tafel im Erdgeschoß: »Goethe ist dies Haus geweiht«. Die Verbindung kam nicht von ungefähr. Goethe nämlich pflegte zu einem Zisterzienserpater, Professor und Präfekt des berühmten Stifts Ossegg, eine freundschaftliche Beziehung. Und die Zisterzienser wiederum betreuten fast ein Jahrhundert lang das alte Gymnasium der Stadt, in dem schon der Vater von Andreas 1906 seine Matura (Abitur) bestanden hatte. 1932 zogen Lehrer und Schüler in einem langen Zug ins neue Gymnasium um, ein Ereignis nicht nur für die Stadt, vielmehr für die ganze nordböhmische Region.

Als Andreas und seine Freunde die Schule bezogen und zum erstenmal etwas benommen in dem hohen Treppenhaus standen und ihr Klassenzimmer suchten, war der Jubel älterer Jahrgänge über das in jeder Hinsicht vorbildlich ausgebaute Gymnasium längst verhallt. Hitler hatte gerade den Polenfeldzug begonnen. Von den Maturanten des Schuljahres 1939/40 meldeten sich manche freiwillig zur Wehrmacht. Immer öfter tauchten ehemalige Schüler in Uniform im Gymnasium auf, besuchten ihre einstigen Lehrer, zeigten stolz ihre ersten Auszeichnungen.

Jetzt tobte also der Krieg, den alle so gefürchtet hatten. Doch die Panzer rollten, die Geschütze brüllten, die Sturzkampfbomber, die Stukas, jaulten in Polen, weit weg war das alles für Andreas. Wo genau lag Polen, wo Warschau, das bald eingenommen wurde in diesem ersten »Blitzkrieg«?

Nichts spürten die Menschen in der Heimat von den Schrecken des Krieges. Die beiden Kasernen, die eine unten am Markt, die andere im Norden der Stadt, waren indes voll belegt. Knobelbecher dröhnten aufs Pflaster, und aus jungen Kehlen stiegen sie auf, die Soldatenlieder, die Andreas und seine Freunde begeistert mitsangen: »Auf der Heide blüht ein kleines Röselein – bam, bam, ba –, und das heißt – bam, bam, ba – Erika ...!«

Einmal sah Andreas die Mutter auf der schweren Bank im Garten, die nicht weit vom Baum mit den »Kaiserbirnen« stand. Mutter las im »Deutschen Volksblatt«. Sie zeigte Andreas schwarzumrandete Anzeigen mit einem dicken Eisernen Kreuz, das in der Mitte das Hakenkreuz trug. Da war zu lesen: »In treuer Pflichterfüllung für Führer, Volk und Vaterland ist am 9. September Unteroffizier Franz Kastl in Polen gefallen. Die trauernde Familie ...« Mutter weinte und sagte leise: »Die armen Jungen.«

Andreas mußte später oft an diese Szene denken, von der er damals nur das Bild der Mutter wahrnahm, weniger die Todesnachricht mit all ihrer Grausamkeit. Außerdem, wer war der Tote?

Im Gegensatz zur Volksschule herrschte im Gymnasium eine andere Disziplin. Das »Guten Morgen« wurde durch ein mehr oder weniger strammes »Heil Hitler« ersetzt, bei dem Lehrer und Schüler den rechten Arm heben mußten. Andreas fiel auf, daß die Lehrer und die (wenigen) Lehrerinnen den deutschen Gruß ganz unterschiedlich wichtig nahmen. Die einen knallten die Hacken zusammen, warfen den Arm nach oben und stießen die ausgestreckte Hand in Richtung Klasse. Andere wieder, ein Paradebeispiel lieferte der Geschichtslehrer »Vicky«, schlurften ins Klassenzimmer, winkelten den rechten Arm nur ein wenig an und murmelten ein mattes »Heidler«. Entsprechend tönte es aus der Klasse zurück.

Andreas genoß diese Schule, die auch fünfzig Jahre später nicht viel schöner und moderner hätte gebaut werden können.

Sie stand hoch oben auf dem Weinberg. Der L-förmige Baukörper grenzte den Schulhof, an den sich Rasen- und Sandspielplätze anschlossen, nach zwei Seiten ab. Die Architekten hatten an alles gedacht. Es gab eine Aschenbahn, Sprunggruben und sogar einen Schattenspender, wo sich die Schüler in der warmen Zeit umziehen und ausruhen konnten. Trinkwasser floß aus einem Brunnen. Das Goethe-Gymnasium verfügte selbstverständlich über einen großen Turnsaal mit Bühne, den Andreas nicht besonders liebte, denn an den Geräten, an denen die meisten so elegant übten, erwies er sich als eine ausgesprochene Niete. Vorbildlich eingerichtet waren auch die Unterrichtssäle für die Naturwissenschaften, leicht nach oben ansteigend die Bankreihen wie in Universitätshörsälen. Labors für Experimente gehörten dazu. Es fehlte an nichts.

Vor der Schule, auf dem Hang, der zur Stadt hin abfiel, hatte der Biologielehrer einen viele hundert Quadratmeter umfassenden Steingarten angelegt, in dem es fast das ganze Jahr blühte und in dem auch ganz seltene Blumen und Stauden gediehen.

Der Unterricht bereitete Andreas, wie den anderen auch, keine Schwierigkeiten, in den ersten Jahren ohnehin nicht. Der Vater war kurz angebunden. »Du kannst gern aufs Gymnasium gehen«, sagte er einmal. »Wenn du es schaffst – gut. Wenn nicht ... Nachhilfestunden gibt's keine!« Er gab dann dem Sohn selber Nachhilfestunden in Latein, das er fließend sprach. Er übersetzte mit Andreas Cäsar und Livius, und es machte ihm Spaß, weil es ihn ein wenig von den Sorgen ablenkte, die ihn und andere umtrieben, je länger der Krieg dauerte.

Es war auffallend, daß sich die Familie schon im ersten Kriegsjahr häufiger traf als zu Friedenszeiten. Aus Gablonz reiste der Bruder von Andreas' Mutter an, ein Philologieprofessor, in den, zum Kummer seiner Frau, alle Schülerinnen verliebt waren. Seine Frau sang ihre Gefühle in die Welt hinaus, denn sie war eine sehr bekannte Opernsängerin, deren Konzerte bereits auf Schallplatten aufgezeichnet und auch im Rundfunk übertragen wurden. »Ruhe, Hela singt!« hieß es damals, und die Verwandtschaft versammelte sich um die Lautsprecher. Die »Gablonzer« brachten jedesmal ihre beiden Töchter mit, etwas älter als Andreas und von ihm sehr bewundert, weil ihnen, zumal im Schwimmbad, alle jungen Männer große Augen machten. Ob mehr dahinter steckte – Andreas hätte es gern gewußt.

Aus Karlsbad kam der Bruder des Vaters, ein Frauenarzt, der sich im Weltbad mit einer Klinik etabliert hatte. Seine Frau stammte aus reichem Karlsbader Hoteladel, in dessen Häusern in Friedenszeiten viele Gäste aus Amerika wohnten, die so wohlhabend waren, daß sie vier Wochen vor der eigenen Ankunft ihre Reitpferde mit Personal schon mal vorausschickten. Die Herrschaften nahmen Quartier in der »Königsvilla«, im »Bristol« und im »Pupp«. Die beiden Söhne der

»Karlsbader«, ein paar Jahre jünger als Andreas, waren Lausbuben wie aus dem Bilderbuch, beide blond mit schön geschnittenen Haaren wie die englischen Königskinder, was überhaupt nicht zu ihren Missetaten passen wollte.

Da saß die Familie nun, wann immer es ging, in dem Garten des Hauses, dessen Schlüssel Andreas noch immer besitzt, und redeten über die Zeit, die sich mit dem Krieg so verändert hatte. Es gab inzwischen Lebensmittelmarken, aber alle kamen gut damit aus. Und wenn nicht – da bestanden genügend Verbindungen in die Dörfer im Gebirge und hinein ins Egerland. Noch mußte sich niemand einschränken, von Hunger keine Rede. Die Textilien wurden zwar etwas knapper, die Stoffe rauher, weil weniger Wolle, dafür mehr »Zellstoff« verarbeitet werden mußte. Nur die Seidenstrümpfe, die echten, die auch zum Sortiment im Geschäft des Vaters von Andreas gehörten, die waren rar.

Der Krieg spaltete die Familie bald in zwei Lager. Das eine verteidigten die, die niemals einen Zweifel am Sieg hatten. Das andere bildete sich aus denen, die trotz aller Sondermeldungen der Sache nicht trauten. Verstärkung bekamen beide Lager von den vielen Freunden, die sich an den Diskussionen beteiligten oft bis in die tiefe Nacht. Andreas hörte gespannt zu. Er besaß in seinem Zimmer eine große Landkarte, die er an die Wand geheftet hatte, sehr zum Ärger seiner Mutter, »weil das doch Löcher gibt«. Auf dieser Karte markierte Andreas mit Nadeln, die bunte Glasköpfchen trugen, die Front der immer weiter vorrückenden deutschen Armeen und verband die Nadeln mit Wollfäden. So war genau abzulesen, wie der Vormarsch verlief, wo die Truppen standen. Die Informationen dazu lieferte der tägliche Wehrmachtsbericht im »Deutschen Volksblatt«, in dem sich allerdings die Todesanzeigen mit dem Balkenkreuz häuften. Polen, Norwegen, Dänemark, Frankreich. Andreas kam mit seinem Nadelsteckwerk kaum nach. Als 1940 erstmals englische Bomber Ziele im Ruhrgebiet angriffen, ging diese Meldung im Chor der Siegesfanfaren glatt unter.

22. Juni 1941. An diesen Tag erinnert sich Andreas so genau, weil sein Vater damals eine düstere Prophezeiung machte, die ihm unter seinen Freunden großen Ärger eintrug. Ein Sonntag, die Familie fuhr mit dem Postbus ins Erzgebirgsdorf, von dem es nur eine knappe Viertelstunde hinauf zur Hütte war. Im offenen Fenster des Dorfgasthauses, gleich neben der Bushaltestelle, stand ein Radio. Gerade kam, es war noch früher Vormittag, die Sondermeldung durch, daß deutsche Truppen in die Sowjetunion einmarschiert seien. Andreas sah, wie sein Vater sehr blaß wurde und tonlos sagte: »Jetzt haben wir den Krieg verloren. So ein Riesenreich, das schaffen wir nie.« Der Vater kannte Rußland eben nicht nur von der Landkarte. Als österreichischer Offizier und russischer Gefangener hatte es ihn bis weit jenseits des Urals an den Baikalsee verschlagen. Fast ein halbes Jahr dauerte die Fahrt zurück in den Westen, nach Böhmen. Der Mann kannte die Weite des Landes, seine unbarmherzigen Winter, in denen der Boden metertief gefror.

Es war sein Glück, daß seine Freunde, die an diesem Sonntag mit von der Partie waren, dichthielten, niemandem weitererzählten, was sie am Dorfgasthaus hörten, wie aussichtslos ihr Freund die Lage, den neuen Feldzug, beurteilte.

Bis vor Moskau steckte Andreas noch die Nadeln in die Karte, zog seine Fäden hinunter nach Stalingrad, und es kam wieder ein Tag, der ihm nie mehr aus dem Sinn ging. Der Kalender zeigte den 31. Januar 1943. Der Turnunterricht der Klasse war aus irgendwelchen Gründen auf den Nachmittag verlegt worden. Irgendeiner erzählte Witze, die Klasse lachte in der schon dunkel werdenden Turnhalle. Plötzlich fuhr einer dazwischen, wütend: »Hört auf, mein Vater ist in Stalingrad!« Einige Stunden vorher kam die Meldung, daß sich dort die 6. Armee der deutschen Wehrmacht der Roten Armee ergab.

Auch Stalingrad war für die Buben weit weg, keiner, außer eben dem einen, hatte einen Angehörigen dort. Und dieser Mitschüler wußte aus Briefen oder aus Urlaubserzählungen seines Vaters, wie in Stalingrad die Menschen starben.

Allmählich bekam der Krieg auch in der Heimat ein graues Gesicht. In der Stadt sah man viele verwundete deutsche Landser, die in abgewetzten Uniformen auf ihren Krücken durch die Stadt humpelten. Welch ein Kontrast zu den englischen Kriegsgefangenen, die gut genährt und in tadellosen Uniformen, kaum bewacht, zur Arbeit und wieder ins Lager gingen.

Andreas, vom »Pimpf« im Jungvolk in die Hitlerjugend übernommen, schob Dienst nach Vorschrift. Der Dienst, beim Jungvolk eher locker organisiert und mit »Geländespielen« attraktiv gemacht, wurde in der Hitlerjugend unumwunden als Vorbereitung zum Wehrdienst genutzt. Die Jungen hatten die Wahl zwischen verschiedenen »Gefolgschaften«, die ihre Schwerpunkte auf Fliegen, Reiten, Segeln, Motor oder Nachrichten legten. Andreas entschloß sich für Nachrichten, aus reinem Zufall vermutlich. Als Ausbilder wurden nicht mehr fronttaugliche Soldaten zum Dienst in der Hitlerjugend kommandiert. Andreas lernte von einem beinamputierten Obergefreiten das Morsen, zerlegte Feldfernsprecher in ihre Einzelteile und baute sie wieder zusammen, saß hinter einem Klappenschrank und vermittelte Telefongespräche, rannte mit einem schweren Tornisterfunkgerät durchs Gelände und kletterte mit Steigeisen auf Telefonmasten, um hoch oben Leitungen zu spannen oder am Boden sie mit unhandlichen Kabeltrommeln zu verlegen.

Damit das alles sehr ernst genommen wurde, trafen sich von Zeit zu Zeit die verschiedenen Gefolgschaften zum Wettkampf. Wer erklomm am schnellsten einen Telefonmast?

Dazu wurden Mannschaften gebildet, Stoppuhren gedrückt. Bei seiner Mannschaft war Andreas das Schlußlicht, von ihm hing Sieg oder Niederlage ab. Das Anlegen der Steigeisen klappte. Andreas watschelte mit den sichelförmigen Aufstiegshilfen zum Mast, bohrte die Zähne der Eisen ins Holz, zog sich Schritt für Schritt nach oben. Die Mannschaft jubelte, der Sieg schien sicher. Leichtsinnig geworden, paßte Andreas nicht auf, hakte einen Fuß schlampig fest, ehe er mit einer Hand die Spitze des Mastes berühren konnte, was Bedingung war, und rutschte den ganzen Mast hinunter, sich krampfhaft am faserigen Holz festhaltend. Aus und vorbei, Hohn und Spott, Verachtung und dazu noch die Handflächen voller Holzspieße, die unter der Haut wie Feuer brannten.

Solche und ähnliche Ereignisse trugen nicht gerade dazu bei, Andreas zu befördern. Während manch ein Klassenkamerad schon mit einer Schnur dekoriert war und ganze Gefolgschaften kommandierte, blieb Andreas stets im Glied, kein Streifen zierte seine Achselstücke auf dem gelben Uniformhemd.

Mitten im Krieg schenkte die Mutter Andreas einen Fotoapparat. Es war ein würfelförmiger kleiner Kasten aus schwarzbraunem Kunststoff, damals Bakelit genannt. Kein Markenzeichen verriet, welches Unternehmen das Gerät gebaut hatte. Die Handhabung bereitete keine Schwierigkeiten. Unter dem starren Objektiv befand sich ein kleiner Hebel, der Auslöser. Das Motiv wurde durch einen aufklappbaren Sucher, einen schlichten Metallrahmen, anvisiert. Zum Einlegen des Rollfilms mußte am Boden des Gehäuses eine Verriegelung gelöst werden. Dann ließ sich der Einsatz, der die Filmspulen trug, leicht hochziehen. Transportiert wurde der Film über einen Knopf an der Oberseite des Kameragehäuses. Durch ein kleines rotes Fenster auf der Rückseite konnte Andreas den papiernen Schutzstreifen des Films mit den Kontrollzahlen 1 bis 12 erkennen, mußte vorsichtig den Film von Bild zu Bild transportieren. Eine Sperre im Filmtransport gab es nicht. Wenn Andreas nicht aufpaßte, die Markierungen überlas, war der gesamte kostbare Film ohne eine einzige Belichtung verschwendet.

Andreas paßte auf, und wie unter einem Zwang begann er zu fotografieren. Zuerst sein Geburtshaus in der Kantstraße mit der schön gestalteten Fassade und der schweren Haustür, dann das Geschäftshaus des Vaters auf dem Deutschherrenplatz. Die Angestellten, bis auf den alten Hausmeister nur noch junge Frauen (die Männer waren längst im Krieg), mußten sich vor den Glasvitrinen am Eingang aufstellen. Sie trugen durchweg schwarze Mäntel aus glänzendem Stoff mit weißen Kragen. Dann ging Andreas durch die Stadt, machte Aufnahme nach Aufnahme. Von der evangelischen Kirche am Stadtpark, vom Park selber, in dem sich die Zeiger einer Blumenuhr im Minutentakt lautlos drehten, in dem ein prächtiger Rosengarten mit lauschigen Plätzchen für die Pärchen angelegt war, wo es ein Aquarium und Terrarien im Freien gab, in denen Schlangen und Eidechsen faul im Sand lagen.

Filme gehörten zu den Raritäten im Krieg. Doch zum Glück sorgte Alexandra für Nachschub. Ihrem Vater gehörte das Fotohaus Zeman, und Alexandra wußte schon, wo noch Rollfilme zu finden waren.

Andreas entdeckte seine Heimat neu. Vielleicht trieb ihn die Angst, daß die alte Stadt, die 1252 dem deutschen Ritterorden zum Geschenk gemacht worden war, aus Krieg, Trümmern und Verwüstung aber immer wieder erstand, nun den Bomben zum Opfer fallen würde, wie andere deutsche Städte in diesem Krieg auch. Mit jedem Bild, das der Junge mit seiner primitiven Kamera machte, entstand nicht nur ein Stück belichteten Films, vielmehr brannte sich die Stadt mit ihren Plätzen, Straßen und Gassen auch in die Erinnerung ein. So sehr, daß Andreas noch fünfzig Jahre später bis in jede Einzelheit in der Erinnerung sah, was er damals fotografiert hatte: die uralte Katharinenkirche am Markt, die Dekanalkirche, in der Dechant Hubatschek seine Eltern getraut und ihn getauft hatte, die schönen Laubengänge, die Pestsäule, die Ignatiuskirche.

Er stolperte über das bucklige Pflaster des Marktes und ihm fiel ein, daß hier am Palmsonntag des Jahres 1421 die Hussiten ein fürchterliches Gemetzel unter den Bürgern angerichtet hatten. Zweitausendfünfhundert starben, nur dreißig durften übrigbleiben, um die Toten zu bestatten.

Andreas schauderte bei diesen Gedanken und dachte, daß in dem jetzt schon über drei Jahre dauernden Krieg wieder unschuldige Menschen Tag für Tag starben. Ihre Zahl ging inzwischen in die Millionen.

Beim Gang durch die Stadt, den er nun regelmäßig fortsetzte, fiel ihm auf, an wie vielen Schaufenstern und Ladentüren der Zettel »Wegen Einberufung geschlossen« klebte, wie trist manche früher so lebendige Viertel geworden waren. Oft genug standen die Menschen vor Bäckereien und Lebensmittelgeschäften an, weil die Versorgung nicht mehr funktionierte. Ein Segen, daß es noch den Kolonialwarenladen unten am Markt gab, der zu dem schon beschriebenen Handelshaus gehörte. Dort regierte »Tante« Hertha, eine Freundin der Familie und Mutter seines Schulfreundes Herbert. Die wußte, wie hungrig Buben sind, und steckte jedem, der kam, etwas zu. Mal ein paar Nüsse, Äpfel, ein Stückchen Schokolade. Und manchmal, wenn die Gute nicht hinsah, griff Andreas auch selber mal zu und verschwand mit ausgebeulten Hosentaschen.

Da Vater – und neuerdings ebenso Mutter – den ganzen Tag in dem Geschäft waren, wo es immer weniger zu verkaufen gab, Schurwolle, die die Bauern ablieferten, in rauhe versponnene Wolle umgetauscht wurde, Textilien grundsätzlich nur gegen »Marken« abgegeben wurden, blieb das große Haus unversorgt. Deshalb hatte die Familie Anspruch auf eine Hilfe, und die kam aus einem Dorf im Egerland, aus Drohnitz.

Das Mädchen Wally, Tochter eines Hopfenbauern, konnte zupacken und brachte, wenn sie von ihrem Wochenendurlaub auf dem Land in die Stadt zurückkehrte, stets Berge von Wurst, Kartons voller Eier und viele Gläser Honig mit. Sie erzählte gern und viel vom heimatlichen Bauernhof, und so stieg Andreas eines Tages aufs Rad und fuhr hin.

Schon die Gebirgsdörfer hatten ihn interessiert, die einfach gebauten Fachwerkhäuser mit den angebauten Ställen, und mit dem »Franz« (der immer den Wacholder für die Krippe brachte) fuhr er oft genug vorn am Leiterwagen mit aufs Feld. Manchmal schaute Andreas einem Maler zu, der Zindel hieß und in dem Dorf lebte und arbeitete, von dem die Familie zu ihrer Hütte am Waldrand aufbrach.

Zindel malte Häuser und Menschen, krumme Dorfstraßen, Bauern bei ihrer schweren Arbeit bei Wind und Wetter. Ein großes Bild, das »Schneesturm« hieß, hing in der elterlichen Wohnung. Es zeigte einen mit Holz hoch beladenen Schlitten, den dampfende Pferde durch einen tiefverschneiten Hohlweg zogen. Der Sturm bog die Bäume, fegte den Schnee horizontal vor sich her und blies so stark, daß die Männer, die die Fracht begleiteten, nur tief gebückt vorankamen. Knochenarbeit im Erzgebirge, Alltag.

Im Saazer Land, im Egerland, das Andreas nun besuchte, sah die Welt anders aus. Die Fachwerkgiebel der Bauernhäuser waren besonders reich, farblich abgesetzt und verziert. Prächtig auch die Hoftore und, was Andreas besonders gefiel, die schönen Taubenschläge in der Mitte des Hofes. Die Bauern zeigten, daß sie reich waren. Anders als im Gebirge erzielte man auf diesen Böden fette Ernten. Und in besonders guten Hopfenjahren zündete sich ein Bauer auch schon mal protzig seine Zigarre mit einem Geldschein an.

Andreas fotografierte das Egerland, den Fluß, die lichten Wälder zu beiden Seiten, Dörfer, Menschen. Die Filme wurden rar. Eines Tages zuckte Alexandra mit den Schultern, die versteckten Vorräte waren aufgebraucht.

Ganz ähnlich verhielt es sich mit den Menschen, die der Krieg fraß. Die Reserven schmolzen, immer ältere Jahrgänge wurden eingezogen. Der Professor aus Gablonz, Bruder der Mutter, ein Sprachgenie, diente als Dolmetscher in Frankreich. Die Väter vieler Mitschüler zogen die Uniform an. Wenn sie zurückkamen auf einen kurzen Urlaub und erzählten, dann geschah dies mit leiser Stimme. Sie berichteten, vor allem aus Rußland, von Rückzügen, immer neuen »Frontbegradigungen«, blutigen Verlusten. Andreas hatte es schon lange aufgegeben, die bunten Nadeln in seine Landkarte zu stecken.

Die bedrückenden Nachrichten nahmen kein Ende, und sie kamen nicht nur von den Fronten. Der Karlsbader Arzt, Bruder des Vaters von Andreas, starb auf dem Weg in seine Klinik. Es war mitten in der Nacht, und er eilte zu einer Entbindung. Andreas erinnert sich an diesen Wintertag, an dem der Anruf kam. Die Familie saß gerade beim Mittagessen. Der Vater stand auf, ging zum Fenster, sah in den verschneiten Garten. »Vielleicht bleibt ihm viel erspart«, sagte er dann. Niemand wußte, was er meinte. Aber er hat recht behalten, der Mann, der so viele düstere Ahnungen hatte.

Noch ging die Schule weiter, für einige einberufene Lehrer kamen andere. Unterbrochen wurde der Unterricht nur bei Fliegeralarm. Die Sirenen heulten immer öfter. Dann rasten die Klassen in die Keller. Noch waren keine Bomben gefallen.

Die Pallas Athene, Wahrzeichen der Schule, holten eines Tages Arbeiter vom Sockel. Die bronzene Statue wurde eingeschmolzen. Schüler aus den oberen Klassen, die alt genug waren für den Einsatz an der Front, zogen, kaum sechzehnjährig, eine blaugraue Uniform an und wurden Flakhelfer. Kriegseinsatz in der Heimat. Jüngere Jahrgänge rückten, nach genauem Dienstplan, als Luftschutzwachen in die Schule ein. Das heißt, sie radelten auch nachts, kaum daß Luftalarm gegeben wurde, mit Stahlhelm und Gasmaske zu ihrem Gymnasium. Die Jungen als Feuerwehr, die Mädchen als Rotkreuzhelferinnen.

Es verging kein Tag und keine Nacht, an dem und in der keine englischen und amerikanischen Bombergeschwader ins Reichsgebiet einflogen und, nur wenig behindert, Sprengbomben, Splitterbomben, Luftminen und Brandbomben über Industrieanlagen, Bahnlinien, aber auch zunehmend über den Wohngebieten der Städte abluden. Die Luftlagemeldungen, die die Reichssender regelmäßig durchgaben, hörten sich die Menschen an – wie in glücklicheren Zeiten den Wetterbericht, nur mit dem Unterschied, daß mit den Ansagen, welche Position und erwartete Flugrichtung der Bombergeschwader bekanntgaben, Tod und Vernichtung einhergingen, in einem Ausmaß, das bisher niemand gekannt hatte und auch nicht erwartete. Schon gar nicht die Reichsregierung, deren Luftmarschall Hermann Göring einst protzig verkündet hatte, wenn nur ein feindliches Flugzeug die Reichsgrenzen überfliegen sollte, dann wolle er nicht mehr Göring, sondern Maier heißen. So nannte ihn denn auch bissig und voller Zorn und hinter vorgehaltener Hand der Volksmund, was nichts daran änderte, daß gegen die feindlichen Flugzeuge immer weniger Abfangjäger starteten, weil das Flugbenzin knapp war und das Flakfeuer wenig Wirkung zeigte.

»Achtung, Achtung, Sie hören eine Luftlagemeldung. Die feindlichen Bomberströme befinden sich im Anflug auf den Raum Hannover–Braunschweig«, tönte es aus dem Lautsprecher, und es war später Abend. Die Nachricht regte niemanden mehr besonders auf. Auch Andreas nicht, der sich nur bereit machte für den Weg zur Schule, wo er Luftschutzwache hatte.

»Raum Hannover–Braunschweig« bedeutete noch gar nichts. Entscheidend war, wohin die Maschinen dann Kurs nehmen würden. In Richtung Berlin oder nach Südosten, nach Thüringen, Sachsen und Böhmen. Letzteres war offenbar der Fall, denn wenige Minuten später heulten die Sirenen. Der Jaulton brach sich in den Straßen, schwoll an und wieder ab, wollte kein Ende nehmen. Noch ehe er ganz verebbte, fuhren die Menschen, wieder aus dem Schlaf gerissen oder gerade beim Zubettgehen, hoch, zogen sich mechanisch an, griffen zu ihren bereitstehenden »Luftschutzkoffern« und stolperten in die Keller. Alte, Kranke, Kinder, Mütter mit ihren Babys.

Wie immer in solchen Nächten schob Andreas sein Fahrrad, an dem die Lampe bis auf einen winzigen Schlitz mit Isolierband verklebt und abgedunkelt war, um nur ja den Flugzeugen kein verräterisches Zeichen zu geben, die drei Stufen, die zur Haustür führten, hinunter und auf die Straße. Die Mutter rief, wie immer besorgt und voller Angst, hinter ihm her: »Paß auf dich auf!« Aber da saß Andreas schon im Sattel und radelte in Richtung Gymnasium.

Es kann ja sein, daß in Friedenszeiten durch Blitzschlag oder einen anderen Defekt der Strom ausfällt, die Menschen plötzlich im Dunkeln sitzen. Aber dann springt die Notstromversorgung an, ist der Schaden meist schnell behoben. Anders in Kriegszeiten, wenn die Städte total verdunkelt sind, Straßenlaternen nur ein Glimmlicht verbreiten, bei Luftalarm ganz ausgeschaltet werden. Um in stockfinsteren Nächten, in denen kein Mond scheint oder dunkle Wolken ihn verbergen, den Bewohnern eine dürftige Orientierungshilfe zu bieten, wurden Gehwegränder an wichtigen Kreuzungen mit Leuchtfarbe bestrichen, Laternenpfähle und die Hinweispfeile, die zu den öffentlichen Luftschutzräumen wiesen, damit markiert.

Andreas radelte durch die Geisterstadt, über der noch dazu eine Totenstille lag, weil die Menschen sich in den Kellern duckten, nur flüsternd sprachen, als ob sie durch lautes Gerede die Piloten oben in den Flugzeugkanzeln und die Bombenwerfer auf sich aufmerksam machen könnten.

Die unheimliche Stille wurde höchstens einmal durch den Ruf »Licht aus!« eines Luftschutzwartes unterbrochen, der hinter irgendeinem Fenster einen hellen Spalt oder in einem

Hauseingang einen Raucher entdeckte, der sich gerade eine Zigarette anzündete.

Nicht alle gingen in die Keller, weil sie die Enge unter den balkengestützten Decken nicht aushielten, Angst hatten, verschüttet zu werden, zu verbrennen in der glühenden Brühe der Phosphorbomben oder zu ertrinken, weil irgendwo eine Rohrleitung geplatzt war und sich das Wasser sturzbachartig in den Keller ergoß, so daß es kein Entrinnen gab.

Andreas nahm den kürzesten Weg zur Schule, der über die Sandwege des Stadtparks führte. Tagsüber war das immer noch verboten, und wenn der Parkwächter einen Verkehrssünder erwischte, warf er ihm seinen Stock zwischen die Radspeichen. In wenigen Minuten war Andreas oben im Gymnasium und blieb nicht lange allein.

Der Trupp, der die Schule vor Brand und Zerstörung bewahren sollte, war schnell beisammen. Die Mittel, die verfügbar waren, nahmen sich angesichts der Bedrohung sehr bescheiden aus. In den Gängen und auf dem riesigen Speicher des Gebäudes standen lange Reihen mit bis an den Rand gefüllten Wassereimern, war Sand aufgehäuft, lehnten sogenannte Feuerpatschen und kleine Handpumpen an der Wand. Mit den Feuerpatschen, die schnell ins Wasser getaucht wurden, konnten Brandbomben, die Funken sprühten, unschädlich gemacht werden. Kleine Brände ließen sich mit Hilfe der Pumpen, die in die Eimer paßten, schon löschen und größere Brände vermeiden. Auch Sand, über die Brandbomben geschaufelt, leistete gute Dienste. Aber gegen Phosphorkanister, Luftminen und die zentnerschweren Sprengbomben war kein Kraut gewachsen. Da half nur, den Kopf unter dem Helm tief einzuziehen.

Dazu kam, daß gegen Ende des Krieges die um neue Ideen in aller Welt nie verlegenen Rüstungsexperten die stabförmigen Brandbomben, die »nur« leicht entflammbare Dachböden anzünden sollten, mit einer Sprengladung versahen, die gerade dann hochging, wenn arglose Luftschutzhelfer sich mit Wasser und Feuerpatsche näherten.

Die Stadt, in der Andreas lebte, blieb lange von Bomben verschont. Es gab einige Fehlwürfe, die kaum Schaden anrichteten, nur tiefe Krater hinterließen, die mit scharfkantigen Bombensplittern gespickt waren. Sie galten als begehrte Souvenirs, wurden unter den Buben getauscht und gehandelt. Den Gedanken an Tod und Blut haben sie nicht damit verbunden.

In der Nacht, eine von vielen, von der hier die Rede ist, standen die Jungen und Mädchen, alle aus den beiden obersten Klassen des Gymnasiums, will heißen aus der fünften und sechsten, denn alle älteren Jahrgänge hatten die Schule, versehen mit dem »Not-Abitur« oder dem »Reife-Vermerk« in den Abgangszeugnissen, das schöne Gymnsium längst verlassen, vor den großen Bronzetüren und schauten in die Dunkelheit. Von irgendwo war das Gedröhn von Flugzeugmotoren zu hören, wummerte die Flak, geisterten die langen Finger der Suchscheinwerfer über den Himmel.

Niemand wußte, woher er kam, doch plötzlich stand er unter ihnen, der Direktor. Er hieß Hans Lienert, war immer tadellos gekleidet und verstand es gut, eine gewisse Distanz zwischen sich und den Schülern zu halten. Andreas hatte da eine etwas günstigere Position, weil sein Vater einmal in der Woche an einer Runde Schafkopf teilnahm, in der auch Lienert saß.

Nun ergab es sich, daß Andreas und andere in der Schule nicht die reinsten Engel waren, was zu Klagen führte, die manchmal in einem blauen Brief endeten. Anstatt diese Schreiben zu verschicken, wartete der Direktor, bis er sie seinem Kartenbruder, dem Vater des auffällig gewordenen Schülers Andreas, zustecken konnte, nicht ohne die mahnenden Worte »Bring das mal in Ordnung« zu sprechen. Unbürokratisch, wie Andreas' Vater war, hat er diese Briefe nie an den Sohn weitergegeben und vermutlich irgendwo in seinem Schreibtisch versenkt.

Dieser Direktor also trat nun in dieser dunklen Nacht unter die Gruppe aus Jungen und Mädchen, bei denen sich während der Einsätze wirklich nicht alles nur um den Luftschutz drehte, um es einmal so zu sagen. Die Mädchen, ob sie nun Susanne, Margit oder Liesl hießen, waren hübsch und lustig. Der Direktor, sonst, wie gesagt, nicht besonders leutselig, hatte wohl gemerkt, welche Beziehungen da unter dem Bomberhimmel entstanden waren, sprach einen Satz in die Nacht hinaus, der alle in höchster Verwunderung zurückließ. Er lautete: »Genießet den Krieg, denn der Friede wird furchtbar sein.«

Dieser Maxime zu folgen, wurde immer schwieriger.

Einer der wenigen Rohstoffe, über die das Hitlerreich verfügte, war die Kohle. Nach der Eingliederung der sudetendeutschen Gebiete kamen die gewaltigen Braunkohlereservoirs im Brüxer Becken dazu, wo sie schon immer in Schächten und Tagebauten gefördert wurden. Kohle nicht nur zum Heizen verwenden, sondern mehr daraus machen, das erforschten Wissenschaftler und Ingenieure, die im und für das Dritte Reich arbeiteten. Vor allem war der Bedarf an Treibstoffen, an Benzin und Öl, für Wehrmacht und Luftwaffe schier unermeßlich.

Die Technik, durch Hydrieren (Verflüssigen) von Braunkohle Treibstoff zu gewinnen, wurde perfektioniert. Ob dies auch wirtschaftlich war – danach mußte niemand fragen. Hauptsache, Benzin floß. Riesige Hydrierwerke stampfte in kürzester Zeit die Organisation Todt, die in ganz Europa Heere von Zwangsarbeitern rekrutierte, aus dem Boden. Eines dieser »Hermann-Göring-Werke«, wie sie offiziell hießen, nahm schon bald mitten im Braunkohlerevier von Brüx die Arbeit auf. Es produzierte in erster Linie Benzin bis hinauf zum hochwertigen Flugbenzin. Es fielen aber noch zahlreiche Nebenprodukte ab, angeblich auch Grundstoffe für Brotaufstriche und Pralinen. Es war nur eine Frage der Zeit, bis das Werk Maltheuern, aus dessen Schloten stinkende gelbe Wolken quollen, ins Fadenkreuz der alliierten Bomber geraten würde. Rings ums Werk gingen Flakbatterien in Stellung, um die Bomber zu schrecken, sie bei den Abwürfen zu stören, den Schaden gering zu halten.

Hinter den 8,8-cm-Geschützen und den leichten Vierlingsgeschützen, die mit 2-cm-Munition schossen, saßen auch viele blutjunge Luftwaffenhelfer aus dem Goethe-Gymnasium, machten als Nachrichtenhelferinnen »Blitzmädel« Dienst, alle kaum ein Jahr älter als Andreas. Es kam, wie es kommen mußte. Nach vereinzelten Angriffen rückte im Kriegsjahr 1944 das Hydrierwerk immer stärker ins Visier der Bomber. Jedesmal wurde es schwer beschädigt, fanden Flaksoldaten, Nachrichtenhelferinnen und Zwangsarbeiter den Tod, die rings ums Werk in riesigen Barackenlagern wohnten und zusammen mit Kriegsgefangenen jeden Morgen ins Werk und abends wieder zurückgebracht wurden.

Lange hatten Andreas und seine Freunde den Krieg kaum zur Kenntnis genommen. Irgendwo in Ost und West kämpften deutsche Soldaten. Daß sie siegten, setzte man voraus, Niederlagen, die die Propaganda herunterspielte, würden sich wieder in Siege verkehren, wenn Hitler erst seine Wunderwaffen ins Kriegsspiel brachte.

An einem langen Wochenende hatte die Familie mit Freunden wieder einmal Quartier bezogen auf der Hütte. »Ich muß raus«, hört Andreas den Vater noch sagen. Es war heller Nachmittag, da jaulten unten in den Dörfern die Sirenen. Wenige Minuten später flogen die Bomber tief gestaffelt an, ihr Motorengedröhn erfüllte die Luft, mischte sich in das Hämmern der Flak, deren Granaten zwischen und unterhalb der Maschinen in dunklen Wölkchen zerplatzten, die noch lange am Himmel standen.

Das Pfeifen der Bomben erfüllte die Luft und war bis herauf zur Hütte zu hören. Nur wenige Sekunden später folgten die harten Schläge der Explosionen, Erdfontänen stiegen auf, Brände loderten, offensichtlich waren Benzintanks getroffen worden.

Die Menschen saßen wortlos am Waldrand und sahen dem Schauspiel unten im Land wie gebannt zu, erstarrt alle, bis die Splitter einer verirrten Flakgranate sich unter ihnen in eine Fichte bohrten. Da warfen sich alle hin, instinktiv, voller Furcht.

Das war auch das erstemal, daß Andreas nackte Angst befiel, die zwar nach diesem Angriff und bei der Rückkehr in die Stadt wieder abebbte, ihn aber nie mehr ganz verließ.

In der Schule, im Unterricht, vermieden die Lehrer alle Kommentare zur politischen und militärischen Lage. Als der Mathematiklehrer, er hieß Rudolf Steiner und gab auch Biologie, hatte eine Vorliebe für die Beschreibung von Maikäfern, weshalb er »Maikäfer« genannt wurde, mit Gewißheit erfuhr, daß sein Sohn in Stalingrad elend gestorben war, teilte er dies in nüchternen Worten der Klasse mit, vermied aber jedes Wort über die hoffnungslose Situation der dort untergegangenen 6. Armee.

Deshalb war es etwas ganz Außergewöhnliches, daß am 6. Juni 1944 der Geographie- und Geschichtslehrer Ernst Tischer in den Unterricht kam, wortlos seinen legendären hölzernen Zeigestock wie immer auf der ersten Bank ablegte, eine Schnur an der Wand löste und damit die an einer Querstange befestigte große Europakarte wie ein Rollo herunterließ. Die Klasse, sonst nicht faul, diesen Lehrer von kleiner Statur, doch vollgestopft mit Wissen, unbarmherzig zu hänseln, unterbrach ihr Geschwätz, als der Mann, immer noch seinen zerknautschten Hut auf dem Kopf, mit dem Stock so heftig gegen die Normandie stieß, daß er fast die Landkarte durchbohrte. »Heute, um sechs Uhr dreißig begann hier die alliierte Invasion. Jetzt können wir uns ausrechnen, wie lange es noch dauert!«

Der Lehrer war klug genug zu verschweigen, was er mit »es« gemeint hatte. Aber jeder seiner plötzlich so stillen und gegen alle Gewohnheiten aufmerksamen Schüler begriff, was Tischer sagen wollte. Von Stund an spielte das »Es« im Geschichtsunterricht eine wichtige Rolle, und im Privatissimum war plötzlich der Lehrer, den man oft belächelte, weil er im fortgeschrittenen Alter eine um fünfunddreißig Jahre jüngere Frau geheiratet und mit ihr eine Tochter gezeugt hatte, ein Gesprächspartner, der außergewöhnlich gut informiert schien und mehr wußte, als in den offiziellen Wehrmachtsberichten im Rundfunk zu hören oder in der Zeitung nachzulesen war.

Später, »es« ist vorbei, erzählte er, daß er unter Lebensgefahr regelmäßig die deutschsprachigen Sendungen der BBC gehört hatte und nur zu gut wußte, wie es an den deutschen Fronten stand.

Der Sommer legte sich über das Land. Noch einmal steckte Alexandra Andreas ein paar Filme zu, die er wie eine große Kostbarkeit hütete. Er fotografierte den Garten hinter dem Elternhaus, wo bis auf wenige Beete am Rand alle Blumen und auch der Rasen verschwunden waren. Die Flächen hatte der Hausmeister umgegraben, Gemüse angebaut, Kartoffel gesteckt. Selbst unter dem Magnolienbaum zogen sich die Furchen. Andreas erntete die ersten prallen Radieschen, schnitt Salat. Die Mutter freute sich, denn Lebensmittel waren rar geworden, wenn auch keiner hungerte. Es reichte immer – und wie in jedem Jahr – zu Kirschknödel mit Semmelbröseln, brauner Butter und Zucker, zum Schweinebraten, wenn auch in kleineren Portionen, und zum Rindfleisch mit Krensoße, das Andreas besonders liebte. Echter Kaffee allerdings wurde nur noch am Sonntag und dann auch ziemlich dünn gekocht, und das Bier, das an Sommerabenden stets der Wirt vom »Rattenfänger« in der Nachbarschaft im Krug ins Haus und für den Vater brachte, gab es längst nicht mehr. Der »Rattenfänger« war verriegelt, der Wirt an die Front geschickt worden.

Das Schwimmbad am See hatte nichts von seiner Attraktion verloren. Ohne sich lange verabreden zu müssen, versammelte sich nahezu bei jedem Wetter die Klasse von Andreas, scheinbar sorglos. Jetzt war es die sechste, die den Ton angab, die älteren Jahrgänge dienten an den Fronten, die, die kaum älter waren, nur zwanzig Kilometer weiter hinter den Flakgeschützen und an den Scheinwerferbatterien rings um das Werk Maltheuern. Die Frage, die Andreas und die Freunde zwischen den Sprüngen ins Wasser manchmal umtrieb, war: Wann wird es uns erwischen? Die Nachdenklichkeit dauerte nie lange. Auch das sollte sich ändern.

Die Bombe ging hoch am 20. Juli 1944 im Führerhauptquartier Wolfsschanze in Ostpreußen.

Andreas lief gerade über den Marktplatz, als die Meldung über Rundfunk kam. Vom Lebensmittelladen, in dem »Tante Hertha«, die Mutter des guten Freundes, waltete, drang die Nachricht ins Freie, weil die Türen des Geschäfts im Sommer meist weit offenstanden. »Ein Attentat auf den Führer!« riefen sich die Menschen zu, und es war nicht auszumachen, ob sie entsetzt, empört oder ungerührt waren. Völlig überrascht zeigten sich alle, wie vom Blitz getroffen, niemand hatte so etwas für möglich gehalten. Nicht so etwas. Die Meldung, daß Adolf Hitler den Anschlag wie durch ein Wunder überlebte, nur leichtere Verletzungen davontrug, folgte etwas später. Sofort war von der »Vorsehung« die Rede, die ihre schützende Hand über den »Führer« hielt.

Andreas fiel es schwer, klar zu denken. Noch nicht einmal sechzehn, wie er war, angewiesen auf die gefilterten Nachrichten im reichsdeutschen Rundfunk, in den gleichgeschalteten Zeitungen und den Filmberichten in der Deutschen Wochenschau, hatte er keine Ahnung von dem, was wirklich in der

Welt geschah, wie es um Deutschland stand, welche Zukunft sich vor ihm ausbreitete. Jedenfalls, das erkannte er schon, würde jetzt, nachdem Hitler davongekommen war, der Krieg ganz sicher weitergehen, und damit wuchs in ihm die Furcht, daß es ihn auch noch »erwischen« könnte.

Und immer, wenn sich etwas Außergewöhnliches ereignete, etwas besprochen werden wollte, ging er von Herthas Laden quer über den Marktplatz zu den Laubengängen. Dort, am »Bummel«, trafen sich gegen Abend die jungen Leute, schlenderten auf und ab. Bei schönem Wetter auf dem offenen breiten Gehsteig, bei schlechtem unter den Lauben eben. Dies war in der Stadt die kleine Meile, auf der sich Jungen und Mädchen begegneten, in Gruppen aneinander vorbeigingen, wendeten, sich wieder trafen und mit Blicken maßen. Wer hierherkam, wollte gesehen werden, anbandeln oder – reden.

Wie auf ein geheimes Kommando erschienen alle, die auch in der Schule oder im Schwimmbad beieinanderhockten. Doch diesmal wurde nicht über eine Klassenarbeit gesprochen, die ins Haus stand, oder über Mädchen geredet. Diesmal beherrschte nur ein Thema die Gespräche: das Attentat in der »Wolfsschanze«.

Nach dem Sturz von Hitlers Waffenbruder Mussolini im Jahr zuvor, den immer schlechter werdenden Nachrichten von den Fronten, den pausenlosen Luftangriffen aufs Reichsgebiet nun noch dies.

Für die Jungen war »der Führer« eine unangreifbare Persönlichkeit gewesen, der den Deutschen ja versprach, mit den Wunderwaffen das Kriegsglück zu wenden. Und jetzt wäre dieser Mann fast das Opfer eines Anschlags geworden, den ausgerechnet ein Offizier verübt hatte! Wie paßte das zusammen? Was ging wirklich in Berlin vor? Etwas wie Weltuntergangsstimmung machte sich breit. Zu großen politischen Analysen war keiner fähig. Oder doch einer? Er hieß Ernst, redete viel, hatte einen gewissen politischen Verstand und ein ausgezeichnetes Gedächtnis. Im Turnunterricht, der an den Gymnasien des Dritten Reiches eine wichtige Rolle spielte (mit einer Sechs im Zeugnis fiel man durch), zeigte dieser Ernst wenig beeindruckende Leistungen. Er war so ungeschickt, daß er einmal, beim Üben mit der Diskusscheibe, fast den Turnlehrer tödlich verletzte, weil er die Holzscheibe mit dem schweren Stahlrand nicht hinaus ins Übungsfeld, vielmehr in die entgegengesetzte Richtung schleuderte, dorthin, wo Schüler und Lehrer in einer Gruppe standen.

Das Defizit an körperlicher Leistung glich Ernst aber durch sein Wissen und Gedächtnis aus, das ihn zum wandelnden Archiv machte. Er wußte zum Beispiel Bescheid über alle Siege und Sieger der Olympiade 1936, wie schnell sie gelaufen, wie hoch gesprungen waren und welche Medaillen sie an den Geräten oder beim Fechten errungen hatten.

Ernst wußte, wann und welche Tore Helmut Schön bei dem damals überaus populären Dresdner SC schoß, welche Franz Binder bei Rapid Wien. Mit dieser Kopfarbeit imponierte er auch dem Turnlehrer, der Alfred Wiesner hieß und fast bis Kriegsende um eine Einberufung auf wunderbare Weise herumkam. Wiesner verlegte praktisch im Sommer seine Lehrtätigkeit vom Schulgelände ins Schwimmbad am See, wo er braungebrannt und guter Laune die Klassen erwartete, deren wassersportliche Leistungen er dann prüfte. Er war ein geselliger Mensch, der Wiesner, der sich gern unterhielt, auch und besonders mit dem Ernst, der nicht müde wurde, durch seine theoretischen Sportkenntnisse zu glänzen.

Dieser Ernst saß oft, in Zeitungen vertieft, auf einer Bank im Stadtpark, während andere es kaum der Mühe wert fanden, im »Deutsches Volksblatt« zu lesen.

Ernst stand am Attentatstag selbstverständlich mitten in der Gruppe, die ziemlich ratlos das Ereignis diskutierte. »Es ist gut, daß Hitler überlebte, sonst hätten wir einen Märtyrer gehabt. Und damit wäre auch eine Niederlage auf das

Konto dieses Attentats gegangen. Jetzt geht der Krieg weiter, bis ...«, belehrte Ernst die Freunde.

Der Satz blieb unvollendet in der Dunkelheit stehen, die schon über dem Marktplatz lag. Schwarz hoben sich die Statuen der Pestsäule gegen das trübe Licht der abgedunkelten Straßenlaternen ab. Das alles paßte zu der Stimmung, die sich in den Jungen breitmachte, ihnen im Magen lag, als sie nach Hause schlichen, jeder in eine andere Richtung.

Obwohl am folgenden Tag die Zeitungen breit über den Anschlag und die Hintermänner berichteten, Fotos veröffentlichten, die einen Hitler im Ledermantel mit hochgeschlagenem Kragen in den Trümmern der »Wolfsschanze« zeigten, blieb Andreas nicht mehr viel Zeit, darüber nachzudenken. Am späten Vormittag heulten die Sirenen.

Kaum hatte sich die Luftschutzwache im Keller des Gymnasiums versammelt, der eigentlich gar kein Keller, sondern nur ein Souterrain mit einer Betonmauer als Splitterschutz vor den Fenstern war, kam das mahlende Geräusch der Bombermotoren immer näher, schoß die Flak (ein leichtes Vierlingsgeschütz feuerte inzwischen vom Turm des Gymnasiums). Dann das Rauschen in der Luft, das die Jungen und Mädchen, die die Hände über dem Kopf hielten, noch nie so nahe so drohend vernahmen. Wenige Sekunden später der Einschlag, die Luftdruckwelle, splitterndes Glas.

Einer, der lange Peter, hetzte durchs Treppenhaus hinauf auf den Dachboden, um zu sehen, ob auch Brandbomben gefallen waren. Das nicht, dafür fegte der Luftdruck eine Menge Dachziegel von den Sparren, und durch das Loch sah Peter, daß nur wenige Meter hinter dem Fußballplatz der Schule ein paar Villen in Trümmern lagen. Es hatte den »Kolbenschlag« erwischt.

Als die Sirenen Entwarnung gaben, stolperte die kleine Wachmannschaft mit weichen Knien hinüber zu den zerstörten Häusern. Das erste traf die Bombe seitlich, die Wände des

Obergeschosses waren teilweise stehengeblieben, und aus einem Fenster, das nur noch aus dem Rahmen bestand, hing der leblose Körper einer Frau.

Es war das erste Bombenopfer, das Andreas sah, und, wie sich bald herausstellte, die Mutter einer guten Freundin der Familie.

Noch eine andere, eine sehr junge Tote war zu beklagen. Als die Sirenen Alarm gaben, wimmelte das Schwimmbad am See nur so von Menschen. Da die Luftlagemeldungen keinen Zweifel daran ließen, daß der Angriff diesmal dem Hydrierwerk gelten würde, wurde das Bad schneller als sonst geräumt. Meist nur die Kleider unterm Arm, verließen die Menschen das Gelände am Wasser. Zwei Gymnasiastinnen, Inge und Isolde, flüchteten sich in ihre Schule und kamen gerade rechtzeitig in dem dürftigen Luftschutzraum an, wo die Schulwache ringsum an den Wänden auf Holzbänken saß und gebannt auf das immer näher kommende Dröhnen der Bomberstaffeln lauschte.

Eine Freundin der beiden Mädchen, die Hertha, war in der Nachbarstadt zu Hause und mit dem Fahrrad zum Baden an den See gefahren. Von dort wollte sie, als der Angriff drohte, so schnell wie möglich wieder zurück. Unterwegs traf sie ein Bombensplitter oder der Splitter einer Flakgranate tödlich.

Das Gymnasium beklagte sein erstes ziviles Opfer im immer erbarmungsloser werdenden Luftkrieg. Gestorben an den Fronten, hinter den Flakgeschützen waren vor Hertha schon viele Schüler des Gymnasiums, das den Namen Goethes trug.

Andreas dachte über den Tod nach. Wie war Hertha gestorben? Hatte sie, als der Splitter sie traf, noch länger gelebt, spürte sie, wie das Blut aus ihrem Körper quoll, ihr Leben langsam erlosch? Wie ist es, dachte Andreas, wenn man einsam stirbt, nicht im Kreis der Familie, wie er es bei Großmutter und Großvater sah. Denen die Eltern beistanden, versuchten, die Schmerzen zu lindern, ihre Hand hielten.

Wer hatte Hertha auf dem Gewissen? Ein amerikanischer Bomberpilot oder ein deutscher Flakkanonier?

Hätte das blutjunge Mädchen mit ihren Freundinnen den Weg vom See hinauf ins Gymnasium genommen, wäre sie noch am Leben, dachte Andreas. Dieses »Hätte« und »Wäre« sollte in den nächsten Monaten noch oft am Beginn eines Satzes stehen. Es sind Worte, die sich wie Mühlsteine im Kopf drehen, immer schwerer werden, sich dann unlösbar mit dem Warum verbinden.

Warum mußte Hertha sterben, sinnlos sterben wie Millionen andere in diesem Krieg?

Andreas schob sein Fahrrad auf die Straße, fast menschenleer am Spätnachmittag. Die Sommersonne hatte die Hauswände aufgeheizt an diesem Hochsommertag. In den großen Schaufensterscheiben des Musikhauses gegenüber spiegelte sich das Elternhaus von Andreas. Auf den breiten Fenstersimsen standen Blumenkästen aus grüngestrichenem Holz, in denen Geranien blühten und Petunien, die sich leicht im Wind bewegten, der in dieser Straße nie Ruhe gab, hereinwehte von den Feldern, die sich im Westen der Stadt ausdehnten. Andreas wollte auf andere Gedanken kommen, die Bombenkrater vergessen, die tote Frau in der Villa hinter der Schule und Hertha, die auf dem Weg nach Hause gestorben war.

Andreas fuhr in Richtung Gebirge, aber nicht zur Hütte am Waldrand, sondern in ein kleines Tal, das Grundtal hieß. Die Straße stieg leicht, aber stetig bergan. Zu beiden Seiten standen in regelmäßiger Distanz Ahornbäume und Vogelbeerbäume, die zusammen mit grobbehauenen Randsteinen die Fahrbahn markierten. Rechts wuchs lichter Wald die Hänge hoch, links breiteten sich erst Wiesen aus, die ein Bach durchfloß. Erst dahinter begann der Wald. Andreas liebte dieses Tal, das jetzt einsam war und in das schon die langen Schattenfinger des nahen Abends hineinreichten. In dem Tal gab es drei Mühlen, von denen die ersten beiden noch als Sägewerke arbeiteten. In der dritten war schon Jahre kein Baumstamm durchs Gatter geschoben worden, wandelte sich die Mühle zu einem kleinen Hotel mit Restaurant. Der ehemalige Sägewerksbesitzer erkannte die Zeichen der Zeit und setzte auf den Fremdenverkehr. Die Rechnung ging auf.

Zu Fuß, auf dem Fahrrad, manche schon mit dem Auto, strömten die Menschen in die dritte Grundmühle, wie sie hieß. Besonders an Wochenenden war dort kaum ein Platz zu bekommen.

Andreas verbrachte mit seiner Mutter als kleiner Bub dort manche Wochen im Sommer. Der Vater kam abends nach Geschäftsschluß heraus oder blieb über das Wochenende. Vater war, an der Elbe geboren, ein leidenschaftlicher Angler. Nicht einer, der still am Wasser saß und darauf geduldig wartete, bis der Schwimmer zu tanzen begann, was anzeigte, daß ein Fisch sich an Köder und Haken darunter zu schaffen machte, ehe er schließlich anbiß oder wieder davonschwamm. Der Vater angelte Forellen. Dabei blieb er nicht an Ort und Stelle, vielmehr fischte er die Gebirgsbäche ab, indem er an einem Ufer bachaufwärts und am anderen abwärts die sehr lange Schnur mit Köder und Haken an sehr biegsamer Angelrute immer dort ins Wasser warf, wo sich Forellen gern aufhalten. An Stellen, wo sich das Wasser dreht, unterhalb von Wehren. Dort steht die Forelle, ein immer hungriger Raubfisch, Kopf und offenes Maul mit scharfen kleinen Zähnen gegen die Strömung. Sie wartet auf Beute, die ihr mit dem Wasser entgegenschwimmt. Der Vater zeigte Andreas schon bald, wie Forellen geangelt werden, daß man still dabei sein und aufpassen muß, daß nicht der eigene Schatten aufs Wasser fällt. Forellen sind schlau und scheu.

Andreas lernte Grashüpfer zu fangen und sie lebend auf den Angelhaken zu spießen, was er nicht mochte, doch zum Angeln gehörte, weil Forellen von zappelnden Ködern besonders angelockt werden. Böse, furchterregend, schließlich aber doch wehrlos schaute das grüne Insekt mit den langen Beinen aus schwarzen Knopfaugen seinen Todfeind an. Andreas war immer froh, wenn die Prozedur vorbei war, das Tier am Haken baumelte und schließlich im sprudelnden Gebirgswasser versank.

Die Forellen, die Andreas und sein Vater aus den klaren Gebirgsbächen rund um die Mühle zogen, lösten sie vorsichtig vom Haken und ließen sie in einen faßähnlichen Bottich gleiten, der oben eine quadratische, mit einem Holzdeckel verschließbare Öffnung und an den schmalen Seiten kleine Löcher hatte, durch die das Wasser strömen konnte. Der Behälter wurde am Ufer ins Wasser gesetzt und mit schweren Steinen verankert. So blieben die Forellen lebendig und frisch. Das hölzerne Aquarium verfügte über zwei kräftige Tragriemen, an denen es leicht aus dem Wasser gezogen und transportiert werden konnte, wobei immer noch so viel Wasser darin verblieb, daß die Fische den Weg ins Hotel überstanden, wo sie in der Küche landeten.

Wie allen Anglern, so ging es auch Andreas und seinem Vater. Bald konnten sie Forellen, ob blau oder gebacken, nach Art der Müllerin, nicht mehr sehen, so viele kulinarische Kunstgriffe Frau Dörr, die der Küche vorstand, auch anwendete. Statt des Fischs kamen andere Gerichte auf den Tisch, die, nach österreichisch-böhmischen Rezepten gekocht, die selbst gefangenen Flossentiere bald verschmerzen ließen.

Um die Mitte und gegen Ende der dreißiger Jahre, als die Arbeitslosigkeit unter der deutschen Bevölkerung der Tschechoslowakei besonders hoch war, viele Familien in Armut versanken, gehörte das Beeren- und Pilzesammeln und der Verkauf der Ernte auf den Wochenmärkten oder von Haus zu Haus zu den kleinen Einnahmequellen, die das Überleben sichern halfen.

Ins Grundtal und in andere Gebirgsregionen machten sich

im Sommer ganze Karawanen von »Schwamme«- (= Pilze-) Suchern auf. Zu Hunderten standen noch vor Sonnenaufgang die Fahrräder der Sammler in den Schuppen der Grundmühle, während deren Besitzer schon durch die Wälder streiften.

Gegen acht Uhr morgens, spätestens gegen zehn, kamen die meisten mit bis oben hin gefüllten Körben, die in Rucksäcken steckten, wieder zurück, oft naß bis auf die Haut, weil sie durch Dickichte und über grasbewachsene Lichtungen gegangen waren, auf denen noch der Tau lag. Ob Steinpilze, Rotkappen, Birkenpilze oder Pfifferlinge – in Böhmen »Eierschwamme« genannt –, in den Wäldern war kein Mangel. Es gab bestimmte Plätze, die unter den Sammlern wie ein großes Geheimnis gehütet und nicht einmal an Familienmitglieder verraten wurden, es sei denn auf dem Sterbebett.

Während das Pilzesammeln eher eine Domäne der Männer war, stürzten sich die Frauen auf Schwarz- und Preiselbeeren, Himbeeren und Brombeeren.

Sie wurden schnell und geschickt in blecherne Gefäße gepflückt, die die Frauen (und Kinder) am Gürtel trugen, den sie sich um den Bauch gebunden hatten. Beeren wurden nach Litern gemessen, nicht nach Kilogramm.

Nur zu oft biß bei der Ernte der niedrigwachsenden Schwarz- oder Preiselbeeren eine Kreuzotter eine Beerenfrau in die Hand. Da Hilfe weit und breit nicht zu bekommen, Serum rar war, griff man zur Selbsthilfe. Die Bißwunde wurde zuerst ausgesaugt, dann das Fleisch um die Wunde herausgeschnitten. Manche brannten die Bißstelle auch mit einem Holzstöckchen, das an der Spitze im Feuer glühend gemacht worden war, aus. Zur Sicherheit wurde der Arm, an dem sich die vergiftete Hand befand, fest abgebunden. Nicht immer glückte die Selbsthilfe. In jedem Sommer starben Beerenfrauen am Biß von Kreuzotter oder der nicht minder gefährlichen Sandviper.

Solche Bilder und Erinnerungen im Kopf, fuhr Andreas

weiter ins Tal hinauf. Die Wiesen waren längst gemäht, doch immer noch hing der Duft von Heu in der Luft. Im Straßengraben blühten die Disteln, auf denen sich Schwärme bunter Schmetterlinge niedergelassen hatten und die Flügel atmend auf und ab bewegten. Wie sie hießen, hatte der Vater Andreas längst gelehrt. Das Tal war bekannt für die Vielfalt an Schmetterlingen, Eidechsen und Salamandern. Der Vater zeigte Andreas den Segelfalter, den Schwalbenschwanz, den Schillerfalter und den Admiral. Mit Glück konnte sie der Wanderer alle bei einem einzigen Spaziergang beobachten. Unterhalb der blühenden Disteln wucherte Wolfsmilch, und oft genug nagten dort die bunten Raupen des Wolfsmilchschwärmers an den nadelförmigen Blättern der Staude.

Andreas brauchte sich auch diesmal nicht vom Rad zu bücken, um eine dieser fast zehn Zentimeter langen Raupen zu entdecken. Sie war schwarz-gelb gefleckt, trug einen roten Streifen auf dem Rücken, der vom Kopf bis zum Stachel am Körperende reichte. Das Tier war so schön und so geheimnisvoll, daß Andreas dann doch vom Rad stieg, um es näher zu betrachten. War es die Erschütterung oder der Schatten, der auf den Boden fiel – die Raupe hob den Kopf, richtete sich etwa drei Zentimeter auf, ging in Kampfstellung. So verharrte sie bewegungslos mehrere Minuten. Da auch Andreas sich nicht rührte, schien für die Raupe die Gefahr vorüber, sie ließ sich nach vorn fallen und fraß weiter an der Wolfsmilch, aus der weißer Saft quoll.

Solche Beobachtungen entrückten Andreas sehr schnell dem Kriegsalltag in der Stadt, die nur wenige Kilometer hinter ihm lag. Es mochte ihm genauso gehen wie dem Vater, der jeden Vogelruf erkannte, Bescheid wußte über Käfer, Blumen und Steine. Er führte Andreas zu den Moorwiesen, wo das Wollgras wuchs, und schreckte den Jungen, als er ihm eines Tages das Prachtexemplar eines Hirschkäfermännchens auf der Handfläche unter die Nase hielt.

Das Restaurant der 3. Grundmühle war geschlossen, als Andreas dort das Rad an den Eingang lehnte. Unter den mächtigen Kastanien, die zwischen Haus und Bach wuchsen und zwischen denen lange Kabel mit bunten Glühbirnen gespannt waren, saß niemand mehr. Über allem lag eine tiefe Melancholie, die durch das Rascheln der Blätter in den Baumkronen und das Gemurmel des Baches, der unter der Holzbrücke, die zum Hotel führte, noch unterstrichen wurde. Als Andreas zur Straße zurückradelte, schien ihm das Knirschen der Reifen im Kies so laut, daß er darüber erschrak.

Nicht weit von dieser Mühle lag die Talsperre. Die schmale Straße hinauf war kühl und feucht und schon dämmrig, obwohl es noch lange Zeit war bis Sonnenuntergang. Andreas stieg ab, begann das Rad zu schieben. Er kam nicht weit. Zwei Landser, nicht mehr ganz jung, versperrten den Weg. »Die Zufahrt zur Talsperre ist verboten«, sagte einer. Den Grund nannte er nicht. Vielleicht ging die Angst um vor Sprengstoffanschlägen gegen solche Objekte. Andreas kehrte um, ließ das Rad laufen bis hinein in die Stadt, in deren Straßen die ersten verdunkelten Lampen angingen. Der Ausflug ins Tal war wie ein Abschied gewesen, dachte Andreas. Er sollte sich nicht getäuscht haben.

Der Sommer verging, das neue Schuljahr begann. An einem der letzten Badetage am See stellte sich die Klasse einem Fotografen. Andreas konnte es nicht gewesen sein, denn er stand selbst in der Gruppe, und sein Fotoapparat hatte keinen Selbstauslöser. Da lächelten sie nun in die Kamera, braungebrannt, in knappen Badehosen, die Hände lässig in die Hüften gestemmt oder am Rücken verschränkt. Sechs lagen oder kauerten auf den Holzplanken des Stegs. Kinder noch alle, doch der älteste Jahrgang des Gymnasiums, die Klasse 6, Schuljahr 1944/45.

Mutter legte Vorräte an. Den ganzen Sommer verarbeitete sie Berge von Obst und Gemüse aus dem Garten und kaufte, was sie bekommen konnte, dazu. Sie kochte Marmeladen, füllte Kirschen und Marillen in Gläser, legte einen roten, breiten Gummiring auf den Rand, setzte den Deckel darauf, verschloß alles fest mit einer Metallklammer und stellte die Gläser im Kreis auf den Einsatz eines großen Topfes, aus dem ein Thermometer ragte, und wuchtete das schwere Gefäß auf den Küchenherd.

»Das wird eingerext«, sagte sie. »Wer weiß, was kommt.« Sie war ärgerlich, wenn eines der Gläser »aufging«, die Prozedur von neuem begonnen werden mußte. Zuletzt kamen kleine feste Steinpilze, den Hut noch ganz um den hellen Stiel geschlossen, an die Reihe. Sie wurden in Essig gelegt und im Winter vor allem zu Rindfleisch gegessen.

In den Regalen im Keller reihte sich Glas an Glas. Alle fein säuberlich etikettiert und beschriftet: »Erdbeeren, Garten 1944«, »Himbeeren, Markt 1944«, »Sauerkirschen, Garten 1944«. Die Marmeladen waren mit durchsichtigem Zellophanpapier verschlossen und gut zugebunden. So konnte man leicht erkennen, wenn ein Glas schlecht wurde, sich Schimmel bildete.

Weil die im Garten angebauten Kartoffeln längst nicht reichten, brachte der Bauer Franz noch eine Fuhre und beförderte sie auf einer Rutsche direkt in den Keller. Daneben lagen, in Sandbergen vergraben, Möhren, schwarze Rettiche, rote Rüben und die dicken Knollen der Petersilie auf dem gestampften Boden. Im Kohlenkeller türmten sich schwarze Berge.

Der Hausmeister Beckert, den Andreas nur in einem langen, grauen Arbeitsmantel kannte, kam, um die Holzbalken zu überprüfen, die die Decke des Luftschutzkellers stützten, der in jedem Haus längst eingerichtet war. An den zur Straße gewandten Häuserwänden markierten weiße Pfeile die Kellerfenster, hinter und unter denen sich die Luftschutzkeller

befanden, um den Rettungsmannschaften den Weg zu zeigen.
Zu den unmittelbar angebauten Nachbarhäusern links und rechts waren die Kellerwände an einer Stelle durchbrochen, Öffnungen in Türgröße geschlagen worden, die Hausmeister Beckert nur mit einer dünnen Ziegelmauer wieder verschloß. So entstanden unterirdische Fluchtwege in beiden Richtungen die ganze Straße entlang, von Keller zu Keller. Wege, die aus der Bombenhölle führten, wenn brennender Phosphor die Wände herablief oder der Bruch einer Wasserhauptleitung in Minutenschnelle die Keller füllte wie riesige Badewannen, in denen die Flut die Menschen, die dort Schutz gesucht hatten, wie Ratten ersäufte.

Bis auf wenige Löcher im Dach, ein paar zerborstenen Fensterscheiben und einen faustgroßen Splitter einer Flakgranate, der in der Hauswand zum Garten steckengeblieben war, hatte ein gütiges Geschick die Menschen in dieser Straße von Bomben noch verschont. Andreas sah die Mutter, die in der Klosterschule der Stadt erzogen worden war und sich eine stille Frömmigkeit immer bewahrte, auch tagsüber mal die Hände falten und ein kurzes Gebet sprechen, den Blick auf den Herrgottswinkel in der Küche gerichtet. Sie tat das, mitten in der Arbeit, wenn sie an dem großen böhmischen Herd stand mit der Platte, die im Winter oft glühte, und den beiden Backrohren, die dahinter im rechten Winkel zur Herdplatte aufgemauert waren.

Fast unmerklich ging der Spätsommer in den Herbst über. Im Garten blühten am Rand des Kartoffelfeldes noch immer die Rosen und wollten zu dem abgeernteten kleinen Acker, auf dem das verdorrte Kartoffelkraut herumlag, nicht so recht passen. Die makellosen, duftenden Blüten der Teehybriden, die der Vater über viele Jahre gepflegt hatte, bildeten einen seltsamen Kontrast zu der zertretenen offenen Erde des Nutzgartens, der einmal eine schöne Wiese gewesen war, von Rosen umstanden wie ein kostbarer Rahmen.

»Du mußt mir helfen«, sagte der Vater an einem Oktobertag zu Andreas, »wir fahren hinauf.« »Hinauf« bedeutete immer ins Gebirge, zur Hütte. Vor der Haustür stand der graue Tatra, den der Vater über den Krieg hatte behalten dürfen wegen der Firma. Ein roter Winkel vorn am Nummernschild wies darauf hin, daß Fahrten mit diesem Auto in einem bestimmten Umkreis genehmigt waren. Das Benzin wurde zugeteilt, gegen Kriegsende dreißig Liter im Monat.

Es gab kaum noch Personenwagen in der Stadt, die mit Benzin fuhren. Die meisten Fahrzeuge, nicht nur die Lastwagen, bezogen ihre Energie aus schwarzen Holzgaskesseln, die man ihnen aufpfropfte und in denen Holz verbrannt wurde wie in einem Ofen. Zwar holte das Kesselsystem keine großen Leistungen aus den Motoren, doch es funktionierte, funktionierte so, daß sogar schwere Panzer, wie die gerade neuentwickelten »Tiger«, mit Holzgaskraft durchs Gelände krochen.

Der Tatra hatte eine lange Kühlerhaube, der Falz, der auf den Bug zulief, erinnerte Andreas immer an eine scharf gebügelte Hosenfalte. Dem luftgekühlten Motor machten die Steigungen hinauf zum Gebirgsdorf keine Mühe, und auch auf dem Feldweg, der von den Häusern weg an einer Wiesenböschung entlang zum Wald und an diesem schließlich zum Holzhaus führte, geriet er nicht ins Stottern. Das letzte ebene Stück, auf dem das Gras zwischen den Fahrspuren unten am Wagen kratzte, durfte Andreas fahren. Der Vater hatte ihm Platz gemacht und auch den Gang eingelegt. Andreas brauchte nur ganz langsam die Kupplung loszulassen und sachte Gas zu geben. Es gelang ihm ohne Mühe, doch zu schalten getraute er sich nicht.

Die Hütte war ordnungsgemäß verschlossen, das Holz warm von der Mittagssonne. Die Felder davor hatte Franz längst gemäht, nicht einmal die kunstvoll zusammengebundenen Getreide-»Puppen« standen noch auf dem Stoppelfeld. Das Dorf unten lag still, zusammengeduckt. Von irgendwoher erklang das Dengeln einer Sense. Die Schläge auf das Metall zerhackten die Zeit in gleichen Abständen. Das böhmische Mittelgebirge verkroch sich im Dunst, nur der von der Sonne hell beschienene Turm der Wallfahrtskirche hinter dem Dorf ragte wie ein bleicher Finger vor der blaugrauen Wand zum Himmel.

Der Vater, so schien es Andreas, ließ sich ungewöhnlich viel Zeit mit dem Aufschließen. Er holte einen Lederbeutel aus der Tasche, in dem er eine kurze Pfeife verwahrte, nahm sie heraus und begann sie umständlich zu stopfen. Ein wenig Tabak trug er in einem zweiten Lederbeutel, dessen Öffnung mit einer Kordel verschnürt war, immer bei sich. Damit der Tabak feucht blieb, wurde ein Stückchen frische Apfelschale daruntergemischt. Erst als die Pfeife brannte, setzte sich der Vater auf den breiten Granitstein, der als Bank an der Hüttenwand lehnte, schaute ins Land hinein und begann zu sprechen. Die Worte waren nicht direkt an Andreas gerichtet. Der Vater führte eher ein Selbstgespräch, memorierte Tatsachen, die längst bekannt waren, tat es aber dennoch, als wollte er sich das alles noch tiefer ins Gedächtnis brennen.

»Jeden Stein kenne ich hier oben«, sagte der Vater und schaute hinüber zur niedrigen Mauer aus unregelmäßigen Granitblöcken, die das Grundstück von der großen Waldwiese dahinter trennte. Zwischen den Steinen, die der Vater und seine Freunde vor Jahrzehnten aufgeschichtet hatten, wuchs das niedrige Gestrüpp der Schwarzbeeren. Nicht weit davon spie der Brunnen sein Wasser in den hölzernen Trog. Der Mann, dessen Haar sich schon lichtete, faßte plötzlich den Sohn ganz fest an der Hand, drückte sie und sagte: »Schau dir das alles so gut an, daß du es im Kopf hast, wenn du die Augen schließt: den Wald, die Hütte, die Felder davor, das Dorf, das weite böhmische Land.«

Andreas wußte nicht, was das sollte. Nie hatte der Vater so

eindringlich zu ihm gesprochen, nie seine Hand so gedrückt, als wolle er ihm ein Versprechen abnehmen.

Dann gingen die beiden in die Hütte. Die Küche und der Wohnraum waren peinlich sauber und aufgeräumt. Nur auf dem schweren Holztisch im Wohnraum, Mittelpunkt zahlloser fröhlicher Hüttentage, stand ein bemalter Tonkrug mit einem Buschen Weidenröschen. Sie wucherten im Sommer auf den Waldlichtungen ringsum, ihre Blüten, die in Trauben um die hohen Stengel standen, formten sich zu rosa bis purpurroten Wolken, die aufglühten, wenn sie die untergehende Sonne streifte. Nun waren die kleinen Blüten und die schmalen Blätter verdorrt, das Wasser im Krug verdunstet. Der tote Blumenstrauß verbreitete in dem Raum mit den dunklen Holzwänden einen scharfen Geruch. Andreas nahm den Buschen aus dem Krug, wobei ein paar der dürren Blüten und Blätter zerbröselten, trug ihn hinaus und warf ihn in die Abfallgrube. In diesem Augenblick sah er den Bauer Franz auf dem Weg zur Hütte heraufkommen.

Er trug wie immer den abgegriffenen grünen Filzhut mit der dicken geflochtenen Kordel, über dem kragenlosen blauen Leinenhemd eine schwarze Weste, aus deren Tasche eine schwere silberne Uhrkette hing, und darüber einen Rock von undefinierbarer Farbe. Die Beine steckten in Hosen aus braunem Cordsamt, die der Franz in schwarze genagelte Stiefel, wie sie die Soldaten trugen, gesteckt hatte.

Obwohl es selten vorkam, daß sich die Städter im späten Herbst auf die Hütte verirrten, schien Franz nicht erstaunt zu sein. Er grüßte, wobei er wie stets den kleinen Hut ein wenig vom Kopf zog, gab Andreas die schwielige Hand und ging mit ihm in die Hütte. Er wollte nur mal sehen, sagte Franz, ob hier oben alles in Ordnung sei. Schließlich seien es unruhige Zeiten. Geflohene Kriegsgefangene und Fremdarbeiter aus dem Hydrierwerk streiften durch die Wälder, hätten auch schon Hütten aufgebrochen und nach Essen gesucht. Auch »der

Franzos'«, der Franz zugeteilt war als Gefangener und ihm auf dem Hof half, weil zwei Söhne im Krieg waren, sei nicht mehr so willig wie früher. Alles müsse man ihm zweimal sagen, klagte der Franz.

Die beiden Männer und der Bub saßen etwas verloren um den großen Tisch, eine rechte Unterhaltung wollte nicht aufkommen, niemand hatte Lust, Feuer zu machen und Kaffee zu kochen. Das Schweigen legte sich auf die Menschen wie eine schwere Decke, und vor den Fenstern warf die Sonne lange Herbstschatten von den Bäumen auf Wiesen und Äcker.

»Wir gehen«, sagte der Vater zu Andreas, stand plötzlich auf, was so gar nicht seine Art war. Franz folgte wortlos. Die Männer klappten die Läden vor die Fenster, verriegelten sie von innen, tappten dann mit Andreas durch die dunklen Räume und den Flur ins Freie, legten die Hängeschlösser an die Eingangstür. Der graue Tatra stand schon im tiefen Schatten. Franz wollte nicht einsteigen, lieber noch eine Runde um die Felder machen und dann ins Dorf gehen.

Auf der Heimfahrt durfte Andreas nicht mehr ans Steuer. Der Wagen kroch mehr, als daß er fuhr, den engen Weg hinunter. Es wurde schnell dunkel, und die schmalen Lichtstreifen, die aus den abgedunkelten Scheinwerfern fielen, beleuchteten nur wenige Meter vor dem Wagen, der, so schien es wenigstens Andreas, eine unendlich lange Zeit brauchte, ehe er vom Feldweg auf die Straße einbog, die zur Stadt führte.

Das graue Band der Straße hob sich im schwachen Licht dem Wagen entgegen. Kein Mensch war zu sehen. Plötzlich warf es Andreas aus seinem Sitz nach vorn. Der Vater hatte, scheinbar ohne Anlaß, gebremst. Ohne lange Einleitung sprach er in die Dunkelheit den kurzen Satz: »Wir hätten weggehen sollen.«

Andreas verstand kein Wort. Weggehen? Von wo?

Da fing der Vater an zu reden, wobei er sich hinter dem

Lenkrad weit zurücklehnte und zum Wagendach hinaufstarrte. »Du brauchst dir nur die Landkarte anzusehen, Bub«, sagte er. »Die Amerikaner und Engländer im Westen, die Russen im Osten, in Italien und Jugoslawien brennt's auch, überall sind wir auf dem Rückzug. Und dann die Bomber. Jeden Tag, jede Nacht über unseren Städten. Der Krieg ist verloren, bisher haben wir nur Glück gehabt, wenig von seinen Schrecken gemerkt. Die Frage ist nur: Wer wird Böhmen mal besetzen?«

Dann sprach der Mann weiter über seine Pläne und Träume, darüber, daß er schon längst, auch als die Zeiten noch gut waren, ein Haus hätte kaufen wollen im oberbayerischen Chiemgau. Angebote hätte er angefordert und stapelweise bekommen. Die Makler schickten ihm, der dieses schöne Stück Erde bei Reisen kennengelernt hatte, Offerten von Häusern auf dem Land mit Obst- und Beerengärten drumherum oder nur mit Blumen. Ganz anders als im Erzgebirge, wo die meisten Bauernhäuser sehr bescheiden gebaut waren, standen sie im Oberbayerischen da mit dicken Mauern, weit vorgezogenen Dächern, die schwere Balken hielten, und breiten Balkonen ringsum.

Er kam nicht dazu, sich so ein Objekt anzuschauen. »Immer kam etwas dazwischen«, sagte der Vater in das dunkle Auto hinein. »Und schließlich sind jetzt auch noch die Tiefflieger da, die auf alles schießen, auf Eisenbahnzüge, Wagen, sogar auf die Bauern bei der Feldarbeit. Wie soll ich da noch in den Chiemgau kommen?«

Die Familie hätte ja nicht für immer dorthin übersiedeln müssen, nur für ein paar Monate im Jahr und halt gerade jetzt in diesen unsicheren Zeiten.

Andreas verstand noch immer nicht. Warum denn gleich weggehen? Um irgendwo, wo es schön ist und anders ist als zu Hause, Ferien zu machen, da muß man nicht gleich ein Haus kaufen. Wir haben doch eins in der Stadt und dann noch die Hütte und den Wald und den See mit dem Alaun drin und den

Garten mit dem Magnolienbaum, unsere Familie und überhaupt die Freunde und den Franz.

Mutter würde gar nicht mitgehen wollen, wo es ihr doch schon zu umständlich ist, mal zu den Verwandten nach Karlsbad zu fahren. Und da soll sie »weggehen« in den Chiemgau?

Kaum zu Hause, rannte Andreas in sein Zimmer, kramte den Atlas heraus, suchte mit dem Finger auf der Deutschlandkarte Oberbayern, fand bald darauf auch den Chiemgau, maß mit der Spanne von Daumen und Zeigefinger die Entfernung und sah nur, daß es schrecklich weit war dorthin. Zum Glück, dachte er, ist dem Vater dieser Hauskauf nicht gelungen.

*

Schnee fiel auf die Stadt und kündigte Weihnachten an, das sechste in diesem Krieg. Die Flocken tanzten nicht leicht vom Himmel, wirbelten nicht herum, sondern sanken, feucht und nicht durchgefroren wie sie waren, schwer zur Erde. Sie bedeckten Straßen, Plätze, Häuser und Gärten schnell mit einem dicken Tuch. Den Heiligen an der Pestsäule auf dem Marktplatz setzten sie weiße Mützen auf, unter denen die Figuren aus Sandstein bald allesamt wie Bischöfe aussahen, die stumm auf den Platz mit dem holprigen Pflaster sahen, auf dem der Schnee das Geräusch der Schritte und der wenigen Autos dämpfte.

Andreas schaute aus dem Fenster in den Garten des Elternhauses, wo mittendrin der Magnolienbaum stand, auf dessen äußeren Ästen der nasse Schnee hielt wie festgeklebt. Es ist wie im Frühling, wenn der Baum blüht, dachte Andreas.

Es störte ihn nicht mehr, daß der Gärtner, dem das benachbarte Grundstück gehörte, durch den Schnee auf einen dunklen Punkt hin zuwatete. Es war ein Fangeisen, in dem er im Winter hungrige Krähen fing. Als sich der Mann der

Falle näherte, begann sich der dunkle Punkt zu regen, Flügel peitschten den Schnee, die Krähe krächzte so laut, daß ihr Angstgeschrei überall gehört wurde, selbst hinter dem Fenster, wo Andreas saß und die Vogeljagd beobachtete.

Der Gärtner befreite den großen Vogel aus dem Eisen, hielt ihm geschickt die Flügel fest und den scharfen Schnabel zu und machte sich in Richtung der Gewächshäuser davon. Andreas wußte genau, was nun dort geschah. Der Vogelfänger schlug der Krähe den Kopf ab und fütterte mit dem Kadaver seine Eulen, die er in einem großen Käfig hinter dickem Maschengitter hielt.

Vor allem mit dem Nachbarssohn Rudi hatte Andreas oft genug gegen die Fangmethoden des Gärtners protestiert. Die beiden Buben schrien über Zäune und Mauern hinüber in die Gärtnerei, wenn sie sahen, wie der Mann im dicken Mantel die Krähenfalle aufstellte und den Köder, ein Stückchen Aas, hineinlegte. Mit Hilfe eines »Feldstechers«, eines Fernglases, das dem Vater gehörte, konnte Andreas genau beobachten, wie der Gärtner die Krähe in die Falle lockte, die auch regelmäßig zuschnappte.

An diesem grauen frühen Wintertag, der so schwer war von Schnee, die feuchte Luft den Rauch aus den Kaminen zu Boden drückte, war Andreas das Schicksal des gefangenen Vogels auf einmal gleichgültig.

Als es dunkel wurde, verließ Andreas das Haus, ging nach vorn auf den Platz, an dem der Vater das Geschäft betrieb, in dem es immer weniger zu verkaufen gab. Wolle, Wäsche, Strümpfe – alles war rationiert, nur gegen »Marken« zu haben, die die Verkäuferinnen aus bunten Bogen herausschnitten, die ihnen die Kunden an der Kasse hinhielten zusammen mit dem Bargeld. Marken waren kostbarer als Mark. Sie wurden in den Geschäften sorgfältig gesammelt, dann auf Bogen aufgeklebt. Nur gegen Vorlage dieser Papierschnipsel konnten die Geschäftsleute wieder Waren einkaufen. Aber in den vielen

Kriegsjahren hatten auch die Marken an Wert verloren, galten nichts im Vergleich zu Naturalien, mit denen Waren eingetauscht wurden.

Beneidet wurden die Bauern, die mit Wagenladungen von Schafwolle ankamen, die in einem bestimmten Verhältnis in Handarbeitswolle umgetauscht wurde. Andreas stand oft neben dem Vater, der Länge und Qualität der frischgeschorenen Schafwolle prüfte. Danach berechnete sich das Gewicht der Strickwolle, mit der die Bauern zurück ins Gebirge fuhren. Viel war es nicht, was sie forttrugen, meist nur ein paar Kilo, die, eingepackt in braunes Papier und gut verschnürt, unter dem Arm zu transportieren waren.

Wie alle Geschäfte, lag auch das des Vaters dunkel. Kein Licht in den Schaufenstern und Vitrinen. Nur über dem Eingang brannte eine schwache Glühbirne, die obendrein noch mit einer schwarzen Tüte verhüllt war, damit ihr Licht nur ja senkrecht zu Boden fiel und keinem Flugzeug verriet, daß da unten eine Stadt lag, die zu bombardieren über Sieg oder Niederlage mit entscheiden würde.

Allein wenn Kunden eintraten oder das Geschäft verließen, sich die Tür öffnete oder schloß, fiel ein schmaler Lichtstreif auf den Gehweg, wurden auch die Menschen für Sekunden aus der Dunkelheit gerissen.

Nur dem Schnee, der inzwischen gut einen halben Meter hoch lag und von den Gehsteigen schon weggeschoben werden mußte, war es zuzuschreiben, daß Stadt und Menschen nicht in vollkommener Dunkelheit versanken, eine Orientierung leichter fiel.

Andreas hätte sich auch in schwärzester Nacht zurechtgefunden. So oft war er die gleichen Wege gegangen. Es waren nur wenige Schritte hinüber zum Bach, der, eingezwängt zwischen hohen Mauern, durch die Stadt floß. Im Frühjahr, wenn im Gebirge der Schnee schmolz, führte er viel Wasser, oder im Sommer nach heftigen Gewittern. Meist war es ein

Rinnsal, zwischen dem die Buben auf Steinen hin und her sprangen, unter denen sich manchmal Krebse versteckten.

Oben, entlang der Mauer, lief ein schöner Weg unter Kastanien direkt in den ältesten Teil der Stadt, zur gotischen Katharinenkirche. An deren Westseite duckten sich zwei Häuser, in einem hatte der Frisör seinen Laden, zu dem Andreas immer ging, eigentlich von der Mutter geschickt wurde, wenn ihm die Haare in den Kragen wuchsen. Der Frisör redete viel, sprach aber kaum zu dem Buben, den er wohl nicht ernst nahm, doch um so mehr zu den Herren, die schon auf den Lederstühlen Platz genommen hatten oder auf einer Bank an der Seite saßen und warteten, bis sie an der Reihe waren.

Indem er im Spiegel vor sich zusah, wie die Haarbüschel, die der Frisör abschnitt, auf das weiße Tuch fielen, das ihm um Hals und Schultern gebunden worden war, erfuhr Andreas in einer halben Stunde so ziemlich alles, worüber in der Stadt gesprochen wurde, was wichtig war in diesem Kriegswinter. Es hörte sich nicht gut an.

Hier saßen vorwiegend alte Männer, die nicht mehr tauglich waren für den Wehrdienst, nicht einmal zur Bewachung von Kriegsgefangenen. Manchmal wartete auch ein Verwundeter auf seinen Haarschnitt oder ein Soldat, der ein paar Tage Urlaub genoß: Obwohl es gefährlich war, schlechte Nachrichten von den Fronten mit nach Hause zu bringen, verliefen die Gespräche hier in der Frisörstube, in der es nach billigem Rasierwasser roch, erstaunlich offen, und Andreas konnte sich ein Bild davon machen, wie es wirklich um Deutschland stand, daß der Krieg ganz sicher verloren sein würde. Was die Männer an diesem Vorweihnachtsabend so unverblümt aussprachen, klang ganz anders als das, was Andreas von den meist gleichaltrigen Burschen hörte, die aus ihrer HJ-Uniform offenbar gar nicht mehr herauskamen, vom Endsieg phantasierten und die Dienstpläne für vormilitärische Geländeübungen ausarbeiteten, an denen auch Andreas lustlos teilnahm. Als »Nachrichten«-Mann, der er ja in der Organisation war, trug er bei den Übungen meist eine schwere Trommel auf dem Rücken, auf die ein langes schwarzes Kabel gewickelt war, das, auf der Erde verlegt oder von Baum zu Baum gezogen, Feldtelefone miteinander verband. Wie das im Ernstfall zu geschehen hatte, wie es funktionierte, lernten die Fünfzehnjährigen in dieser Einheit. Und damit alles auch ganz echt wirken sollte, kein Spaziergang war, wurden die Kommandos »Volle Deckung«, »Tiefflieger« gebrüllt, was für Andreas bedeutete, daß er sich mit der Trommel auf dem Rücken nach vorne zu Boden warf, oft genug in Schlamm und Pfützen, was den jungen Anführern, die, Hände in die Hüften gestemmt, grinsend dabeistanden, ein besonderes Vergnügen bereitete.

An all das dachte Andreas, während ihm der Frisör das Haar stutzte, dann den runden Spiegel nahm, hinter den Kopf von Andreas hielt und fragte: »Zufrieden, der Herr?« Es blieb gar nichts anderes übrig, als ja zu sagen. Die Haare waren weg, am Hinterkopf weit nach oben kurz geschnitten. So kurz, daß die weiße Haut von Hals und Kopf sichtbar wurde. »Zeit, daß der Sommer kommt«, dachte Andreas, dann ist das alles wieder braun gebrannt.

Nun hatte der Winter gerade erst angefangen.

Andreas ging die schmale Gasse an der Kirche vorbei auf den Marktplatz. Es schneite weiter, dicht und kerzengerade. Hinter der weißen Wand verschwand fast der mächtige Weihnachtsbaum, der, wie jedes Jahr, in der Mitte des Platzes stand. Nur trug er keine Lichter mehr wie im Frieden. Wegen der Stromknappheit nicht und auch nicht wegen der strengen Verdunkelung, die nur Notbeleuchtungen auf Straßen und Plätzen zuließ. Wie dunkle Höhlen lagen deshalb auch die Laubengänge an der Ostseite des weiten Platzes. Dort hatten einst viele kleine gute Geschäfte ihren Sitz, profitierten davon, daß, geschützt von den Lauben, die Kunden bei jedem Wetter einkaufen, die Auslagen in Ruhe betrachten konnten. Doch die meisten dieser kleinen Läden hatten längst schließen müssen, weil sie nicht kriegswichtig waren, die Inhaber die Uniform gegen ihre Zivilanzüge vertauschen mußten. Manche Frauen führten tapfer das Geschäft des Mannes weiter, besaßen aber kaum noch Waren, die sie den Kunden anbieten konnten, und nur bei guten Bekannten griffen sie mal unter den Ladentisch, holten, verpackt natürlich, Dinge hervor, die nur noch aus besseren Zeiten bekannt waren: ein paar Meter guten Stoff vielleicht, ein Pfund echten Kaffee, Leder zum Besohlen der Schuhe, einen Riegel Fliegerschokolade, die von der Verpflegung der Luftwaffe auf Umwegen hierhergelangt war.

Sosehr sich die Zeiten auch zum Schlechten geändert haben mochten, die Lauben am Marktplatz blieben, was sie immer waren: Treffpunkt der jungen Leute bei jedem Wetter, zu fast jeder Tageszeit. Nur wenn, wie an diesem Abend, an dem Andreas sich an einen der Pfeiler lehnte und in das Schneetreiben auf den Marktplatz sah, ein Wetter war, bei dem man nicht den sprichwörtlichen Hund vor die Tür jagte, blieben die Lauben so gut wie menschenleer.

Andreas schloß die Augen und sah sie alle fröhlich daherkommen, schwatzend, sich unterhakend, unbefangen, sorglos, wenn man absah von unglücklichen Liebschaften und der gerade erfahrenen bitteren Erkenntnis, daß ein sehnlich erwartetes Rendezvous zu dieser Stunde nicht zustande gekommen war.

Andreas sah den Vater als Studenten, in die Ferien gekommen von der Universität in Prag, so, wie ihn die Mutter immer beschrieben hatte in der Erinnerung an die damalige Zeit: mit der bunten Studentenmütze auf dem Kopf in einer Reihe mit dem Bruder Richard und den hübschen Mädchen der Stadt, denen es »aber nur für eine Stunde, und wenn es dunkel wird, bist du zu Hause« erlaubt wurde, auf den »Bummel« zu gehen.

Andreas sah den Bruder der Mutter, den fröhlichen Gustl, nach bestandener Matura zylinderschwenkend die Lauben entlangziehen und den Weg ins Hotel Reiter nehmen, wo das Ereignis der gerade erreichten Hochschulreife mit den Klassenkameraden gebührend gefeiert wurde.

Während das Schneetreiben immer dichter wurde, nicht einmal die zweitürmige Ignatiuskirche am unteren Ende des Platzes und der schlanke Turm der Stadtkirche St. Maria im oberen Teil mehr zu erkennen waren, sah Andreas wie in einem Film die Jungen und Mädchen aus seiner Klasse an sich vorüberziehen: den langen Peter, die blonde Susanne mit ihren sorgfältig geflochtenen Zöpfen, den quirligen Heinz, Herbert, den Kaufmann schon im Blut, die dunkelhaarige Margit, den ewig redenden Ernst, Gerold, der mit seinem schwarzen dichten Haarschopf und seiner immer gebräunten Haut fast einem Italiener gleichkam, Oskar, der so gern eine Uniform trug, und die vielen, vielen anderen.

Er wünschte sich, daß Ingrid auftauchen würde, die Tochter des Apothekers, der nicht weit von St. Maria sein Geschäft hatte, in dem es so gut nach Pfefferminz roch, weil nach altem Hausrezept dort das Hustenmittel »Frosch im Hals« zusammengebraut wurde, das mithalf, den Apotheker zu einem wohlhabenden Mann zu machen. Der Frosch hatte die Größe eines Bonbons, war grasgrün, machte einen frischen Atem, und jeder, der ihn lutschte, fühlte sich bald weniger heiser. Ob dies Einbildung war oder nicht, der Frosch half immer und wurde sogar noch in Kriegszeiten produziert, weil es sich dabei wohl um eine Medizin handelte.

Mit Ingrid war Andreas aufgewachsen, schon deshalb, weil die Familien eng befreundet waren, Nachbarn sogar im Gebirge, wo ihre Holzhäuser nicht weit voneinander standen.

Ingrid, nur wenige Monate älter als Andreas, hatte dunkle Locken, ebensolche Augen, eine, wie Andreas schon bald bemerkte, sehr gerade Nase in einem ebenmäßigen Gesicht, frische Lippen und so schöne Zähne, als wollte sie für eine der Zahnpasten Reklame machen, die ihr Vater in seiner Apotheke verkaufte. Ingrid sah in Andreas so etwas wie einen Bruder, dem sie alles erzählte, vielleicht mehr, als sie ihren zahlreichen Freundinnen preisgab. Und da Andreas schweigen konnte, erfuhr er bald, welcher, eigentlich wie viele Jungen aus dem Gymnasium hinter Ingrid her waren. Eine Zeitlang störte ihn das wenig, konnte er zuhören, was Ingrid erzählte, ohne sich viel dabei zu denken.

Es kam jedoch der Tag, an dem Andreas entdeckte, was für ein gutaussehendes Mädchen Ingrid war, um so mehr fiel ihm das auf, weil es Sommer war und Ingrid eine Bluse trug, an der mehr Knöpfe offen waren als üblich, sie sich aber nichts dabei dachte, denn Andreas, ihr brüderlicher Freund, durfte da schon hinsehen. Fortan litt Andreas aber Qualen, plagte ihn die Eifersucht, als Ingrid ihm, selbstverständlich wie immer, von ihren Amouren berichtete oder was sie dafür hielt. Dazu gehörten Ausflüge auf dem Rad mit dem gerade hoch im Kurs stehenden Burschen, Zweisamkeiten in einsamen Buchten des Alaunsees oder im weitläufigen Garten des Apothekers, der ein schönes Grundstück zwischen Villen am Stadtrand nur teilweise bebaut, Hunderte von Quadratmetern aber in eine prächtige Gartenlandschaft verwandelt hatte, in der er auch viele Kräuter für seine Apotheke zog. In diesem duftenden Paradies tauchte nun Ingrid mit ihrem jeweiligen Freund unter. Alles sei ganz harmlos, erklärte sie Andreas, nicht einmal küssen ließe sie sich von diesen »Bengeln«.

Andreas glaubte ihr nur zu gern, beruhigte sich, kochte dann aber vor Eifersucht, wenn er davon erfahren mußte. Irgendwann, so nahm er sich vor, würde er Ingrid schon zu verstehen geben, daß so brüderlich, wie sie glauben mochte, seine Gefühle für sie nicht seien, sondern daß er sie mochte, um dies einmal so zu nennen.

Und so wünschte er sich, sie würde an diesem Winterabend,

an dem die Kälte des feuchten Schnees durch die Schuhe langsam in seinen Körper kroch, auftauchen aus dem Dunkel der Lauben, mit ihm durch den Schnee zu ihrem Haus gehen. Ein nicht weiter Weg zwar, aber lang genug, um ihr zu sagen, was einmal gesagt werden mußte, weil er nicht länger leiden wollte, wenn sie unbefangen von ihren kleinen Abenteuern erzählte.

Doch Andreas blieb allein, seine Sehnsucht, das Mädchen zu sehen, erfüllte sich nicht. Er ging, den Mantelkragen hochgeschlagen und den Kopf zwischen die Schultern gezogen, nach Hause. Andreas folgte den tiefen Spuren, die die wenigen Autos und Fuhrwerke, die um diese Zeit noch unterwegs waren, in den tiefen Schnee, der jetzt die Straßen bedeckte, gezogen hatten.

Das Geschäft des Vaters war schon geschlossen, das Wohnhaus, nicht weit davon, lag abgedunkelt wie alle anderen Häuser der Stadt. Durch keinen Spalt in den schwarzen Verdunkelungsrollos, die hinter den Fenstern herabgelassen waren, fiel Licht nach draußen.

Andreas sperrte die schwere Haustür mit den schmiedeeisernen Gittern an den verglasten Teilen auf und stieg die drei Treppen, die das Vorhaus zum eigentlichen Treppenhaus und den Wohnungen im Erdgeschoß und im Obergeschoß hin abschlossen, hoch und öffnete diese zweite Tür, die nur angelehnt war wie immer. Oben, in der weitläufigen Wohnung, in der die Zimmer an drei Seiten eines Ganges angeordnet waren, brauchte Andreas gar nicht erst in die Küche zu gehen, um zu erfahren, womit sich seine Mutter gerade beschäftigte, was sie in Atem hielt: ein Duft, eine Mischung aus Gewürzen, Honig, heißer Schokolade und warmem Teig, stieg ihm in die Nase, unverwechselbar und nur einmal im Jahr in dieser alles einhüllenden Wolke zu genießen – die Weihnachtsbäckerei. Jede gute Hausfrau hielt an der böhmisch-österreichischen Sitte fest, an Weihnachten mindestens ein Dutzend, meist aber mehr, verschiedene selbstgemachte Bäckereien auf den Tisch zu stellen. In diesen Kriegszeiten wurden die Zutaten schon Monate vor dem Fest gesammelt, unter Verschluß gehalten, gehütet. Und so formten sich auch im sechsten Kriegswinter, in den Wochen vor Weihnachten, Schokoladenkugeln, Mandelbögen, Lebkuchen, Salzmandeln, Arrakbrezeln, Florentiner, rollte sich die Schokoladenwurst und wurde das Honigbrot zwischen zwei Oblaten aufs Kuchenblech gestrichen. Wie dieses Honigbrot, das aus Eiweiß, Puderzucker, Nüssen und eben Honig bestand, mußten manche dieser Leckerbissen gar nicht in den Backofen geschoben, vielmehr nur gemischt, gerührt und langsam an einem kühlen Ort getrocknet werden.

Mutter sah es zwar nicht gern, wenn sich einer vor dem Heiligen Abend an diesen Schätzen vergriff, doch sie war nie böse, duldete es und freute sich, wenn sie entdeckte, daß ein Dieb vergeblich versucht hatte, die von ihm gerissenen Lücken in den in Reih und Glied auf Nudelbrettern und Kuchenblechen sorgfältig angeordneten Leckerbissen ungeschickt wieder zu schließen.

Wie der Kauf des Weihnachtsbaumes, das Aufstellen der Krippe, so gehörte die Weihnachtsbäckerei, die Wochen vor dem Fest begann, zu den Ritualen, die seit Generationen Bestand hatten, an denen die Familien festhielten. Die Rezepte für die Weihnachtsbäckerei wurden von den Eltern an die Kinder weitergegeben, standen in vergilbten Kochbüchern, auf Seiten handgeschrieben, wo oft genug ein Fettfleck oder ein angetrockneter Schokoladenrest anzeigte, daß die Frauen, die hier ans Werk gingen, zwar viele Rezepte im Kopf hatten, sich aber nicht scheuten, sie wieder während der Arbeit nachzulesen. Sowenig Mehl, Zucker und Butter kosteten, so teuer waren Schokolade, Gewürze, kandierte Früchte vor allem. Es kam darauf an, sie nicht zu vergeuden, durch Ungenauigkeiten Bäckereien zu verderben, was im übrigen auch für das Kochen insgesamt galt.

Deshalb fanden sich, schnell an den Rand geschrieben, in Kochbüchern, selbst in den gedruckten, viele Notizen. Da stand zum Beispiel: »vier Eier sind genug«, »mit Vanille nicht sparen« oder »keine zu große Hitze«. So genau die Angaben in den Kochbüchern auch waren, so ungenau war Mutter, wenn sie nach den Zutaten für eine Bäckerei gefragt wurde, die für sie Routine bedeutete. Bei den Angaben zu Menge und Gewicht hieß es dann einfach: »Was so zwischen zwei Finger geht.« Auszurechnen, wieviel Dekagramm, kurz Deka (früheres Maß für zehn Gramm), das wohl seien, blieb dem Fragenden überlassen. Mutter jedenfalls kam damit aus.

An diesem Abend stand sie über den langen Küchentisch gebeugt, das Nudelholz fest in beiden Händen und walkte den Teig für ihre Hagebuttenbäckerei aus, die seit jeher zum festen Bestandteil ihres Weihnachtsbäckerei-Arsenals gehörte. Andreas aß diese Hagebuttenkreation so gern, daß er sie sogar selbst ausprobierte und sich das Rezept genau merkte. Hagebuttenmarmelade wurde mit Puderzucker und geriebenen Haselnüssen in jeweils der gleichen Menge zusammengerührt und mit etwas Zitronensaft und geriebener Zitronenschale gewürzt. Die gut durchgearbeitete Masse mußte dann zu einem etwa ein Zentimeter hohen Teigblock aufgewalkt und schließlich mit Zuckerglasur überzogen werden. Dann schnitt man sie in dünne Streifen und bog und drehte sie zu kleinen Figuren.

Auch dies war eine »kalte« Bäckerei, die in der Backkunst von Mutter an Weihnachten eine so große Rolle spielte.

Der säuerliche Duft der Hagebuttenmarmelade verband sich mit dem der geriebenen Haselnüsse und der Zitrone und stieg Andreas in die Nase, er zupfte ein Stück Teig aus dem gerade ausgewalkten Block und aß es fast gierig, dabei begegnete sein Blick den Augen der Mutter. »Koste nur«, sagte sie freundlich. »Wer weiß, ob ich nächstes Jahr noch so etwas backen kann.«

Im Wohnzimmer saß der Vater, las und zog an seiner kurzen Pfeife. Vor ihm, in einer Schale, standen Proben der Weihnachtsbäckerei, die gerade aus der Küche kamen. Ohne lang hinzuschauen, griff der Mann zu und schob sich, weiterlesend, die Stückchen in den Mund. Nur als Andreas eintrat, sah er kurz auf und begrüßte ihn.

Schon am Einband erkannte Andreas das Buch, in das der Vater so vertieft war. Es hieß »Das vergessene Dorf« und handelte von einem jungen Mann, der kurz vor Kriegsausbruch im August 1914 über die russisch-finnische Grenze fliehen wollte, gefaßt wurde und für viele Jahre in Sibirien verschwand. Der Ural, die Städte Perm und Omsk, wirklich von der Welt vergessene Dörfer, die erbarmungslose Kälte und die Hitze Sibiriens, Heiligenbilder in hölzernen Kirchen, tausendfaches Sterben in den Lagern, Menschen schlimmer als Vieh behandelt, dann aber doch wieder selbst von Feinden geliebt, während und nach der Oktoberrevolution zwischen alle Fronten geraten und schließlich Monate im Eisenbahnwaggon nach Westen unterwegs, nach Hause, das alles hatte der Vater zwischen 1915 und 1920 selbst erlitten und erlebt.

Was er da las, war seine Geschichte, hätte von ihm geschrieben sein können. Warum nur, dachte Andreas, sitzt der Vater in einem Krieg, dessen Ende nichts Gutes verheißt, über diesem Buch? Warum holt er sich nicht Fontane aus dem Bücherschrank oder Balzac, die dort in langer Reihe stehen? Warum lenkt er sich nicht ab? Da, auf einmal, hebt der Vater den Kopf, schaut den Sohn an. »Die Russen«, sagt er in den Schein der Lampe hinein, »die Russen können mit der einen Hand über den Kopf der Kinder streichen und mit der anderen den Vater erwürgen.«

Die russischen Panzer rollten in diesen Tagen auf die Ostgrenze des Reiches zu.

Der Krieg nahm die Menschen in die Zange, auch die, die sich bis jetzt einigermaßen sicher fühlten, in Nordböhmen entlang des Erzgebirgskammes. Seit am 1. September 1939 die deutschen Armeen in Polen einmarschiert waren, riß die Erfolgsserie der Deutschen nicht ab. Die Sondermeldungen, im Rundfunk angekündigt von einer sich stets wiederholenden Erkennungsmelodie nach einer Rhapsodie von Franz Liszt, nahmen kein Ende, und keiner hörte mehr recht hin. Blitzkriege, Blitzsiege: Mai 1940 Frankreich, Februar 1941 Afrika, Juni 1941 Rußland, um die wichtigsten zu nennen. Über ganz Europa, von Schweden, England und der Schweiz abgesehen, wehte die deutsche Reichskriegsflagge. Die deutsche Luftwaffe, so schien es, war Herr über die eroberten und besetzten Länder, deutsche U-Boote versenkten in der Nordsee und im Atlantik täglich Dutzende von Schiffen, die Nachschub nach England bringen sollten. Nur wenige kamen durch. Doch England, stets in Erwartung eines deutschen »Sprungs über den Kanal«, hielt aus in der Gewißheit, daß eines Tages Amerika in den Krieg eintreten würde. Dieses mächtige Amerika mit seinen unerschöpflichen Reserven an Rohstoffen, Produktionsanlagen und Menschen, die die Militärs verächtlich Menschenmaterial nannten.

Dieses Amerika hatte schon 1918 den Ersten Weltkrieg entschieden, und nun wiederholte sich die Geschichte in wenig mehr als zwanzig Jahren. Für die Menschen in Böhmen war dieser Krieg noch weit weg, die Bilder, die aus den zerbombten deutschen Städten in die »Deutsche Wochenschau« hineingeschnitten wurden, zeigten nur, was nicht zu verheimlichen war, nicht die Soldaten, die an den Fronten verreckten, die auf die Größe von kleinen Kindern im Feuersturm der Bombennächte zusammengeschrumpften Leichen von Zehntausenden von Erwachsenen, jetzt in Deutschland. In Hamburg waren es fünfzehntausend in einer Flammennacht, Dresden sollte noch folgen.

Andreas war, ebenso wie seine Freunde, zu jung, um zu begreifen, was es hieß: fünfzehntausend Tote in einer Nacht.

Und seine Phantasie reichte nicht aus, sich vorzustellen, in welchem Feuersturm die Städte mit ihren Bewohnern verglühten. Auch was hinter den Nachrichten stand, die schon drei Jahre zuvor, im Dezember 1941 also, aus Rußland in die Heimat gelangten, blieb ihm verborgen, machte ihn nicht nachdenklich, erweckte höchstens insofern sein Interesse, als er zur Kenntnis nehmen mußte, daß die deutschen Soldaten vor Moskau in Schnee und Eis festsaßen, die Eroberung der sowjetischen Hauptstadt nicht, wie geplant und vorausgesagt, erfolgte, die Russen anscheinend nicht so schnell zu besiegen waren.

Lange vor dem Ende der 6. deutschen Armee in Stalingrad zwischen dem 31. Januar und 2. Februar 1943 und lange vor der Landung der Westalliierten am 6. Juni 1943 in der Normandie begann die große Wende in dem größten Krieg, der die Welt bis dahin erschüttert hatte und sie aus den Fugen gehen ließ.

In den Feldpostbriefen, die die deutschen Landser nach Hause schickten, war von Temperaturen bis minus zweiundfünfzig Grad (Celsius) die Rede, und zwischen den Zeilen lasen die Angehörigen, was das bedeutete. Die deutschen Soldaten wurden in Sommeruniformen in den Rußlandfeldzug geschickt in der Hoffnung, ihn vor Einbruch des Winters siegreich beenden zu können. Fast bis an die Außenbezirke von Moskau kamen die deutschen Divisionen, dann brach der Winter mit arktischer Kälte über sie herein. »Wenn jeder geahnt hätte, was folgen würde, ich glaube, jeder wäre freiwillig gestorben ...«, schrieb ein deutscher Soldät später, der mit dem Regiment 315 in etwa hundertdreißig Kilometer Entfernung vom südlichen Stadtrand Moskaus lag und in den ersten Dezembertagen 1941 mit seiner Einheit den Rückzug zur Oka antrat.

Was von den sieggewohnten deutschen Divisionen, Regimentern und Kompanien noch übrig war, schleppte sich halbverhungert und oft mit erfrorenen Füßen, Händen, Ohren und Nasen nach Westen in hastig errichtete Auffangstellungen. Der deutsche Wehrmachtsbericht beschönigte diesen Rückzug, der breite Lücken in der Ostfront aufriß, als »Frontbegradigung«. Nicht nur die Menschen froren und erfroren in diesem erbarmungslosen russischen Winter. Die Panzermotoren sprangen nicht mehr an, Lastwagen blieben liegen. Wenn ihre Motorblöcke nicht längst der Frost gesprengt hatte, mußten sie mit Feuern unter den Motoren mühselig wieder in Gang gebracht werden. Es fehlte an Waffenöl, das das Einfrieren der Verschlüsse an Gewehren, Maschinengewehren und Maschinenpistolen verhinderte, es gab keine Salbe, die gegen das Beschlagen der Zieloptik an Panzern und Geschützen wirkte, der Nachschub funktionierte nicht mehr. Keine Medikamente kamen durch, keine Verpflegung. Und wenn Brot und Wurst endlich einmal ausgeteilt wurden, waren sie steinhart gefroren.

Dazu kam, daß die vor Moskau bis dahin verzweifelt und ebenfalls oft am Ende ihrer Kräfte kämpfenden Sowjetsoldaten plötzlich und unerwartet Verstärkung bekamen: die Sibirer. Für den Winterkrieg hervorragend ausgerüstet, in weißen gefütterten Tarnanzügen, ausgeruht und gut genährt traten sie gegen die ausgemergelten deutschen Truppen an.

Das Signal für den Einsatz dieser Eliteverbände hatte ein Deutscher gegeben: der Journalist Dr. Richard Sorge, der in der deutschen Botschaft in Tokio saß und für Moskau spionierte, weil er überzeugter Kommunist war. Er hatte herausgefunden, daß Japan, die verbündete Macht Deutschlands im Fernen Osten, die Sowjetunion nicht angreifen würde. Damit hatten die sibirischen Einheiten, die im Osten der Sowjetunion gegen Japan aufmarschiert waren, ihre strategische Bedeutung verloren und konnten an die Moskauer Front verlegt werden.

Wie verzweifelt die Lage der deutschen Truppen dort inzwischen war, wie schier ausweglos die Situation, erfuhren die Menschen in der Heimat erst so richtig, als zur »Wintersachensammlung« aufgerufen wurde.

Binnen weniger Tage türmten sich in den Sammelstellen Pelze, Pullover, Unterwäsche, Stiefel, Mützen und Schi. Mit dem Vater ging Andreas auf den Speicher, schleppte Schi, von denen es reichlich gab, herunter. Die Mutter plünderte die Schränke, und Vater trennte sich von seinem geliebten Innenpelz. Frauen versammelten sich in Gruppen und strickten Socken, Schals und Handschuhe um die Wette, alles, »um unseren Soldaten in Rußland« zu helfen.

Eine Woge der Hilfsbereitschaft erfaßte die Menschen in der Heimat, sie opferten buchstäblich alles, was sie nicht selber an warmer Kleidung brauchten, und erkannten gar nicht, wollten es auch nicht, daß eine ignorante und menschenverachtende oberste deutsche Heeresführung die Truppe erst in diese Katastrophe getrieben hatte. Inzwischen waren drei Jahre vergangen, eine Welt in Wut und Waffen stand Deutschland gegenüber, das sich darauf einrichtete, jetzt das eigene Territorium zu verteidigen.

Am 16. Dezember 1944, einem Samstag, stand Andreas mit seinem Freund Ernst am Marktplatz unter den Lauben, in der einen Hand die Sammelbüchse des Winterhilfswerks, in der anderen die offene flache Schachtel mit den kleinen bunten Holzfiguren, die im Erzgebirge hergestellt wurden und die jetzt Mädchen und Jungen in den Uniformen der Hitlerjugend an die Passanten verkauften.

Die spendeten gern und reichlich, weil die kleinen Figuren, Schaukelpferde, Engel, Weihnachtsmänner, Sterne, nicht nur als Beweis für die Spende an einer dünnen Schnur baumelten, die durchs Knopfloch am Mantelrevers gezogen wurde, vielmehr auch den Christbaum putzten. Mit leeren Schachteln und gefüllten Sammelbüchsen zog Andreas mit Ernst zur nächsten Sammelstelle, wo die Büchsen geleert, das Geld gezählt, die Summe in eine Liste eingetragen wurde. Andreas beeilte sich, nach Hause zu kommen, denn das Thermometer, das er im Vorbeigehen an einem Optikergeschäft ablas, zeigte zwanzig Grad unter Null.

Um die Mittagszeit, Mutter stand in der Küche, der Vater hatte das Geschäft noch geöffnet, heulten die Sirenen. Es gab Voralarm zuerst, was bedeutete, daß die amerikanischen Bomberverbände noch in einiger Entfernung von ihrem Zielgebiet flogen. Andreas griff sich den grauen Luftschutzhelm und die Gasmaske, zog eilig den Mantel über und rannte aus dem Haus, die Worte der Mutter noch im Ohr: »Paß auf dich auf!«

Sie war immer besorgt, die Mutter, und in diesen Zeiten konnte, nur dachte Andreas nicht daran, jeder Abschied der letzte sein. Er hetzte durch die winkligen Straßen der Altstadt am Haus von Ernst vorbei, der, so war es Gewohnheit geworden, bei Alarm schon unten am Haustor wartete, um mit Andreas den Weg zur Schule zu nehmen, wo sie mit den anderen von der Luftschutzwache vor allem Brandbomben löschen sollten. Gegen Sprengbomben oder Luftminen hatte keiner eine Chance. Das Gymnasium besaß eigentlich gar keinen richtigen Luftschutzkeller, vielmehr nur den einen behelfsmäßig gesicherten Souterrain, dessen Decke Holzständer stützten, um die Last aufzufangen, sollte das Gebäude getroffen werden und einstürzen. Trotz solcher Vorkehrungen hatten sich viele provisorische Luftschutzkeller als Falle für die dorthin geflüchteten Menschen erwiesen. Volltreffer hielt ohnehin kein derartiger Keller aus.

Es wurde jeden Tag tausendfach elend gestorben in diesen Kellern, sofern man sich nicht ins Freie retten konnte oder durch einen Mauerdurchbruch ins Nebenhaus entkam.

Andreas und Ernst erreichten das Gymnasium, gerade als Vollalarm gegeben wurde, das Auf und Ab des Sirenentons nicht aufhören wollte, sich brach an den Wänden der Schule, sein Echo fand im Schulhof.

Die anderen von der Luftschutzwache waren schon da: der lange Peter, die blonde Susanne, die immer »Zugspitz-Keks« mitbrachte, die sie heimlich aus dem Süßwarengeschäft ihres Vaters holte, das er auch im Krieg noch in der Weingasse führte. Der stets blasse Günther, wegen seiner schmächtigen Figur nur »Spatz« genannt, hatte sich auch eingefunden, der Heinz natürlich und die dralle Margit mit den dunklen Augen und so roten Wangen, als hätte sie Rouge aufgetragen, was nicht der Fall war. Der Lehrer Tischer war dabei, der Mann von kleiner Gestalt, vor den Augen dicke Brillengläser. Sie saßen alle auf den schmalen Bänken. Griffbereit wie immer standen Zinkeimer bis obenhin mit Sand gefüllt, daneben Wasserkübel und Feuerpatschen. Es fiel noch etwas Tageslicht in den Raum, der nur halb unter der Erde lag und vor dessen schmalen Kellerfenstern die niedrigen Betonmauern errichtet waren, als Schutz gegen Bombensplitter. Die Gruppe nahm die Ankunft von Andreas und Ernst mit einem kurzen Gruß und Kopfnicken zur Kenntnis und rückte ein wenig zusammen, um den beiden Platz zu machen und sich auch gegenseitig zu wärmen, denn es war kalt in diesem Keller.

In die Stille des Kellers, in dem die Luftschutzwache schweigend und in ihre Mäntel verkrochen saß, bohrte sich plötzlich das mahlende Geräusch des anfliegenden Bomberverbandes. Erst noch fern, dann aber schnell näherkommend, drohend, unheilvoll. Die harten Schläge des Flakfeuers aus dem kaum zwanzig Kilometer entfernten Hydrierwerk mischten sich in den Motorenlärm der amerikanischen Flugzeuge, und vom Turm des Gymnasiums begann das kleine Flakgeschütz mit den vier dünnen Rohren zu bellen, das seit Monaten dort oben Stellung bezogen hatte, nicht gerade zur Freude der Schulleitung, die fürchtete, daß durch dieses Abwehrfeuer die ohnehin schon gut sichtbare Schule erst recht zum Ziel der Bomber werden könnte.

Es dauerte nur Minuten, dann übertönte das Geheul der

niedergehenden Bomben Motoren und Flak. Die Jungen und Mädchen, alle so um die fünfzehn, hatten, ebenso wie ihre Lehrer, gelernt, daß wenige Sekunden vor dem Aufschlag einer Bombe ihr Jaulen, das sie vom Abwurf aus dem Flugzeug hinunter zur Erde begleitete, jäh abbrechen würde, ehe die Detonation erfolgte, die über Leben und Tod entschied.

Die harten Schläge der Detonationen kamen schnell näher, und die Wache im halbdunklen Keller brauchte nicht viel Phantasie, um sich vorzustellen, was geschah, wenn die schweren Sprengbomben in die Häuserzeilen einschlugen. Damit keine Lücken in den »Bombenteppichen« entstand, wurden sogenannte Kettenbomben geworfen, die im Verband zur Erde stürzten. Luftminen bliesen die Häuser weg, als seien sie Holzspielzeug aus dem Erzgebirge.

Diese Bilder sahen Andreas und die anderen vor sich, als sie, in sich verkrampft, stumm und voller Angst auf die Einschläge horchten, die aber plötzlich nicht mehr näherkamen. Der Angriff hatte, so stellte sich schnell heraus, dem Westteil der Stadt, vor allem den Bahnanlagen und den Wohnvierteln in der Nachbarschaft, gegolten.

Als das dumpfe Krachen der Bombeneinschläge seltener wurde, das heisere Bellen der Flugabwehrkanonen zu verstummen begann und schließlich auch das kleine Geschütz auf dem Gymnasiumturm das Feuer einstellte, verließen Andreas und die anderen Jungen und Mädchen den Keller, gingen langsam die wenigen Stufen zum Erdgeschoß hinauf, am Büro des Direktors vorbei und die Treppen hinunter zur schweren Bronzetür des Portals.

Das Gymnasium war nicht getroffen, ein blutjunger Flakkanonier, der zur Mannschaft am Turm gehörte und jetzt, den graublauen Helm ins Genick geschoben, die Treppen herunterkam, bestätigte dies.

Noch ehe sich der langgezogene Ton der Sirenen, die »Entwarnung« verkündeten, über Häuser und Straßen legte, stieß

Andreas ungeduldig einen Flügel der hohen Bronzetür auf. Es war schnell auszumachen, wo der Schwerpunkt des Luftangriffs gelegen hatte. Im Westen stiegen gelbschwarze Rauchwolken auf, und die Luft war voll von dem beißenden Geruch, der entsteht, wenn Brände gelöscht werden, aber Flammen noch immer unter nassem Holz züngeln. Im Westen der Stadt lag auch die Kantstraße, das Haus von Andreas und der Familie.

Andreas rannte durch den Stadtpark, vorbei am spitzen Turm der evangelischen Kirche, über den weiten Platz, wo sich das Geschäft des Vaters befand, und weiter in »seine« Straße. Von weitem erkannte er, daß dort die Häuserreihen standen, nur viel Glas aus zerborstenen Fensterscheiben lag auf den Gehsteigen. Manche Hausbewohner waren schon dabei, die Glasscherben zusammenzukehren, die ganze Straße war erfüllt von einem unablässigen Geklirr, das sich noch steigerte, als die Glasreste von den Schaufeln, auf die sie gekehrt worden waren, in bereitstehende Blecheimer rutschten.

Als erste von der Familie sah Andreas die Mutter. Sie stand bewegungslos in der kleinen Nische des Hauseingangs. Ihr Gesicht war farblos, was durch das weinrote Tuch, das sie wie einen Turban um den Kopf geschlungen hatte, noch unterstrichen wurde. Viele Frauen trugen gegen Ende des Krieges so ein geschickt geknotetes Stück Stoff statt einer Mütze oder eines Hutes. Es war warm, barg die Haare und half somit, die lange Zeit zwischen den begehrten Frisörterminen zu überbrücken. Die meisten Salons hatten ohnehin geschlossen, die wenigen, die sich über die Zeit retteten, machten Monate im voraus ihre Termine, und auch die Frauen, die als Amateure zu Hause das Frisörhandwerk ausübten, konnten sich vor Kundinnen kaum retten und griffen erst gegen Naturalien zur Brennschere. Die nämlich war unverzichtbar, wenn es galt, Wellen und Locken ins Haar zu bringen.

Die Stoffturbane, die die Frauen im Krieg als letzten Schrei trugen, erwiesen sich nicht nur als ungemein praktisch, sie konnten sogar vor schweren Verletzungen schützen, wenn bei Bombenangriffen die Häuser in Brand gerieten, die Menschen durch die Flammen hetzten. Dann tränkten die Frauen die Turbantücher im Wassereimer, preßten sie eng an Kopf und Haare, hielten damit Funken und Flammen ab.

Soweit war es in der Kantstraße nicht gekommen. Nur Staub fiel von der Kellerdecke, als die Bomben in einiger Entfernung einschlugen. Eine von ihnen traf ein nicht bebautes Eckgrundstück, etwa zweihundert Meter weit weg. Andreas ging hin. Die Detonation hatte die Erde tief umgepflügt und einen schwarzen Krater in den Schnee geschlagen. An seinem Rand entdeckte Andreas einen scharf gezackten Bombensplitter. Nach dem ersten Angriff hatten die Buben solche Erinnerungsstücke gesammelt; wer den schwersten Splitter aufhob, wurde viel beneidet. Doch allmählich verloren diese Bombentorsos ihren Wert, verstaubten unter Schränken.

Andreas ging zurück zum Haus, vor dem inzwischen die Mutter mit den Nachbarn die letzten Glasscherben zusammenkehrte. Erst jetzt schien die Frau den Sohn zu erkennen, sie lehnte den Besen an die Hauswand und umarmte lange den Jungen, wortlos, ließ nur ihre Hände sprechen, mit denen sie ihm über die staubigen Haare fuhr. »Weil du nur da bist«, sagte sie. »Geh rauf, oben liegen ein paar Brote.« In der Wohnung saß der Vater im Wohnzimmer, draußen dämmerte es schon, kein Licht brannte. Immerhin erkannte Andreas, daß auf dem Tisch eine große Landkarte ausgebreitet lag. Ehe Andreas nur ein Wort sagen konnte, war der Vater schon aufgestanden und ins Nebenzimmer gegangen, dessen Fensterscheiben seltsamerweise ganz geblieben waren, wie auch im Wohnzimmer. Aus dem langgestreckten dunklen Schrank mit den sanft geschwungenen Türen holte der Vater eine fast volle Flasche Hennessy heraus, griff aus dem Gläserschrank zwei bauchige Cognacschwenker, füllte sie gut, gab einen Andreas, stieß mit ihm an und sagte in das dunkle Zimmer: »Als die Bomben immer näher kamen, wir unten im Keller saßen, du oben in der Schule, da wußte ich, daß nun der Krieg ernst macht mit uns. Ich hab' ganz schön um dich gezittert. Gott sei Dank hat es Mutter nicht gemerkt. Sie hat ohnehin mehr Angst, als sie zugibt. Paß auf auf dich. Alles kann Gott nicht richten.« Dann trank der Mann, dessen Haare schon weit in die Stirn zurückgewichen waren, das Glas auf einen Schluck leer. Andreas folgte ihm. Der Alkohol breitete sich in seinem Magen aus wie eine warme, weiche schnurrende Katze. Der Vater ging ins Wohnzimmer zurück und beugte sich über die Karte. Andreas schlenderte die Treppen hinunter, hinaus auf die Straße, über die die verdunkelten Laternen kaum Licht warfen. Er wollte sich in dem Viertel umsehen, in dem die Bomben besonders gewütet hatten.

Viele Bomben, die eigentlich den Bahnhof hätten treffen sollen, verfehlten das Ziel und detonierten in der Bahnhofstraße und den umliegenden Straßen bis hinüber zum Krankenhaus. Der Schnee beleuchtete matt die zerstörten Häuser, in deren Trümmern die Menschen umherirrten, um noch Brauchbares aus dem Schmutz zu ziehen. An einem Haus fehlte die ganze Wand zur Straße hin, die Bomben hatten sie einfach weggeklappt. In den zwei Stockwerken standen die Möbel, wie es schien, vollkommen unversehrt. Sie zu bergen war nicht möglich, weil das Haus jeden Augenblick einstürzen konnte. Entlang der Straße waren Schränke, Betten, Koffer und Kommoden aufgereiht wie bei einem Trödelmarkt. Die geretteten Sachen, die die Bewohner oft unter Lebensgefahr aus brennenden Häusern zerrten, hatten die Flammen angefressen, das Wasser aus den Feuerwehrschläuchen durchweicht. Nun überzogen sich die Möbelstücke im frostigen Abend mit einer glitzernden Eisschicht, die die Tristesse der Szene ein wenig milderte, Andreas an die Märchenszene in einem Eispalast erinnerte, in dem der Winter residierte.

Vor einem Haus, das in sich zusammengefallen war, stand ein schmaler Sarg. Niemand schien sich darum zu kümmern. Lag ein Toter darin? Andreas ging schnell weiter. Außer der Frauenleiche damals im Sommer, in der Nachbarschaft des Gymnasiums, hatte er noch nie ein Bombenopfer gesehen. Als Tote kannte er sonst nur den Großvater, der im Haus aufgebahrt wurde, still dalag mit gefalteten Händen im offenen Sarg, an dessen Seiten hohe Kerzen brannten. Auch die Großmutter, die ihrem Mann vorausging, blieb so in seiner Erinnerung. Es waren die Eltern der Mutter, die er so hatte liegen sehen, und wenn er daran dachte, spürte er immer noch die Umarmung der Eltern, die ihn zu den Toten führten und trösteten.

Die Eltern seines Vaters starben schon Jahre früher, um so mehr hing Andreas an den Großeltern mütterlicherseits, die ihn noch lange begleiteten und an deren goldener Hochzeit die Familie zu einem großen Fest, das im Garten gefeiert wurde, zusammenkam.

Auf dem Rasen unter dem Magnolienbaum stand eine hufeisenförmige Tafel, weiß gedeckt und geschmückt mit buschigen Girlanden aus Myrthenzweigen, in die kleine Rosen geflochten waren. Die Girlanden wanden sich auch um die hohen Lehnen der Sessel am schmalen Ende der Tafel, wo die Jubilare Platz genommen hatten, ein wenig verlegen fast in ihrer bescheidenen Würde. Da saß nun, hoch aufgerichtet, Hermann Reipert in seinem Frack mit grauer Weste, Beamter in Ruhe, der zu Zeiten der Wiener Monarchie sein Gehalt noch bar in Goldstücken ausbezahlt bekam. Neben ihm, gut einen Kopf kleiner und schon gebeugt, seine Frau Marie, eine geborene Hanl. Eine Frau mit einem unendlich gütigen Gesicht und freundlichen, etwas wäßrigen Augen, die sie immer blinzelnd schloß, wenn die Sonne durch die Blätter der Magnolie schien und ihr Gesicht traf. Es gab, was sonst nur zu Silvester der Fall war, echten Champagner, und als der schäumend zum Anstoßen in die Gläser floß, sagte die Marie Reipert den Satz, auf den alle gewartet hatten, die sie beim Festfeiern kannten: »Aber bitte nur einen kleinen Schluck!« Sie vertrug wirklich keinen Alkohol, bekam schon bei einem halben Glas leichten Sommerweins ganz frische rote Backen und begann bald alte Küchenlieder zu singen, vom »Mariechen, das weinend im Garten saß« zum Beispiel und wie sich Andreas nur zu gut erinnerte. An diesem Fest- und Feiertag, dem fünfzigsten ihrer Ehe mit Hermann, machte sie die winzige Menge Champagner doch eher müde als ausgelassenfröhlich, was wohl an der Krankheit lag, die noch unerkannt und auch nicht heilbar sich in ihr auszubreiten begann. Und so verabschiedete sie sich bald von der fröhlich feiernden Familie und ging, indem sie ihr langes Kleid elegant raffte, am Arm ihres Mannes über den Rasen, dann über den gepflasterten Hof und die wenigen Treppen von dort hinauf ins Haus und in die Wohnung im Erdgeschoß. Die fröhliche Runde, Kinder, Schwägerin, Schwager und die Enkel, stand wie auf ein geheimes Kommando auf und verfolgte schweigend den Weg des alten Paares mit den Augen, bis es im Dunkel des Hausflurs verschwand. Niemand konnte wissen, daß dies das letzte große Fest war, das die Familie gemeinsam feierte, und ein Abschied auch von den alten Leuten, die bald darauf und kurz hintereinander starben.

Das alles ist doch erst ein paar Jahre her, dachte Andreas als er an diesem trübseligen Dezemberabend durch die Trümmerlandschaft des Bahnhofsviertels ging, in dem verzweifelte Menschen in den schmalen Lichtkegeln abgedunkelter Taschenlampen suchten, was die Bomben von ihren Wohnungen übrigließen. An diesem Abend kehrte auch Andreas' Schulfreund Gerhard von einem Lager zurück, wohin ihn ein Hitlerjugend-Kommando geschickt hatte. Der Junge wohnte in einer neuen Siedlung in der Nachbarschaft des Krankenhauses mit seinen Eltern. Mit dem Hausschlüssel in der einen, die Taschenlampe in der anderen Hand ging Gerhard durch die Straßen, die er auch in der Dunkelheit gut kannte, in Richtung seines Hauses. Aber soviel er auch suchte, er fand es nicht, fand es nicht mehr. Ein Bombenvolltreffer hatte es dem Erdboden gleichgemacht, die Eltern waren mit dem Leben und ein paar Habseligkeiten im Notgepäck davongekommen.

In der Schule, dem Goethe geweihten Haus auf dem Weinberg, gab es keinen Unterricht mehr, wurden nur noch Hausaufgaben von Lehrern, die die Blätter dazu in eiskalten Klassenzimmern mit blaugefrorenen Händen austeilten und am nächsten Tag wieder einsammelten, vermittelt, die, wie ihre Schüler, den Kopf woanders hatten als bei der höheren Mathematik, bei Livius oder der deutschen romantischen Dichtung. Das prächtige Gymnasium mit seinen an Universitäten erinnernden Hörsälen, den Sammlungen in Glasvitrinen entlang der Gänge, der mit allen Geräten ausgestatteten Turnhalle, die Andreas so fürchtete, weil er an Reck und Barren eine ausgesprochene Niete war, dieses Gymnasium erhob sich noch immer über der Stadt, doch was dort einst gelehrt wurde, interessierte in diesen Wochen niemanden mehr. Die Lehrer nicht, die Schüler nicht. Die alten Ordnungen zerbrachen, Distanzen, auf die manche Lehrer unbarmherzig gehalten hatten, schrumpften, und mancher, der früher hinter hohem Katheder saß, bot seinen Schülern schon mal eine »R6« an, eine der rar gewordenen Zigaretten und nur gegen »Rauchermarken« zu bekommen, wenn sich »hintenherum« nicht ein Schleichweg öffnete.

Weihnachten kam, und scheinbar war alles wie sonst.

Der Bauer Franz brachte, nun zum sechsten Mal im Krieg, die Wacholderbuschen für die Krippe, saß sich aufwärmend auf der Eckbank in der Küche und trank in kleinen Schlucken den heißen Tee mit viel Zucker, den ihm das Mädchen Wally immer wieder hinstellte. Es war schon dämmrig, als der Franz mit seinen schweren Schaftstiefeln die Treppe hinunterpolterte, von Andreas begleitet bis vor die Haustür, wo der Mann aus dem Gebirge nochmals frohe Weihnachten wünschte, ehe er sich auf den Heimweg in sein Dorf machte. Gut zwei Stunden mußte er gehen. Pünktlich lieferte auch das Fischgeschäft Markl den großen Karpfen, schon ausgenommen diesmal, weil es niemand mehr über das Herz brachte, den Fisch im Haus zu schlachten, nachdem er ein paar Tage in der Badewanne herumgeschwommen war, was Andreas zwar freute, die übrige Familie aber verabscheute. Nicht allein, weil das Tier die Wanne blockierte, sondern weil man sich mit ihm irgendwie anfreundete, es sogar mit kleinen Brotstücken fütterte, was ihm nicht guttat, weil es noch fetter wurde, wo es doch abnehmen sollte, da ein vor Fett triefender Karpfen, paniert und gebacken, wie er nach altem Brauch auf dem Weihnachtstisch landete, einem gründlich den Magen verderben konnte, der im langen Krieg an Fett überhaupt nicht mehr gewöhnt war.

Mutter hatte die Weihnachtsbäckerei längst in schöne bunte Blechdosen verstaut, worin sie frisch blieb, wenn es sein mußte bis Mariä Lichtmeß am 2. Februar. Keines der traditionellen Rezepte hatte Mutter ausgelassen.

Wie jedes Jahr wurde der Weihnachtsbaum im »Herrenzimmer« aufgestellt, einem quadratischen Raum mit schweren Möbeln aus dunklem, fast schwarzem Holz. Die Sessel waren mit einem weinroten Stoff bezogen, ebenso eine lange behäbige Sitzgarnitur, angeordnet im rechten Winkel an zwei Wänden gegenüber den Sesseln. Dazwischen stand ein runder niedriger Tisch. Eine ganze Wand nahm der Bücherschrank, dessen Wucht durch in Sprossen gesetztes Glas in den weit zu öffnenden Türen etwas gemildert wurde. Ein sechsarmiger Lüster, aus dem gleichen dunklen Holz geschnitzt, hing von der Decke. Die Glühbirnen versanken in geschliffenen Schalen aus milchigem Glas, was, wurden sie eingeschaltet, dem Raum eine gewisse Feierlichkeit verlieh, weshalb er auch nur bei besonderen Anlässen genutzt wurde.

Obwohl es daneben noch ein Speisezimmer mit langer Tafel, einem Buffet und einer Vitrine mit gutem Porzellan gab, saß die Familie, saßen auch die vielen Gäste beim Essen aber lieber um den großen Tisch im Wohnzimmer neben der Küche und danach in breiten Lehnsesseln an den Fenstern, von denen man einen ungestörten Blick hinein in die Gartenlandschaft zwischen den Häusern genoß.

Nun, im Winter, an Weihnachten, hatte man längst die inneren Fenster aus dem Keller geholt, sie eingehängt und somit zwischen den äußeren Fenstern, die nur in der warmen Jahreszeit am Haus blieben, und den zweiten Fenstern innen einen sehr wirksamen Wärmepuffer geschaffen. Damit so wenig kalte Luft wie nur irgend möglich in die Zimmer wehen konnte, lagen zwischen den Fenstern dicke, mit Stroh gefüllte bunte Polster wie aufgeblasene Würste.

Das Mädchen Wally war schon vor den Feiertagen nach Hause geschickt worden auf den Hopfenbauernhof ihrer Eltern an der Eger im Saazer Land. Seit es wegen der Brandbomben, die britische und amerikanische Flugzeuge ziellos in Wohngebiete warfen, verboten war, in Mansarden unter dem Dach zu wohnen, zog Wally, wie ihre Vorgängerinnen früher ganz oben im Haus untergebracht, in ein kleines Zimmer im ersten Stock um, das früher eines der Gästezimmer gewesen war.

Wenn Wally am Wochenende nicht nach Hause fuhr, lehnte sie, wann immer möglich, breit aus dem Fenster, das zur Straße lag. Da dort an Samstagen und Sonntagen viele Soldaten unterwegs waren, begann Wally, gerade zwanzig Jahre jung, bald ihre Liebschaften zunächst und kokett mit den Augen.

Sie war nicht gerade eine Schönheit. Aber ein breites gutmütiges Gesicht mit fröhlichen Augen und einem immer zum Lachen bereiten Mund, in dem makellose Zähne blitzten, machte sie sehr sympathisch.

An Verabredungen, oft vom Fenster zur Straße getroffen,

war bald kein Mangel mehr. Wally kam immer öfter spät am Abend nach Hause, ließ sich aber in ihrer Arbeit, die im Haus schon um sechs begann, nichts nachsagen. Nur als sie einmal, wie sie glaubte, unbemerkt, einen Obergefreiten mit auf ihr Zimmer nehmen wollte, schritt Andreas' Mutter ein, die, katholisch erzogen, solchen Umtrieben sofort einen Riegel vorschob.

Andreas selber fand eigentlich nichts dabei, um so weniger, als Wally ihm mit leiser Stimme oft genug ihre Liebesgeschichten bis ins Detail erzählte und ihn manchmal um Rat fragte, wenn sie nicht mehr wußte, wem von ihren Soldaten sie den Vorzug geben sollte.

Zu diesen Aussprachen zog Wally Andreas heimlich, aber bestimmt in ihr Zimmer, bot ihm Platz auf einem unbequemen Stuhl an, setzte sich auf die Bettkante und schüttete ihr Herz aus. Für derartige Geständnisse war Andreas eigentlich die falsche Adresse, denn in Liebesabenteuern hatte er bis dahin keine Erfahrung, wenn er auch gerne den hübschen Mädchen in der Stadt nachsah. Seine schwärmerische Zuneigung konzentrierte sich ganz auf Ingrid, die Apothekerstochter, auf flüchtige Berührungen dieses Mädchens bei Familienausflügen oder in der Apothekerwohnung am Rathaus, wohin Andreas oft eingeladen war.

Von Wally erfuhr er, was sie an Liebe erlebte, von ihren Rendezvous im Dämmerlicht des Stadtparks, auf den Bänken an den Rosenbüschen und oben im Pavillon. Was Andreas nie vermutet hätte – Wally konnte wunderbar erzählen, auf eine ganz natürliche Art Dinge schildern, die aus anderem Mund derb und ordinär geklungen hätten. Wenn sie nichts mehr wußte über Liebe und Soldaten, erzählte sie vom Bauernhof daheim, von den Hopfengärten ihres Vaters, in denen sie schon helfen mußte, noch ehe sie in die Schule kam. Sie liebte die nebligen Morgen am Fluß, durch die sie mit Eltern, Geschwistern, Mägden und Knechten zum Hopfenacker ging, im Frühjahr, wenn die ersten Triebe der Hopfenpflanze aus der warmen Erde schossen, die Drähte der Hopfengerüste hinaufkrochen, schließlich blühten und als schöne hellgelbe Dolden geerntet wurden. Dann saßen viele Wochen lang Saisonarbeiterinnen und -arbeiter, die oft von weit her kamen, auf harten Holzschemeln und pflückten die Hopfendolden, die der Bauer mitsamt den Zweigen von den Drähten gerissen und auf die Erde geworfen hatte, in große Weidenkörbe. Gemessen wurde der gepflückte Hopfen nach »Viertel«, bezahlt auch. Wer sehr flinke Hände hatte, konnte es schon auf fünfundzwanzig Viertel bringen. Eine ungeheure Leistung, die zu erreichen es nicht zuließ, öfters den Kopf zu heben, ganz gleich, ob die Sonne brannte oder schwerer Regen fiel.

Einmal probierte Andreas das Hopfenpflücken aus. Er brachte es gerade auf drei Viertel, konnte tagelang den Rücken nicht gerade halten.

Eines Tages zur Hopfenerntezeit brachte Wally Andreas eine kleine Schachtel mit, die sie vorsichtig in ihrem Zimmer auf den Nachtkasten stellte. »Ich habe ein Geschenk«, sagte sie geheimnisvoll, »mach nur auf.« Andreas hob den Deckel. In der Schachtel, zwischen Hopfenblättern, krabbelten einige Käfer, die goldrot leuchteten. »Es sind Hopfenkäfer«, erklärte Wally, »und sie sollen dir Glück bringen.«

Weihrauchduft erfüllte das Haus. Überall, auf Treppen und Fensterbänken, standen in kleinen Porzellanschälchen etwa vier Zentimeter hohe schwarze Pyramiden, die Weihrauchkerzen, die zu Weihnachten gehörten wie der Karpfen, die Bäckerei, die Krippe und der Tannenbaum. Andreas zündete eine nach der anderen an der Spitze mit einem Streichholz an, bis sie kurz Feuer fingen, dann aber langsam herunterglühten, wobei eine kleine Weihrauchfahne aufstieg. Da viele solcher Kerzen aufgestellt waren, erinnerten Haus und Wohnung bald an eine Kirche, in der der Priester während der Messe den silbernen Weihrauchkessel schwingt.

In den Weihrauchduft mischte sich das Aroma der Fischsuppe, die die Mutter auf den Tisch stellte, der mit Porzellan und Besteck gedeckt war, das wirklich nur an Weihnachten Verwendung fand. Mutter sprach auch zuerst das Gebet, ein Vaterunser, das der Familie und allen galt, die nicht oder nicht mehr um diesen Tisch sitzen konnten. Andreas wußte genau, daß die Frau nach den ersten Worten schon ins Stocken geraten, ihr die Tränen kommen würden. Sie litt noch immer unter dem Tod ihrer Eltern, sie litt am Krieg, und sie wußte, daß in vielen bekannten Familien mancher Platz am Weihnachtstisch leer blieb, die Männer gefallen waren im Krieg, die Familien ohne Nachricht von den Fronten, die immer näher kamen. Andreas und der Vater nahmen das Gebet auf, in das die Mutter, als sie sich ein wenig gefaßt hatte, wieder mit einfiel, es bis zum Amen sprach. Doch so schnell sie der Schmerz überfiel, so schnell fand diese Frau, die das Haus führte, im Geschäft des Mannes half, Büroarbeiten stapelweise zu Hause erledigte und leidenschaftlich lange Briefe schrieb, wieder in die Weihnachtsrealität zurück. »Paßt auf, die Gräten«, mahnte sie, als sie die Platte mit den gebackenen Karpfenfilets servierte.

Es war alter Brauch, daß niemand während des Essens aufstehen durfte. Deshalb wurden alle Beilagen bis zum Nachtisch in Griffweite bereitgestellt, die Getränke dazu. Es gab frisches Bier und zum Schluß, wie nur an ganz großen Feiertagen üblich, Wein.

Andreas liebte dieses Fest, und er bewunderte in diesem Augenblick seine Mutter, die bemüht war, den schönen Rahmen dafür bis ins Detail zu erhalten, obwohl die Welt in Stücke fiel. Andreas und auch sein Vater, der neuerdings über erstaunlich gute Informationen verfügte, wußte, daß dieser Krieg verloren ging und es nur eine Frage von Monaten oder gar Wochen sein konnte, bis das Ende kam.

Es gab Lehrer im Gymnasium, die zwischen den immer seltener werdenden »Unterrichtsstunden«, die sich aufs Aufgabenverteilen beschränkten, sehr offen über die Lage sprachen. Der Geschichtslehrer zum Beispiel brauchte da nicht lange zu reden. Er nahm die Schüler, von denen er wußte, daß sie ihn nicht bei einer Parteidienststelle anschwärzen würden, beiseite, zog seinen hölzernen abgegriffenen Zeigestock unter dem Arm hervor, trat auf die Europakarte zu, die jetzt immer ausgerollt von der Wand des Klassenzimmers hing, und wies mit den Worten »Hier sind sie schon« auf Orte im Osten und Westen, die dicht an den alten Reichsgrenzen lagen. In diesen Tagen setzten die Sowjetarmeen zu ihrer alles vernichtenden Offensive gegen Schlesien an.

Im böhmischen Erzgebirge war stille dunkle Weihnacht. Keine strahlenden Weihnachtsbäume auf den Plätzen, kein Lichtschein fiel aus den Häusern ins Freie. Ab und zu nur ein Weihnachtslied hinter verdunkelten Fenstern. Die Nacht, die den Menschen eigentlich das Licht bringen und strahlen sollte, war schwarz wie nie zuvor.

Der Vater öffnete die Tür zum »Herrenzimmer«, in dem der Baum stand. Gemeinsam mit Andreas zündete er die Kerzen an, ganz ruhig, andächtig fast und schön der Reihe nach von oben nach unten. Allmählich erhellte sich das Zimmer, und unter dem strahlenden Baum, dessen Nadeln, jetzt von den Kerzen erwärmt, stark dufteten, erkannte man nun die Geschenke, ausgebreitet auf einer feinen weißen Leinendecke.

Andreas traute seinen Augen nicht. Da stand ein Kasten aus poliertem Nußbaumholz mit Scharnieren aus Messing. Er brauchte gar nicht erst zu öffnen, um zu wissen, was er enthielt. Es war etwas, was er sich lange gewünscht hatte, aber niemals daran geglaubt hatte, es je zu besitzen: ein Mikroskop mit verschiedenen Objektiven, eine erstklassige Arbeit und ein Gerät, wie es Forscher benutzten, um Bakterien, Viren, Gewebeschnitte um das Tausendfache zu vergrößern. Andreas fiel Vater und Mutter um den Hals, tanzte durchs Zimmer und freute sich wie selten zuvor. Er konnte sich vorstellen, welche Mühe und wieviel Geld es gekostet hatte, an dieses Wunderwerk heranzukommen, es zu beschaffen in diesen Zeiten. Der Vater lächelte nur und sagte: »Du bist sicher nicht böse, daß es ein wenig gebraucht ist.«

So war Vater. Er hatte Himmel und Hölle in Bewegung gesetzt, vielleicht – was ihm zuwider war – auch ein Dutzend der streng bewirtschafteten Seidenstrümpfe oder ein paar Kilo Wolle aus dem Lager geholt, um mit dieser Tauschware an das Mikroskop zu kommen. Und jetzt entschuldigte er sich fast dafür, daß es nicht mehr so neu war, als käme es direkt aus den feinmechanischen Werkstätten von Zeiss in Jena.

Das Gerät mit den drei scharfen Augen hätte stumpf und zerkratzt sein können, Hauptsache, die Objektive vermittelten ein klares Bild, dachte Andreas und freute sich um so mehr, als er feststellte, daß das blinkende Geschenk kaum Gebrauchsspuren trug. Vor Freude fiel er dem Vater um den Hals, was den Mann mit den klaren blauen Augen und dem bereits schütteren Haar fast verlegen machte. »Ist schon gut«, murmelte er, »Hauptsache, du freust dich.«

Andreas schaute nicht mehr nach den Kerzen, die jetzt besonders schön am Weihnachtsbaum brannten, und er hörte auch dem Vater nicht mehr zu, der auf dem Harmonium alte Weihnachtslieder spielte. Er nahm das Mikroskop und verschwand in sein Zimmer. Dort stellte er das Instrument vorsichtig auf den Nachttisch, schaltete die kleine Lampe ein und richtete den Schein der Glühbirne exakt auf den Spiegel unter dem Objekttisch des Mikroskops, der das Licht bündelte und gegen die Objektive warf. Nun nahm Andreas eine feine Pipette, tauchte sie ins Wasser eines der großen Aquarien, die in einem Regal aus Winkeleisen übereinandergestellt an einer Längswand des Zimmers standen. Vorsichtig zog Andreas etwas Wasser in die Pipette und drückte einen Tropfen auf einen der rechteckigen gläsernen Objektträger, die er im Mikroskopkasten entdeckt hatte. Vorsichtig schob er den kleinen Glasstreifen mit dem bißchen Wasser unter eines der drei Objektive, schaute durch das Okular und stellte es scharf ein. Das schwache Licht der Nachttischlampe, das nun von unten und verstärkt durch den Spiegel den Wassertropfen beleuchtete, machte den Blick frei für eine wunderbare Welt, die das starke Objektiv tausendfach vergrößerte. Andreas sah durchsichtige Pantoffeltierchen durch den Wassertropfen rudern, als sei dies ein großer See, und er sah das Herz eines Wasserflohs pumpen, die Fühler des winzigen Lebewesens zucken.

Aus dem Interesse für ein paar Stichlinge, die er zusammen mit seinen Freunden vor Jahren in einem Wiesengraben gefangen, sorgsam nach Hause getragen und in einem kleinen Aquarium untergebracht hatte, wuchs im Lauf der Zeit ein beachtlicher Schwarm nicht nur von Stichlingen, deren Nestbau Andreas begeistert verfolgte, sondern in anderen Aquarien eine schon nicht mehr überschaubare Zahl von verschiedenen Zierfischen, die, je nach Art, in kaltem oder exotisch warmem Wasser gehalten werden mußten. Ein von Andreas ausgedachtes und installiertes Heizsystem, das manchen Kurzschluß im ganzen Haus verursachte, sorgte für konstante Wassertemperaturen in den Aquarien, in denen die Exoten, die Andreas von verschiedenen Züchtern zusammenkaufte, lebten und sich auch kräftig vermehrten. Um die Brut aufzuziehen, mußte Andreas für kleinste, mit bloßem Auge nicht sichtbare Wassertierchen sorgen, die den winzigen Fischen in den ersten Tagen ihres Lebens über die Runden halfen. Aus Fachbüchern hatte Andreas gelernt, daß Leben im Wasser schon entsteht, wenn man ein Büschel Heu mit Wasser übergießt und einen Tag stehenläßt. Den Aufguß kippte Andreas in das Aquarium, in dem er den Fischnachwuchs, mühsam getrennt von den Eltern, aufzog. Mit einer starken Lupe konnte er verfolgen, wie die Fischwinzlinge gierig nach irgend etwas schnappten, das dem bloßen menschlichen Auge verborgen blieb. Es waren diese Kleinstlebewesen, Amöben zumeist, die das Mikroskop jetzt aus dem Wassertropfen heraus ins Gigantische vergrößerte. Die Welt unter Wasser und hinter Glas wurde für Andreas immer faszinierender, war es eigentlich schon gewesen, seit er mit seinem Vater als kleiner Bub einmal in Dresden war.

Dort gab es in der prächtigen Prager Straße das Café »Aquarium«. Die einzelnen Nischen, in denen die Tische standen, hatte der Besitzer durch niedrige Brüstungen geteilt, auf denen er mächtige Aquarien plazierte, in denen, zwischen den Kulissen sattgrüner Pflanzen, bunte Fische ihre Bahn zogen. Eine geschickte Beleuchtung, oben angeordnet, verstärkte noch die Farbigkeit dieses Unterwasserpanoramas. Mit großen Augen und voller Begierde so etwas einmal zu besitzen, starrte Andreas gebannt durch die dicken Scheiben und ließ manchen Kakao, den der Vater bestellte, zu dessen Ärger darüber kalt werden.

Nun also nahmen solche rechteckigen Wasserbecken fast eine ganze Wand ein in Andreas' Zimmer, das so klein nicht war. Das buntschillernde Paradies unter Wasser entrückte Andreas der Welt draußen, war Fluchtpunkt in diesen Tagen, in denen in vielen Menschen eine unbestimmte Angst aufquoll wie ein Batzen Hefe im Magen. Andreas hatte inzwischen eine gewisse Meisterschaft erreicht, seine Aquarien auch einzurichten mit Sand und Steinen und alten Wurzeln, die er sich im Wald hinter der Hütte im Gebirge holte. Er gestaltete die Aquarien wie ein guter Gärtner ein Stück Land, setzte Pflanzen mit den verschiedensten Blattformen in Gruppen zusammen, stellte Steine in die Gebüsche, formte Wurzeln zu bizarren Verstecken. Mit wenigen Lampen, die diese Landschaften oft nur mit ihrem Licht streiften, simulierte Andreas mehr als ein Stück Natur, eher eine Bühne für seine Inszenierungen unter Wasser und hinter Glas in vollkommener Stille.

Erst als die Pflanzen angewachsen waren und zu treiben begannen, den Sauerstoff produzierten, den die Fische zum Leben brauchten, entließ Andreas aus anderen behelfsmäßigen Behältnissen Fische in die frisch arrangierten Aquarien, doch immer nur die und so viele, wie er glaubte, daß in diese Landschaft, zu Formen und Farben passen würden. Die majestätischen Segelflosser, die Scalare, ließ er durch sogenannte Sumpfschrauben ziehen, deren Blätter sich bis dicht unter die Wasseroberfläche spiralisch drehten. Schwärme der quergestreiften quicklebendigen Zebrabärblinge tobten sich dagegen über ganzen Büscheln von Wasserkelchen aus, und purpurgefärbte Kampffische fochten ihren Streit zwischen den Wurzeln von Wasserhyazinthen aus. Andreas hatte gelernt, daß es Zierfische gab, die ihre Kinder lebend zur Welt brachten und sie zu Dutzenden aus den dicken Bäuchen der Weibchen purzeln ließen, staunend sah er zu, wie die Maulbrüter ihre aus Eiern geschlüpften Jungen bei Gefahr ins weit aufgerissene Maul flüchten ließen, das sich wie ein Sack blähte, und verfolgte immer wieder die Labyrinthfische, die nicht durch die Kiemen atmeten, sondern zum Luftholen an die Oberfläche steigen mußten, um ihr Labyrinth, das ihnen den Namen gab, mit Sauerstoff zu versorgen, mit dem sie wieder einige Minuten unter Wasser leben konnten. Diese Fischart baute an der Oberfläche denn auch ein Nest aus Schaumblasen, in das die Eier gelegt und befruchtet wurden und in dem dann die Jungen ausschlüpften.

Andreas hatte ein dickes Heft mit linierten Seiten angelegt, in dem er alle seine Beobachtungen sorgfältig notierte, wichtige Erkenntnisse über Haltung, Zucht und Futtergewohnheiten der Fische eintrug. Es sollte einmal Grundlage sein für ein kleines Buch über Zierfische, ein Handbuch für Aquarianer. Daß Andreas viel über die bunte Unterwasserwelt wußte, hatte sich schnell herumgesprochen. Da alle Geschäfte, die mit Zierfischen handelten, längst als nicht kriegswichtig geschlossen worden oder ihre Inhaber eingezogen waren, hielten sich die Leute, die noch Aquarien besaßen, meist ältere Männer oder Kriegsversehrte, an Andreas, wenn sie Rat brauchten, etwas kaufen oder verkaufen wollten.

Andreas selber wußte mit seinen Jungfischen, die oft nach Tausenden zählten, bald nicht mehr wohin. Er quartierte sie in große runde Blechkannen um, setzte sich damit in einen Zug und fuhr nach Dresden, wo es noch den einen oder anderen Händler gab, der ihm die bunte Fracht, von der mitunter nur die Hälfte den Transport wegen Sauerstoffmangels lebend überstand, abkaufte. Das waren zwar lediglich Pfennige pro Stück, in der Masse aber doch viele Mark, die Andreas als Taschengeld einsteckte.

Da saß er nun an diesem Weihnachtsabend in seinem Zimmer über dem Mikroskop, starrte auf Räder-und Pantoffeltierchen und holte sich auch die zierlichen Glockentierchen unter das Objektiv, die an den Stengeln der Wasserpflanzen wucherten. Als Andreas das kleine Licht auf dem Nachttisch losch und ins Wohnzimmer zurückging, war es weit nach Mitternacht. Keine Kerze brannte mehr, der Vater hatte den Deckel des Harmoniums zugeklappt und Mutter die Küche schön aufgeräumt. Beschmutztes Geschirr durfte in der Heiligen Nacht nicht stehenbleiben, sagte sie immer. Eine unbeschreibliche Stille lag über dem Haus, eine stille Nacht, wirklich, dachte Andreas, ehe er in sein Zimmer zurückging, sich ins Bett legte und sofort einschlief.

Die Stadt dämmerte lange in diesen ersten Weihnachtstag hinein. Es schien, als wollten die Menschen nicht aufwachen, noch lange den schönen Bildern des vergangenen Heiligen Abends nachträumen, einer scheinbar intakten Welt, in der die Lichterbäume in den Wohnstuben brannten wie immer, die Menschen sich an den Händen faßten, wenn sie die »Stille Nacht« sangen.

Als Andreas endlich aufstand, hatte die Mutter am Gasherd

längst Kaffee gekocht (»Heute gibt es echte Bohnen«), den Tisch gedeckt, die mit Puderzucker bestäubte längliche Porzellanplatte, auf der sich die blauen Ornamente des Zwiebelmusters fröhlich ineinanderschlangen, in die Mitte gestellt und den rosinengespickten Weihnachtsstriezel obendrauf. Das traditionelle Gebäck war schon angeschnitten, und der Vater grinste, weil er sich, ehe noch alle um den Tisch saßen und der Kaffee eingegossen war, ein Stück gegriffen und hineingebissen hatte, was er sonst nicht tat. Der Kaffeeduft zog durch die ganze Wohnung, vermischte sich mit dem schweren Geruch von Tannengrün und dem des Holzfeuers, das im Kachelofen brannte, in den erst später Kohlen nachgelegt wurden, deren Rauch dann schweflig gelb aus den Schornsteinen stieg und sich, wenn Kälte die Luft zu Boden drückte, oft wie ein schmutziger Schleier über die Stadt legte.

An den Weihnachtstagen versank Andreas hinter seinem Mikroskop. Er holte Blätter von Wasserpflanzen aus den verschiedenen Aquarien, schnitt sie klein und legte die nur zentimetergroßen Teile unter eines der drei Objektive. Schon das schwächste genügte, um das filigrane Geäst des Pflanzengewebes, ohne Vergrößerung nur ein einheitliches sattes Grün, in seiner ganzen Schönheit zu erkennen. Das also war das System, mit dessen Hilfe die Pflanze »atmete«, ihr Blattgrün aufbaute und Sauerstoff ausschied, den wiederum die Fische zum Leben brauchten. Deshalb also mußten die Aquarien Licht, wenn möglich von oben, bekommen, damit die Pflanzen atmen konnten. Im Herbst und Winter schaltete Andreas eine künstliche Beleuchtung ein, die er über den Aquarien montierte. Weil die Pflanzen in der dunklen Jahreszeit kaum Sauerstoff abgaben, waren Andreas einmal ganze Fischschwärme eingegangen, hatte das große Herbststerben in den Aquarien eingesetzt.

Auch ein Wasserfloh, vom Sommer übriggeblieben, geriet Andreas in einem Wassertropfen unter das Mikroskop. Fasziniert beobachtete er, wie unter dem durchsichtigen Panzer des winzigen Tieres, dessen Herz aufgeregt schlug, während der dunkle Punkt seines Auges starr nach oben ins Mikroskop blickte.

Andreas nahm einen harten Bleistift und große Bogen weißen Papieres, das noch aus Zeiten vor dem Krieg stammte, und begann alles, was er unter dem Mikroskop wahrnahm, aufzuzeichnen. Er freute sich, daß einige Skizzen ganz gut gelangen, und sammelte sie in einer Mappe. Vielleicht kann ich das alles später in meinem Studium verwenden, dachte er und war ganz weit weg.

Die Beschäftigung mit dem Mikroskop nahm Andreas so in Anspruch, daß er nicht einmal mit seinen Freunden zum zugefrorenen Alaunsee zog, um dort, wie jeden Winter, Eishockey zu spielen.

Die Ausrüstung, die den Buben für diesen Sport zur Verfügung stand, war eher bescheiden, was dem Spaß auf dem Eis keinen Abbruch tat. Die Schlittschuhe mußten erst einmal an die Schuhsohlen angeschraubt werden. Dies geschah mit kleinen »Leiern«, die man ins Gewinde steckte und damit die Halterung des Schlittschuhs an der Schuhsohle außen festdrehte. Schuhsohle und Schuhabsatz hatten schneefrei zu sein, weil der Schlittschuh sonst nicht hielt. Wer es nicht erwarten konnte und schlampig arbeitete, verlor mitten im Spiel einen Schlittschuh, oft in entscheidenden Momenten.

Als Eishockeyschläger dienten meist entsprechend krumm gewachsene Äste von den Eichen am Seeufer, als Scheibe ein Stück Kohle. Nur wer gute Verbindungen zum Eishockeyverein der Stadt unterhielt, die über eine erstklassige Mannschaft verfügte, die im Krieg allerdings kaum noch spielte, konnte sich einen abgewetzten richtigen Eishockeyschläger besorgen und einen Puck, die schwarze kleine Scheibe, dazu. Trat ein Bub mit einer solchen Ausrüstung an, durfte er immer mitspielen und wurde, sofern er den Schläger mal für ein Spiel an einen Freund verlieh, auch vom Schneeräumen befreit.

Oft genug lag eine dicke Schneeedecke auf dem Eis, die erst einmal für die Größe eines Spielfeldes zur Seite geschoben werden wollte. Es gab auch keine Hütte, in der sich die Buben aufwärmen konnten. In den Spielpausen saßen sie eng beisammen auf einem Baumstamm und trampelten mit Schuhen und Schlittschuhen aufs Eis, damit die Zehen in den nassen Schuhen nicht blau vor Kälte wurden.

Spät, erst als die Dämmerung sich über den See legte, wenn der Wald ringsum im aufsteigenden Nebel nur noch in Umrissen zu erkennen war, wenn die Scharen von Krähen lärmend in ihre Schlafbäume einfielen, lösten die Buben ihre Schlittschuhe von den Sohlen, hängten sie an den Eishockeystock, schulterten ihn und machten sich, am Gymnasium vorbei, über den Weinberg auf den Heimweg.

Die Schule, das Gymnasium, hatte für Andreas und seine Freunde kaum noch Bedeutung. Sie waren, zumeist erst fünfzehn, die oberste, die letzte Klasse, obwohl noch Jahre vor der Matura. Unterricht gab es für Andreas und seine Klasse ja nicht mehr, in Ausnahmefällen höchstens, wenn die Aufgaben, die verteilt wurden, näher zu besprechen waren. Die Schulräume blieben ungeheizt, in Mänteln saßen die Buben und die wenigen Mädchen, die mit ihnen in diese Klasse gingen, in den Bänken, immer auf dem Sprung in den Luftschutzkeller.

Im Keller ging es ziemlich laut zu, erstarben erst die Stimmen, wenn das Motorengedröhn der Bomberstaffeln über der Stadt lag wie eine Todesglocke, dann wieder ein wenig leiser wurde, weil die amerikanischen Piloten, die ausschließlich Tagesangriffe flogen, eben doch das Hydrierwerk in der Nachbarschaft anvisierten. Dort legten sie einen Bombenteppich nach dem anderen, und niemand konnte glauben, daß da auch nur noch ein Liter Treibstoff produziert werden konnte. Aber wie durch ein Wunder flickten die Arbeiter, darunter Tausende Kriegsgefangene, Zwangsverpflichtete aus dem Osten und die Männer der Organisation Todt die Anlagen immer wieder zusammen.

Nur wenn ebendiese Bomber direkt über der Stadt waren, die Splitter schwerer Granaten aus den 8,8-cm-Geschützen, die rings um das wichtige Werk ihre Dauerstellungen hatten, im Schulhof einschlugen, hielt jeder im Luftschutzkeller den Atem an, und wer neben einem Mädchen saß, zumal denen, die mit Andreas in die Klasse gingen, spürte schon mal den Druck ihrer Schenkel, nahm fest ihre Hand in die feuchte eigene. Nicht ohne weiteres war auszumachen, ob schiere Angst die Mädchen sich so eng an die Jungen drücken ließ oder ob es eine stumme Aufforderung war, die Gelegenheit zu nutzen, um zusammen irgendwo im Gewirr der Kellergänge zu verschwinden.

Die Schüchternheit der Mädchen, ob sie nun Susanne, Traudl oder Margit hießen, kannte durchaus ihre Grenzen, das begriffen die Jungen schnell und lernten wie im Schlaf, wie man ohne Umwege Blusen aufknöpfte und Mieder öffnete.

Vielleicht war es die Nachbarschaft des Todes, der da in den Bombenschächten, die sich auf Knopfdruck entluden, Minen, Splitterbomben und Phosphorkanister zur Erde schickten, dieses Todes, der über ihnen flog, der sie, blutjung wie sie waren, so neugierig und gierig nach dem Leben greifen ließ.

Einige der wenigen bunten Tupfer in diesem Kriegswinteralltag waren die Lebensmittelkarten. Es gab besondere Farben für Brot, Teigwaren, Fleisch, Margarine und Butter, Kartoffeln und Tabak und Zigaretten. Obwohl die dort in regelmäßigen Feldern mit der jeweiligen Mengenangabe ausgedruckten Rationen, die abschnittweise durch öffentliche Bekanntmachung aufgerufen und dann in den Läden verkauft wurden, immer magerer ausfielen, litt niemand richtig Hunger. In den Hausgärten gedieh auch in der letzten Ecke irgendein Gemüse, in kleinen Ställen in den Hinterhöfen hielt jeder, der konnte und es über sich brachte, die liebevoll großgezogenen Kaninchen auch zu schlachten, seine Stallhasen. Durch Hof und Garten der Kantstraße 13 marschierte längst eine kleine Herde Enten, die das Mädchen Wally als flaumige gelbe Küken vom elterlichen Hof in die Stadt gebracht hatte und die Andreas regelmäßig füttern mußte, bis sie endlich fettgefressen ihr schnattriges Leben unter den Händen des Hausmeisters beendeten.

Viele Nahrungsmittel, im Frieden im Überfluß angeboten, waren zur Delikatesse geworden, wie echter Kaffee, richtige Butter, Kakao, weißes Mehl.

Andreas vermißte eigentlich nichts, was daran lag, daß die Mutter ihm – »Du mußt noch wachsen« – jeden guten Bissen zusteckte und es verstand, mit viel Phantasie so zu kochen, daß auch einfache Gerichte jedem bei Tisch schmeckten.

Es kamen immer Gäste. Die Freunde des Vaters, sofern sie nicht Soldaten geworden waren, die Verwandtschaft und die Freunde von Andreas, die stets einen Riesenhunger mitbrachten. »Wenn's für drei reicht, reicht's auch für sechs«, sagte dann Mutter und goß ein bißchen Wasser in die Suppe und schnitt ein paar mehr Kartoffeln und Möhren hinein.

Das Radio lief ständig. Auch die geschönten Wehrmachtsberichte konnten nicht darüber hinwegtäuschen, daß der Krieg verloren war, wenn nicht ein Wunder geschah, an das allerdings niemand mehr recht glaubte, viele sich aber daran klammerten, weil sie ahnten, was die Niederlage bedeutete. Die Sowjetarmeen standen in Schlesien, und die ersten fragten, »wann sie denn bei uns« sein würden. Die Bilder aus Ostpreußen, aus Nemmersdorf vor allem, waren in allen Zeitungen abgedruckt, die Wochenschau hatte Filme gezeigt von dem Dorf, das als eines der ersten den Russen in die Hände gefallen, dann aber von den Deutschen zurückerobert worden war.

In langen Reihen lagen die verstümmelten Leichen von Frauen und Kindern am Straßenrand.

Nun war eingetreten, was Freunde der Familie, wenn sie, die meisten verwundet, ein paar Tage auf Urlaub nach Hause geschickt wurden, längst von der Ost- und Westfront berichteten. Im Westen schoben die Amerikaner und Engländer ungeheure Massen an Soldaten, Panzern und Flugzeugen mit jedem Tag näher an die deutsche Reichsgrenze, und im Osten hatten die Sowjets im Herbst 1944 alles, was kämpfen konnte, in Richtung Deutsches Reich in Marsch gesetzt. Während die Westalliierten, glänzend ausgerüstet und versorgt, den Krieg noch immer als eine zwar blutige, doch sportliche Variante des Lebens ansahen, waren die hungrigen, mangelhaft mit Waffen versehenen Sowjetsoldaten angefüllt mit Haß auf alles, was deutsch und Deutschland war. Jetzt konnten sie den Deutschen heimzahlen, daß die ihr Land überfallen und verwüstet hatten. Die Sowjetkommandeure taten das Äußerste, diesen Haß noch zu schüren. Die Stunde der Rache war gekommen.

Am 12. Januar 1945, dem russischen Neujahrsfest, trat die Rote Armee zum Sturm auf Ostpreußen an.

»Ostpreußen wird gehalten« stand in fetten Lettern im »Deutschen Volksblatt«, das wie jeden Abend zu Andreas' Vater ins Geschäft gebracht wurde. Jeder las diese Zeile, und jeder wußte, daß die Russen nicht mehr aufzuhalten waren.

In Panik und voller Entsetzen flohen die Menschen mit eilig zusammengestellten Trecks vor der Sowjetarmee in Richtung Westen: Frauen, Kinder, Alte, Kranke zogen auf völlig vereisten Straßen mit hochbepackten Pferdegespannen in langen Kolonnen in Richtung Ostsee, Königsberg und Danzig. Die Russen kannten keine Gnade. Mit ihren Panzern fuhren sie, aus kürzester Entfernung feuernd, in die Trecks hinein, die Panzerketten zermalmten alles, was noch am Leben war.

Onkel Herbert, eigentlich kein richtiger Onkel, sondern nur aus der entfernteren Verwandtschaft und Besitzer eines riesigen Hofgutes in Tschern, ein paar Kilometer von der Stadt entfernt, kam von der Front und berichtete der Familie von den grauenhaften, auch die schlimmste Phantasie übersteigenden Ereignissen im Osten. Er wußte auch, daß die deutschen Soldaten, in genauer Kenntnis, was der Zivilbevölkerung bevorstand, sich gegen die russischen Soldaten buchstäblich bis zum letzten Mann und zur letzten Patrone verteidigten. Andreas saß wie die anderen wortlos um den Wohnzimmertisch.

Als Onkel Herbert, ein, wie man so sagt, stattlicher Mann, die Treppe hinunterpolterte, blieb die Familie, als wäre sie gelähmt, stumm oben an der Wohnungstür stehen und verhielt noch eine Weile so, als die Tür hinter Herbert sich längst geschlossen hatte.

Am späten Abend dieses Tages ging Andreas unbemerkt aus dem Haus, die Kantstraße hinunter, über den Deutschherrenplatz, durch die Gluckgasse, bog schließlich in die Schießhausgasse ein, wo er die rückwärtige Front des Apothekerhauses mit dem großen Haustor erreichte. Er läutete, und Ingrid öffnete, als habe sie auf ihn gewartet. Sie gingen in ihr Zimmer, in dem ein schwarzer Flügel stand, an dem Ingrid und ihre Mutter oft saßen und auch gern vierhändig spielten. Die Fenster dieses Zimmers lagen, wie die meisten der weitläufigen Apothekerwohnung, zum Marktplatz hin. In dem Zimmer war es dunkel, deshalb konnten auch die Verdunkelungsrollos oben bleiben.

Die wenigen Lampen auf dem Marktplatz spendeten kaum Licht, warfen nur einen schmalen Lichtkegel auf das schneeschmutzige Pflaster vor dem Rathaus, das einstmals ein Schloß gewesen war mit einem üppigen Renaissancetorbogen, der allerdings Mitte des neunzehnten Jahrhunderts bei einem Umbau der Spitzhacke zum Opfer fiel und in schlichterer Form neu gebaut wurde. Hinter dem Rathaus erhob sich, und in Umrissen gegen den Himmel gut erkennbar, die Katharinenkirche, einst Ordenskirche der Deutschritter, aus dem dreizehnten Jahrhundert. Um diesen Blick auf das Herzstück der alten Stadt hatte Andreas die Apothekersfamilie immer ein wenig beneidet, und er ging gern in das Haus der befreundeten Familie, um so mehr, weil er wußte, daß Ingrid ihn gerne sah. So spät am Abend, noch dazu unangemeldet, hatte Andreas aber noch nie dort einen Besuch gemacht, es mußte also schon etwas Außergewöhnliches sein, was ihn trieb.

Ingrid machte kein Licht, setzte sich kurzerhand auf den Klavierschemel, bot Andreas einen Sessel gegenüber an und wartete, daß er seinen unerwarteten Besuch begründete, erzählte. Ohne Umschweife berichtete Andreas, was er am Nachmittag von dem Onkel Herbert erfahren hatte, was sich da zusammenbraute – auch für diese Stadt und ihre Menschen.

Das Mädchen hörte ihm unverwandt zu, und sein blasses Gesicht unter den dunklen langen Haaren schien noch blasser zu werden, je länger Andreas erzählte, all das aus ihm herausbrach, was er von Herbert gehört hatte. Plötzlich aber stand Ingrid auf, ging die wenigen Schritte zu Andreas hinüber, zog ihn aus dem Sessel hoch, umarmte ihn fest, drückte ihn an sich. »Hör auf«, sagte sie, »es gibt noch eine andere Welt.« Dann begann sie Schubert zu spielen, seine späten Sonaten. Sie sagte ihm, was sie spielte, und Andreas war ihr dankbar dafür, denn er verstand wenig von klassischer Musik, spürte aber, wie mit ihr die schrecklichen Bilder allmählich verschwanden, die sich in seinem Kopf drehten, seit er von diesem Onkel Herbert wußte, was in diesen Tagen und gerade zu dieser Stunde im Osten des Reiches über die Menschen hereinbrach.

Es verging viel Zeit, bis Ingrid endete, irgendwo in der Wohnung verschwand und mit einer Flasche Cognac und zwei bauchigen riesigen Gläsern mit kurzen Stielen zurückkehrte. Sie setzte sich auf die breite Fensterbank, zog die Knie an und bedeutete Andreas, er möge sich ihr gegenüber setzen. Dann stellte Ingrid Flasche und Gläser zwischen sich und den späten Gast und schenkte den Alkohol wenig mehr als einen Finger hoch in die Gläser, gab Andreas eines, hob ihm ihres entgegen und prostete ihm stumm zu. Sie trank aber noch nicht, sondern wandte wie beschwörend den Blick auf den dunklen Platz vor dem Fenster mit der schönen vertrauten Kulisse dahinter und sagte nur »Gott bewahre uns«. Dann trank das Mädchen das Glas bis zum letzten Tropfen aus, so als wäre es eine Gewohnheit. Andreas tat es ihr nach. Sie tranken so lange, bis die Flasche leer war, und beide waren das erstemal in ihrem Leben richtig betrunken.

Eines Tages kam Else. Sie stand zwischen der Haustür, die offen war, und der hohen Glastür, die das Treppenhaus abschloß, und läutete zaghaft. Andreas sah die junge Frau als erster, weil er sich gerade an seinem Fahrrad zu schaffen machte, das im Flur zum Garten hin an der Wand lehnte und das er auch im Winter benutzte, wenn nicht allzuviel Schnee lag. Else, wie sie sich vorstellte, trug einen dicken wollenen Mantel, dessen Kragen hochgeschlagen war, und hatte ein buntes Tuch, wie damals viele Frauen, zu einem Turban um ihr hochgestecktes Haar gewunden. Ein kleiner Koffer und zwei Netztaschen standen neben der jungen Frau auf den Steinfliesen, an jeder Hand hielt sie einen kleinen Jungen, von denen sie den größeren, der Andreas neugierig ansah, Peter, den kleineren, der sich scheu an seine Mutter drückte, Wolfgang nannte.

Sie sei, so sagte Else, aus dem zerbombten Berlin mit ihren beiden Kindern in diese Stadt und zu einer entfernten Verwandten, die übrigens auch mit Andreas' Familie irgendwie verwandt sei und nur ein paar Straßen weiter wohnte, voller Hoffnung in dieses Haus gekommen, weil sie gehört hatte, daß hier noch keine Flüchtlinge aus dem Osten wohnten und auch keine »Ausgebombten«, wie die Menschen hießen, deren Häuser und Wohnungen vor allem in den Großstädten West- und Mitteldeutschlands in Trümmer gesunken oder ausgebrannt waren.

Andreas sah, wie die drei Menschen, die da vor der Glastür mit den bunten Scheiben standen, froren und offensichtlich auch hungrig waren, fragte nicht lange und bat sie herein und hinauf in den ersten Stock, wo er und seine Familie wohnten. Dann führte Andreas die drei fremden Menschen in die Küche, in der sich niemand aufhielt, und zeigte auf die Eckbank gegenüber dem Herd. Schweigend und sichtlich müde setzten sich die Frau und ihre beiden Buben hin, streckten die Beine unter den Tisch mit der dicken, stets gescheuerten Holzplatte und lehnten sich zurück. Nur das Ticken der Pendeluhr mit dem verblichenen Zifferblatt, die neben dem geschnitzten Kruzifix an der Wand hing, war für eine Weile zu hören und das Schnaufen im Ofen, in dem Holz brannte.

Auch Andreas brach das Schweigen nicht, traute sich nicht, etwas zu fragen, begriff nur, daß hier Menschen saßen, die der Krieg, die Bomben, Feuer und Vernichtung aus der Hauptstadt des Reiches nach Böhmen getrieben hatte, wo sie jetzt Schutz suchten bei einer Familie, in einem Haus, das noch stand, wie seit Jahrzehnten, in dem nichts fehlte, die Fensterscheiben fast alle ganz, das Dach dicht, die Kleiderschränke voll und wohl genügend Vorräte im Keller gelagert waren, um durch den Kriegswinter zu kommen.

Es dauerte nicht lang, da kam Andreas' Mutter herein, blieb wie angewurzelt stehen und schaute fragend auf die Frau mit ihren beiden Buben, die immer noch im Mantel auf der Bank saßen, so, als stünde es gar nicht dafür, sich erst auszuziehen. Else erhob sich schnell, ordnete, verlegen fast, ihre Haare, von denen ein paar dunkle Strähnen unter dem eng anliegenden Turban hervorschauten, und ging auf die andere Frau zu, in der sie wohl die Hausfrau erkannte, weil diese unter ihrer

Schürze, die sorgfältig am Rücken gebunden war, einen Rock aus gutem Stoff und eine lachsfarbene Bluse mit Perlmuttknöpfen trug.

»Ich bin Else«, sagte die junge Frau, »und das sind meine beiden Buben.« Sie streckte die Hand aus, die die andere, die Ältere, ganz mechanisch ergriff, ihre Überraschung über den nicht angemeldeten Besuch kaum verbergend.

Die Familie empfing ja oft Gäste, doch irgendwie meldeten sich die immer an, ließen Zeit für gewisse Vorbereitungen und wenn es auch nur die kurze Spanne bis zum Tischdecken war oder wenigstens um die Schürze abzulegen. So peinlich genau Andreas' Mutter das Haus führte, so zuwider war es ihr, in Situationen zu kommen, die ihre Tagesplanung durcheinanderbrachten, schon gar nicht konnte sie Dinge unaufgeräumt herumstehen oder gar herumliegen sehen.

»Bei der Gretl«, so nannten sie ihre vielen Freundinnen, denen der Name Margarethe auszusprechen ihnen zu umständlich war, »bei der Gretl ist immer alles wie geleckt.« Nun stand die Gretl in ihrer sonst blitzblanken, stets aufgeräumten Küche vor den Einkaufsnetzen, die der Besuch auf dem Boden abgelegt hatte und aus denen die in Papier eingewickelten Eßwaren quollen, und dem Koffer, der danebenstand und der schon darauf hindeutete, daß die junge Frau mit ihren Buben nicht nur zu einer Stippvisite in das Haus in der Kantstraße eingefallen war.

Dennoch faßte sich Gretl schnell, schneller als von Andreas erwartet, der, am Fenster stehend, den Lauf der Dinge beobachtete. Gretl begriff, daß hier eine kleine Familie, der Mann war Gott wer weiß wo, angekommen war, die fror, obwohl der Herd eine wohlige Wärme verbreitete, und deren Mägen bestimmt vor Hunger knurrten. Die Erziehung in der Klosterschule war auf Gretl nicht ohne Eindruck geblieben, hatte sie zu einer frommen Frau gemacht, die regelmäßig in die Kirche und zur Beichte ging, ohne dabei in Bigotterie zu verfallen. Zu den wichtigsten Aufgaben eines Christenmenschen zählte Andreas' Mutter, anderen zu helfen. Das tat sie bis zur Erschöpfung schon in den schlimmen Jahren, als die tschechische Regierung in Prag nicht lange nach Gründung der Tschechoslowakei im November 1918 das Deutschtum in Böhmen programmatisch zu unterdrücken begann, die Deutschen zu Bürger zweiter Klasse machte. Die meisten staatlichen Stellen in Ämtern, bei Post und Eisenbahn wurden nun mit Tschechen besetzt. Nach den Massenentlassungen Deutscher, die meist ohne Begründung, manchmal auch durch sprachliche Eignungsprüfungen erfolgten, die die allermeisten Deutschen nicht bestanden, weil sie nur wenige Worte oder überhaupt kein Tschechisch sprachen, standen über Nacht Zehntausende Deutscher vom Bahnarbeiter bis zum Verwaltungsbeamten auf der Straße. Dazu kam eine sich immer stärker abzeichnende Weltwirtschaftskrise, in der die Tschechen obendrein bei großen und kleinen Aufträgen deutsche Unternehmen und Betriebe kaum noch mit Aufträgen versorgten und in den Konkurs trieben. Deutsche Hilfsorganisationen bildeten sich, um die ärgste Not zu lindern. Das ging von Geldspenden bis hin zur Suppenküche, in der sich Arbeitslose und Schulkinder wenigstens einmal am Tag mit einer warmen Mahlzeit versorgen konnten.

Wie alle ihre Freundinnen lernte Gretl in diesen Jahren, zu handeln und zu helfen. Und so fragte sie, obwohl ihr die unaufgeräumte Küche ein Greuel sein mußte, die fremde Frau mit ihren beiden Kindern nicht lange nach dem Woher und Wohin, sondern stellte einen großen Topf auf den Gasherd, auf dem Küchenofen gegenüber dauerte es ihr wohl zu lange, drehte den Hahn auf, hielt ein brennendes Streichholz an den Brenner, der fauchend ansprang, und kochte Kaffee. Nicht einen aus Malz, vielmehr echten Bohnenkaffee, der, gut getarnt, in einer unscheinbaren Blechbüchse ganz hinten im Küchenschrank stand.

Die Tür wurde aufgestoßen, das Mädchen Wally kam, schwer atmend, vom Keller herauf, in jeder Hand einen bis zum Rand gefüllten Kohlekübel. »Richtigen Kaffee mitten in der Woche?« fragte Wally verwundert und sah erst dann die fremde Frau und die beiden Kinder hinten auf der Eckbank. »Das ist Else mit Peter und Wolfgang«, erklärte Andreas' Mutter. »Und sie werden bleiben.«

Von ihrem elterlichen Bauernhof im Saazer Land war Wally an eine große Familie gewöhnt, und so nahm sie es als selbstverständlich hin, daß von einer Stunde zur anderen drei Menschen mehr in diesem Haus wohnen würden.

Die Hausfrau entfaltete ihr Organisationstalent, überlegte nicht lange, wo die junge Mutter mit ihren beiden Kindern unterzubringen sei, und entschied, daß Andreas sein Zimmer aufgeben und fortan im Wohnzimmer werde schlafen müssen, auf der Couch, die breit und kissenbeladen in einer Ecke gegenüber den Fenstern zum Garten stand. Andreas war es recht. Das große Umräumen wurde auf den nächsten Tag verschoben. Für die erste Nacht, so wurde beschlossen, sollte sich der »Zuzug« aufs Gästezimmer und das Wohnzimmer mit der behäbigen Couch verteilen. Else, die vor Müdigkeit in sich zusammenfiel, hatte nichts dagegen, und die Kinder nickten stumm und scheu in dieser ungewohnten Umgebung, bei Menschen, die sie nicht kannten und bei denen sie jetzt leben sollten, bis, ja, bis wann eigentlich?

Als Andreas' Vater vom Geschäft heimkam, schien er gar nicht überrascht, daß Veränderungen ins Haus standen. Er begrüßte Else und die Kinder offen, wie es seine Art war, und sagte dann sehr nachdenklich: »Es werden noch mehr kommen ...«

In dieser Nacht, als endlich Ruhe eingekehrt war im Haus, sich schon eine neue Ordnung andeutete für Dusche und Badezimmer vor dem Schlafengehen, als Betten neu bezogen, Leintücher gespannt und Kissen verteilt worden waren, legte sich Andreas noch mal in sein gewohntes Bett in seinem Zimmer mit den hellen Schleiflackmöbeln und den vielen Aquarien, in denen die Filteranlagen auch nachts arbeiteten und das Wasser leise blubbern ließen.

Es war ein Geräusch, mit dem Andreas sonst rasch einschlief. Doch in dieser Nacht fand er keine Ruhe. Er dachte an Else mit ihrem Peter und ihrem Wolfgang. Wo war der Mann? Was mußte alles geschehen, daß eine Frau die Stadt verließ, in der sie viele Jahre lebte, zwei Kinder an der Hand und alles, was wichtig war, in einem kleinen Koffer und zwei Taschen Platz fand? Ist es die schiere Angst um das Leben, die einen treibt, oder hält man es einfach nicht mehr aus, wenn Tag und Nacht die Bomben fallen und Leben nur heißt, stundenlang im Keller zu sitzen, den Atem anzuhalten, wenn die Einschläge näherkommen, die Kinder an sich zu drücken, ein Stoßgebet zu stammeln, sich nasse Tücher vor Mund und Nase zu binden, damit man nicht erstickt im stinkenden beißenden Rauch? Wie ist es, bei wildfremden Menschen vor der Tür zu stehen mit den Kindern und der Hoffnung, daß diese Tür auch aufgeht, vielleicht ein Bett bereitsteht unter einem Dach, das heil ist? Andreas fühlte, wie sich ein bisher nicht gekanntes Gefühl ausbreitete in der Magengegend, aufstieg zur Kehle und diese zudrückte, als lege ihm einer die Hände um den Hals.

Andreas sah hinüber zu seinen Aquarien. Was würde aus denen? Würde er den Strom abschalten und damit auch die Heizungen, damit die Fische stumm starben im sich allmählich abkühlenden Wasser? Oder sollte er sie besser alle herausfangen, in die Toilette spülen und ihnen einen schnellen Tod bereiten?

Was würde er einpacken? Welches Buch? Vielleicht das »Buschgespenst«, den neuesten Karl May, den er noch gar nicht zu Ende gelesen, der ihn aber besonders faszinierte, weil die Geschichte im Erzgebirge spielte und nicht irgendwo in einem fernen Land? Was würde um Gottes willen aus dem Mikroskop, sollte er es mitschleppen? Und wohin sollte die Familie denn gehen, wenn alle gehen, die Verwandten und Freunde, die einen gern aufgenommen hätten?

Schließlich, gegen Morgen, schlief Andreas ein. Als er müde in die Küche und dann hinüber ins Wohnzimmer schlich, saßen Vater, Mutter und Else mit den Kindern schon beim Frühstück am großen Tisch. Das Leben in der Kantstraße, das der Familie, verlief nun nicht mehr wie gewohnt.

II

Sicher, die Wohnung war groß genug, um sie mit einer anderen Familie zu teilen. Wo Else mit den Kindern wohnen sollte, war bereits entschieden. Die Möbel in den einzelnen Räumen, schwer und behäbig, schienen unverrückbar, für die Ewigkeit dorthingestellt. Jedes an seinem Platz, der genau ausgewählt worden war. Nun mußte improvisiert werden. Die junge Frau mit ihren beiden Buben, so sehr auch spontane Einigkeit darüber bestand, daß sie bleiben sollte, brachte doch die alte Ordnung durcheinander, und außerdem trug sie, die bis jetzt im bombenverwüsteten Berlin gelebt hatte, als unmittelbar Betroffene ein Stück des Krieges ins Haus. In den Kleidern der drei Fremden klebte förmlich noch der Staub zusammenstürzender Mauern, hatte sich der penetrante Geruch brennender Balken festgefressen, dachte Andreas und sah, als er die Augen schloß, Else mit Peter und Wolfgang durch brennende Straßenzüge hetzen, durch die der Feuersturm tobte und Schwärme von Funken vor sich her trieb.

Bomben waren schon längst auch auf die Städte in Nordböhmen gefallen, doch die blieben noch bewohnbar. Die Menschen zogen einfach zu Nachbarn und Verwandten, deren Häuser heil geblieben waren. Wegen der Bomben packte in Böhmen, das »draußen im Reich« als eine Insel der Seligen galt, kaum jemand die Koffer, um sein Leben zu retten.

Von der Front erzählte schon mancher Soldat an dem großen Wohnzimmertisch. Von Toten, Verwundeten, von brennenden Panzern, heulenden Stalinorgeln, von überrollten Flüchtlingstrecks, Erfrorenen im Straßengraben. Doch noch nie hatte Andreas so begriffen, was das heißt: Krieg. Erst als er Else und ihre beiden kleinen Söhne so dasitzen sah, scheu und darauf wartend, wo sie denn würde schlafen können in dieser Nacht, die februarneblig längst angebrochen war. Vielleicht deshalb fiel die Entscheidung jetzt schnell.

Andreas würde also sein Zimmer mit den Schleiflackmöbeln räumen, Platz für die Bombenflüchtlinge machen. Es tat ihm nicht weh, um so weniger, als Else gern gestattete, er dürfe in dem Zimmer, in dem für sie und die Kinder nun zwei weitere Betten hineingeschoben wurden, die Aquarien mit den Fischen stehen lassen. Sie würde sogar die Tiere füttern und darauf achten, daß die Wassertemperatur von den Heizern immer auf gleicher Höhe gehalten würde.

Die feste Größe »Schule«, die über so viele Jahre das Leben von Andreas mitbestimmt hatte, ihm einen Rahmen vorgab, löste sich allmählich auf, wie so vieles, was zu den Ordnungen der Menschen in dieser Stadt einmal gehörte. Der Alltag orientierte sich jetzt für die Jungen und Mädchen um die fünfzehn Jahre und jünger an den Einsätzen und dem Dienst in der Hitlerjugend. Andreas kam aus der Uniform kaum noch heraus.

Von der Hitlerjugend-Führung wurden die nicht einplanbaren Einsätze über Melder befohlen oder, wenn Telefone angeschlossen waren, per Draht. In der Kantstraße stand das Telefon mit der Nummer 141, eine Parallelschaltung zum Geschäft. Vermittelt wurden alle Gespräche über das »Fräulein vom Amt«, das, wenn es die Zeit erlaubte, sich manchmal mit dem angerufenen Teilnehmer unterhielt. Eines dieser Fräulein hieß Frieda, und seltsamerweise machte sie offensichtlich Dauerdienst. Denn immer wenn Andreas zu einem Einsatz gerufen wurde, lief die Verbindung über Frieda. Die Telefonistinnen kannten sich in dem dünnen Leitungsnetz der Stadt gut aus und folglich die meisten Anschlüsse mit Namen. Frieda war es gelungen, Andreas genau zu identifizieren, und sie versäumte keine Gelegenheit, mit ihm per Telefon ins Gespräch zu kommen. Sie beschrieb Andreas genau ihre Figur, angefangen von den braunen dichten Haaren bis zu den Beinen, die immer »in echten Seidenstrümpfen« und hohen Stiefeln steckten, was sich Andreas, weil ja Winter war, gut vorstellen konnte. Frieda vergaß auch nicht, darauf hinzuweisen, wie eng ihre Pullover waren und wie gut sich ihre Brüste darunter abzeichneten. Andreas glaubte dies alles gern und lernte so eine Frau kennen, die er niemals sah, weil sie allen seinen Angeboten, sich doch einmal mit ihm zu treffen, widerstand. Entweder, sie war verheiratet oder sonst irgendwie unter strenger Aufsicht, oder sie konnte nicht halten, was sie am Telefon versprach, schielte vielleicht, hatte einen mageren Körper und nicht die üppigen Rundungen, von denen sie immer redete. Andreas amüsierte sich über das Phantom im Postamt, das ihm manchmal auch Nachrichten übermittelte, die nicht für alle Ohren bestimmt waren. Frieda wußte vor allen anderen, wann die ständig rarer werdenden Lebensmittelrationen »aufgerufen« wurden, sie versorgte Andreas mit dem neuesten Stadtklatsch und verfügte über genaue Informationen, wenn sie die Jungen und Mädchen zu den Einsätzen rief, wie an diesem Abend, als sie das Gespräch der Hitlerjugend-Führung weitergab, die Andreas zum Bahnhof befahl. Frieda sprach, ehe sie die Verbindung herstellte, nur von etwas »Schrecklichem«.

Andreas setze sich aufs Rad und fuhr die leichte Steigung der Bahnhofstraße hinauf, den endlosen schmutzigen Bretterzaun entlang, der die Geleise zur Straße hin trennte, und erreichte schließlich das Hauptgebäude, das wegen der ständigen Luftgefahr fast im Dunkel lag. In der hohen Bahnhofshalle, in der links und rechts viele Menschen an den Fahrkartenschaltern standen und auf deren Boden sich Berge von

Soldatentornistern, Sturmgewehren und Karabinern türmten, die kaum ein Landser bewachte, erwarteten Andreas einige Mädchen in BdM-(Bund-deutscher-Mädchen-)Uniform und eine Handvoll Rotkreuzhelferinnen. Eine ging voran und führte ohne viele Worte die Gruppe auf den Bahnsteig, dann über die Geleise bis zum anderen Ende des Bahnhofs, in dem, ohne Lokomotive, eine lange Reihe von Personenwagen stand, jedes Abteil durch eine Tür zu öffnen.

In den Waggons brannte kein Licht, kein Laut drang nach draußen. Die Scheiben der Abteilfenster waren rußgeschwärzt blind. Die Rotkreuzhelferin, die das Kommando übernommen hatte, befahl der Gruppe, die frierend zwischen den Geleisen stand, sich zu teilen. Die einen sollten zum Anfang, die anderen zum Ende des Zuges gehen. Andreas trottete nach hinten zusammen mit drei Mädchen, die er nicht kannte. Während sie noch zwischen den Schienen zum letzten Waggon hin gingen, rumpelte, von den Bahnsteigen her, ein Elektrokarren heran, von einem Eisenbahner trotz der fast völligen Dunkelheit geschickt über die Eichenbohlen, die an bestimmten Stellen als Übergänge zwischen den einzelnen Gleissträngen verlegt waren, gesteuert. Auf der Pritsche des Wägelchens standen sechs hohe, schlecht verschlossene runde Behälter, aus denen eine undefinierbare Brühe schwappte, die einen süßlichen Geruch verbreitete. Ohne ein Wort zu verlieren, lud der Fahrer, der den Kragen seines dicken schwarzen Eisenbahnermantels hochgeschlagen und die Ohrenschützer seiner Schirmmütze tief heruntergezogen hatte, drei der schweren Behälter vorn am Zug, die drei letzten am anderen Ende ab. Dann stieg er wieder auf und verschwand mit dem Fahrzeug, das beim Beschleunigen einen merkwürdigen Jaulton von sich gab, in der Nacht.

Die Rotkreuzhelferin, die offensichtlich wußte, was sich in den Waggons verbarg, ging zuerst mit der kleinen Helferschar nach vorn, kam dann zurück zu Andreas und den drei

Mädchen und sagte nur kurz: »Na, dann wollen wir mal.« Dabei drückte sie den Messinggriff der ersten Abteiltür kräftig nach unten und stieg über die schmale Holztreppe, die außen am Wagen montiert war, in die dunkle Öffnung des Zugabteils. Das heißt, sie wollte dies tun. Auf dem Boden nämlich lagen wie auf den Holzbänken und oben in den Gepäcknetzen kleine Bündel, aus denen Köpfe mit geschlossenen Augen ragten, wie Andreas erkannte, der hinter der Frau einsteigen wollte, aber nicht weiterkam, weil die wie festgefroren in der Tür stehen blieb.

Wohl durch den kalten Luftzug, der plötzlich ins Abteil strömte, erschreckt, begann sich Leben in den Bündeln zu regen, es überall zu wimmern, leise zu husten, hob sich da und dort ein Arm aus den schmutzigen Tüchern, mit denen die Babys eingewickelt waren. Ein entsetzlicher Gestank stieg auf, Andreas fingerte nach seinem Taschentuch und drückte es gegen Nase und Mund.

Die Rotkreuzhelferin drehte sich abrupt um, wollte aus dem Waggon springen, übersah dabei Andreas, der auf der Treppe stand, riß ihn mit und landete mit ihm auf dem Kies zwischen den Geleisen, kam aber schnell wieder auf die Beine und hetzte in Richtung Bahnhofsgebäude, wobei ihr Zeit blieb, noch »Ich hole Hilfe« zu rufen. Die kam dann schnell. Gut ein Dutzend Rotkreuzschwestern tauchte schemenhaft, fast gespenstisch aus der Finsternis, zog kleine Handwägelchen hinter sich her, auf denen sich Pappkartons stapelten. Die Frauen fragten nicht lange, sie sahen, was zu tun war. Abteil für Abteil wickelten sie die Babys aus, holten endlose Mullbinden aus den Kartons, säuberten die jetzt schreienden Kinder, so gut es ging, verpackten sie neu und begannen sie zu füttern. Andreas und die Mädchen seiner Gruppe schöpften mit verbeulten Wehrmachtsessgeschirren, die aus der Rote-Kreuz-Bahnhofsstation stammten, die undefinierbare Brühe aus den vorher angekarrten runden Tonnen, gaben sie weiter an die Schwestern, die löffelweise die gierigen Mäuler stopften. So ging es Stunde um Stunde. Wie viele Babys wurden da versorgt? Hundert, zweihundert, fünfhundert? Wer kannte ihre Namen? Nur soviel sprach sich herum, daß die hilflose Fracht »irgendwo in Schlesien« eingeladen worden war mit dem Auftrag an den Lokomotivführer, nach Westen zu fahren, einfach nach Westen zu fliehen vor der Roten Armee.

So schnell wie möglich sollte der Zug auch wieder eine Maschine bekommen, die Fahrt fortsetzen, irgendwohin.

Andreas konnte sich kaum noch auf den Füßen halten, als er den Zug verließ. Zwischen den Geleisen lagen Berge stinkender Windeln, und etwa in der Mitte des Zuges einige Bündel, um die die Mädchen der Gruppe, die mit Andreas zum Einsatz gerufen worden war, herumstanden. In den Bündeln regte sich nichts mehr.

Andreas holte sein Fahrrad, das genau dort stand, wo er es verlassen und nicht einmal abgeschlossen hatte, und fuhr die kurze Strecke hinunter zur Kantstraße. Er schloß die Haustür auf, ging in den ersten Stock und wie gewohnt in sein Zimmer. Erschreckt fuhr eine Frau aus tiefem Schlaf hoch. Es war Else, die mit den beiden Söhnen ja jetzt sein Zimmer bewohnte. Daß er, Andreas, seit ein paar Tagen auf die Couch im Wohnzimmer umgezogen war, daran dachte er nicht. Er legte sich nun dort hin und schlief sofort ein. Er hörte auch nicht die Geräusche aus der Küche, wo das Mädchen als erstes jeden Tag Feuer machte im Herd und das Wasser für den dünnen Kaffee aufsetzte.

Von den beklemmenden Ereignissen der Nacht erzählte Andreas nur in Umrissen, murmelte etwas von Rotkreuzhilfe. Es gab keinen triftigen Grund zu schweigen, die Eltern hätten auch ein Recht darauf gehabt, zu erfahren, wo Andreas die ganze Nacht gewesen war. Doch er schwieg, sah nur immer wieder den dunklen Zug vor sich, die schmutzigen Bündel, die herumlagen und plötzlich zum Leben erwachten, bis auf die, die gegen Morgen stumm zwischen den Geleisen lagen.

Im Haus roch es plötzlich nach Zigaretten. Ein fremder Geruch, da der Vater nur Pfeife rauchte, höchstens mal eine Zigarre, sofern sie noch von irgendwoher zu bekommen war. Else rauchte, und niemand brachte sie davon ab, sich selbst mit dem schlechtesten Tabak ihre Zigaretten zu drehen. Und weil die immer so dünn ausfielen, nannte sie bald die ganze Familie nur noch »Stäbchen«. Ein Name, der ihr eigentlich gefiel, und ein Beweis, daß sie mit den Buben irgendwie zur Familie gehörte, keine ganz Fremde mehr war, wenn sie sich auch längst nicht wie zu Hause fühlte. Das war auch kein Wunder. Die Wohnung verfügte eben nur über eine Küche, eine Toilette, ein Bad. Die Menschen, die bis dahin als kleine Familie darin wohnten, entwickelten in vielen Jahren ihre Gewohnheiten, und plötzlich kam eine junge Frau mit ihren beiden Kindern dazu. Von einem Tag auf den anderen standen nun drei Frauen in der Küche: die Mutter von Andreas, das Mädchen Wally und Else. Es dauerte, bis sich die Frauen arrangierten und von Tag zu Tag entschieden, wer auf dem großen Kohleherd und wer auf dem vierflammigen Gasherd gegenüber kochen sollte. Auch das klappte nicht immer, weil es von den Speisen abhing, die bereitet wurden. Für die einen genügte die Gasflamme, für die anderen wurde der Kohleherd bevorzugt. Andreas platzte oft genug in eine Diskussion, die ihm zeigte, daß sich die Frauen manchmal richtig in die Quere kamen. Bewährte Küchenregeln wurden außer Kraft gesetzt, heilige Zeiten umgestoßen, und einmal hörte Andreas wie Else schluchzend rief: »Hier bin ich ja doch nur geduldet, ich pack' meine Kinder und fahre zurück nach Berlin!«

Mit der Zeit wurden die Reibereien in der Küche weniger, was wohl seinen Grund darin hatte, daß sich das Mädchen Wally und Else morgens zusammensetzten und einen Küchenbenutzungsplan ausarbeiteten, so gut es eben ging. Allmählich wurden auch die Einkaufswege koordiniert, festgelegt, wer sich wo und wann vor den Läden anstellen, von wem er abgelöst werden sollte. Else, die gerne bald aufstand, reihte sich frühmorgens in die Schlangen vor den Lebensmittelgeschäften ein und ließ sich dann nach einer Stunde oder zwei von dem Mädchen ablösen, wenn es ihr nicht gelang, sich irgendwie in der Schlange nach vorn zu mogeln, worin sie ein Meister war. Sie fand stets einen Grund, die Wartezeiten zu verkürzen, erzählte von den Kindern, die allein zu Hause wären, oder von angeblichen Krampfadern in den Beinen, die sich kaum aushalten ließen. Das zog immer, und da Else sehr charmant sein konnte, machten ihr die meisten gerne Platz, ließen sie vor. Da kam sie dann oft am frühen Vormittag zurück, ein pralles Einkaufsnetz in der Faust, ließ es auf den Küchentisch fallen, setzte sich auf die Eckbank und zündete eines ihrer Stäbchen an.

Andreas bewunderte seine Mutter. Wohl regierte sie nach wie vor das Haus, achtete streng darauf, daß alles blitzblank blieb, nichts »verkam«, ging aber schon kurz nach dem Frühstück die wenigen Minuten hinüber zum Geschäft ihres Mannes auf dem Deutschherrenplatz. Dort setzte sie sich hinter die Kasse, half Ware auspacken, wenn wenig Kunden kamen, blieb bis kurz vor Mittag, ging dann nach Hause, schaute, ob das Mittagessen fertig war, deckte den Tisch, gönnte sich nach dem Essen mit Mann und Sohn manchmal auch einen Kaffee, half beim Abräumen und Spülen und ging, kaum war es zwei, mit ihrem Mann wieder in das Geschäft, wo sie bis zum Abend blieb, um dann mit einem Packen Papier in den Feierabend zu gehen. Das Papier, die Papiere, waren die Tagesbelege für die Buchführung und die Abschnitte der »Textilmarken«, die zum Einkauf bewirtschafteter Waren von den Zuteilungskarten abgeschnitten wurden und die, zusammengeklebt auf Bogen Zeitungspapier, beim Wirtschaftsamt wieder zum Bezug neuer Ware berechtigten.

Mit jedem neuen Kriegsjahr allerdings wurden die Waren knapper und die Zuteilungen entsprechend schmaler. Die gleiche Menge der abgelieferten Marken bekam kein Geschäftsmann mehr als Neuzuteilung zurück. Zuletzt höchstens noch im Verhältnis drei zu eins.

Andreas sah seine Mutter oft bis tief in die Nacht vor der Buchführung sitzen. Dafür klemmte sie große Bogen mit vielen dünnen Linien mit einer auf einer glatten Aluminiumtafel seitlich links angeschraubten Schiene fest und setzte mit einer Glasfeder, die sie vorsichtig in die Tinte tauchte, Zahl unter Zahl. Ihr Mann saß daneben und sortierte die Belege. Mit Blaupapier wurden die langen Zahlenkolonnen auf ein unter dem Original liegendes Blatt durchgeschrieben. Eine Katastrophe, wenn die Glasfeder mal kleckste, die Tinte über die Zahlen spritzte. Weil auf den Buchhaltungsformularen möglichst nicht radiert werden sollte, begann die ganze Arbeit von neuem. Das war die Zeit, in der Andreas seine Mutter zum erstenmal mit einer Brille sah. Sie hatte ein Gestell aus dünnem Golddraht gewählt, was ihrem Gesicht mit dem dichten naturgelockten Haar gut stand, obwohl Andreas meinte, sie sähe jetzt aus wie eine Professorin am Gymnasium. »Das wäre ich auch gern geworden«, sagte die Mutter, und zum erstenmal klang da so etwas wie die Sehnsucht nach einem Beruf mit, in dem nicht Haus, Familie und Geschäft im Mittelpunkt standen.

Andreas stellte sich vor, wie seine Mutter vor die Klasse getreten wäre, das Notenbüchel aufgeschlagen in der Hand, die Namen aufrufend, abfragend und die Noten eintragend. In ihre Klasse wäre ich eigentlich nicht so gerne gegangen, dachte Andreas. Die Mutter hätte ihm nichts durchgehen lassen, hätte Hausaufgaben streng geprüft und natürlich erst recht die Klassenarbeiten.

Aber so war das Leben der Mutter eben anders verlaufen, und vermutlich bereute sie es auch nicht, jedenfalls blieb ihr kaum Zeit dazu, viel darüber nachzudenken.

An diesen Februarabenden 1945, an denen die Familien

hinter sorgfältig heruntergelassenen Verdunkelungsrollos in den Küchen, wo es warm war, oder in dem einzig geheizten Zimmer zusammenkrochen, blieb der Krieg ausgeschlossen, es sei denn, jemand las einen Feldpostbrief vor oder erzählte von erlebten und überlebten Bombennächten. Immer öfter kam Else, die stets wartete, bis die Kinder fest schliefen, aus ihrem Zimmer herüber, setzte sich in einen der tiefen Sessel, zog die Beine hoch und zündete sich eine ihrer dünnen Zigaretten an. Es dauerte nicht lange, dann erzählte sie von Berlin, von Fritz, ihrem Mann, der Ingenieur bei Siemens war, weshalb sie auch in Siemensstadt wohnten. Doch längst steckte Fritz in einer feldgrauen Uniform, und die Wohnung in Siemensstadt lag verlassen. Ehe sie die Kinder an die Hand nahm, um zum Bahnhof zu gehen und mit irgendeinem Zug nach Nordböhmen zu fahren, vernagelte Else noch schnell einige Fenster, die dem Luftdruck der ganz in der Nähe niedergehenden Luftmine nicht standhielten, mit Pappe. Fortwährend plagte sie der Gedanke, ob dieser notdürftige Schutz auch halte oder ob ihn Bombensplitter nicht längst zerfetzt hatten, vorausgesetzt, der Wohnblock stand überhaupt noch. Else lebte tagelang richtig auf, wenn sie ein Feldpostbrief von Fritz erreichte, dem sie entnahm, daß er wenigstens gesund sei, was allerdings schon nicht mehr der Fall sein konnte, als die eilig dahingeschriebenen Zeilen nach Wochen endlich in der Heimat ankamen. Ähnlich war es mit den Nachrichten aus Berlin, die Nachbarn schickten mit dem beruhigenden Inhalt, daß in ihrer Straße bis jetzt keine Bomben mehr gefallen waren.

Andreas genoß diese Abende, an denen manchmal nichts zu hören war als das Bullern in dem niedrigen, doch viel Wärme spendenden Dauerbrandofen, das Kratzen der Glasfeder, die Mutter über die Formulare der Buchhaltung führte, und das Knistern des Tabaks aus Vaters Pfeife, wenn er daran zog und sich das Kraut in der Glut zusammenkrümmte.

An einem dieser dunklen Februarabende ging Andreas

hinunter in den Garten, der unter einer dünnen Schneedecke lag. Es roch schon nach Erde, über den Schnee, soviel war zu erkennen, zogen sich die Spuren der Katzen von einem Ende des Grundstücks zum anderen. Doch kein Tier ließ sich blicken. Wie aus Blei standen die Häuser ringsum, kein Lichtschein drang nach draußen. Andreas lehnte sich an die hölzernen Latten des Spaliers, das sich entlang der Mauer an der Ostseite des Gartens hinzog. Vater pflanzte dort vor vielen Jahren ein paar spindelige Apfelbäume, deren Früchte im Krieg aber gar nicht mehr recht reif wurden, weil Andreas und seine Freunde sie gierig abpflückten, grün wie sie noch waren. Doch sie blühten schön, diese Bäumchen, und bald im Frühling, weil die Sonnenwärme sich hielt in der unverputzten Ziegelmauer.

Andreas stand lange in der Dunkelheit, in der er immer mehr erkannte, je besser sich seine Augen daran gewöhnten. Noch nie war ihm aufgefallen, wie schön der Architekt das kleine Gartenhaus gestaltet, wieviel Mühe er sich im Detail damit gegeben hatte. Das Häuschen stand auf einem hohen Sockel aus handgeschlagenen Ziegeln, auf dem sich die Holzwände erhoben, die ein behäbiges Walmdach abschloß. In die Wände waren breite Sprossenfenster eingelassen, Kastenfenster wie drüben im Wohnhaus. Die inneren Flügel wurden im Sommer ausgehängt, im Herbst wieder eingesetzt, und wenn es nicht zu kalt war, mußte im Gartenhaus, das nicht beheizt werden konnte, niemand frieren. Die Fassade unter den Fenstern ließ der Architekt durch schöne Ornamente im Holz verzieren, ähnlich wie bei skandinavischen Holzhäusern.

In den vertieften Kreisen und Quadraten lag Schnee, sah aus wie Watte in den Pumpernickelhäuschen, die die Bäcker in der Weihnachtszeit liebevoll in die Schaufenster stellten, vor denen die Kinder standen und sich nicht losreißen konnten.

Als die Feuchtigkeit durch die Schuhsohlen in Andreas

hochzukriechen begann, löste er sich von der Mauer, ging quer über die Wiese unter dem kahlen Magnolienbaum hindurch hinüber zum Hof, die wenigen Stufen zum Wohnhaus hinauf, öffnete die schwere Tür, schloß sie sorgfältig hinter sich, tappte, ohne Licht zu machen, das Treppenhaus hoch und betrat die Wohnung. Auch hier brannte kein Licht mehr, waren schon alle zu Bett gegangen. In der Luft hing noch ein wenig Tabakrauch, eine Mischung aus Pfeife und Zigarette.

Nichts störte den Frieden, kein Geräusch von draußen und keines von drinnen. Andreas kauerte sich auf die Eckbank in der Küche, vermied es, Licht zu machen. Und so konnte er um so besser zusehen, wie das immer kleiner werdende Feuer im Herd sein gelbrotes Licht durch die nicht ganz eng schließenden Ringe in der Herdplatte gegen die Decke warf, bis auch die letzte Flamme erlosch, die Küche im Dunkel lag.

Gegen seine sonstigen Gewohnheiten schaltete Andreas nicht den großen Philips-Empfänger ein, auf dessen matt erleuchteter Skala lange Reihen von Sendestationen verzeichnet waren. Städtenamen, die Andreas nicht einmal aus dem Geographieunterricht kannte, die deshalb klangen wie aus einer anderen Welt. »Hilversum« war so eine Stadt, in die Andreas unbedingt einmal reisen wollte, wenn der Krieg vorbei war. Das Lexikon verriet nur, daß Hilversum in den Niederlanden lag und eine Villenstadt war. Wie sahen die Menschen aus, die dort lebten? dachte Andreas. Es mußte schön sein, nur in Villen zu wohnen, mitten im Grün und nicht weit vom Meer.

Andreas wollte später in viele Städte fahren, in alle, die sich irgendwie erreichen ließen. Was kannte er denn schon? Nach Prag war er mit den Eltern ein paarmal gefahren, um Verwandte zu besuchen. An die Ostsee, nach Swinemünde, durfte er in den großen Ferien einmal mitfahren, im letzten Sommer vor dem Krieg. Und nach Dresden. Das hatte der Vater besonders geliebt, weil es nicht nur eine wundervolle Stadt war, sondern auch an der Elbe lag wie die Heimat des

Vaters Tetschen bei Bodenbach, direkt an der Grenze zwischen Böhmen und Sachsen.

Andreas schaltete das Radio also nicht ein, wollte nicht die letzte Luftlagemeldung hören, die nur noch ganz selten verkündete, daß sich über dem Reichsgebiet kein feindlicher Bomberverband befand.

Am nächsten Tag lag eine schmutzige Hochnebeldecke über der Stadt, ließ den gelblichen Kohlerauch, der aus den Schornsteinen quoll, gar nicht richtig aufsteigen, schickte ihn wieder zur Erde zurück, auf die Dächer, wo der Schnee längst rußgeschwärzt war. Andreas trödelte beim Aufstehen.

Als er endlich ins Wohnzimmer kam, saß niemand mehr um den Frühstückstisch. Vater und Mutter waren längst ins Geschäft gegangen, Else mit den Buben irgendwo unterwegs. In der Küche klapperte Geschirr, das Mädchen Wally spülte ab, schob Töpfe über die heiße Herdplatte.

Andreas setzte sich auf die Eckbank, die im rechten Winkel den Küchentisch mit der sandgescheuerten dicken Holzplatte einrahmte, und bat um einen Tee. Wally brühte ihre »Bauernhofmischung« auf, die so hieß, weil sie alle Kräuter dazu rings um ihren väterlichen Hof im Saazer Land sammelte, trocknete und in Leinensäckchen füllte, die sie stolz mit in die Stadt brachte.

Woraus die duftende Teemischung bestand, hat Wally nie verraten. Mal, so kam es Andreas vor, roch sie besonders nach Schafgarbe, das andere Mal wieder mehr nach Huflattich oder nach Salbei. In jedem Fall dampfte immer ein Stück Wiese mit aus dem Teetopf, und wenn Andreas die Augen schloß, sah er diese grüne, von bunten Blumen durchmischte Weide, die sich von dem Hof, aus dem Wally kam, hinunter zog an die Eger.

Andreas genoß den Tee, schmierte sich ein daumendickes Stück Brot mit Marmelade, die er sich aus einem Glas holte, auf dessen weißes Etikett mit doppeltblauem Rand unverkennbar und akkurat Mutter »Himbeeren – 1944« geschrieben hatte.

Dann ging er aus dem Haus, die Straße hinunter zum Deutschherrenplatz. Vor dem Geschäft des Vaters krümmte sich eine Menschenschlange, so lang, daß sie um das Gebäude herumreichte noch ein Stück in die Plattnerstraße hinein. Im Eingang stand Gretl, die jüngste Verkäuferin. Andreas sah, wie sie fror. Nur schubweise ließ sie die Kunden ein und wieder heraus. Irgendeine Sonderzuteilung war aufgerufen worden. Ein bißchen Wolle, ein Paar Strümpfe oder auch nur Stopfgarn.

Gretl, den Mantelkragen hochgeschlagen, winkte. Ihre langen Zöpfe, die ihr sonst von den Schultern baumelten, waren im Nacken zu einem kunstvollen Knoten gebunden. Andreas mochte sie und sie ihn. Ihm schüttete sie, wenn er, was selten vorkam, im Lager Pakete packen half, ihr Herz aus. Sie hatte, mitten im Krieg, einen jungen Feldwebel geheiratet, und der kämpfte mit seiner Division erst in Rußland, dann, beim Rückzug, in Polen. Wo er an diesem Tag war, wußte Gretl sicher nicht, denn Feldpost kam erst nach Wochen an, oft überhaupt nicht mehr. Und so zitterte Gretl mit Millionen anderer Frauen jeden Tag dem Briefträger entgegen, ob der wohl einen Feldpostbrief bringen würde, eine Nachricht, nur – um Gottes willen – nicht die, mit der kurz mitgeteilt wurde, daß der Grenadier, Unteroffizier, Feldwebel, Leutnant oder Hauptmann oder Major oder welcher Rang auch immer »tapfer kämpfend für Führer, Volk und Vaterland gefallen« sei.

Andreas ging nicht mehr den gewohnten Weg zum Gymnasium. Dort waren kürzlich Nachrichtenhelferinnen eingezogen, »Blitzmädel«, wie man sie nannte, weil sie am linken Ärmel einen ovalen Stoffaufnäher mit einem eingestickten gelben Blitz trugen, Symbol für Funk und Fernsprecher. Die Blitzmädel wurden überall dort eingesetzt, wo Nachrichten zu übermitteln waren, in Fernsprechzentralen und Funkerbuden. Sie taten aber auch Dienst an den Meßgeräten in Geschützstellungen draußen an der Front und in der Heimat bei den Flugabwehrbatterien, bei lebensgefährlichen Einsätzen, die auch viele dieser oft blutjungen Mädchen mit dem Leben bezahlten.

Das Gymnasium also war keine Schule mehr, vielmehr eine Art Kaserne, in der Frauen in Uniform Dienst taten, in von Bänken leergeräumten Klassenzimmern in Stockbetten auf Strohsäcken schliefen und in den Lehr- und Hörsälen, wo früher Chemie, Physik und Biologie unterrichtet wurden, für den Funk- und Fernsprechdienst ihren Drill erhielten. Das Gymnasium durften Schüler nur betreten, wenn sie dort zum Luftschutzdienst eingeteilt waren.

Unterricht oder was davon übrigblieb, gab es in der weitläufigen Ingenieurschule, nicht weit von Andreas' Elternhaus entfernt. Weil noch Zeit war, von einem pünktlichen Unterrichtsbeginn überhaupt keine Rede mehr sein konnte, machte Andreas den Umweg am Geschäft des Vaters vorbei, ging die Lange Gasse, die an der einen Seite von niedrigen Häusern, an der anderen vom Assigbach, der zwischen hohen Mauern dahinfloß, begrenzt wurde, hinunter, bog in die Weitmühlstraße ein und kam nach wenigen Minuten zur Richard-Wagner-Straße, an der die Ingenieurschule lag. Treppenaufgänge und Flure wimmelten von Schülern, alle jünger als Andreas und seine Freunde. Sie waren die ältesten, die sich der Krieg noch aufgespart hatte, die meisten nicht einmal sechzehn.

Andreas gesellte sich zu den Gefährten: zu Ernst, dessen Vater vor seiner Einberufung an dieser Schule als Chemieprofessor gelehrt hatte, was Ernst nun in allen Einzelheiten erzählte, mit Stolz in der Stimme. Da war der lange Peter, der quirlige Heinz und Herbert, der immer damit glänzte, daß er schon wie ein Großer im Lebensmittelgeschäft, das seinem

Onkel gehörte, arbeitete. Die Freunde lauschten ihm, scheinbar andachtsvoll, weil sie Herbert in dem Laden am Marktplatz oft besuchen durften, nie ohne mit einer Kostbarkeit in den Hosentaschen fortzugehen, einer Handvoll Rosinen oder Nüsse etwa, die sie im Vorbeigehen aus den prallen Jutesäcken im Magazin stahlen, was sie als Mundraub deklarierten.

Unschlüssig standen die Schüler herum, niemand wußte wohin. Sie waren aus ihrem schönen Gymnasium vertrieben, fremd hier in dieser Schule, die anders roch. Andreas wurde sich gewahr, daß er, wie die anderen, das Gymnasium am Weinberg als etwas Selbstverständliches hingenommen, es ohne Dankbarkeit benutzt hatte. Und erst jetzt, da es – bis auf die Luftschutzeinsätze – ihnen allen verschlossen blieb, fühlte Andreas schmerzlich, daß etwas Schönes, ein Stück seiner Jugend, verloren war. Endlich kam der Lateinlehrer Brix, führte sie in eine gähnend leere Klasse, holte einen »Livius« aus seiner abgeschabten Aktentasche, schlug ihn kurz auf und verkündete, daß die Vokabeln einiger Kapitel zu lernen und ins Deutsche zu übersetzen seien. Damit war der Unterricht beendet.

Wie ein schmutziges Leintuch hing der Tag über der Stadt, und obwohl »Lichtmeß«, an der Mutter nie vergaß, auf den alten Bauernspruch »Lichtmeß bei Tag eß«, gemeint war das Abendessen, hinzuweisen, längst vorbei war, konnte diesmal von einem hellen Abend keine Rede sein. Die Dämmerung kroch in alle Winkel, füllte auch das Wohnzimmer, in dem Andreas saß vor dem kleinen Ofen, dessen Rohr glühte, so hatte er ihn bis obenhin mit Kohlen gefüllt, die jetzt lichterloh brannten. Nur das Lodern der Flammen und das mahlende Knirschen der dann und wann zusammenfallenden Glut unterbrachen die Stille der Wohnung. Das ging lange so, Ewigkeiten, wie es schien, in denen Andreas nichts anderes tat, als bewegungslos in einem alten Korbsessel in der wohligen Wärme zu sitzen.

Dann hörte er, wie das Mädchen aus seiner Kammer kam, über den Flur ging und die Tür zur Küche öffnete. Es war langsam Zeit für das Abendessen. Andreas hörte das Mädchen am Herd hantieren. Mit einem Eisenhaken hob sie die Ringe über den einzelnen Kochstellen nacheinander ab, legte sie beiseite, um von oben zu sehen, ob noch Glut im Herd war oder neu Feuer gemacht werden mußte. Noch aus der spärlichsten Glut ließ sich mit Hilfe dünner Holzspäne, von denen immer ein Vorrat in einer der Backrohre lagerte, schnell ein helles Feuer machen, dessen Flammen, die gierig die trockenen Späne fraßen, ein Stück über die Herdplatte schlugen und mit den eilig darübergeschobenen Ringen gezähmt werden mußten. Auch diesmal schien dies der Fall zu sein, denn Andreas hörte, wie Eisen klirrte und das Mädchen vor sich hin schimpfte, weil sie sich offenbar die Finger verbrannt hatte.

Dann öffnete der gute Küchengeist die Tür zum Wohnzimmer, erkannte nicht gleich Andreas, der im Dunkeln saß, erschrak und stammelte ein »Jesses, du bist ja da«. Und gleich weiter: »Was soll ich zu Abend machen?« Die Auswahl war nicht groß, und das Angebot beschränkte sich auf Erbsensuppe mit Speck und danach Bratäpfel oder böhmisches Kraut und Bratkartoffeln. Andreas entschied sich für die Erbsensuppe, weil er wußte, daß das Mädchen Wally dort reichlich saftiges Selchfleisch hineinschnitt, das sie von ihren Wochenendtouren zum elterlichen Bauernhof nie vergaß mitzubringen. Bald füllten sich Haus und Wohnung. Die Eltern kamen müde und abgespannt aus dem Geschäft nach Hause, Else vom Besuch bei einer Verwandten, die nur wenige Häuser entfernt in der gleichen Straße wohnte. Mit der Wahl für das Abendessen, die Andreas getroffen hatte, waren alle einverstanden. Die Erbsensuppe dampfte auf dem Tisch, und die Bratäpfel schmorten in einer schweren Eisenpfanne im Backrohr.

Es hätte eigentlich ein sehr gemütlicher Abend werden

können, wäre da nicht die Stimme aus dem Radio gewesen, die den Anflug »starker Bomberverbände auf den Raum Hannover–Braunschweig« meldete. Es dauerte nicht lange, da heulten die Sirenen. Zuerst Vor-, dann Vollalarm. Anders als zumeist, nahmen die britischen Maschinen nicht Kurs auf Berlin oder Westdeutschland. Die Geschwader schwenkten bald nach Südost.

Die Sirenen jaulten noch, da sprang Andreas vom Tisch auf, stürzte in den Flur, nahm Gasmaske und Stahlhelm von der Garderobe, zog sich den dicken Mantel an, würgte den Schal um den Hals, polterte die Treppen hinunter in den Keller, keuchte mit dem Fahrrad über der Schulter die Treppe hinauf und stand schon auf der Straße. Selten war er so durch die Straßen und den Stadtpark hinauf zum Gymnasium gehetzt wie an diesem späten Februarabend. Eine unbestimmte Angst saß Andreas im Nacken, er fürchtete, daß diese Bombergeschwader, die tief gestaffelt, doch unsichtbar über den Himmel zogen, ihre Bombenlast über der Stadt auskippen würden, durch deren leere Straßen Andreas jetzt auf seinem unbeleuchteten Fahrrad jagte. Doch nichts geschah. Die gespenstische Stille wurde nur durch die Rufe der Luftschutzwarte unterbrochen, die in den Hauseingängen standen, den Himmel beobachteten und das, was sie sahen oder auch nicht sahen, durch Zuruf dem Nachbarn mitteilten.

Als Andreas außer Atem unten an der Freitreppe des Gymnasiums das Fahrrad gegen die hohe Mauer knallte, zwei Stufen auf einmal nehmend auf die kleine Tür links neben dem Hauptportal, die direkt zur Hausmeisterwohnung und in den Luftschutzraum führte, zurannte, war hinter dem Kamm des Erzgebirges, in nordöstlicher Richtung, das Wummern der Fliegerabwehrkanonen zu hören. Obwohl er sich so beeilt hatte, waren die Freunde, die mit ihm das riesige Schulgebäude vor Schaden bewahren, Brandbomben bekämpfen sollten, schon da. Sie saßen schweigend auf den dicht an den Wänden stehenden Bänken und stierten vor sich hin. Als es still blieb draußen, die Flugabwehrbatterien im benachbarten Hydrierwerk schwiegen, stand der lange Peter umständlich auf und ging vor die Tür. Es dauerte nur wenige Minuten, als er wieder zurückkam und sagte: »Kommt raus. Das müßt ihr sehen, der ganze Himmel ist rot über dem Gebirge.«

Die Jungen der Luftschutzwache folgten ihm, und was sie sahen, verschlug ihnen den Atem. Der Himmel war rot, blutrot hinter den Wäldern des Gebirges, und es schien, als würden die Farben von Minute zu Minute glühender, fast wie bei einem Sonnenuntergang. Es ging aber eine Stadt unter in dieser Nacht vom 13. auf den 14. Februar 1945: Dresden.

Die Metropole an der Elbe, nur wenig mehr als einhundert Kilometer entfernt, war vollgestopft mit Flüchtlingen aus Ostpreußen, Pommern, Mecklenburg und Schlesien, die sich vor der Roten Armee in Sicherheit bringen wollten. Dresden mit seinen Kunstschätzen galt als sicher. War es bis jetzt von Bomben verschont geblieben, würde dies auch weiter so sein, glaubte man – und man glaubte es gerne.

Dresden mit seiner weltberühmten Elbfassade mit Schloß und Frauenkirche, eine Industrie – und Geschäftsstadt auch, bevorzugter Wohnort wohlhabender Pensionäre, hatte sechshundertfünfzigtausend Einwohner, wie viele Flüchtlinge im Winter 1944/45 sich in den Straßen drängten, an den Elbufern in Schnee und Kälte kampierten, konnte nur geschätzt werden. Es sind hunderttausend gewesen oder mehr.

Sie alle traf der Bombenschlag wie der Blitz aus heiterem Himmel. Die Briten legten Bombenteppiche über die gesamte Innenstadt, die Industrieanlagen weiter draußen wurden ebenso wie die Kasernen am Stadtrand nicht getroffen. Luftminen bliesen ganze Häuserzeilen weg, Brandbomben legten nicht zu löschende Feuer in den Dachstühlen, aus zerberstenden Phosphorkanistern spritzte klebrige Glut, ausströmender Lava vergleichbar, über die Menschen, die sich in den

Luftschutzkellern duckten oder, weil sie dort keinen Platz fanden, flach auf die Elbwiesen warfen, die Hände über den Kopf haltend, als könnten sie dadurch heil dieser Hölle entrinnen.

Ein Feuersturm brach los wie zuvor schon in anderen deutschen Städten, in Hamburg zum Beispiel, der die Menschen ansaugte und dann wieder ausspuckte als Aschebündel nicht größer als Puppen.

Von alledem wußten Andreas und seine Freunde nichts, noch nichts, sie ahnten nur, daß sich unter dem roten Himmel am Horizont ein Inferno ausbreitete. Eine Stunde später trug der Wind Brandgeruch übers Gebirge. Und weil das alles nicht genug war, flogen nach zwei britischen Nachtangriffen die Amerikaner am Tag darauf noch einen Schlag gegen Stadt und Menschen, trafen die, die Verwundete bargen und die Toten zu hohen Bergen schichteten. Später sollte man sich darüber streiten, wie viele Opfer an diesem 13. und 14. Februar in Dresden zu beklagen waren. Die einen kamen in der Statistik des Todes auf fünfunddreißigtausend, andere auf das fast Zehnfache.

Einige Tage später wurden Andreas und seine Eltern von der Familie seines Freundes Herbert eingeladen, eben der, dessen Onkel am Marktplatz dieses wunderbare Lebensmittelgeschäft besaß, in dem es immer so roch wie an Weihnachten. Herberts Vater, ein Hauptmann, hatte Kurzurlaub bekommen für seinen Einsatz in Dresden, wohin er und sein Regiment, das für die Ostfront neu zusammengestellt wurde, eilends zu Aufräum- und Bergungsarbeiten befohlen worden waren.

Man saß bei Tisch in einer Ecke des Wohnzimmers in dem Haus in der Fichte-Straße, in dem Herbert und seine Eltern wohnten. Es gab Bohnenkaffee und Obstkuchen, den mit halben Pfirsichen auf dünnem Teig, den Andreas so mochte, weil er ihn immer an den Sommer erinnerte, an die große Wiese im Garten und die wogenden Felder vor der Hütte im Gebirge.

Obwohl der Obstkuchen eine Rarität war in dieser Zeit, brachte Andreas keinen Bissen hinunter, weil er in schrecklichen Bildern sah, was Herberts Vater vom Untergang Dresdens berichtete. Von Bergen von Leichen, die er mit seinen Männern zusammengetragen und zu Scheiterhaufen geschichtet hatten auf dem Altstädter Ring und anderen Plätzen der Stadt, deren Trümmer noch rauchten. Von Überlebenden, die wie irr mit schreckgeweiteten Augen, verbrannten Haaren und in Fetzen gegangenen Kleidern über die schuttbedeckten Trampelpfade hetzten, die dort entstanden, wo einstmals Straßen waren. Er berichtete von Menschen, die mit bloßen Händen in den Trümmerbergen nach Angehörigen und Nachbarn scharrten, die sie unter den Massen zerborstener Ziegelsteine und rauchgeschwärzter Balken irgendwo in einem Luftschutzraum noch lebend vermuteten. Der Offizier, der schon im Ersten Weltkrieg auf den Schlachtfeldern vor Verdun viele Soldaten elend sterben sah, griff mit zitternden Händen nach einer vollen Packung R6, fingerte sich eine Zigarette heraus, konnte sie aber nicht in Brand stecken, weil seine Hand, die das Feuerzeug hielt, so zitterte, als habe er Schüttelfrost, einen Malariaanfall. Erst als ihm sein Sohn das Anzünden abnahm, begann die Zigarette zu glimmen, und den Rauch tief in die Lungen atmend sagte der Offizier: »Nein, das ist kein Krieg mehr, dann schon lieber an die Front, wenn's sein muß, auch nach Osten.«

Der Frühling kündigte sich an, der Weichselkirschenbaum im Garten in der Kantstraße trieb dicke Knospen, Schneeglöckchen blühten im Schutz der Mauer zu den Nachbargrundstücken. Mancher Abend war schon so mild, daß die jungen Leute nicht aufhören wollten, unter den Lauben am Marktplatz zu bummeln. Jetzt gab es viele Fremde in der Stadt. Nicht allein die Soldaten, deren Einheiten in dieser alten Garnisonsstadt neu zusammengestellt wurden. Tausende Flüchtlinge waren gekommen. Viele mit der Eisenbahn, manche sogar mit hochbepackten Pferdegespannen. Ostpreußische, pommersche und schlesische Dialekte mischten sich in das Egerland-Fränkische, das Erzgebirglerische der Einheimischen.

Eines Abends Ende Februar ging Andreas die Lauben hinunter, als hinter einem Pfeiler, der die Spitzbogen zur Seite des Marktplatzes hin stützte, ein Mädchen hervortrat. Die dunkelblonden Haare hatte es hochgesteckt, was sie älter machte, als sie in Wirklichkeit war. Andreas schätzte sie auf nicht mal achtzehn. Ohne lange zu zögern, sprach sie ihn an: »Wir sind vor ein paar Tagen aus Schlesien in die Stadt gekommen, und ich heiße Gertrud, aber alle sagen Trude zu mir. Ich hab' durch Zufall erfahren, daß dein Vater ein Geschäft hat, in dem es auch Wolle gibt. Und ich brauch' welche, weil sich Mutter einen Pullover stricken muß. Einen ganz dicken, denn sie friert immer so. Zum Tausch biet' ich dir drei Dosen Ölsardinen an. Die kannst du gleich haben.« Trude ließ ihre Hände in den tiefen Taschen ihres Mantels, der wohl einmal einem Soldaten gehörte, verschwinden und zog wirklich drei Dosen Ölsardinen hervor, die sie Andreas hinhielt. Das Dosenblech blinkte im Schein der abgedunkelten Straßenlampen.

Trude erzählte, daß die Familie auf der Flucht vor den Russen an einem im Straßengraben liegengebliebenen Wehrmachts-Lkw vorbeigekommen war, der Proviant geladen hatte. Zwar war er schon fast ausgeplündert, doch im Fahrerhaus entdeckte Trude noch einen Karton mit Ölsardinen. Da griff sie zu und lud die Kostbarkeit auf das Fuhrwerk, mit dem sie und ihre Mutter mit ein paar Nachbarn schon tagelang in Richtung Westen unterwegs waren.

Nun stand das Mädchen da mit ihren Sardinen, und Andreas wußte nicht, was er tun sollte. Nahm er die Tauschware, mußte er die Wolle besorgen. Schlug er sie aus, würde Trude bitter enttäuscht sein, und ihre Mutter weiter frieren. Das wollte Andreas in keinem Fall. Außerdem gefiel ihm das

Mädchen, das so bestimmt und ohne Scheu den fremden Jungen ansprach. Trude hatte eine hohe Stirn, hübsche kleine Ohren, eine gerade, leicht nach oben gebogene Nase, dunkle runde Augen und immer irgendwie ein Lächeln um den Mund mit den vollen Lippen, die, wenn sie sich öffneten, zwei Reihen makelloser Zähne sehen ließen.

Andreas sah Trude an, sehr lange, wie es schien, denn erst als Freunde vorbeischlenderten, pfiffen und »hoppla« riefen, hörte er auf, seine neue Bekanntschaft unverwandt anzustarren. »Du kriegst die Wolle. Morgen, an der gleichen Stelle«, sagte Andreas, schob die Ölsardinen ein und ging, als wäre er in großer Eile, ohne besonderen Gruß davon.

Er wußte, daß er seinem Vater mit dem Tauschgeschäft »Sardinen gegen Wolle« nicht kommen durfte. Der Vater, im Präsidium der Handelskammer, lehnte alles, was nur den Anschein eines Geschäfts »unter dem Ladentisch« hatte, empört ab. »Wenn schon ich es mache, wie dann erst andere?« war seine ständige Rede, wenn die Sprache auf Schwarzhandel kam. Mutter war dagegen etwas großzügiger. Sie steckte schon mal einer Freundin ein Paket Wolle zu oder ein Paar der begehrten Strümpfe aus reiner Seide oder ein bißchen gute Wäsche. Geradewegs ging Andreas also zu seiner Mutter, erzählte von dem Mädchen und ihrer Mutter, die dringend Wolle für einen Pullover brauchte. Ohne viele Worte zu machen, ging die Mutter zu einem großen Schrank im Flur, holte von tief unten ein Bündel Wolle heraus, das in grobes Packpapier eingeschlagen war. »Es ist gute Wolle, die weich ist und nicht kratzt. Das Bündel reicht für einen weiten Pullover, vielleicht auch noch zu einem Schal oder einem Paar Handschuhe. Und die Sardinen gibst du wieder zurück.« Andreas war sprachlos und fiel seiner Mutter um den Hals, was gar nicht so oft vorkam.

Am nächsten Abend ging Andreas, wie verabredet, zum

Marktplatz, unter die Lauben. Die Wolle trug er in einem Rucksack mit sich, mit einer Tasche wollte er sich nicht sehen lassen. Trude war schon da, und als sie Andreas mit dem Rucksack sah, ahnte sie, daß er die Wolle bringen würde. Sie strahlte ihn an, und einen Augenblick schien es, als wollte sie Andreas küssen. Doch dann hielt sie sich zurück, vielleicht wegen der vielen Menschen, die unter den Lauben hin und her schlenderten.

»Komm mit«, sagte das Mädchen, »wir bringen das Paket gemeinsam meiner Mutter. Du sollst sehen, wie sie sich freut, wie glücklich sie sein wird.« Andreas folgte Trude durch die dunklen Straßen, den Platz hinunter bis zu einem Haus in der Glockengasse, das klein, grau, ein wenig bucklig und abweisend in der Reihe stand. Trude schloß die Tür auf, nahm Andreas an der Hand und führte ihn über eine verwinkelte Treppe zum Dachboden, der auf der einen Seite durch eine Holztür abgeschlossen war. Sie öffnete sich knarrend, und Andreas blickte in den Dachboden, der durch eine Petroleumlampe, die auf einer mit einem weißen Tuch bedeckten Holzkiste stand, in schummeriges Licht getaucht wurde. Im Schein der Lampe erkannte Andreas das blasse Gesicht einer Frau, eingerahmt von einem schweren Kopftuch, das ihr weit über die Schultern hing. Als die Frau hörte, wie sich die Tür öffnete, blickte sie auf, sah ihre Tochter und den fremden Jungen und sagte ohne besondere Verwunderung: »Ach, ihr seid es.« Daraus schloß Andreas, daß Trude ihrer Mutter, die in dem Halbdunkel saß, schon von ihm erzählt hatte. Erst allmählich gewahrte Andreas, um welch elendes Quartier es sich hier handelte. Damit die Kälte wenigstens etwas abgehalten wurde, waren Jutesäcke zwischen die Sparren gestopft und nur ein kleines Dachfenster freigelassen. In einer Ecke stand ein Eisengestell mit einem Emaillewaschbecken und einem Wasserkrug. Nicht weit davon, hintereinander, zwei alte Holzrahmen mit dicken Federbetten und Kissen. »Wenn wir die nicht gehabt hätten«, erklärte Trude fast entschuldigend, »wären wir erfroren. Sie sind noch von zu Hause. Als das Wort »zu Hause« fiel, nickte die Frau unter dem riesigen Kopftuch, dann stand sie auf und ging zu einem langen schmalen Tisch, auf dem ein Spirituskocher stand. »Ich mache uns erst mal einen Tee«, sagte sie und begann mit einer Kanne und Tassen zu hantieren. »Es ist etwas schwierig alles«, sagte Trude, faßte Andreas bei der Hand und führte ihn hinüber zu einem der Holzgestelle, das gleichermaßen als Bett und als Sitzgelegenheit diente. Nur das Fauchen des Spirituskochers unterbrach die Stille, und Andreas fand, es sei hier oben unterm Dach eigentlich ganz gemütlich.

Es dauerte eine kleine Ewigkeit, bis das Wasser kochte und Trudes Mutter eine undefinierbare Teemischung, die sie aus einer bunten Blechbüchse holte, aufbrühte. Nach ein paar Minuten goß sie das Gebräu über ein kleines Sieb gleich in die Tassen und hielt eine Andreas, die andere Trude hin. »Wir haben nur zwei«, sagte die Frau, »ich warte, bis einer von euch ausgetrunken hat.« Andreas spürte, wie der heiße Tee die Kehle hinunterrann, sich im Magen ausbreitete, ihm guttat.

Andreas erschrak ein wenig, als Trude plötzlich aufsprang und zur Tür lief, neben die er den Rucksack abgestellt hatte. »Mama, wir haben dir etwas mitgebracht«, rief das Mädchen und stellte den Leinenbeutel mit den festen Tragriemen vor ihrer Mutter auf den Holzboden. Die Frau, deren Alter schwer zu bestimmen war, schaute ungläubig an ihrer Tochter hoch. »Etwas mitgebracht, mir?« fragte sie. Die Zeit, in der sie Geschenke erhielt, lag lange zurück. Als die Tochter drängte, öffnete sie den Rucksack und hob das Paket heraus, das sich so weich anfühlte. »Mach auf, mach auf«, insistierte Trude und schaute ungeduldig zu, wie ihre Mutter das Papier vorsichtig löste, bis die Wollegebinde zum Vorschein kamen. »Für einen dicken Pullover, für dich«, erklärte die Tochter. Ihre Mutter sagte lange nichts, strich nur fast zärtlich über die dunkle Wolle und sagte schließlich, kaum hörbar: »Danke. Wie habt ihr das nur gemacht?« Die Antwort blieben ihr das Mädchen und der Junge schuldig.

Trude bestand darauf, Andreas durch die dunkle Stadt nach Hause zu begleiten. Dort angekommen, wollten sie sich aber nicht trennen, und so begleitete Andreas das Mädchen wieder zurück in die Glockengasse und stand noch lange vor dem Haus, nachdem sich die Tür hinter Trude längst geschlossen hatte. Auf dem Heimweg fiel ihm ein, daß sie vergaßen, auszumachen, wann und wo sie sich wieder treffen könnten. Noch einmal ans Haus zu klopfen traute sich Andreas nicht. Damit wartete er bis zum kommenden Nachmittag. Bei Licht sah das kleine Haus noch baufälliger aus als am Abend zuvor. Die Haustür war nicht verschlossen, so, als werde Besuch erwartet. Andreas stieg zum Dachboden hinauf und klopfte an die Holztür des Verschlags. »Komm nur herein«, rief eine Mädchenstimme, »ich habe dich schon erwartet.« In der Mitte des Raumes, dort, wo er unter dem Dachfirst am höchsten war, stand Trude, ausgehfertig in einem dicken Mantel mit breitem Gürtel, hohe Stiefel an den Füßen, über den hochgesteckten Haaren ein buntes Kopftuch, wie es die Bauersfrauen trugen.

Zum erstenmal sah Andreas das Mädchen richtig an. Sie war, vielleicht lag es an den hohen Absätzen der Stiefel, ein paar Zentimeter größer als er, sehr gerade gewachsen, schlank, aber nicht dürr, unter dem Mantelstoff zeichneten sich zwei volle Brüste ab.

Plötzlich gefiel es Andreas nicht mehr, daß dieses junge, elegante Mädchen »Trude« hieß. Dies schien ihm zu derb, und, ohne lange nachzudenken, entschied er: »Ich werde dich Lea nennen.« – »Wie kommst du darauf?« fragte sie verwundert. Eine genaue Antwort konnte Andreas nicht geben. Er wußte nicht, wo und wann er diesen Namen einmal gehört hatte. Im Religionsunterricht vielleicht, in dem von Lea als einer der

Frauen Jacobs erzählt wurde? Das war lange her und auch gar nicht so wichtig. »Lea« klang weich, verhieß Wärme und Zärtlichkeit, all das, was sich Andreas wünschte.

Die Mutter war nirgends zu sehen, auf der Holzkiste mit der weißen Decke entdeckte Andreas aber einen breiten Streifen verstrickter Wolle mit zwei dicken Nadeln in der obersten Maschenreihe. »Sie hat schon angefangen«, sagte Lea. »Komm, wir gehen. Ich will nicht, daß sie uns hier zusammen sieht.«

Sie gingen die abgetretene Holztreppe hinunter, und auf der Straße hakte sich Lea wie selbstverständlich bei Andreas ein. Es war das erstemal, daß ein Mädchen so mit mir geht, dachte Andreas und genoß es, Leas Arm an seiner Seite zu spüren. Sie gingen schnell aus der Stadt hinaus, dorthin, wo Andreas jeden Baum und Weg kannte.

An den Steinteichen vorbei, auf denen die Enten schnatterten, unter Birken hindurch, deren Rinde frühlingsweiß war und auf deren Zweigen ein grüner Schleier lag. Andreas führte Lea durch den Wald auf einen Hügel, der Hutberg hieß und auf dem ein schönes Restaurant stand mit einem Turm aus klobigen Steinen, von dem man bei gutem Wetter weit hineinschauen konnte ins böhmische Land und hinüber zu den sanft abfallenden Hängen des Erzgebirges. Zum Hutberg war Andreas als kleiner Bub mit seinen Eltern, oft allein mit seiner Mutter gewandert. Zur Belohnung gab es Eiskaffee oder Obstkuchen mit viel Sahne. Auf der Terrasse des Restaurants drehten sich im Sommer die Paare auf einer großen Tanzfläche zu den Klängen einer Kapelle, von der die Mutter, die ungewöhnlich musikalisch und eine leidenschaftliche Tänzerin war, immer behauptete: »Die spielen so falsch, daß es einem die Schuhe auszieht.«

Nun standen Lea und Andreas, außer Atem beide vom Aufstieg, vor dem Restaurant. Es lag öde und verlassen. Die Tür am Windfang war verschlossen, die Gardinen hinter den breiten Terrassenfenstern zugezogen. Auf der sonst ganz blank geschliffenen steinernen Tanzfläche lag noch ein Rest Schnee, vermischt mit altem Laub. Von den bunten Lämpchen, die von Baum zu Baum rings um die Terrasse gespannt waren, hingen die meisten zerbrochen in der Fassung.

Lea fröstelte und drückte sich gegen Andreas. »Komm, wir gehen«, sagte sie, »ich habe Angst.« – »Angst wovor?« fragte Andreas. »Vor dem, was kommt.«

Über den Tag, der so heiter begann, fiel plötzlich ein Schatten. »Wir müssen uns sehen, so oft es geht«, sagte Andreas, indem sie den gewundenen Weg durch den Wald hinunter in die Stadt gingen. »Ja«, antwortete Lea, »wir haben nicht mehr viel Zeit.« Und so kam es.

Andreas hielt es kaum noch zu Hause, und seine Mutter bemerkte zuerst die Veränderung, die mit ihm vorging. »Ist es das Mädchen mit der Wolle?« fragte sie eines Tages vorsichtig. Und als Andreas nickte, sagte die Mutter: »So was habe ich geahnt, als du mir von diesem Tauschhandel erzählt hast.« Sie schien nicht unglücklich über diese Verbindung und bat Andreas nur, »sie« einmal mit ins Haus zu bringen, sie vorzustellen. Wissen wollte die Mutter schon, mit wem er umging.

Von einem weitläufigen Verwandten, der im Nebenhaus wohnte, »Onkel Fritz« hieß, ein Hüftleiden hatte und deshalb ein Damenfahrrad besaß, bei dem er leichter aufsteigen konnte, lieh sich Andreas ebendieses Rad für Lea. Fast jeden Tag fuhren sie weite Strecken hinein ins Egerland oder die gewundenen Straßen hinauf ins Gebirge. Voller Staub und verschwitzt kamen sie in den Gebirgsdörfern an, in Platten, Gersdorf und Rodenau und eines Tages auch vor der Blockhütte am Waldrand. Das war nicht geplant, und Andreas hatte deshalb keine Schlüssel in der Tasche. Stolz zeigte er Lea das kleine Holzhaus mit den grünen, nun fest verschlossenen Fensterläden, führte sie zum Brunnen, der wie immer sein Wasser in den alten Holztrog plätschern ließ, ging mit dem

Mädchen zu dem Damm aus alten Granitsteinen, zwischen denen das Gestrüpp von Schwarzbeerstauden und dicke Polster von Hauswurz wucherten, und setzte sich mit Lea schließlich auf die breite Veranda am Haus. Sie saßen eng beieinander, und Andreas dachte, wie schön es wäre, wenn sie, eines Tages im Frieden, hier oben hockten mit den Eltern und mit Leas Mutter, die Fenster der Hütte weit offen, davor, auf dem Rasen, ein langer Tisch mit Kaffee und Kuchen und Marmelade, Butter und dicken Brotscheiben. Da würde, da war sich Andreas sicher, Leas Mutter vielleicht doch wieder ein wenig Farbe auf die Wangen bekommen.

Am späten Nachmittag stiegen sie auf ihre Räder, fuhren den Feldweg, ständig auf der Rücktrittbremse stehend, zum Dorf Rodenau hinunter, bogen in die Landstraße ein und ließen es einfach laufen, bis sie wieder in der Stadt waren, noch ehe es ganz dunkel wurde. Vor dem Haus in der Glockengasse stellte Lea das Fahrrad ab und kam noch mal zu Andreas zurück, der, an sein Rad gelehnt, sie beobachtete. Ohne ein Wort zu sagen, legte Lea ihre Arme um seinen Hals, drückte ihn fest an sich und küßte ihn ganz schnell auf den Mund. Dann rannte Lea aufs Haus zu, schloß die Tür auf, drehte sich noch mal um und rief: »Bis morgen, hol mich ab, so bald es geht.«

Als Andreas nach Hause kam, ging er zuerst in die Küche und fuhr zurück, weil auf der Eckbank ein großer, ihm unbekannter Mann in HJ-Uniform saß. Vater lehnte am Küchenschrank, Mutter machte sich am Herd zu schaffen. Als der Uniformierte Andreas erblickte, fuhr er hoch, riß den rechten Arm hoch, streckte ihn bis in die Fingerspitzen und rief laut »Heil Hitler!«. Dann folgte in barschem Ton und ohne Übergang die Frage: »Wo kommst du jetzt her?« Andreas war so überrascht, daß er zunächst kein Wort herausbrachte. Dann redete er sich etwas von »Helfen im Lebensmittelgeschäft bei einem Freund« zusammen. Es klang nicht sehr überzeugend.

»Ich will dir mal etwas sagen«, fuhr ihn der Uniformierte, der sich noch immer nicht vorgestellt hatte, an. »Wir haben festgestellt, daß du schon wochenlang ohne Entschuldigung keinen HJ-Dienst mehr gemacht hast. Entweder, du läßt dich ab sofort wieder regelmäßig bei deiner Einheit sehen, oder ich drück' dir eine Panzerfaust in die Hand und schick' dich gegen den Russen. Such es dir aus!« Damit ließ er Andreas stehen, verbeugte sich kurz zu Vater und Mutter hin, rief noch mal »Heil Hitler!« und ging aus der Küche. Als Vater ihn begleiten wollte, wies er ihn zurück und fauchte: »Ich finde den Weg schon allein.« In der Küche herrschte zunächst Schweigen, das zuerst die Mutter brach, die wohl ahnte, wie und mit wem Andreas die Zeit verbrachte. »Mensch, Junge, warum läßt du dich dort nicht mal ab und zu sehen, damit die beruhigt sind?« fragte sie weniger mit Vorwurf, als mit Sorge in der Stimme. Und Vater: »Soll ich mich eigentlich darum auch noch kümmern? Du bist alt genug, um zu wissen, was passiert, wenn du den Dienst schwänzt. Willst du wirklich beim Russen landen?« Alles andere, nur das nicht, dachte Andreas. Aber was wird mit Lea?

Am nächsten Vormittag schlich sich Andreas auf Umwegen in die Glockengasse. Niemand war zu sehen, als er vorsichtig die Treppe zum Dachboden hinaufging, wo Lea und ihre Mutter hausten. Er klopfte an die Holztür, Lea öffnete, sah aber gleich, daß irgend etwas nicht stimmte. Ihre Freude über den unerwarteten Besuch am Vormittag – sonst hatten sie sich immer nur nachmittags getroffen – wich einer tiefen Besorgnis. »Was ist passiert? Komm herein.« In dem Halbdunkel der Kammer sah Andreas Leas Mutter im Bett liegen. »Sie ist krank, hat sogar Fieber. Ich weiß nicht, was ich machen soll. Arzt kommt ja keiner.« Plötzlich war alles dunkel um sie herum. Die Tristesse der Kammer, die kranke Frau und auch noch die Drohung des Uniformmannes von gestern.

Andreas erzählte leise, unter der Tür stehend. Lea senkte

den Kopf und dachte nach. Dann sagte sie energisch: »Mit dem Dienst, das bringst du in Ordnung. Geh halt wenigstens in den nächsten Tagen regelmäßig hin. In der Zeit, die bleibt, sehen wir uns. Es ist schließlich wie eine Prüfung, und davon gibt es viele im Leben.« Lea sprach wie eine Erwachsene, dachte Andreas und ging. Vorher vereinbarten sie, daß Andreas das Mädchen am nächsten Abend »spätestens um acht« abholen wollte, »wenn nichts dazwischenkommt«.

Zu Hause polierte Andreas den schwarzen Gürtel und Schulterriemen seiner HJ-Uniform, bürstete Jacke und Hose so gründlich aus, daß kein Stäubchen auf dem schwarzen Tuch zu sehen war, brachte die Schuhe auf Hochglanz und rief schließlich Herbert an, um zu erfahren, ob heute Dienst sei und wo. Der Freund sprach von einem »Appell« nachmittags um zwei und tat sehr verwundert, daß Andreas sich wieder mal für so etwas interessierte. »Hast wohl Weibergeschichten«, frotzelte Herbert. Obwohl ihn niemand sehen konnte, bekam Andreas einen roten Kopf, fühlte, wie das Blut bis in die Ohren aufstieg. Er bemühte sich, pünktlich zu sein, und traf die »Gefolgschaft« an der vereinbarten Stelle.

Sie war, wie so oft, in der Schillerstraße angetreten, einer Straße mit alten Lindenbäumen im Weinbergviertel, die oberhalb der weiten Sportplätze und des Stadtparks entlangführte und nur auf der Hangseite mit schönen Villen, die in großen Gärten lagen, bebaut war. Eine dieser Villen beherbergte die HJ-Führung, und unterhalb davon standen die Jungen in Uniform. Sie begrüßten Andreas, der fast als letzter kam, freundlich. Keiner fragte, warum er so lange nicht zum Dienst erschienen war. Nur der Gefolgschaftsführer, ausgezeichnet mit einer grün-weißen geflochtenen Schnur, die von der linken Schulterklappe seiner Uniformjacke zum Knopf der Brusttasche reichte, knurrte ihn kurz an: »Höchste Zeit, daß du dich wieder mal blicken läßt.« Doch damit schien der Fall erledigt. Plötzlich öffnete sich die Tür oben an der HJ-Zentrale, und der Gefolgschaftsführer ließ die etwa sechzig Jungen in Dreierreihen antreten, sich auf den Vordermann ausrichten und stramm stehen. Kaum war dies geschehen, polterten Stiefel die Treppen von der HJ-Villa zur Straße hinunter, der Gefolgschaftsführer streckte den rechten Arm und meldete, seine Gefolgschaft sei angetreten. Der, dem er meldete – Andreas traute seinen Augen nicht und versuchte sich so klein wie möglich hinter seinem Vordermann zu machen –, war genau der Uniformierte, der ihn in der Küche seines Elternhauses zur Rede gestellt hatte.

Ob der Andreas erkannte oder nicht, blieb unklar. Jedenfalls würdigte er Andreas keines Blickes, während er sich vor der Gefolgschaft aufbaute, »Heil Hitler!« rief und dann sofort zur Sache kam. Erst jetzt sah Andreas, der im zweiten Glied stand, daß der HJ-Führer ein etwa ein Meter langes grünbraunes Rohr mit einem keulenartigen Kopf in den Händen hielt: eine Panzerfaust.

»Alles mal herhören und gut aufpassen«, rief der HJ-Mann, der offensichtlich im Sondereinsatz durchs Land reiste, da und dort nach dem Rechten sah, die Dienstbereitschaft der HJ-Jungen überprüfte und außerdem als Instrukteur arbeitete. Alle Blicke richteten sich gebannt auf ihn, als er die Waffe hob und erklärte: »Dies ist eine Panzerfaust 30 Meter. Das bedeutet, daß sie nur aus einer maximalen Entfernung von dreißig Metern optimal trifft und Panzerplatten durchschlägt. Es gehört Mut dazu, einen Russenpanzer bis auf dreißig Meter an sich herankommen zu lassen und dann auf den Knopf zu drücken. Aber ich weiß, ihr habt Mut, und deshalb wird es auch noch einen Endsieg geben.«

Schweigend hörte die Gefolgschaft zu, wie ihr erklärt wurde, daß die Bedienung der Panzerfaust ein »Kinderspiel« sei, man nur die auf dem Rohr montierte Zieleinrichtung aufzuklappen, den Panzer über Rohr und Kopf der Waffe anzuvisieren brauche, indem man die Rakete – denn um eine solche handelte es sich – einfach über die rechte Schulter legte. Danach sollte man ganz ruhig auf den kleinen weißen Knopf drücken, den Zünder, der den Treibstoff im Rohr aktivierte und den Kopf der Faust dem Ziel entgegentrieb. Lächerlich, das Ganze. »Jeder Depp kann die Panzerfaust bedienen«, versicherte der Experte. Eine winzige Kleinigkeit sei aber zu beachten: Der Schütze müsse auch im Eifer des Gefechts darauf achten, daß kein Kamerad so hinter ihm stehe, daß er von dem Feuerstrahl, der beim Abschuß aus dem Ende des Rohrs fauchte, getroffen werden könne. »Der ist gleich Asche«, witzelte der Instrukteur und fuhr mit der Panzerfaust durch die Luft, als wäre sie ein Säbel.

Hoffentlich geht das Ding nicht los und krepiert mitten unter uns, dachte Andreas und stellte sich vor, wie schön es wäre, an diesem warmen Apriltag mit Lea unterwegs zu sein, statt darüber zu reden, wie man aus dreißig Metern Entfernung auf einen Russenpanzer schießt. Schon in den allernächsten Tagen sollte eine Ladung Panzerfäuste in der HJ-Zentrale abgeliefert werden, von denen nur einige zu Übungszwecken auf freiem Feld vor der Stadt verschossen werden durften, die anderen sich aber gegen die anrollenden Panzerdivisionen der Sowjets richten sollten, um die zum Stehen zu bringen. Befehle für diesen Einsatz, in den auch der »Volkssturm« einbezogen wurde, ergingen von Meldern, in Ausnahmefällen über Telefon. So war es vorgesehen. Der »Volkssturm« rekrutierte sich aus Männern über sechzig und darüber, die bis jetzt wehruntauglich waren, schlecht laufen oder sehen konnten. Auch Bein- und Armamputierte standen in den Reihen des letzten Aufgebots, das Andreas schon mehrfach durch die Stadt ziehen sah.

In jedem Fall wollte er vermeiden, daß ihn ein Melder zu Hause erreichte. Außerdem verspürte er eine wilde Sehnsucht nach Lea, und so radelte er am nächsten Tag schon zeitig in die Glockengasse, um Lea abzuholen und mit ihr aus der Stadt herauszufahren. Lea war froh, ihn zu sehen, bat aber um Geduld, weil sie erst ihre Mutter versorgen wollte, der es nicht gut ging. Obwohl draußen die helle Sonne schien, lag die Dachkammer im dämmrigen Dunkel. Leas Mutter saß etwas aufgerichtet im Bett und begrüßte Andreas mit einem freundlichen Lächeln. Auf einer Kiste neben dem Bett stand eine Tasse, halb gefüllt mit Tee, daneben ein verbeulter Kessel. »Sie will nur Tee und etwas trockene Semmel«, erklärte Lea, »alles andere läßt sie stehen.« Dabei deutete sie auf einen Topf mit gekochten Kartoffeln und eine Schüssel mit Möhrengemüse, obendrauf ein winziges Stück Fleisch. Sie schaute hinüber zu dem Bett und zögerte zu gehen, weil sie die Mutter nicht allein lassen wollte. »Geht nur«, sagte die Mutter schließlich zu Lea und Andreas, die unschlüssig herumstanden. »Geht nur und genießt das Leben.«

Sie polterten die Treppe hinunter, Lea holte ihr Rad aus dem Hinterhof. Andreas wollte mit ihr in das Nachbarstädtchen Görkau fahren und ihr das Schloß Rothenhaus zeigen, nicht weit davon entfernt. Die geteerte Straße, die sie benutzen wollten, war verstopft von Wehrmachtsfahrzeugen, die ihnen entgegenkamen und nach Westen drängten. Auf Lastwagenpritschen lagen dichtgedrängt Verwundete mit blutgetränkten Verbänden. Wo noch irgendein Platz war, hatten sich Flüchtlinge, Frauen, Kinder, Alte, auf die Lastwagen gezwängt, wo sie staubbedeckt, hungrig und blicklos saßen und sich verzweifelt festhielten, um nicht von den überladenen Fahrzeugen zu fallen, die oft unvermittelt bremsten. Zwischen den Lastwagen, zu beiden Seiten der Straße, schleppten sich noch mehr Flüchtlinge dahin, ihr weniges Gepäck auf Kinderwagen geladen oder kleine Wägelchen. Vielen war auch nur ein Rucksack geblieben oder ein Bündel, das sie auf dem Rücken trugen. Mütter, die Kinder an der Hand, hasteten vorbei, ohne nach links und rechts zu sehen, zogen Kranke auf Handkarren hinter sich her. Manchmal hupte sich ein offener

Kübelwagen mit einem Offizier neben dem Fahrer seinen Platz vorbei an der Kolonne oder wich auf den Feldweg aus, wenn kein Fortkommen mehr war.

Lea und Andreas standen stumm und schauten eine Weile auf diesen Zug von Verzweiflung und Elend. Dann packten sie die Räder, fuhren querfeldein, Andreas voraus, am Ufer des Alaunsees entlang, wo in früheren Jahren um diese Zeit schon die Bademeister die Kabinen gesäubert, die hölzerne Landungsbrücke ausgebessert und die Sprungtürme auf ihre Sicherheit überprüften, hinauf zu dem kleinen Ort Pirken, auf dem Weg nach Görkau. Sie radelten unter Obstbäumen dahin, die bereits zu blühen begannen, und sahen auf den Feldern Bäuerinnen hinter Eggen gehen, die von bedächtigen Ochsen gezogen wurden. Pferde waren ohnehin rar, und bei den wohlhabenderen Bauern, die sich welche leisten konnten, hatte sie die Wehrmacht längst aus den Ställen geholt.

An ihre Fahrräder gelehnt, standen Lea und Andreas auf der schmalen Straße und schauten über die Felder nach Görkau. Am Südhang des Gebirges lag im Dunst Schloß Rothenhaus. Dabei entgingen ihnen die zwei Punkte, die aus der Sonne und schnell näherkamen und ein pfeifendes Motorengeräusch über das Land schütteten. Es waren zwei Jagdflugzeuge, die sehr niedrig flogen, wobei sie elegant über Baumwipfel und Hügel sprangen. Noch ehe zu erkennen war, ob es sich um deutsche oder alliierte Maschinen handelte, schrie Lea auf. Eine der beiden Maschinen flog direkt auf eine Bäuerin, die hinter ihrem Ochsengespann herging, zu. Plötzlich ratterte eine Bordkanone los, und hinter der Frau und ihren Ochsen sprangen in gerader Linie kleine Wolken aus Erde hoch, winzige Fontänen, die sofort wieder in sich zusammenfielen. Sekunden später wühlten sich die Geschosse nicht mehr in die Erde, sondern trafen die Frau, die lautlos zusammensank, die Zügel losließ und liegenblieb. Aufgeschreckt durch das Getöse der Tiefflieger und das Gebell der Kanonen rasten die Ochsen in Panik über das Feld, die Egge hinter sich her ziehend.

Als Andreas sah, daß die beiden Maschinen wendeten und wieder auf sie zukamen, riß er Lea in Todesangst von der Straße in den Graben, der feucht und schon mit dichtem Gras bewachsen war. Dort lagen sie, eng beisammen, das Gesicht zur Erde und die Hände über dem Kopf, bewegungslos und darauf wartend, daß die Einschläge der Bordwaffen näherkämen, diesmal sie das Ziel sein würden.

Knapp über dem Boden heulten die beiden einmotorigen Jagdbomber über Andreas und Lea hinweg, die Luft vibrierte, und es stank nach verbranntem Treibstoff und heißem Motorenöl. Doch die beiden Piloten drückten nicht auf die Auslöser ihrer automatischen Waffen, flogen in Richtung Osten weiter. Noch lange, das Motorengeräusch war schon verstummt, blieben Andreas und Lea bewegungslos in dem Graben liegen, spürten nicht, wie ihnen die Feuchtigkeit durch die Kleider drang. Nach einer Zeit, die Andreas wie eine Ewigkeit vorkam, fühlte er, wie Lea sich auf den Rücken drehte und aufrichtete. Er hob den Kopf, kniete vor ihr, sah ihr Gesicht ganz dicht vor sich, noch sehr blaß und verschmiert von Erde. Da schlang das Mädchen die Arme um seinen Hals, legte sich, ihn mitziehend, zurück und sagte: »Komm«.

Es mußte wieder viel Zeit vergangen sein, als Lea plötzlich hochschreckte und schrie: »Die Bäuerin, um Gottes willen, wir haben die Bäuerin vergessen!« Damit stürzte sie aus dem Graben, hetzte in großen Sprüngen über das Feld, dorthin, wo die Tiefflieger die Frau hinter dem Ochsengespann zusammengeschossen hatten. Andreas rannte hinter ihr her. Die Bäuerin lag dort, wo sie getroffen worden war, ausgestreckt, mit dem Gesicht auf dem Acker. Ihr kariertes Schürzenkleid war am Rücken zerfetzt, aus einer Wunde, so groß wie ein Suppenteller, sickerte immer noch Blut.

Lea faßte Andreas bei der Hand und sagte: »Wir hätten ihr

nicht helfen können, sie muß sofort tot gewesen sein.« Offenbar vermißte niemand bis jetzt die Bäuerin. So nahmen Lea und Andreas ihre Fahrräder und schoben sie auf der gewundenen Straße zum nächsten Hof, der scheinbar verlassen inmitten von Obstbäumen stand. Als sie riefen, kam schließlich ein alter Mann aus dem langgestreckten Schuppen, wo er sich an Geräten zu schaffen gemacht haben mußte, denn in der rechten Hand hielt er noch eine verschiebbare Zange, einen »Franzosen«. Lea ging auf ihn zu und berichtete, was geschehen war. Der Mann nickte nur und sagte, kaum daß er die Lippen bewegte. »Das ist der Krieg. Es werden noch viele sterben. Wir werden sie holen.«

Es wurde schon dunkel, als Lea und Andreas nebeneinander heimfuhren. Sie redeten kaum, machten sich nur darauf aufmerksam, wenn ein Schlagloch drohte oder Steine auf der weißstaubigen Straße lagen. Zum Abschied hielt Lea Andreas lange an sich gedrückt, hielt ihn fest, gab ihn schließlich frei und sagte: »Bis morgen, sobald du kannst.«

In der Kantstraße saß die Familie um den großen Tisch im Wohnzimmer. Vater, Mutter, Else mit den Buben und auch das Mädchen Wally. Das, so dachte Andreas, war noch nie vorgekommen, am Abend, um diese Zeit. Alle schauten auf, niemand fragte, woher er kam. Im Dienst schien er ja nicht gewesen zu sein, denn er trug keine Uniform. »Gut, daß du da bist«, begann der Vater. »Wenn nicht ein Wunder geschieht, werden die Russen über kurz oder lang hier sein. Ob damit der Krieg schon zu Ende ist, weiß ich nicht. Wenn nicht, um so schlimmer, denn dann wird hier gekämpft. Wenn ja, werden uns die Sowjettruppen nur besetzen, und dann werden die Tschechen kommen, gehört Nordböhmen wieder zur Tschechoslowakei. Ich habe aber Nachrichten, daß von Westen die Amerikaner mindestens bis Karlsbad marschieren. Ich frag' euch jetzt, ob ihr mit ein paar Sachen dorthin wollt, zu unseren Verwandten, die Platz genug haben. Ich jedenfalls bleibe hier.«

Vor allen anderen antwortete Andreas, und es kam ihm vor, daß er gar nicht selber dachte und redete, vielmehr jemand für ihn. »Ich bleibe auch, klar«, hörte er sich sagen und schaute der Mutter gerade in die Augen, als sie fragte: »Willst du den Helden spielen?« Das wollte Andreas natürlich nicht, er dachte nur an Lea. Fortgehen, das bedeutete, sie nicht mehr sehen, vielleicht nie mehr. Und er dachte ein paar Stunden zurück, hörte ihre Stimme, wie sie sagte »Komm« und sich zurücksinken ließ in dem Graben neben der Straße nicht sehr weit weg von dem Acker, auf dem die Bäuerin verblutete.

Es ergab sich schnell, daß niemand nach Karlsbad wollte, nur das Mädchen Wally sollte ihre Sachen packen und nach Hause fahren zum Hof der Eltern im Saazer Land, das war etwa die Hälfte der Strecke nach Karlsbad. Vielleicht hatte sie Glück, und die Amerikaner fuhren mit ihren Panzern noch ein Stück weiter den Russen entgegen und besetzten auch den Bauernhof bei Saaz.

Andreas verspürte Hunger, ging in die Küche, stocherte in Töpfen. Die Mutter kam ihm nach, holte aus dem Rohr eine Schüssel Linsen, in die Wurst hineingeschnitten war, legte ein Stück Brot dazu und trug alles hinüber zum Küchentisch unter dem Kruzifix in der Ecke. »Iß«, sagte sie, »es scheint mir, du kannst es brauchen.«. Sie fragte nicht weiter, doch Andreas wußte, was in der Mutter vorging. Ihr blieb nicht verborgen, daß Andreas »etwas hatte«. Nur was, das blieb noch sein Geheimnis. Andreas kaute langsam, die Mutter sah ihm zu, und dann konnte er nicht anders, er mußte erzählen, und er erzählte der Mutter die Geschichte mit Lea.

Verständnis hatte er schon erwartet. Was sollte seine Mutter auch dagegen haben, wenn er sich mit einem Mädchen traf. Was ihn überraschte, war jedoch, wie die Frau auf das Thema einging, ihn geradezu ermunterte, Lea zu sehen, so oft es ging. »Und wenn ein Melder kommt mit dem Einsatzbefehl?« – »Dann sage ich eben, du bist bei den Flüchtlingszügen am

Bahnhof. Wer will das überprüfen? Hauptsache, ihr seid möglichst weit weg von all diesen Schrecknissen. Genießt jeden Tag.«

Die Stadt füllte sich mit Angst. Die großen Schaufensterscheiben des Pianohauses Lutz gegenüber, hinter denen keine Klaviere mehr standen, ließ die Hausbesitzerin mit Brettern vernageln und folgte damit dem Beispiel vieler kleiner und großer Geschäfte in der Stadt, wenn dort nicht schon längst die eisernen Rolläden heruntergelassen worden waren, weil die Inhaber Soldaten wurden. Die Mutter von Freund Herbert, die dem Lebensmittelgeschäft am Marktplatz vorstand und bisher mit Argusaugen darüber wachte, daß alles mit rechten Dingen zuging, ließ Andreas ausrichten, er solle vorbeikommen, sie wolle ihm »etwas« mitgeben. Andreas ging hin und traute seinen Augen nicht, als ihm die Frau, wie immer in einen schwarzen Mantel gekleidet, zwei große verschnürte Kartons übergab und einen Handwagen dazu, mit dem Andreas die schwere Last nach Hause transportieren konnte. Beim Auspacken kamen Raritäten zum Vorschein, die lange nicht zu haben gewesen waren: Büchsen mit Ananas, Fleisch und Wurst, ungemahlener Bohnenkaffee, Butter, kleine Kanister mit Olivenöl, kiloweise weißes Mehl, Dörrobst und schließlich ein paar Flaschen Cognac. Andreas und seine Eltern bekamen große Augen. Vater sagte nur kurz: »Besser wir, als die Russen kriegen es«, und Mutter, praktisch wie sie war, packte einiges in einen kleineren Karton um. »Für Lea und ihre Mutter«, sagte sie und schob Andreas aus der Wohnung.

Auf dem Güterbahnhof blieb ein Versorgungszug der Wehrmacht liegen, dem Tiefflieger die Lokomotive zerschossen hatten. Die Nachricht verbreitete sich in Windeseile, und die Menschen machten sich auf, den Zug zu plündern. Es kam zu wilden Raufereien um die Lebensmittel, Zucker- und Mehlsäcke stürzten zur Erde, platzten auf, der Inhalt wurde zertrampelt, ging verloren. Dennoch machten einige reiche Beute, die Stärkeren, die Rücksichtslosen, nicht immer die Hungrigsten. Andreas hörte davon, hielt sich fern und beschloß, sich nie um etwas prügeln zu wollen. So hungrig konnte man doch gar nicht sein, dachte er.

Über die Durchgangsstraßen der Stadt, in Richtung Ost nach West, zogen immer mehr Soldaten in kleinen unordentlichen Kolonnen, ohne Tritt, müde, hungrig und durstig, Gewehre und Maschinenpistolen quer über der Schulter. Manchmal gewährten ihnen ihre Feldwebel und Leutnants, ganz selten war ein Hauptmann darunter, eine kurze Rast. Dann setzten sie sich, müde wie sie waren, an den nächsten Straßenrand, manche schliefen sofort ein. Hausbewohner brachten ihnen Wasser, oft ein Brot, nach dem sie gierig griffen. Vor Andreas stiegen die Bilder auf aus Wochenschauen, wo die deutschen Soldaten fröhlich singend nach Polen, Frankreich und Rußland und wer weiß noch wohin einmarschiert waren.

Bald säumten aufgegebene Lastwagen, Motorräder und offene Mannschaftswagen den Straßenrand. Vielfach nur, weil sie keinen Treibstoff mehr hatten. Sie blieben so nicht lange stehen, wurden von findigen Menschen über Nacht zerlegt oder im ganzen fortgeschafft, verschwanden in irgendeinem Schuppen als Strandgut des Krieges. Von einem General Schörner war die Rede, der oben im Gebirge den Soldaten der Roten Armee noch Widerstand leistete. »Sei froh, daß es den Schörner gibt«, hörte Andreas einen Soldaten im Vorbeigehen reden, »der Schörner ist zwar ein Hund und läßt jeden aufhängen am nächsten Baum, der desertieren will, aber wenn's den nicht gäbe, wäre der Russki schon in Bayern.«

Die einzigen, die sich in diesen Tagen etwas wohler fühlten als sonst, waren die Ostarbeiterinnen, zumeist aus der Ukraine, die in der Industrie, bei Handwerkern, in Gärtnereien oder in Haushalten zwangsverpflichtet Dienst taten. Wenn sie sich gut führten, hatten sie am Sonntag Ausgang, schlenderten in Gruppen durch die Stadt, von weitem erkennbar an ihren weißen Kopftüchern, die sie nach Landessitte eng um den Kopf gebunden hatten. Begegneten sie früher Deutschen auf dem Gehsteig, so wichen sie schnell aus, machten Platz. Nun war das Gegenteil der Fall. Eingehakt und fröhlich plaudernd nahmen die Mädchen den ganzen Gehsteig ein und ließen die Deutschen auf die Straße ausweichen.

Sie folgten damit dem Beispiel der zahlreichen englischen Kriegsgefangenen, die rings um die Stadt in Lagern untergebracht waren, in den letzten Wochen, kaum noch bewacht, am Abend oder an Wochenenden in der Stadt spazierengingen. Sie fielen auf in ihren tadellos sitzenden und gepflegten Uniformen und gut genährt wie sie waren. Kontakte mit Deutschen kamen nur selten zustande. Wenn ja, so wurden sie streng geahndet. Mit Schaudern erinnerte sich Andreas an zwei Mädchen, die kahlgeschoren, auf Eseln sitzend, zum Gespött der Leute durch die Straßen geführt wurden, um den Hals ein Schild mit der Aufschrift »Ich habe mich mit Kriegsgefangenen eingelassen«.

Andreas radelte zu Lea, auf dem Gepäckständer den Karton mit den Delikatessen, die ihm Mutter eingepackt hatte. Keuchend schleppte er das Paket die Holztreppe hinauf zur Dachkammer, in der Lea und ihre Mutter hausten. Dort stellte er den Karton auf die Holzkiste, die Tisch und Sitzgelegenheit in einem war. Leas Mutter lag noch im Bett, wirkte aber frischer als in den letzten Tagen, so schien es jedenfalls. Lea zog die Luft durch die Nase ein. »Was hast du mitgebracht? Das riecht nicht etwa nach Kaffee?« Doch so war es, und es wurde ein Fest. Es sollte wenigstens eines werden. Denn der Kaffee war nicht gemahlen, eine Kaffeemühle nicht vorhanden. Lea rannte die Treppen hinunter ins Erdgeschß, um bei der Familie dort zu fragen, ob sie eine Kaffeemühle besaß. Sie hatte Glück und kam mit dem Mahlwerk, einem kleinen viereckigen hölzernen Kästchen mit Schublade und einer eisernen Kurbel obendrauf, zurück. »Die haben ganz schön geschaut, wozu wir die Mühle brauchen. Sicher dachten sie, wir wollen Korn mahlen. Dabei gibt es bei uns heute Kaffeeeeee.« Lea tanzte auf dem Dachboden, die Mühle fest an sich gedrückt. Dann setzte sie sich hin, klemmte das Kästchen fest zwischen die Schenkel, füllte die Bohnen ein und begann zu drehen. Ein schöner Duft breitete sich aus. Als die Bohnen gemahlen, das Kaffeepulver die Schublade unter dem Mahlwerk bis obenhin füllte, zündete Lea den Spiritus auf dem Kocher an, stellte den Wasserkessel auf und eine Kanne daneben. Das Wasser kochte in wenigen Minuten. Sie löffelte nun eine gute Portion Kaffee in die Kanne und goß das sprudelnde Wasser darüber. »Noch etwas Geduld«, bat sie.

Schließlich setzte Lea die Zeremonie fort, indem sie, Minuten waren vergangen, etwas kaltes Wasser in die Kanne goß. »Damit das Pulver ganz nach unten sinkt. Sonst haben wir es in den Tassen.« Gleich darauf goß sie ein und gab zuerst ihrer Mutter zu trinken, hielt die Tasse fest und führte sie ihr langsam an den Mund. Da fiel Andreas auf, wie schwach die Frau war, wie hilfsbedürftig. »Ein paar Schlucke, das reicht mir. Es tut gut und erinnert mich an alte Zeiten«, sagte die Kranke und lehnte sich in die Kissen zurück. Lea reichte ihr etwas Zwieback, den sie in kleine Stücken brach. »Ich muß sie zwingen, etwas zu essen.« Draußen schien die Aprilsonne so warm, als wäre es schon Sommer.

Auf Umwegen fuhren Andreas und Lea aus der Stadt. Andreas wollte ins Tal mit den drei Mühlen, wohin es nicht weit und wo er seit dem letzten Herbst nicht gewesen war. Die Straße führte ganz leicht bergauf, nach Norden, ins Gebirge. Links neben der Straße blühte auf frischgrünen Wiesen grellgelb der Löwenzahn, dahinter gurgelte der Bach. Rechts stieg steil der Wald auf. Sie fuhren bis zur dritten Mühle. Nichts rührte sich im Haus und auf dem weiten Platz davor, auf dem Kastanien standen, die bald blühen mußten. Nichts war zu hören als das Plätschern des Baches, der um die Mühle herumfloß und unter einer Holzbrücke hindurch ins Tal. Andreas und Lea fuhren noch ein Stück in ein Seitental hinein, so lange, bis der Weg zu schmal und zu steil wurde.

Da schob Lea ihr Rad an einen Holzstoß, der in der Sonne besonders stark nach Harz roch, setzte sich daneben auf einen Baumstamm und erklärte: »Hier bleiben wir.« Andreas hatte nichts dagegen. Lea rollte ihre Strümpfe, die gut waren gegen Kälte, aber weniger tauglich für Frühlingswärme, bis zu ihren derben knöchelhohen Schuhen herunter. Fast entschuldigend sagte sie: »Es sind meine einzigen Schuhe. Im Sommer werde ich wohl barfuß laufen müssen.« Andreas bewunderte ihre gutgeformten langen Beine, und es fiel ihm auf, daß die gebräunter waren als seine mitten im Sommer. Nur gut dachte er, daß meine Beine wenigstens in Kniestrümpfen stecken, dann fällt es weniger auf, wie blaß sie sind.

Lea schien das ziemlich gleichgültig zu sein. Sie zog die Luft, die nach Gras roch, tief durch die Nase ein, schloß die Augen. »Wie schön die Welt sein kann, wie schön der Frühling«, sagte sie mehr zu sich selbst als zu Andreas. Und plötzlich vergrub sie den Kopf in den Händen und begann erst zu weinen, dann laut zu schreien. »Du weißt ja gar nicht, was da draußen los ist«, stieß sie hervor und rang nach Luft. »Wir sitzen da und lassen es uns gutgehen, und gar nicht so weit von hier verrecken die Menschen zu Tausenden.« Sie schrie so laut, daß es von den Talwänden widerhallte. Andreas hatte Lea noch nie so gesehen. Bis zu diesen Minuten kannte er sie immer nur als ein eher stilles, freundliches Mädchen, das allerdings, fiel ihm erst jetzt auf, nur selten lachte, so lachte wie die Mädchen, die in seine Klasse gingen. Er saß hilflos da, wußte nicht, sollte er Lea in den Arm nehmen, sie irgendwie beruhigen. Da begann Lea zu erzählen, es brach aus ihr heraus in langen Sätzen, fast ohne Pause. Die Augen weit aufgerissen, sah sie dennoch nicht mehr das grüne Tal, vielmehr eine lange Reihe von schrecklichen Bildern, die sie in ihrem Innersten vergraben hatte, die aber jetzt erbarmungslos wieder vor ihr auftauchten.

In Breslau leistete Lea Aushilfsdienste in der Telefonzentrale der Gauleitung. So erfuhr sie bald, daß schon an der Jahreswende 1944/45 Pläne bestanden, die durch Flüchtlinge aus dem Osten des Reichsgebiets von etwa sechshunderttausend auf eine Million angewachsene Einwohnerschaft von Breslau zu evakuieren. Es wäre höchste Zeit für diese Aktion gewesen, denn die Rote Armee marschierte zum entscheidenden Großangriff gegen das Reich auf, vor allem gegen Schlesien. Geplant war, die Zivilbevölkerung mit Eisenbahnzügen aus der Stadt zu schaffen und nach Westen zu transportieren. »Ich habe meiner Mutter und meiner Großmutter, die bei uns im Haus lebte, nichts von alledem gesagt«, berichtete Lea, die sich scheinbar um so besser fühlte, je mehr sie ins Erzählen kam. »Aber heimlich habe ich die wichtigsten Dinge in zwei Koffer und zwei Rucksäcke gepackt. Darunter auch diese Schuhe. Ich wußte, ahnte es jedenfalls, was uns bevorstand.« Bald stellte es sich heraus, daß für die Zivilisten nicht ein Bruchteil der Züge zusammengestellt werden konnte, die nötig gewesen wären, die vielen Menschen aus der Stadt zu schaffen. Kostbare Zeit verstrich, der Geschützdonner aus Sowjetkanonen wurde immer lauter, vor allem, wenn der Wind aus Ost kam.

»Ich bin fast verrückt geworden vor Angst«, sagte Lea, und Andreas wunderte sich, wie leise jetzt ihre Stimme wurde. »Ich hörte ja, was da gesprochen wurde in den Büros der Gauleitung. Die Zivilisten und die Stadt hatten kaum eine Chance.«

Lea begann wieder zu weinen. »Ich kann gar nicht schildern, wie es war, als der Gauleiter Hanke, es muß um den 20. Januar gewesen sein, die Stadt zur Festung erklärte. Das bedeutete für die Männer, die wenigen, die keiner mehr wollte, weil sie alt, krank oder verwundet waren, plötzlich die Verteidigung der Stadt zusammen mit der Wehrmacht übernehmen mußten. Richtiges Kanonenfutter. Aber das Schlimmste kommt noch. Als die Parteimenschen endlich einsahen, daß weder Züge noch Lastwagen und Pferdegespanne ausreichten, um die Zivilbevölkerung in Richtung Westen in Sicherheit zu bringen, befahlen sie Frauen und Kindern die Flucht zu Fuß. Kannst du dir vorstellen: zu Fuß!«

Lea machte eine Pause, und Andreas sah, welche Veränderungen in ihr vorgingen. Ihre Gesichtszüge, sonst sehr weich und entspannt, wurden hart, zwei Falten zogen sich plötzlich von den Nasenflügeln zu den Mundwinkeln. Lea erschien um Jahre älter, als sie sagte: »Jetzt brauchte ich einen Schnaps, ein ganzes Wasserglas voll, am besten eine ganze Flasche.« Sie erzählte mit tonloser Stimme, wie sie ihrer Mutter und Großmutter erklärt hatte, sie müßten alle die Stadt verlassen. Mutter und Großmutter schauten sie verständnislos an, begriffen nichts, bis Lea sie anschrie, sie sollten sich so warm anziehen wie irgend möglich. Dann drückte sie ihrer Mutter einen der Koffer in die Hand, packte ihr einen Rucksack auf, nahm die beiden restlichen Gepäckstücke, schob die beiden Frauen zur Tür hinaus und schloß die Wohnung ab, wohl wissend, daß dies sinnlos war. »Draußen war es elend kalt, außerdem hatten wir Schnee. Da stand ich nun unten auf der Straße mit den beiden Frauen und ging den Tausenden nach, die versuchten, wegzukommen, nur weg.«

Sie reihten sich in den Strom der Flüchtenden ein. Es war eisig kalt. Viele Mütter hatten ihre Kinder und Bündel auf Schlitten gepackt, andere nur in Kinderwagen, deren Räder durchdrehten im Schnee. Vieh lief mit den Menschen, Kühe, die tagelang nicht gemolken worden waren, brüllten vor Schmerz, die Menschen blieben stumm, gingen, liefen den Blick auf den Boden gerichtet.

»Wir waren noch gar nicht an der Ausfallstraße, da blieb

Großmutter schon stehen. Sie konnte nicht mehr, wankte an den Straßenrand. Dort setzte sie sich in den Schnee und sagte: ›Ich bleibe hier, geht nur weiter. Für mich ist das Leben zu Ende. Ich habe gehört, daß man in der Kälte einschläft, da ist das Sterben ja nicht so schwer.‹«

Auf ihr dringendes Bitten hin und in der Gewißheit, daß die alte Frau den Strapazen der Flucht nicht gewachsen war, nahmen Tochter und Enkelin Abschied. »Mutter brachte kein Wort heraus, drehte sich, als wir weitergingen, ständig um, bis ihre Mutter nicht mehr zu sehen war. Daraufhin sprach sie wochenlang kein Wort, stierte nur vor sich hin.«

Je weiter es nach Westen ging, desto mehr Tote lagen am Straßenrand, die Kadaver von Pferden und Rindern dazwischen. Irgendwo nahm Lea und ihre Mutter ein Wehrmachts-Lkw ein Stück mit. Sie saßen enggedrängt mit anderen im eiskalten Fahrtwind auf der Pritsche. »Eine junge Mutter hielt ihren Säugling an sich gepreßt. Er war längst tot.« Viele erfrorene Kinder lagen im Straßengraben. »Ich sah gerade, wie eine Mutter, die zufällig eine Pistole besaß, ihre Kinder und dann sich selbst erschoß, weil sie sich zu kraftlos fühlte, den Marsch fortzusetzen.« Lea blickte starr zu Boden, dann hob sie den Kopf, schaute Andreas fest an und sagte, jedes Wort betonend: »Andreas, das alles will ich nie, nie wieder erleben.«

Nach Wochen kamen Lea und ihre Mutter schließlich in Nordböhmen an, fanden Unterkunft auf dem Dachboden in der Glockengasse. Das war Leas Geschichte oder wenigstens ein Teil davon, denn sie erzählte längst nicht alles, wie Andreas vermutete.

Wie Kinder hatten sie in den letzten Wochen in den Tag hineingelebt, bestand ihr Zusammensein aus vielen einfachen Dingen, die Glück verhießen: einen Stein ins Wasser werfen; einem Bussard zusehen, wie er auf der Jagd nach Mäusen über den Feldern seine Kreise zog; sich an den Händen fassen. Andreas spürte, wie nach dem Bericht über die Flucht aus

Breslau, Lea sich von ihm zu entfernen schien, es die alte Vertrautheit nicht mehr gab, eine Distanz sich aufbaute. Und als wollte sie das bestätigen, sprang Lea plötzlich auf, holte ihr Rad und sagte in einem Ton, den er bis jetzt nicht an ihr kannte: »Laß uns zurückfahren, bitte.«

Auf der leicht abfallenden Straße des Grundtals liefen die Räder von selbst, binnen kurzem waren sie in der Stadt. Andreas begleitete Lea in die Glockengasse. Anders als sonst, bat sie ihn nicht, mit heraufzukommen, drückte ihn nur ganz fest und lange an sich und verschwand im dämmrigen Hausflur.

Erst auf dem Heimweg fiel Andreas ein, daß er sich nicht mit Lea verabredet hatte für den nächsten Tag. Zu Hause hielt es ihn nicht lange. Er ging zurück zum Marktplatz, um die Freunde zu treffen, nicht ganz den Kontakt zu ihnen zu verlieren. Einige waren in HJ-Uniform gekommen, andere trugen wenigstens ihr rautenförmiges HJ-Abzeichen am Hemd oder Rockaufschlag. Anders Andreas. Er hatte das Abzeichen an irgendeiner anderen Jacke, ganz zufällig. »Traust' dich nicht mehr, das Abzeichen zu tragen?« fuhr ihn einer an. Offenbar war die Zeit gekommen, in der man es schon vermied, nationalsozialistische Embleme, die auf eine starke Bindung zur Partei oder ihre Organisationen schließen ließen, demonstrativ zur Schau zu stellen. Was soll das noch? dachte Andreas, dem die Mutter erzählte, daß in vielen Familien die Frauen damit begonnen hatten, aus Leintüchern weiße Fahnen zu nähen und das weiße Feld mit dem schwarzen Hakenkreuz aus dem roten Grund der Hitlerfahnen herauszutrennen.

Am liebsten wäre Andreas noch in der Nacht in die Glockengasse gelaufen, um Lea zu sehen. Doch er traute sich nicht, wollte kein Aufsehen machen bei den Leuten. Sobald es ging, am frühen Vormittag, stand er vor Leas Haus. Die Tür war verschlossen. Eine Glocke gab es nicht mehr. Auf sein Klopfen hörte er Geräusche im Flur, eine Bewohnerin, die er ein paarmal flüchtig gesehen hatte, öffnete, musterte ihn von oben bis unten und sagte in hartem Akzent, wie er den Tschechen eigen ist: »Niemand da. Fräulein und Mutter fort. Mit Auto, heute nacht.« Deshalb also war Lea keine Verabredung mehr eingegangen. War es lange geplant, daß sie weggehen würde, oder ein glücklicher Zufall? Wer hatte sie und ihre Mutter mitgenommen, wohin waren sie gefahren, warum gab es keine Nachricht für ihn? Nie hatte Lea von irgendwelchen Freunden oder Verwandten gesprochen, die, gleich ihnen, in den Westen geflohen waren.

Am Geländer zur Treppe, die zum Dachboden führte, entdeckte Andreas das Damenfahrrad, das ihm der Nachbar einmal lieh. »Kannst du mitnehmen«, sagte die Frau, die ihm geöffnet hatte. Andreas nahm das Rad, schob es auf die Straße, fuhr ein Stück, lehnte es an eine Hauswand und begann nach irgendeinem Zeichen von Lea zu suchen. Er kramte in der Satteltasche, fand aber nur ein paar verrostete Schraubenschlüssel, Flickzeug und ein Ersatzventil. Er kippte das Rad um, stellte es auf Lenker und Sattel und fingerte in den Spiralfedern des Sattels, ob er nicht dort vielleicht einen versteckten Zettel fände mit wenigen Worten, vielleicht den Satz: »Fahren in Richtung XY, ich geb' dir Nachricht.« Nichts von alledem. Andreas spürte zum erstenmal in seinem Leben eine unglaubliche Leere. Er stieg nicht auf das Rad, sondern schob es mechanisch kreuz und quer durch die Stadt, so, als könnte er irgendwo Lea entdecken. Immerhin brachte er den Willen auf, das Rad beim Nachbarn abzugeben, der sehr erstaunt war, daß er es überhaupt noch zurückerhielt, und verwundert Andreas anschaute, der ihm dankte und mit »Ich brauche es nicht mehr« verschwand.

Die Sehnsucht nach Lea, die Ungewißheit über ihr Schicksal, ob sie überhaupt noch am Leben war, denn die Angriffe der Tiefflieger auf alles, was sich auf Straßen, Schienen, Feldwegen und Äckern bewegte, nahmen täglich zu, ließen für andere Gedanken und Wahrnehmungen, geschweige für eine realistische Einordnung der Ereignisse, die auf einen Höhepunkt zutrieben, keinen Platz.

Hätte Andreas nur die Wehrmachtsberichte verfolgt und genauer zugehört, was der Vater bei Tisch zu erzählen wußte, wäre ihm bewußt geworden, daß sich der Krieg seinem Ende näherte und daß es sich nur noch um Tage handeln konnte, bis die Sowjetarmee auch seine Stadt erreichte. Er wachte nicht einmal auf, als eines Abends der Vater seiner verblüfften Frau verkündete, sie könne ab sofort aufhören mit dem Markenkleben für verkaufte Textilwaren. Er würde ab morgen seine Lager räumen und ohne Marken verkaufen, was noch da war. Die Kunden sollten wählen können zwischen ein paar Bündeln guter Strickwolle, Socken und Seidenstrümpfen, Wäsche und Garn oder was sonst noch in den Regalen lag. Vielleicht fand sich noch ein Rest Bindegarn, das die Bauern aus dem Umland stets vor der Ernte massenweise kauften. Jeder konnte jedes und alles brauchen. Damit kein zu großer Mißbrauch entstand, es möglichst gerecht zuging, sollten die Verkäuferinnen nur einen Stempel auf die Textilkarte drücken.

So oder so ähnlich gingen die meisten der verbliebenen Geschäfte vor. Das hatte sich schnell herumgesprochen, vor den Ladentüren bildeten sich lange Schlangen, die Menschen schleppten davon, was sie bekamen, in den Kassen stapelten sich Berge von Reichsmark.

Wenn der korrekte Vater sich zu so einer Aktion entschloß, schoß es Andreas durch den Kopf, war die politische und militärische Situation ausweglos, das Ende des Dritten Reiches gekommen.

Noch ein Signal nahm Andreas, wie übrigens seine Freunde auch, irritiert zur Kenntnis. Vor einem Jahr war in eine Erdgeschoßwohnung seiner Straße ein junger Mann eingezogen, der wenig später ins Gymnasium eintrat und vor allem deswegen auffiel, daß er bei fast jedem Wetter einen Schlapphut trug, eine Kopfbedeckung, die unter den Jungen der Stadt absolut unüblich war. Wenn schon eine Kopfbedeckung, dann griffen die meist zu ihrer schwarzen HJ-Mütze, an der man im Winter einen Stoffstreifen herunterziehen konnte, der die Ohren schützte. Höchstens Pudelmützen aus dicker Wolle waren beim Schilaufen noch gefragt.

Der Schlapphut fiel auch aus dem Rahmen, weil er nicht der HJ beitrat und auch sonst zu keinerlei Tätigkeiten zu gewinnen war wie das übliche Sammeln von Kräutern oder Brombeerblättern, die an die Apotheken geliefert und zu Tee verarbeitet wurden.

Der geheimnisvolle Fremde, der graue Anzüge trug, aus Stoffen geschneidert, die schon längst nicht mehr zu haben waren, hüllte sich auch gern in einen weiten Trenchcoat, den er, bei milderen Temperaturen, lässig über die Schultern warf. Eines Tages traf ihn Andreas direkt vor seiner Wohnung und wurde zu einer Tasse Tee eingeladen, »da wir doch fast Nachbarn sind«. Das Zimmer, in dem der neue Mitschüler wohnte, hatte die Hausfrau untervermietet und mit Möbeln vollgestopft. Dennoch gelang es dem Untermieter, eine gewisse persönliche Atmosphäre zu schaffen. Familienfotos standen herum, eine Vase mit Blumen, eine schöne Schreibtischgarnitur lag ordentlich auf der Tischplatte. Es stellte sich heraus, daß Andreas' Gegenüber der Sohn eines bulgarischen Diplomaten war, der hier in Sicherheit das Ende des Krieges abwarten sollte. Und als ob er dies Andreas beweisen mußte, öffnete er seinen Kleiderschrank, dessen Wäschefächer vollgestopft waren mit Zigaretten, Schokolade und Cognac. »Willst du rauchen odar etwas trinken?« fragte er höflich Andreas. Der wollte nicht. Seine Erfahrungen mit dem Rauchen beschränkten sich auf braune Binsen, die er sich mit seinen Freunden im Herbst vom Schilf in den umliegenden Teichen einmal abgeschnitten und angezündet hatte. Der Genuß hielt sich sehr in Grenzen.

Der Diplomatensohn dagegen rauchte und goß mit ruhiger

Hand Cognac in einen Schwenker, ließ ihn kreisen, roch daran und nahm einen großen Schluck. Es sei an der Zeit, so hörte Andreas den Bulgaren sagen, daß man etwas unternehme und nicht warte, bis die Katastrophe über einen hereinbreche. Deshalb würde ihm sein Vater in den nächsten Tagen ein vollgetanktes Auto schicken mit aufgefüllten Reservekanistern im Kofferraum. Wenn Andreas Lust hätte, könne er mitkommen. »Aber überleg es dir nicht zu lange. Wenn du mit mir abhauen willst, komm rüber und klopf ans Fenster. Auch mitten in der Nacht.«

Noch auf dem Heimweg entschied Andreas: er würde hierbleiben. Das Angebot bezog sich allein auf ihn, und selbst wenn noch ein Platz frei gewesen wäre – wen hätte er mitnehmen sollen, wer wäre mit ihm gegangen? Der Vater sicher nicht, auch nicht die Mutter. Weshalb sollten sie Haus, Freunde, Heimat aufgeben?

»Ich habe mir nie etwas zuschulden kommen lassen. Wenn ich die Stadt verlasse, käme dies einem Eingeständnis gleich, wäre Zeichen eines schlechten Gewissens. Folglich bleibe ich«, hatte der Vater immer gesagt, wenn schon mal die Rede auf Flucht und Im-Stich-Lassen gekommen war. Alle seine Freunde handelten gleich, welche Stellung, welches Amt sie auch bekleideten.

Andreas konnte sich also sparen, über den Vorschlag des Bulgaren auch nur nachzudenken, geschweige denn darüber zu reden. Und da war ja noch Lea. Was, wenn sie noch einmal zurückkäme, ihn suchte?

Am 20. April, an Hitlers Geburtstag, mußte geflaggt werden. Doch von einem Fahnenmeer wie in früheren Jahren konnte keine Rede mehr sein. An zu vielen Fahnen war das Hakenkreuz bereits herausgetrennt. Die Menschen verfielen in einen Zustand dumpfer Ergebenheit. Es war, verglichen mit Katastrophen in Küstenlandschaften, als bilde sich weit draußen auf dem Ozean eine riesige Welle, die unaufhaltsam den

Ufern zurollte, deren Donnern immer weiter anschwoll, bis sie schließlich das Land erreichte und alles unter sich begrub.

Längst hatten die Menschen in Nordböhmen schon das dumpfe Grollen aus Tausenden von Sowjetkanonen im Ohr. Tag und Nacht. Längst hatte die Rote Armee den Osten Böhmens erreicht, und von Norden, aus Sachsen, stießen unzählige Sowjetpanzer in Richtung Süden, über das Erzgebirge. Gerüchte jagten durch die Stadt. »Die Russen bleiben im Osten stehen. Wir werden von den Amerikanern besetzt.« – »Die deutsche Wehrmacht stellt im Westen die Kämpfe gegen die Alliierten ein und macht kehrt und Front nur noch gegen die Russen, die ohnehin ihr letztes Aufgebot in die Schlacht werfen.« Es war wie das Pfeifen im Wald. Denn gleichzeitig berichteten zurückflutende deutsche Einheiten, daß die Sowjetarmee gar nicht daran dachte, eine Verschnaufpause einzulegen, und von einem gewaltigen Gegenangriff der deutschen Wehrmacht in Richtung Osten könne schon gar keine Rede sein. Die russischen Soldaten, dem Sieg nahe, würden sich so verhalten, wie Sieger es zu allen Zeiten mehr oder weniger schlimm getrieben haben: sie plünderten, vergewaltigten und nahmen Rache an der deutschen Bevölkerung für den Überfall Hitlers auf das Sowjetreich.

In fünf Jahren sibirischer Kriegsgefangenschaft hatte Andreas' Vater die Russen kennengelernt, von ihren guten und schlechten Seiten, und als er hörte, was aus den böhmischen Gebieten, in die die Rote Armee jetzt einmarschierte, an Greueln berichtet wurde, versuchte er, die Angst zu dämpfen, ein wenig Hoffnung zu wecken, daß es vielleicht doch nicht zum Schlimmsten kommen könnte. Und an Andreas gewandt, sagte der Vater, und das klang allerdings wenig beruhigend: »Du hast ja lang genug Latein gelernt und den Satz sicher nicht vergessen, der da lautet ›Vae victis‹, wehe den Besiegten.«

Der Bauer Franz kam noch einmal in die Stadt und brachte ein Schock Eier mit und zwei runde Stück Butter aus der Form mit den Blütenornamenten. »Mehr kann ich euch nicht geben«, sagte der Mann mit dem verwitterten Gesicht und dem nach oben gezwirbelten Bart.

Die Flüchtlingsfrau Else stieg mit ihren beiden Buben in den Schuppen hinter dem Haus herum und suchte Leitern zusammen. »Wenn die Russen kommen und sich über mich hermachen wollen, dann versuch' ich noch in den Garten zu flüchten und mit der Leiter über die Mauer aufs nächste Grundstück zu klettern. Vielleicht in die Gärtnerei. Dort gibt es viele Verstecke in den Gewächshäusern.«

Ingrid, die Tochter des Apothekers am Marktplatz, erzählte Andreas im Vertrauen, daß ihr Vater im Magazin für Farben, Puder und Salben ein paar Fässer präpariert hatte, die, zugeschraubt, aber mit Öffnungen zum Atmen versehen, als Versteck für Frauen dienen konnten. Jede Familie dachte sich etwas anderes aus. Vergewaltigung – davon hatte man immer nur gelesen, in der Wochenschau gesehen, wenn Frauen vor der Kamera berichteten, was in Ostpreußen, Pommern, Schlesien geschehen war. Daß es eines Tages einen selbst treffen könnte, wer hätte jemals daran gedacht!

Im Keller der Kantstraße brach der Hausmeister Schmiedel Ziegelsteine an mehreren Stellen aus der Mauer und versteckte dort den Schmuck der Familie, dann mauerte er die Löcher wieder zu, schmierte angeschmutzte Farbe darüber.

In der hintersten Ecke des Gartens vergrub Andreas sein wunderschönes Luftgewehr, an anderer Stelle eine kleine 6.35, ein Geschenk seines Onkels Gustl, die der aus Frankreich mitgebracht hatte. »Für alle Fälle.« Der Fall wäre jetzt eingetreten, dachte Andreas, als er Erde über die Waffe schob. Aber soll ich jetzt den Helden spielen, auf Russen schießen?

Der Bürgermeister der Stadt, der sich gern in braungelber Parteiuniform sah, ließ Andreas' Vater kommen, der einer seiner Stellvertreter war. »Sie können sicher sein, daß ich hierbliebe und die Stadt den Russen, falls sie doch hier einmarschieren sollten, ordnungsgemäß übergebe. Aber da man nie weiß, was passiert, haben Sie als mein Stellvertreter auch Anspruch auf ein paar Schlüssel.« Der Vater erzählte am Abend davon und legte den schweren Schlüsselbund im Flur auf den Telefonkasten.

Am nächsten Tag hatte sich der Bürgermeister im Dienstwagen abgesetzt.

Je lauter der Geschützdonner wurde, die Front heranrückte, desto tiefer duckte sich die Stadt. Die Sirenen kamen aus dem Heulen nicht heraus, und Andreas und seine Freunde verbrachten endlose Stunden als Luftschutzwachen in ihrem Gymnasium, wo die Nachrichtenhelferinnen begannen, Dokumente zu vernichten und ihre Koffer zu packen. Von Panik war noch keine Spur, Nervosität höchstens machte sich breit, Ratlosigkeit. Ob am Mittagstisch oder beim Abendessen, die Gespräche drehten sich immer um ein und dasselbe Thema: Wann, endlich, ist der Krieg zu Ende, wann werden wir besetzt, wird gekämpft um und in der Stadt oder haben wir Glück und alles ist vorbei, ohne daß noch ein Schuß fällt?

Verwundete und Sterbende gab es ohnehin genug. Andreas sah sie zusammengepfercht in Krankenzimmern, auf Fluren, im Keller, sogar im Hof des städtischen Krankenhauses unweit vom Friedhof liegen, als er an einem dieser sonnigwarmen Apriltage auf Geheiß seines Vaters ein paar Karton Mullbinden, die sich im Lager des Geschäfts fanden, mit einem Handwagen zum Krankenhaus fuhr und dort der Oberschwester übergab. Die Frau, in Rotkreuztracht, fiel ihm fast um den Hals, denn nicht einmal für die frisch Operierten gab es richtige Verbände. »Wir haben nur noch Papier.«

In endlosen Kolonnen und wegen der Tiefflieger vor allem nachts schoben sich Fahrzeuge der Wehrmacht, dazwischen auch Infanterie zu Fuß, bespannte Artillerie und Sanitätswagen vom Weinberg her hinunter in die Stadt, an der evangelischen Kirche vorbei, über den Deutschherrenplatz, die

Bahnhofstraße hinauf zur Ausfallstraße in Richtung Kaaden, Egertal und Karlsbad. Andreas sah während eines Luftschutzdienstes im Gymnasium von einem Fenster im zweiten Stock hinunter auf diesen Strom aus Menschen und Fahrzeugen, der sich nur langsam bewegte in der Dunkelheit und von dem nichts zu hören war als der harte Schlag der genagelten Soldatenstiefel auf dem Kopfsteinpflaster, das blecherne Klirren der Gewehre und Maschinenpistolen an das Koppelzeug der Uniformen und dazwischen die quietschenden Bremsen der Wagen, die mit abgedunkelten Scheinwerfern den Weinberg hinunterkrochen.

Einen Augenblick dachte Andreas daran, mit den abziehenden Soldaten zu gehen, sich einfach einzureihen, nach Westen zu marschieren, den amerikanischen Truppen entgegen. Aber so schnell ihm dieser Gedanke gekommen war, so verwarf er ihn auch wieder. Weggehen?

Obwohl er die Hoffnung längst aufgegeben hatte, noch einmal etwas von Lea zu hören, geschweige denn, sie wiederzusehen, strich er doch zuweilen um das Haus in der Glockengasse, wagte sich sogar einmal in den Flur, wo ihn prompt die Frau aus dem Erdgeschoß entdeckte und mit einem »Hier haben Sie nichts zu suchen, mein Härrr« praktisch hinauswarf. Die Sehnsucht nach dem Mädchen, die noch ganz frische Erinnerung an die mit ihr verbrachte Zeit füllten sein Denken so aus, daß er gar nicht recht wahrnahm, was in diesen Tagen und Stunden eigentlich um ihn herum geschah, welche Gefahren da heraufzogen. Andreas versank in einer Art Unbeteiligtsein, er tat und fühlte, als ginge ihn das alles gar nichts an, als würde es ganz normal sein, daß die Soldaten in kaum unterdrückter Panik nach Westen marschierten, der Geschützdonner, vor allem nachts, aus dem Osten immer bedrohlicher wurde.

Dazu kam, daß seine Freunde, seine eigene und deren Familien wie selbstverständlich ihren Alltagsgeschäften nachgingen, scheinbar blind gegen das, was sie sahen und hörten, was ihnen Angst machen mußte. Als am 30. April die Nachricht über Rundfunk kam, daß Adolf Hitler in Berlin »gefallen« sei, konnten viele, Frauen zumeist, die Tränen nicht verbergen. Fassungslos standen sie um die Rundfunkempfänger, lasen tags darauf die Schlagzeile im »Deutschen Volksblatt«.

Das war das Ende. Als am Abend die Familie sich im Garten hinter dem Haus in der Kantstraße zusammensetzte, die Amseln von den Giebeln schlugen, es nach Blüten roch, bis Else mit ihrer Zigarette dazwischenkam, sagte Vater in die anbrechende Dunkelheit hinein: »Der Kerl hat sich einfach davongemacht und wohl erwartet, daß es ihm ein ganzes Volk nachtut.« Ein ganzes Volk war es zwar nicht, aber mit diesem Tag begann, wie anderswo auch, eine Selbstmordwelle in der Stadt, und es waren keineswegs nur Parteimitglieder, die sich das Leben nahmen. Einfache Leute, unauffällig, keine Nationalsozialisten, sahen keine Zukunft mehr, drehten den Gashahn auf, nahmen den Strick, erschossen sich, oft ihre Familien gleich mit.

Am 3. Mai kam ein Anruf aus Prag. Am Apparat war Marie Hess, eine entfernte Verwandte, die in der Familie nur »Tante Marie« genannt wurde, obwohl sie gar nichts Tantenhaftes an sich hatte, sondern eine Bankangestellte war, zu den Zehntausenden Prager Deutschen gehörte, die seit Geburt an der Moldau lebten. Tante Marie wohnte in Prag Ziskov und sprach fließend Deutsch und Tschechisch.

Die Stimme der Frau am anderen Ende der Leitung, sonst wohlvertraut, war kaum wiederzuerkennen, ihre Worte überschlugen sich. »Ich komme gerade aus der Stadt«, rief sie ins Telefon. »Es wird geschossen. Die deutschen Soldaten versuchen, wenn sie können, Prag zu verlassen, schießen um sich. Auch die Tschechen haben sich Waffen besorgt, machen Jagd auf die Soldaten, schießen sie tot, schlagen sie tot. Ich würde gern zu euch kommen, doch ich trau' mich nicht mehr auf die Straße, geschweige denn zum Bahnhof. Ich ruf' wieder an, wenn ich noch durchkomme.«

Am 4. Mai 1945, wenige Tage vor Kriegsende, begann das, was später in die tschechischen Geschichtsbücher als der Prager Aufstand, die Befreiung der Tschechoslowakei, einging.

Am 5. Mai läutete wieder das Telefon. Wieder meldete sich Marie aus Prag. »Ich spreche hier vom Dienstapparat eines befreundeten tschechischen Beamten, der mich in seine Wohnung gelassen hat, aber nur für wenige Minuten. Es kann ihn den Kopf kosten, mit einer Deutschen zu reden. Ich will es deshalb kurz machen. Über den Rundfunksender Prag hat gerade noch ein deutscher Schauspieler gesprochen, zur Vernunft gemahnt. Aber es hat nichts geholfen. Wenig später schrie eine Stimme ins Mikrofon, die über den Sender und über viele mit ihm zusammengekoppelte Lautsprecher auf Straßen und Plätzen zu hören war: ›Tod den Deutschen‹. Der Mob massakriert nicht nur die deutschen Soldaten, wo er sie trifft, sondern macht Jagd auf alle Deutschen, Männer, Frauen und Kinder. Sperrt sie ein, foltert sie, schneidet ihnen die Haare ab. Mit Teer werden vielen von ihnen Hakenkreuze auf die nackten Rücken geschmiert, die Köpfe mit roter Farbe übergossen. Aus den Lazaretten werden Verwundete, auch Krüppel, aus den Fenstern auf die Straße geworfen. Die Rotkreuzschwestern und Nachrichtenhelferinnen bis zur Unkenntlichkeit mit Knüppeln und Reitpeitschen verprügelt und gedemütigt. Ich erzähle nur, was ich sicher weiß, damit ihr es weitererzählen könnt. Ich will mich von euch verabschieden. Es war immer schön bei euch, auf der Hütte, am See. Wir werden uns nicht wiedersehen. Denkt manchmal an mich …«

Plötzlich brach das Gespräch ab. Von Tante Marie gab es kein Lebenszeichen mehr. Viel später kam eine Nachricht, sie sei in einem tschechischen Arbeitslager verhungert.

Der Anruf aus Prag erreichte die Wohnung, weil das Geschäft bereits geschlossen und die Leitung auf »privat« umgestellt worden war. Mutter hatte den Hörer abgenommen, neugierig stand Andreas daneben, hörte aber jedes Wort, das

Marie sprach, weil es totenstill war im Haus. Als Mutter den Hörer auf die Gabel legte, hatte sie keine Farbe mehr im Gesicht. Sie weinte still und setzte sich auf die Eckbank in der Küche. Wenig später kam Vater nach Hause, und seine Frau erzählte ihm, was sie aus Prag wußte. Der Vater setzte sich zu ihr und sagte nur: »Tod den Deutschen, das gilt nicht nur für Prag, sondern in der ganzen Tschechoslowakei. Jetzt sind wir vogelfrei.«

Als Andreas das hörte, ging er zwei Zimmer weiter zum Bücherschrank, holte sich ein Lexikon, weil er mit dem Begriff »vogelfrei« nichts anzufangen wußte, den Vater aber nicht fragen wollte. Er las: »Vogelfrei, wolfsfrei, germanisches Recht: Geächtet, friedlos. Der Vogelfreie konnte (wie ein Vogel, Wolf) von jedermann ›bußlos‹ getötet werden.«

*

Tausende von Spindeln surrten und spannen Garn aus Baumwolle. Unablässig wachten Frauen, die Haare bedeckt mit weißen Kopftüchern, darüber, daß sich die Fäden nicht verwirrten, Garn gleichmäßig aufgespult wurde. Oft stand Andreas in einer der weiten Werkshallen der Spinnerei Tetzner in Görkau, wohin ihn der Vater mitgenommen hatte, wenn er über neue Lieferungen verhandelte. Seit Jahren verband ihn mit dem Unternehmen eine fast freundschaftliche Beziehung. Die Spinnerei hatte eine lange Tradition und Industriegeschichte gemacht.

Nun schickte Tetzner einen Boten. Er kam zu Fuß die wenigen Kilometer aus Görkau herüber, betrat das Büro von Andreas' Vater und sagte, noch im Stehen: »Ich soll ausrichten, daß die Russen schon in den Wäldern von Rothenhaus sind, an der Grenze von Görkau. Und deshalb wird es mit den vereinbarten Garnlieferungen vorläufig nichts werden. Und jetzt muß ich wieder zurück.«

Vater stand auf und verkündete, er werde das Geschäft jetzt

endgültig schließen, werde noch etwas seinen Schreibtisch aufräumen und dann die Scherengitter vor die Auslagen und den eisernen Rolladen vor den Eingängen herunterlassen. Andreas, der gerade im Laden herumstand, sollte ihm helfen. Außer dem Packer Schmiedl war von den Angestellten niemand mehr da, es gab ja ohnehin nichts mehr zu verkaufen. Die Scherengitter quietschten, die Rolläden rasselten herunter. Andreas trat fest auf die Kante, drückte sie an den Boden, damit die Schlösser leichter einschnappten. Der Vater zog sorgfältig alle Schlüssel ab und sagte nur: »So. Das kann das letztemal gewesen sein.« Andreas verstand nicht, fragte aber nicht weiter. In diesen Tagen, so ging es ihm durch den Kopf, ist wohl vieles »das letztemal.« Wann hatte er Lea das letztemal gesehen, wann war die Familie das letztemal im Gebirge, wann hatten sie das letztemal richtigen Schulunterricht? Das letztemal hatte den Stempel der Endgültigkeit, Wiederholung in irgendeiner Form ausgeschlossen.

Der nächste Tag verging in bleierner Passivität. Gegen Abend bat der Vater, der in Dokumenten kramte, die kalte Pfeife zwischen den Zähnen, Andreas möge doch noch einmal zum Geschäft gehen, um Rolläden und Gitter zu überprüfen. Schon auf dem Weg dorthin fiel Andreas auf, daß sich der Deutschherrenplatz in ein Lager verwandelt hatte, auf dem Hunderte von deutschen Soldaten, Nachrichtenhelferinnen und Rotkreuzschwestern saßen oder lang ausgestreckt auf dem Boden lagen. Zu müde, um sich im allerletzten Augenblick noch nach Westen in Sicherheit zu bringen. Eine sonderbare Stille hing über dem Platz wie eine schwere Wolke. Wenn überhaupt, dann sprachen die Menschen in ihren abgerissenen Uniformen nur leise miteinander, so, als wollten sie nicht entdeckt werden, keine Aufmerksamkeit erregen. Viele hatten Rangabzeichen und Orden von den Jacken gerissen. Verwundete versuchten, ihre blutgetränkten Verbände fester zu wickeln, was meist mißlang.

Andreas stand wie gelähmt am Rand des Platzes, den er überqueren mußte, um zum Geschäft des Vaters zu kommen. Dann, mühsam, bahnte er sich einen Weg durch die Menschen, die ihm nur widerwillig Platz machten, nicht beiseite rückten, weil sie zu apathisch waren, zu abgekämpft, ganz im Sinn des Wortes. Ein Beinamputierter hatte die Holzkrücken an eine Hauswand gelegt, sich daneben gesetzt, die Mütze abgenommen. Andreas erkannte ein Edelweiß am Mützenrand, ein Gebirgsjäger also. Nicht nur Infanterie machte hier Rast. Panzersoldaten in ihren schwarzen Uniformen waren darunter, auch Angehörige der Luftwaffe in ihren blaugrauen Uniformen, das Emblem des fliegenden Adlers auf der Brust. Noch nie hatte Andreas so ein Strandgut des Krieges gesehen, Zivilisten auf der Flucht schon, doch nie so viele Soldaten, die am Ende waren, die nur ein Wille etwas aufrecht hielt: sich vor der Sowjetarmee zu retten.

Andreas erreichte gerade das Geschäft, als von der evangelischen Kirche her ein Motorrad mit Beiwagen die leicht abfallende Straße herunterraste. Der Soldat am Lenker trug einen Stahlhelm und den typischen Gummimantel der Kradmelder. »Die Russen kommen«, schrie er, ehe er vor der Menschenmasse auf dem Platz sein Motorrad anhalten mußte. Die Nachricht, in den Abend gebrüllt, brach sich im Echo an den Häuserwänden, stürzte auf den Platz.

Kaum verhallt, da waren die Soldaten, Nachrichtenhelferinnen und Rotkreuzschwestern schon aufgesprungen, packten in panischer Angst ihre Tornister und Waffen. Leere Feldflaschen schepperten über das Pflaster. Im Nu wurde aus der unförmigen Menschenmasse, die bis dahin den Platz füllte, ein wilder, schreiender Haufen, der sich in die Bahnhofstraße stürzte, weiterwälzte zur Ausfallstraße nach Westen. Die Stärksten, die Schnellsten behaupteten die Spitze, schoben Schwächere beiseite, die stürzten, getreten wurden, sich auf die Seite rollten, um nicht zertrampelt zu werden. In wenigen

Minuten lag der ganze Platz verlassen, und verzweifelt und schon in großem Abstand zu seinen fliehenden Kameraden stakte der Amputierte auf seinen Krücken hinterher.

Blutige Verbandsfetzen bedeckten das Pflaster, zerbeulte Kochgeschirre, Uniformteile. Einige Fenster in den nur wenig bewohnten Geschäftshäusern an zwei Seiten des Platzes öffneten sich vorsichtig. Stangen mit weißen Fahnen wurden herausgeschoben und in den Eisenringen befestigt, die sonst Hakenkreuzfahnen hielten.

Andreas überprüfte Rolläden und Scherengitter am Geschäft des Vaters. Sie schlossen fest. Dann ging er unter den blühenden Kastanien an der Kaimauer des Assigbachs hinunter. Des Baches, der im Gebirge entsprang und auch durch das Grundtal floß, ehe er die Stadt erreichte. An der dritten Mühle des Tales hatte er das letztemal mit Lea gesessen. Wie lange ist das eigentlich schon her? dachte Andreas, und Trauer stieg in ihm auf, aber auch die Wut, nichts ändern zu können, keine Möglichkeit mehr zu haben, nach Lea zu forschen. Denn er, die Stadt, ihre Bewohner, saßen in der Falle. Es konnte nur noch Stunden dauern, bis die Sowjettruppen die Stadt erreichten, und im Westen standen die Amerikaner, die ihre Front dichtmachten.

Zu Hause hatten sich die Familie und Else mit ihren beiden Kindern eingeschlossen, im Wohnzimmer versammelt. Die Fenster zum Garten standen offen, die Amseln balzten. »Es hat keinen Sinn, irgend etwas zu planen, zu verabreden, wie wir uns verhalten sollen. Tod oder Leben, das steht jetzt auf Messers Schneide. Und die Russen sind auch Menschen. Mit ein bißchen Glück kommen wir mit heiler Haut da raus. Heute nacht müssen wir Radio hören, der englische König soll sprechen zu Kriegsende und Waffenstillstand. Andreas, hör hin und übersetze, was du kannst. Weshalb haben wir dich aufs Gymnasium geschickt!«, versuchte der Vater einen Scherz, der ihm wohl selber albern vorkam, denn er schickte ein »Entschuldigung« hinterher.

Der englische König sprach, alle saßen um den Empfänger herum, Andreas verstand nicht alles, wohl aber das Wichtigste: Die Alliierten hätten einen großen Sieg errungen. Nazideutschland sei besiegt, der Krieg, der so viele Opfer auf beiden Seiten gekostet hatte, beendet.

Friede also? Wie sah der Friede denn aus? Was würden die Sieger mit den Deutschen machen? Mit diesen Fragen legten sich alle ins Bett. Sirenen würden nun nicht mehr heulen, und den Sowjetsoldaten müßte das Schießen nun eigentlich auch verboten sein. Denn im Frieden wird nicht mehr gekämpft, nicht mehr getötet.

Am anderen Morgen, es war der 9. Mai 1945, wurde Andreas durch Ziehharmonikamusik geweckt, die von der Straße kam. Er zog die Vorhänge auf und sah Rotarmisten in großen Holzkähnen, an die vorn und hinten je zwei Gummiräder montiert waren, unten vorbeiziehen. Die Kähne waren dick mit bunten kostbaren Teppichen belegt. Einige der Soldaten, allesamt mit gelbbraunen Mongolengesichtern, winkten zu den Menschen herauf, die in den Fenstern lagen und auf die Straße starrten, wo struppige Pferde, Kähne und Soldaten im Trott Richtung Westen zogen, dem Bahnhof und Stadtrand zu.

Else reagierte als erste. Sie ging in ihr Zimmer, puderte sich ihr Gesicht grau, zog schwarze Ringe unter die Augen. Dann wickelte sie ein altes Kopftuch über die Haare und zog einen langen, geflickten Rock an. Mutter rannte zur Anrichte im Eßzimmer, holte von ganz unten zwei Flaschen Hennessy-Cognac und kippte sie in die Toilette. »Wenn die hier Schnaps finden, ist es aus«, kommentierte sie, als die duftende braune Flüssigkeit in die Kloschüssel gluckerte.

Vater nahm aus dem Bücherschrank sein abgegriffenes Russisch-Wörterbuch, das er aus der Gefangenschaft mitgebracht hatte.

Andreas spürte ein bis dahin unbekanntes Gefühl in der Magengegend, das wie ein Stein dort liegenblieb. Ich habe

Angst, dachte er, ging die Treppen hinunter, hinaus in den Hof und in den Garten. Dort setzte er sich auf die Treppe des Gartenhauses und stierte vor sich hin.

Von irgendwo hörte er Salven aus einer Maschinenpistole.

III

Fäuste hämmerten, Gewehrkolben schlugen gegen die Haustür, die Klingel lärmte ohne Unterbrechung. Andreas war als erster am Fenster, sah hinunter auf den Gehsteig. Da standen drei Sowjetsoldaten mit Maschinenpistolen, deren Kolben sie abwechselnd gegen die Haustür hämmerten. Ein vierter, offensichtlich ein Offizier, erkennbar an einer besser sitzenden Uniform und einer Armeepistole in der rechten Faust, drückte unentwegt die Klingel. Daneben stand ein hochgewachsener Mann in olivgrüner, tadellos geschnittener Uniform mit einer roten Armbinde. Offenbar ein Tscheche, wie Andreas vermutete, weil seine Reithosen in hohen Stiefeln steckten, während die Russen kurze schwarze Stiefel trugen, die sich eng um ihre Waden spannten. Als die Männer Andreas erblickten, brachte einer der Sowjetsoldaten die Maschinenpistole in Richtung Fenster in Anschlag, und der russische Offizier rief in gut verständlichem Deutsch: »Bürgermeister soll kommen, Schlüssel der Stadt übergeben. Dawai, dawai!«

Die Aufforderung war unmißverständlich und an den Vater gerichtet, dem der amtierende Bürgermeister ja »für alle Fälle« die Schlüssel in Verwahrung gab.

Vater hatte wohl im Hintergrund mitgehört, was die Besatzer forderten, und obwohl es überhaupt nicht kalt war, zog er seinen festen Lodenmantel über. Er umarmte seine Frau, dann Andreas, Else und die Kinder, die alle in der Küche versammelt waren, und sagte beruhigend: »Ich komme bald wieder, ich kann ja noch Russisch.« Als er hinaus auf den Flur ging, sah Andreas in das Gesicht des Vaters, das wie stets glatt rasiert war, und er sah, wie blaß der Vater war, auf der hohen Stirn standen kleine Schweißperlen.

Totenstille im Haus, als der Mann die schwere Haustür aufschloß, den Riegel zurückschob. Alltägliche Geräusche, sonst kaum wahrgenommen, nun aber dröhnten sie durch das Treppenhaus, hallten wider von den Wänden, brachen sich am Geländer und nisteten sich in den Ohren ein, auch als sich die Tür hinter dem Vater längst geschlossen hatte.

Alle stürzten an die Fenster und sahen ihm nach,wie er zwischen dem russischen Offizier und dem Tschechen in der Mitte der Straße zum Deutschherrenplatz ging, hinter ihm die drei Rotarmisten mit den Maschinenpistolen im Anschlag. Als der Trupp zum Marktplatz hin abbog und nicht mehr zu sehen war, ging Mutter schweigend in die Küche, gefolgt von Andreas, Else und den Buben Peter und Wolfgang. Erst jetzt sah Andreas, daß Else unter ihrer grauen Schminke entsetzlich aussah. »Vater wird nicht wiederkommen«, klagte Mutter mit einer Stimme, die Andreas noch nie von ihr gehört hatte, denn sie sprach, als rede sie von einem Toten. »Heilige Maria, Mutter Gottes«, betete sie im Herrgottswinkel. Else versuchte, sie aufzurichten. »Er wird wiederkommen«, sagte sie. »Er spricht ja Russisch.«

Um die Angst um den Vater und seine eigene zu betäuben, ging Andreas hinunter in den Garten, wo die Beerensträucher blühten, die Pfingstrosen dicke Knospen hatten und die in den letzten Jahren angelegten Gemüsebeete darauf warteten, daß jemand kam, Furchen zog und Radieschen, Möhren und Spinat säte oder Salatpflanzen und Kohlrabi steckte. Alles Arbeiten, die zum Frühling gehörten und die Andreas gerne übernommen hatte. Doch dieses Mal schaute er ohne Interesse auf die Erde, wo sich schon Unkraut ansiedelte, Löwenzahn blühte. Es war ihm gleich. Eine große Leere nistete in seinem Kopf, er nahm nicht wahr, wie schön dieser Frühlingstag eigentlich war. Es roch nach frischem Gras, ersten Blüten, und eine bisher nicht gekannte trügerische Ruhe lag über Häusern und Gärten. Aus der Nachbarschaft drang kein Laut, die Fenster blieben geschlossen trotz der Wärme, die der Tag verhieß.

Aus der Stadtmitte, kaum einen Kilometer entfernt, waren plötzlich einzelne Rufe zu hören, die sich schnell zum Gebrüll steigerten, undeutlich, doch unverkennbar Russisch oder Tschechisch. Dann mischten sich Schüsse in die Stimmen, Einzelfeuer aus Maschinenpistolen, gefolgt von Salven. Schließlich unheimliche Stille, wenige Sekunden nur, und am Ende ein einzelner Schuß, der wohl ein Leben endgültig auslöschte.

Andreas stand bewegungslos, dachte nur eines: »Vater«, denn der Lärm könnte vom Marktplatz, vom Rathaus hergekommen sein. Andreas spürte, wie Kälte ihn anfiel trotz der Frühlingssonne, die schon hoch am Himmel stand. Irgendwann ging die schwere Haustür, schnappte ins Schloß. Andreas rannte über den Hof, hinein ins Haus und sah den Vater, wie er auf der untersten Stufe des Treppenhauses saß, unbeweglich, den Mantel über den Knien und bleich im Gesicht, das schüttere Haar wirr.

Als er Andreas sah, streckte er die Arme aus, zog den Sohn an sich und drückte ihn sehr fest, was nur selten vorkam. »Glück gehabt«, sagte der Mann, »noch einmal Glück gehabt, Andreas. Jetzt gehen wir hinauf. Ich habe Durst.«

Oben standen sie alle. Mutter, Else und die Kinder umarmten der Reihe nach den Mann, der zurückgekehrt war, kaum etwas redete und gierig den dünnen Kaffee trank, der vom Frühstück übriggeblieben war.

Schüsse und Schreie, das Getrampel von Soldatenstiefeln auf dem Pflaster, Kommandos in der fremden gutturalen Sprache hörten Tag und Nacht nicht auf. Else kam aus ihren Altweiberkleidern nicht mehr heraus, wusch sich kaum noch das grau verschminkte Gesicht und schlief meist mit den Kindern im Taubenschlag über dem Hof. Wenn nachts ein betrunkener Haufen von Sowjetsoldaten vorn an der Straße sich Einlaß in die Häuser verschaffte, flüchteten die Frauen und Mädchen, wie sie es schon tausendmal in Gedanken geübt hatten, in Höfe und Gärten, überkletterten die Mauern zu den Nachbargrundstücken, bis sie am Ende der Straße waren, wo sie, flach auf dem Boden liegend, zitternd vor Angst und schweißgebadet in die Dunkelheit horchten, und verfolgten, wie die Soldaten Haus um Haus, Keller um Keller nach wehrloser Beute absuchten. War vorn an der Straße die Luft wieder rein, kehrten die Geflüchteten in weitem Bogen wieder nach Hause zurück, wo sie oft genug in geplünderten Wohnungen standen, in denen das Unterste zuoberst gekehrt war, Wäsche und Bücher und Geschirr auf dem Boden lagen, um so wilder, je erfolgloser die Suche nach Frauen und Alkohol verlaufen war.

Nicht alle Frauen und Mädchen konnten sich in Gärten oder Hinterhöfe flüchten. In den engen Straßen der Altstadt gab es oft kein Entrinnen. Ein Bote kam vom Apothekerhaus am Markt und berichtete, daß die Frauen dort fast die ganze Zeit in den alten Farbfässern verbrachten, die als Fluchtburgen schon längst auf dem Speicher standen.

Obwohl die Telefonanschlüsse für die Zivilbevölkerung gekappt waren, verbreiteten sich Nachrichten von einem Stadtteil zum anderen so schnell wie über den Draht. Und es waren nur schlechte Nachrichten. Da erfuhr man, daß ein Schulkamerad von Andreas, der Erich, der mit seinen Eltern in der Plattnerstraße wohnte, samt Vater und Mutter von den einmarschierenden Russen erschossen worden war. Ob er oder, wie es auch hieß, seine Mutter aus der Wohnung heraus auf die Soldaten geschossen haben soll, blieb ungeklärt. Aber nicht nur durch fremde Gewalt wurde gestorben. Da nahm sich der Arzt Dr. Kirsch das Leben, eine Familie Kreissl ging in den Tod, die Postbeamtin Jenny Maier, der Bankdirektor Posselt, der Postbeamte Söllner mit seiner Frau, der Kaufmann Schellhorn, der Ingenieur Schiefer mit seiner Familie, ein Fräulein Schubert, Marie Stöckl, Witwe eines Gerichtssekretärs, der Farbenhändler Ferdinand Totzauer, ein Herr Unger, die Bahnwärtersfrau Wehnl, der Maschinenfabrikant Wehner und die Gerichtsbeamtenwitwe Zelinger, die ihre Tochter gleich mitnahm, ebenfalls. Das waren nur die Namen, die gleich bekannt wurden im Mai 1945. Viele starben unbemerkt, vergifteten, erschossen sich, drehten den Gashahn auf. Nicht, weil sie sich in der Partei groß hervortaten, sich etwas zuschulden kommen ließen. Nein, nur deshalb, weil sie keine Zukunft mehr sahen, Todesangst hatten, vor dem, was kommen würde, es dumpf ahnten.

Eines Tages läutete es an der Haustür, zaghaft, nicht wie sonst, wenn Russen Einlaß begehrten, wie einige Tage vorher, als sie das Haus von oben bis unten nach versteckten Waffen, Uniformen und Hakenkreuzfahnen durchsuchten, ohne Ergebnis, worauf sie das Fahrrad von Andreas mitnahmen, das im Keller stand. Der Russe, der es hinausschob auf die Straße, holte aus der Tiefe seiner Hosentasche eine kleine Konservendose, die er Andreas entgegenstreckte, als der hinter seinem Rad her jammerte, das er doch so dringend brauchte. Am ausgestreckten Arm des jungen Soldaten, der die Ärmel der Uniformbluse hochgekrempelt hatte, blitzten mindestens zehn Armbanduhren in der Maisonne. »Uri, Uri«, grinste der Sowjetsoldat. »Uri gutt.«

Diesmal also schlug die Hausglocke nur dünn an. An der Glastür stand Schulfreund Ernst mit seinem Vater, beide sehr blaß, nur in Hemd und Hose. »Die Russen haben uns aus der Wohnung geworfen«, sagte Ernst, sein Vater nickte nur. »Meine Mutter, die Großmutter und die Schwester sind bei Verwandten untergekommen. Können wir bei euch schlafen?« Sie konnten, das Haus war groß genug, und Betten gab es auch.

Es war die Zeit, etwa zwei Wochen nach Kriegsende, da ging Vater zum erstenmal wieder hinüber zum Deutschherrenplatz und stemmte den schweren Rolladen am Eingang hoch. Das Glas einer Vitrine zur Seite des Eingangs war zerschlagen, die Vitrine ohnehin leer gewesen. Die Ladenräume, Einzel- und Großhandel, lagen so, wie sie der Vater einen Tag vor dem Einmarsch der Sowjetarmee verlassen hatte: in den Regalen kaum noch Waren, nur ein paar Kästen Gütermann-Nähseide, im Lager zwei Ballen Schafwolle und einige ungeöffnete große Kartons. Andreas, der den Vater begleitete, schnitt die Verpackungsschnüre, aus Papier gefertigt, auf und klappte die Kartondeckel auseinander. Zum Vorschein kamen viele Bündel unförmiger Fausthandschuhe, die wohl aus den Abfällen von Wehrmachtsgummimänteln hergestellt sein mochten. Andreas hob die Handschuhe dem Vater entgegen, der ihm wortlos und ohne besonderes Interesse zusah. »Schön«, sagte der Vater, und seine Stimme gefiel Andreas nicht, »schön, da haben wir etwas zu verkaufen oder zu tauschen.« Dann sperrte der Vater das Geschäft wieder zu, genau beobachtet von einigen Tschechen, die auf dem Platz herumstanden.

Die neuen Herren fanden, die Deutschen müßten jetzt arbeiten. Viel, schwer und ohne Bezahlung. Wer als arbeitsfähig galt, ob jung oder alt, hatte sich zu melden, wurde in Arbeitskommandos eingeteilt und auf die Stadt verteilt. Es war weniger sinnvolle Arbeit als pure Schikane, wie sich bald herausstellte. Irgendwelche Steinhaufen von einer Straßenseite zur anderen befördern, Gehsteige mit Wasser und Seife schrubben, Baulücken von Unkraut befreien oder, was der Ernst Martini mit einigen Freunden zu verrichten hatte, Chlor mit bloßen Händen über Abfälle in den von Ostarbeitern verlassenen Baracken auf dem alten Exerzierplatz in Oberdorf zu streuen. Überall in der Stadt tauchten Männer und Frauen in Phantasieuniformen auf, schwer bewaffnet, an den Mützen die rote Kokarde mit dem Sowjetstern. Sie nannten sich Partisanen, und sie hatten freie Hand. Mit Vorliebe bedienten sie sich Lederpeitschen, an deren kurzen Holzstielen mehrere dünne Lederriemen befestigt waren. Manche flochten noch Stahlkugeln in die Peitsche.

Wer nach Ansicht der neuen Herren nicht schnell genug arbeitete, sich kurz ausruhte, weil er nicht mehr konnte, bezog Prügel mit Gummiknüppeln oder eben mit diesen Peitschen. Hiebe aufs nackte Fleisch. Nicht weit von der Kantstraße lag das ehemalige Hotel »Weimar«, jetzt Hauptquartier der tschechischen Polizei.

Auf diese Männer in ihren gebügelten Uniformen, auf dem Kopf einen Helm, der an die legendären Bobbys in England erinnerte, hatte die von den Russen drangsalierte Bevölkerung sehnlichst gewartet. »Die werden schon Ordnung schaffen und einschreiten, wenn es die Russen mit den Deutschen zu schlimm treiben«, hieß es. Es sollte gerade umgekehrt kommen. Männer, die in irgendeinem, wenn auch noch so windigen Verdacht standen, Opfer von hinterhältigen Denunziationen wurden, hatten keine Chance, landeten auf irgendeiner Wache oder eben im Hotel »Weimar«. Was dort geschah, wußte so genau niemand, doch die Menschen in der Nachbarschaft, auch in der Kantstraße, hörten vor allem nachts die Schreie von Geprügelten, Gefolterten, die schließlich mit einem oder mehreren Schüssen zum Schweigen gebracht wurden. »Ich dachte, nur die Russen haben so eine Freude am Foltern ...«, sagte eines Abends der Vater, als er mit zitternden Händen die Fenster schloß, um das, was aus der Hölle des Hotels »Weimar« über die blühenden Gärten, in denen die Vögel sangen, herüberschrie, nicht mehr hören zu müssen.

Merkwürdig, dachte Andreas, wie unberührt die Natur von alldem ist. Da bluten sich Menschen zu Tode, und am Dach sitzt die Hausamsel und schmettert ihr Lied in den Abend.

Das Hotel »Weimar« war nur eine der Folterkammern, eine andere die »Glashütte« am Stadtrand, nicht weit vom Krankenhaus. Wer dorthin, manchmal schon halbtot, gebracht wurde, mußte mit dem Schlimmsten rechnen. Die »Partisanen«, aus denen die Wachmannschaft bestand, leisteten ganze Arbeit. Selbst zwölfjährige Buben waren unter den Häftlingen. Zusammengepfercht auf Räume, die nicht mehr als sechzig Quadratmeter maßen, vegetierten dort bis zu einhundert Mann über Wochen und starben. Wer sich in den Augen des Wachpersonals des kleinsten Vergehens schuldig machte oder wer irgendwie besonders auffiel, weil er von stattlicher Figur war, einen Bart oder eine dicke Brille trug, wurde zusammengeschlagen und ausgepeitscht, bis er bewußtlos zusammenbrach. Mancher bat, man möge ihn endlich erschießen, damit die Quälerei ein Ende habe. Obwohl sich niemand traute, zu berichten, was in diesen Wochen in der »Glashütte« geschah, sickerte doch manches durch. Zum Beispiel, daß die Wachmannschaften unter Gejohle sich einen Spaß daraus machten, Häftlingen mit Taschenmessern Hakenkreuze in den Rücken zu schneiden und in die Wunden Salz zu streuen. Blut, das aus den Wunden floß, mußten Mithäftlinge ablecken. Zu den vielen Toten der »Glashütte«, so sprach sich schnell herum, gehörte auch der Fotografenmeister Willy Klubsa, der sein Atelier in der Weingasse unterhielt und bei dem die halbe Bevölkerung, ob als Baby auf dem Bärenfell, als Hochzeitspaar oder zu einem Jubiläum, vor der unförmigen Kamera gelegen, gestanden oder vor einem Plüschvorhang gesessen hatte. Ein biederer Bürger wie er war auch der Mannesmann-Beamte Krab, der wie Klubsa in diesem KZ erschossen wurde. Ein besonders Prominenter, der Fleischermeister Karl Mittelbach, der die beste Wurst in der ganzen Stadt verkaufte und ein Hüne von Gestalt. Wie die meisten alles andere als Parteigrößen und keine, die sich irgendwie schuldig gemacht hatten, die jedoch ein Kainsmal trugen: Sie waren Deutsche und angesehene Bürger.

Mußten die Juden unter der nationalsozialistischen Diktatur für jeden erkennbar den gelben Stern an Rock oder Mantel zeigen, so mußten jetzt die Deutschen eine weiße Armbinde tragen oder einen weißen Stofffleck mit einem schwarzen »N« (Nemci = Deutscher) in der Mitte. Zuerst gab die russische Kommandantur, dann die neue tschechische Verwaltung den Befehl heraus, daß nur der, der einen Arbeitsausweis bei sich führte, sich in der Stadt frei bewegen dürfe. Betriebsinhaber konnten diese Bescheinigungen im Rathaus für die Belegschaft beantragen.

Andreas' Vater ging hin und brachte auch für Andreas und die Mutter einen solchen Ausweis mit, der in kyrillischer Schrift verfaßt, den Namen des Inhabers enthielt und auch den der Firma, in der er arbeitete. Da der Vater nicht zu Hause bleiben und es für richtig hielt, zu zeigen, daß er sein Geschäft wieder in Gang bringen wollte, setzte er neben den noch verbliebenen wenigen Verkäuferinnen und dem Lagerarbeiter auch seine Familie dort ein, und sei es nur, um die Regale neu zu ordnen oder eine Art Inventur zu machen.

Eines Tages ging Andreas über den Markt, um im Lebensmittelgeschäft der befreundeten Familie zu fragen, ob Kunsthonig vorrätig war, den Mutter angeblich dringend als Brotaufstrich oder Backzutat brauchte. Der Laden am unteren Markt hatte nicht, oder noch nicht, geöffnet. Unschlüssig stand Andreas vor dem Scherengitter, als ihn von hinten ein großer Mann in Zivil auf tschechisch ansprach. Andreas verstand kein Wort, worauf sein Gegenüber so wütend wurde, daß es ihm einen solchen Kinnhaken versetzte, daß Andreas gegen das Scherengitter flog und zu Boden ging. Noch ziemlich benebelt, fingerte er, seinem Instinkt folgend, nach dem Arbeitsausweis, den er in der Jacke trug, und hielt ihn dem Schläger hin. Der las, gab das Papier zurück, murmelte in gebrochenem Deutsch »Ich kontrollieren«, versetzte Andreas noch einen harten Fußtritt und verschwand in Richtung der alten Lauben an der Ostseite des Platzes. Andreas zitterte vor

Angst, rannte mehr als er ging zum Geschäft des Vaters, kam verstört dort an und machte sich, ohne viel zu erzählen, ganz hinten im Lager zu schaffen. Es dauerte nur Minuten, da ging die Ladentür auf, der Mann vom Markt erschien, durchquerte alle Räume, bis er Andreas fand, der bleich hinter einem Packtisch stand. Zu den Angestellten, die nicht wußten, was geschehen war, und die stocksteif herumstanden, sagte er nur »Kontrolle« und ging hinaus.

»Die Amerikaner kommen!« schrie an einem Sonntag vormittag Else durchs Haus, riß die Fenster zur Straße auf und beugte sich so weit hinaus, daß sie ihre beiden Buben voller Angst am Rock zurückhielten, damit sie nicht das Übergewicht bekäme. Und wirklich donnerte durch die Kantstraße eine schier endlose Kolonne amerikanischer olivgrüner schwerer Lastwagen, auch von oben erkennbar am weißen Stern auf dem leicht abfallenden Kühler.

Die Pritschen hinter dem Fahrerhaus waren leer, die Planen an den Trägern zurückgeschoben. Die Fahrer, darunter viele Schwarze – Andreas und die Familie hatten noch nie welche gesehen –, winkten zu den Menschen in den Fenstern hinauf und hinüber zu den wenigen Fußgängern. Als einer der amerikanischen Soldaten, den Helm weit zurückgeschoben, mit zwei Fingern eine nur halb gerauchte Zigarette aufs Pflaster schnippte, stürzten sich zwei Männer darauf und balgten sich um die noch glimmende Kippe.

Die Amerikaner – nun hatten sich die Gerüchte doch bewahrheitet, daß sie den größten Teil des Sudetenlandes besetzen und nicht in Karlsbad stehenbleiben würden. Nun wendete sich alles zum Guten. Die Russen mußten abziehen, die Tschechen den Terror einstellen. Die Amerikaner, so hatte sich herumgesprochen, waren gute Menschen, die sie auch als Sieger blieben. Und außerdem mußten sie den Besiegten nichts wegnehmen, denn sie hatten alles in Hülle und Fülle: Fleischdosen, Butter, Trockenei, Milchpulver, Pfirsiche in

Dosen, feinen Kaffee und unendlich viele Stangen Zigaretten. Auch Armbanduhren mußten sie dem Feind nicht vom Arm reißen wie die Russen, denn auch davon hatten sie genug.

Mutter holte aus einem Versteck, das wirklich nur sie kannte, eine Flasche Hennessy, lud im Wohnzimmer alle zu Tisch und schenkte ein. Auch Andreas durfte mittrinken. Vater, in den letzten Wochen immer wortkarger geworden, begann wieder zu sprechen und schilderte mit leicht geröteten Wangen, wie er sich das Leben unter amerikanischer Verwaltung vorstellte, daß jeder seine freie Meinung werde äußern können, denn schließlich seien die Amerikaner ja Demokraten. Andreas stand auf, ging zum Bücherschrank und las heimlich im Lexikon nach, was das eigentlich bedeutete: Demokratie. Beruhigt schlug er das schwere Buch wieder zu.

Die Angst, die alle in den vergangenen Wochen niederdrückte und die wie ein schwerer Stein ihnen in der Bauchgegend lag, diese allgegenwärtige Angst schien wie weggeblasen. Nach ein paar Stunden schrie wieder Else durchs Haus: »Die Amerikaner kommen!« Sie fuhren mit ihren Lastwagen aber diesmal nicht von West nach Ost, sondern von Ost nach West, und es schienen dieselben Lastwagen zu sein, die vorher die Kantstraße passiert hatten. Jetzt allerdings waren sie beladen. Auf den Pritschen standen dicht an dicht Kriegsgefangene, die jetzt keine mehr waren, und Fremdarbeiter, die nicht mehr zur Arbeit gezwungen wurden. Sie lachten, winkten, manche hielten Flaschen in der Faust. Die amerikanischen Fahrer hatten sie abgeholt aus einem der vielen Barackenlager, die während des Krieges rings um die Industriewerke entstanden waren. Die allermeisten davon rings um die Hermann-Göring-Werke in Maltheuern bei Brüx. Die Bewacher waren, sofern sie die einrückenden Russen und die tschechischen »Partisanen« am Leben ließen, geflohen, die Wachtürme verlassen, die Lagertore weit offen.

Noch eine Weile waberten die Auspuffgase der schweren

Lastwagen zwischen den Häuserwänden, ein ungewohnter Geruch, der sich bald verflüchtigte. Damit löste sich auch der Traum von einer amerikanischen Besetzung auf wie eine Fata Morgana.

Stumm kehrte die Familie von den Fenstern an den Wohnzimmertisch zurück, wo die Cognacgläser standen, leer getrunken alle. Noch nie hatte Andreas den Vater so gezeichnet von Hoffnungslosigkeit gesehen, fahl im Gesicht, die dünnen Haare wirr um die Stirn. Wenn er jetzt eine Waffe im Haus gehabt hätte, könnte er sich und die Familie vielleicht töten, um alldem ein Ende zu machen. Andreas, so glaubte er zu wissen, hätte sich wohl kaum gewehrt.

Statt einer amerikanischen Besatzung kamen immer mehr zwielichtige Gestalten aus dem Landesinnern in die Stadt, manche in Zivil, andere in Phantasieuniformen oder erkennbar als Angehörige der »Ruda Armada Generala Svobody« (Rote Armee des Generals Svoboda). Sie alle kamen ohne Gepäck, warfen beliebig – und meist betrunken – Menschen aus Häusern und Wohnungen, nahmen, was ihnen gefiel, quälten, töteten, erniedrigten, nicht etwa auf Befehl, vielmehr aus Haß und Leidenschaft.

»Ich wußte nicht, daß es so viel ethnischen Sadismus gibt«, sagte der Vater, als er wieder einmal hörte, wie Freunde, Kaufleute wie er, in der Glashütte zu Tode gekommen waren.

Die Täter fühlten sich durchaus im Recht, im Ohr noch eine Rundfunkansprache ihres im Oktober 1938 ins englische Exil gegangenen Staatspräsidenten Edvard Benesch, der am 27. Oktober 1943 von London aus verkündet hatte: »In unserem Land wird das Ende dieses Krieges mit Blut geschrieben werden. Den Deutschen wird mitleidslos und vervielfacht all das heimgezahlt werden, was sie in unseren Ländern seit 1938 begangen haben. Die ganze Nation wird sich an diesem Kampf beteiligen, es wird keinen Tschechoslowaken geben, der sich dieser Aufgabe entzieht, und kein Patriot wird es versäumen, gerechte Rache für die Leiden der Nation zu nehmen.«

Und über den Londoner Rundfunk gab am 3. November 1944 der Befehlshaber der tschechoslowakischen Wehrmacht im Exil, General Ingr, die Losung aus: »Wenn unser Tag kommt, wird die ganze Nation dem alten Kriegsruf der Hussiten folgen: Schlagt sie, tötet sie, laßt niemanden am Leben! Jedermann sollte sich bereits jetzt nach einer bestmöglichen Waffe umsehen, die die Deutschen am stärksten trifft: Wenn keine Feuerwaffe zur Hand ist, sollte man irgendeine sonstige Waffe vorbereiten und verstecken – eine Waffe, die schneidet, sticht oder trifft.«

In der Stadt lebten, wie in den Randgebieten von Böhmen und Mähren, keine Tschechen mehr. Diese Regionen waren schon 1938, als sie dem Deutschen Reich eingegliedert wurden, zu neunzig Prozent deutsch. Die allermeisten Tschechen, vor allem Beamte, verließen sie aber im Herbst 1938, weil sie ein Leben im Landesinnern, im Protektorat Böhmen und Mähren, wo sie mehr unter sich waren, dem in den rein deutschen Gebieten vorzogen. Bei ihrer Übersiedlung weinten ihnen die Deutschen zwar keine Träne nach, doch niemand drangsalierte sie, nahm ihnen etwas weg. Andreas erinnerte sich noch gut, als ein tschechischer Offizier, der ein paar Straßen weiter wohnte und dessen Kinder in die schöne tschechische Schule gingen, beim Vater im Oktober 1938, kurz vor dem Einmarsch der deutschen Truppen, seinen Abschiedsbesuch machte. Er sprach gut Deutsch, war ein Herr und gehörte, wie viele seiner Landsleute, jetzt, nach dem Sieg über die Deutschen, sicher nicht zu denen, die aus dem Landesinnern in die deutschen Gebiete strömten, um Jagd auf Deutsche zu machen, sie zu erniedrigen, hinzumorden, zu vertreiben.

Die Mutter bat Andreas, auf den Friedhof zu gehen, um nach den Gräbern ihrer Schwiegereltern und Eltern zu sehen, die an zwei verschiedenen Plätzen beerdigt waren. Andreas wußte, wie schwer ihr die Bitte fallen mußte, denn sie war es, die die Gräber jahraus, jahrein in Ordnung hielt, keine Woche vergehen ließ, um dort Laub fortzuräumen, die Kieswege um die Gruften zu rechen, Blumen zu pflanzen oder einfach nur einen Strauß auf die Steinplatten zu legen, Kerzen anzuzünden, ein kurzes Gebet zu sprechen. Diesmal überließ sie das Andreas, denn sie hatte Angst vor den Russen. »Nimm den kleinen Handwagen mit, leg irgend etwas drauf, so sieht es aus, als ob du bei der Arbeit wärst«, mahnte sie. »Im Garten hab ich noch ein paar späte Tulpen geschnitten, verstecke sie irgendwie.« Andreas zerrte den kleinen Leiterwagen aus einer Nische neben der Kellertreppe, holte einige leere Kartons, verstaute sie im Wagen, legte die Blumen in den untersten Karton und schob den hölzernen Handwagen auf die Straße, packte die Deichsel und zog ihn am äußersten Straßenrand hinter sich her.

Als ihm auf dem Gehsteig eine Gruppe junger Tschechen, alle phantastisch uniformiert, bewaffnet und die Lederpeitschen mit den kurzen Stielen schwingend, entgegenkam, spürte er, wie seine Hände feucht wurden. Andreas bemühte sich, geradeaus zu schauen, um ganz unbeteiligt zu wirken, keinen Anlaß für einen Zwischenfall zu geben. Als die Gruppe auf gleicher Höhe mit ihm war, blieb sie wie auf Kommando stehen, trat vom Gehsteig herunter und bildete einen Kreis um Andreas und das Wägelchen. Keiner der jungen Männer sprach ein Wort, und als Andreas, gelähmt vor Angst, die Augen hob, sah er in ein glattes junges Gesicht unter einer Mütze mit dem roten Stern. Ein Mund mit strahlend weißen Zähnen grinste ihn an, und dann spürte Andreas, wie sich der Stiel der Peitsche, dort, wo die Lederriemen am Holz befestigt waren, unter sein Kinn schob und seinen gesenkten Kopf langsam hochdrückte. Die Genossen des Mannes, der die Peitsche hielt, schauten gebannt auf das Schauspiel, erwartungsvoll. Das ist der Augenblick, so durchfuhr es Andreas, der über Tod und Leben entscheiden kann. Die Uniformierten sprachen immer noch kein Wort, weideten sich offenkundig an der Angst des Jungen in ihrer Mitte, warteten vielleicht darauf, daß der sich wehrte oder auch nur eine Handbewegung machte, die ihnen nicht gefiel. Nach einer Zeit, die Andreas endlos vorkam, hatte der Anführer offenbar genug, seinen Spaß gehabt. Er sprang mit einem federnden Satz zurück auf den Gehsteig, die anderen hinter ihm her und die Straße hinunter. Nur einer konnte es nicht verwinden, daß so gar nichts passiert war, der Junge mit dem Handkarren nur mit dem Schrecken davonkommen sollte. Er machte kehrt, rannte auf Andreas zu, kippte den Handwagen um, zertrampelte die Kartons und trat Andreas mit der Stiefelspitze von hinten so gegen das Gesäß, daß Andreas kopfüber nach vorn aufs Pflaster schlug, geradewegs hinein in die geknickten Tulpen, die für den Friedhof gedacht waren. Langsam stand Andreas auf, stellte den Wagen wieder auf die Holzräder, lud die Kartons auf und schlich mehr als er ging in Richtung Friedhof.

Am Rand des Goetheplatzes, der, an drei Seiten von Häusern umgeben, in Friedenszeiten ein kleiner Park gewesen und während des Krieges in ein Feld umgewandelt worden war, auf dem Getreide und Kartoffeln wuchsen, entdeckte Andreas, der sich immer noch nicht traute, den Kopf zu heben, nicht weit vom gegenüberliegenden Polizeigefängnis, dem »Hotel Weimar«, ein paar leblose Menschen in blutgetränkten Kleidern. Er beeilte sich, gepeinigt von Angst, vorbeizukommen und bog nach links zum Krankenhaus ein, unweit vom Friedhof. Die Auffahrt des Gebäudes, auf dessen Dächern weithin sichtbar das Symbol des Roten Kreuzes aufgemalt war, standen dicht gedrängt Bahren, Betten, lagen Menschen auf dem Asphalt. Viele stöhnten laut, andere wimmerten vor sich hin oder hatten schon ausgelitten. Niemand kümmerte sich um sie. Offensichtlich handelte es sich um verwundete deutsche Soldaten oder kranke und frisch operierte deutsche Zivilisten, für die im Krankenhaus kein Platz mehr war.

Als Andreas ganz dicht an einer dieser elenden Gestalten vorbeiging, streckte sich eine Hand nach ihm aus, hielt ihn fest, und eine leise Stimme bat um Wasser. »Nur einen einzigen Schluck, bitte.« Andreas konnte nicht helfen, hatte Angst zu helfen, hetzte weiter, den Handwagen mit den Kartons hinter sich her zerrend, dessen Räder auf dem Pflaster einen höllischen Krach machten, der die Rufe nach Wasser schnell erstickte.

Am Friedhof, so schien es Andreas, war es noch stiller als sonst. Entweder bildete er es sich ein, oder es war wirklich so: Kein Vogel sang. Weil er befürchtete, jemand könne ihm den Handwagen stehlen, hatte er ihn nicht vor dem Haupteingang abgestellt, sondern bis vor die Gruft der Eltern seiner Mutter gezogen, das nicht weit von seinen Großeltern väterlicherseits entfernt lag. Dort stellte er ihn ab, nahm umständlich einen der beiden Blumensträuße aus dem untersten der inzwischen verbeulten Kartons und legte ihn auf die graue Grabplatte, ordnete ein wenig die schon leicht verwelkten Blumen. Dann ging er einige Meter weiter zu dem anderen Grab, das von einem eisernen Zaun umgeben und durch eine niedrige Tür geschützt war. Als er sie öffnete, quietschte das Metall in den Angeln, und Andreas fuhr zusammen. Hastig, fast wie ein Dieb, der nicht gesehen werden wollte, ordnete er die Blumen auf dem Stein der Gruft an, schlug darüber ein Kreuz, wie es auch die Mutter immer tat, wenn sie die Gräber verließ. Vorsichtig zog Andreas die Tür ins Schloß, um jedes unnötige Geräusch zu vermeiden, als bewege er sich auf fremdem Grund. Er holte den Wagen, zog damit zum schnurgeraden Hauptweg und wieder zurück zum Eingang. Erst jetzt schaute er, wenn auch nur aus den Augenwinkeln, rechts und links, und es fiel ihm auf, wie viele frische Gräber im Schatten der Bäume lagen.

Nur ein paar Meter entfernt, hatten sich einige Dutzend schwarzgekleideter Menschen zu einer Beerdigung versammelt. Entgegen des alten Rituals, nach dem der Abschied von einem Toten immer mit Trauermusik und der Predigt des Geistlichen begleitet wurde, ehe sich der Sarg in die Erde senkte, verlief dieses Begräbnis in einer nahezu absoluten Stille, die nur das Geräusch der Schuhe auf dem Kiesweg unterbrach. Andreas blieb stehen und schaute hinüber. Die Trauergemeinde, die ihn wohl hatte kommen und plötzlich stehenbleiben hören, hob wie ein Mann den Kopf, blickte zu ihm herüber und wendete sich wieder ab, als sie erkannte, daß es sich nur um einen Jungen mit einem hölzernen Wägelchen handelte.

Andreas beobachtete die Trauergemeinde noch etwas, teils aus Neugier, teils, weil er sich scheute, mit seinem Wagen die Stille wieder zu stören. Es blieb ihm nicht verborgen, daß der Geistliche offensichtlich bemüht war, seine Arbeit so schnell wie möglich abzuschließen, als wäre es wider das Gesetz, einen Deutschen feierlich bestatten zu helfen. Das Begräbnis war wenige Minuten später auch wirklich beendet, und die Trauernden beeilten sich, wegzukommen, schweigend, nicht wie sonst, als die Menschen nach dem Begräbnis oft noch lange mit dem Pfarrer zusammenstanden, um meist gemeinsam zum Leichenschmaus zu gehen.

Bedrückt von dem, was er gesehen hatte, ging Andreas zum Haupteingang und dachte, daß vielleicht schon bald die Familien ihre Toten nur noch bei Nacht begraben würden, damit sie jedes Aufsehen vermieden, nicht auffielen.

Obwohl das Kriegsende nun schon Wochen zurücklag, gab es für die Deutschen keine Post, blieben ihre Telefonanschlüsse gesperrt. An Nachrichten mangelte es dennoch nicht, und sie machten keinen Mut, verstärkten nur die Angst vor dem, was kommen würde.

Das Mädchen Wally, längst zu Hause in ihrem elterlichen

Bauernhof im Saazer Land, schickte einen Boten, einen barfüßigen Jungen in kurzen Hosen, kaum zehn Jahre alt. Er gab sich als einer ihrer Brüder aus, setzte sich erst einmal, todmüde wie er war, auf die Eckbank in der Küche und verschlang gierig ein Margarinebrot mit Marmelade. Erst dann begann er stockend zu reden. Er erzählte, wie er von Saaz teilweise zu Fuß, ein paar Kilometer auch mitgenommen von Sowjetsoldaten, die mit einem Pferdefuhrwerk unterwegs waren, schließlich die Nachbarstadt erreichte. Und er solle von seiner Schwester ausrichten, daß in Saaz am 3. Juni, also vorgestern, tschechische »Partisanen« alle männlichen Einwohner, darunter auch Kinder, zusammengetrieben und nach Postelberg getrieben hatten. »Viele sind tot, soll ich ausrichten, und daß ihr auch in den nächsten Tagen dran seid.« Von Saaz nach Postelberg waren es etwa fünfzehn Kilometer, für Alte und Kranke ein Todesmarsch. Kaum war er die schlimme Nachricht los, wurde der Bub unruhig, murmelte: »Ich muß wieder nach Hause«, stand auf und lief zur Tür. Mutter schmierte schnell ein Brot mit Schweineschmalz, wickelte es in ein Tüchl und schob es ihm in eine der ausgebeulten Hosentaschen.

Die Familie saß stumm um den Küchentisch, als die Tür hinter dem Boten aus Saaz längst zugefallen war. Andreas hatte seine Eltern noch nie so verzweifelt gesehen, so ratlos. Selbst Else, die nicht gleich alles glaubte, was in diesen Tagen an Gerüchten von Haus zu Haus getragen wurde, stierte geradeaus, fand nicht einmal die Kraft, sich eine Zigarette zu drehen. Dann sagte sie in die Stille, und ihre Worte klangen wie eine Prophezeiung: »Die werden es machen, die werden alles machen mit uns.«

Der Bub vom Bauernhof aus dem Saazer Land sollte mit seiner Warnung recht behalten. Am Morgen des 9. Juni 1945, einem Samstag, klebten an Litfaßsäulen, Mauern und Bretterzäunen große Plakate, auf denen in dicken roten Lettern auf tschechisch unter der Überschrift »Befehl« verkündet wurde, was ins Deutsche übersetzt hieß:

»Heute am 9. Juni 1945 haben sich alle Personen deutscher Nationalität männlichen Geschlechts im Alter von dreizehn bis fünfundsechzig Jahren spätestens um zehn Uhr auf dem ehemaligen DFK-Platz beim Park einzufinden. Frauen, Kinder und Greise dürfen ihre Wohnungen nicht verlassen. Ab dem heutigen Tag ist es jeder Person deutscher Nationalität verboten, die Stadt ohne ordentliche Erlaubnis des örtlichen Kommissariats zu verlassen. Nichtbefolgung dieses Befehls wie das Plündern von verlassenen Wohnungen wird mit dem Tode bestraft.« Der Befehl enthielt noch den Hinweis, daß die Männer »Verpflegung für drei Tage und Wäsche zum Wechseln« auf den Sammelplatz mitzubringen hätten. Unterschrieben hatte den Befehl ein Miloslav Nuc, ein Karel Burianek und ein Karel Prasil, die jetzt das Sagen bei der Ortsbehörde hatten.

Der Nachbarsjunge Rudi, dessen Vater bei den Frank-Kathreiner-Werken arbeitete, bekam als erster Wind von dem Befehl. Er kroch durch den längst durchlässig gewordenen Gartenzaun und stürmte ins Haus. »Wißt ihr es schon? Wir müssen zum DFK-Platz, spätestens um zehn. Wenn wir nicht gehen, erschießen sie uns. Gehen wir zusammen?«

Die Familie, noch in Morgenmantel und Schlafanzug, erstarrte. Nach Minuten des Schweigens machte Mutter, die am Herd gestanden war, die paar Schritte hinüber zur Eckbank, setzte sich umständlich, schaute auf ihren Mann und den Sohn und sagte ganz leise zuerst, dann sich steigernd und schließlich schreiend: »Ich lasse euch nicht gehen, denn ihr kommt nicht wieder.« Andreas schaute zum Vater hinüber, der, kleine rote Flecken auf den Wangen, die Lippen zusammenbiß, so daß ein schmaler Strich daraus wurde. Der kleine Oberlippenbart zitterte. Dann sagte der Mann: »Es wird nichts nützen, wir müssen gehen, sonst seid ihr auch noch in Gefahr, werden weggebracht, wenn nicht Schlimmeres geschieht.«

Else, praktisch wie sie war, faßte zuerst einen klaren Gedanken. Sie hatte Übung im Zusammenpacken des Nötigsten, wenn sie in den Berliner Bombennächten in den Keller flüchtete, um Luftminen und Phosphorkanistern zu entkommen. »Also, was sollen wir einpacken für drei Tage? Am besten, jeder von euch nimmt einen kleinen Rucksack, das wird reichen.« Ihre Geschäftigkeit brach den Bann, brachte Bewegung in die Menschen. »Es ist Sommer«, sagte Else, als gelte es ein paar Kleinigkeiten für einen Ausflug zu packen, von dem das Ziel bekannt und die Rückkehr gewiß war. »Es ist Sommer, und da braucht ihr keinen Mantel und keine schweren Schuhe, höchstens einen Pullover, eine Jacke.« Der Vater widersprach. »Und wenn wir nachts irgendwo draußen schlafen müssen? Auf freiem Feld?« Andreas dachte an gar nichts, höchstens daran, wer in seiner Abwesenheit die Zierfische füttern würde. Mutter würde schon die paar Dinge zusammentragen, die in den Rucksack paßten: zwei Hemden, Unterhosen und vor allem was zu essen. Vater bestand, das Stirnrunzeln von Else übersehend, darauf, seinen alten Lodenmantel anzuziehen, außerdem die Knickerbocker und die Wanderschuhe, die ihn so oft schon ins Gebirge begleiteten. Andreas entschied sich für kurze Hosen, Kniestrümpfe und feste Halbschuhe. In den Rucksäcken verschwanden feste dunkelblaue Trainigsanzüge, Brot, zwei Gläser Marmelade und Dauerwurst, die schon seit Monaten in der Speisekammer hing und die hart war wie Holz. Mutter, die plötzlich wieder zu denken anfing, klar zu denken, holte aus dem Küchenschrank zwei kleine Leinensäckchen, füllte sie mit Würfelzucker und sagte: »Das wird euch Kraft geben, und die werdet ihr brauchen.« Oben auf die Rucksäcke schnallte sie je eine Decke, die mitzubringen in dem Aufruf ebenfalls befohlen worden war.

Die alte Küchenuhr schlug neun. Alle saßen herum, niemand wollte gehen. Da kam Rudi und meinte, daß es Zeit sei. Der Vater erhob sich wie ein Greis, müde, teilnahmslos. Er nahm Andreas bei der Hand, und so gingen sie, zusammen mit Rudi und gefolgt von Mutter, Else und ihren beiden Buben, die Treppe hinunter bis zu dem kleinen Flur vor der Haustür. Mutter weinte hemmungslos, klammerte sich abwechselnd an ihren Mann und den Sohn. Else würgte die Tränen hinunter, strich unablässig ihren beiden Buben über die Haare, froh, daß sie noch zu klein waren, um mitgehen zu müssen.

Plötzlich hörte Mutter auf zu weinen, richtete sich auf und sagte mit einer Stimme, die so tonlos Andreas noch nie von ihr gehört hatte: »Es nützt alles nichts, ihr müßt jetzt gehen. In Gottes Namen, paßt auf euch auf.« Dann nahm sie zuerst ihren Mann in die Arme, drückte ihn stumm an sich, dann Andreas. Sie zog seinen Kopf dicht an ihren Mund und flüsterte ihm, unhörbar für die anderen, ins Ohr: »Sorge für den Vater, damit er das alles übersteht. Du bist noch jung, trägst es leichter.« Dann öffnete sie die Haustür.

Die Kantstraße war eine der Straßen der Stadt, die auf kurzem Weg zum Sportplatz führten. Ein Strom von Männern und Jungen bewegte sich in diese Richtung. Ein Strom, der immer breiter wurde, weil er aus den Nebenstraßen ständig neuen Zufluß erhielt. Es war nichts ausgemacht, doch wie auf geheimen Befehl standen plötzlich, als Andreas und der Vater gerade das Haus verließen, ein paar Freunde von Andreas da, wie schutzsuchend und im Vertrauen auf Andreas' Vater, den alle kannten und von dem sie hofften, es werde schon nichts passieren, wenn er dabei war.

Ein bleierner Himmel hing über der Stadt, in der fünfunddreißigtausend deutsche Einwohner lebten. Wie viele Männer und Buben zwischen dreizehn und fünfundsechzig es an diesem Tag gewesen sein mochten, war schwer zu ermitteln. Den Anteil der männlichen Bevölkerung hatte der Krieg stark reduziert, viele waren gefallen, vermißt, in Gefangenschaft geraten. Doch Tausende folgten immer noch dem Befehl, sich auf dem Sportplatz am Park zu versammeln.

Die Männer, die hier schweigend gingen, nicht wissend, was sie erwartete, hatten fast fünf Jahre Krieg gezeichnet. Die allermeisten verloren Väter, Söhne, Brüder oder irgendeinen aus der Familie auf den Schlachtfeldern, waren selbst verwundet worden oder einer längeren Gefangenschaft entronnen. Über alle Trauer, jeden Schmerz tröstete sie die Gewißheit, in der Heimat zu sein, die den Krieg zum größten Teil unbeschädigt überstanden hatte. Was in Trümmer fiel, würde man schnell wieder aufbauen, die Bombentrichter zuschütten.

Wenn sich alle Männer aus einer Stadt versammeln, von den Alten bis zu den Jungen, dann sind auch Kranke darunter mit einem geschundenen Herz, anderen versteckten Leiden und auch solche, die einen Stock brauchen, der ihnen beim Gehen hilft, wie dem Nachbarn, dem »Onkel« Ihl, mit dem angeborenen Hüftleiden, den Andreas schon ganz vorn entdeckte, dort, wo die Kantstraße in den Deutschherrenplatz mündete. Der Vater neben Andreas ging stumm, den Blick geradeaus gerichtet. Es gab auch nichts zu reden. Nur einige machten sich Mut und sprachen davon, daß »wir die drei Tage schon aushalten werden. Die bringen uns halt zu einem Arbeitseinsatz, wir müssen was aufräumen. Dann dürfen wir wieder nach Hause«. Die meisten, das sah man, hingen ihren Gedanken nach, machten sich Sorgen, hatten eine Familie zurückgelassen, kranke Frauen, manche bettlägrig. Wer würde die jetzt versorgen, wer auf die Kinder aufpassen, wer die Kaninchen füttern in ihren Ställen hinten im Garten, wer die frisch eingesäten Gemüsebeete gießen, wer auf Schleichwegen irgendetwas an Nahrungsmitteln besorgen?

Sie gingen die leicht ansteigende Straße zur evangelischen Kirche hinauf, an ihr vorbei und am Rand des Stadtparks zu dem Tor mit den beiden Kassenhäuschen, an denen bezahlt werden mußte, wenn ein Fußballspiel war oder im Winter sich der Platz in ein kleines Eislaufstadion verwandelte. Diesmal war der Eintritt frei. Am Eingang standen schwerbewaffnete

Partisanen, einige in Uniform, andere in feinen Anzügen, denen es anzusehen war, daß sie aus irgendeinem fremden Schrank mitgenommen worden waren, denn sie paßten den Trägern nicht und standen mit dem guten Tuch, das der Schneider einst verarbeitete, in seltsamem Kontrast zu den Maschinenpistolen und Revolvern, die sich die Posten umgehängt hatten oder im Gürtel trugen.

Als Andreas mit dem Vater und der kleinen Gruppe von Freunden den weiten Platz betrat, war der schon schwarz von Menschen, die stumm oder leise sich unterhaltend beieinanderstanden. Sie trugen zumeist die weißen Armbinden, wie es den Deutschen jetzt vorgeschrieben war. Manche hatten einen Fingerbreit unter dem weißen Stück Stoff eine rote Binde angelegt, die zeigen sollte, daß sich der Träger als Kommunist fühlte oder als Sozialdemokrat, der durchaus mit den neuen Herren sympathisierte. Einige waren dabei, das fiel dem Vater auf, die wegen ihrer antifaschistischen Gesinnung im Gefängnis oder gar im KZ saßen, hinter Stacheldraht.

Den Platz hatten die sogenannten Svoboda-Truppen abgeriegelt, eine Flucht schien unmöglich. Die Angst konnte man praktisch greifen, als über Lautsprecher der Befehl kam, die Versammelten sollten sich in Fünferreihen aufstellen, das Gepäck vor sich auf den Boden legen. Unter Gebrüll begannen die Uniformierten die versammelten Männer zu durchsuchen. Alle Wertgegenstände wurden ihnen abgenommen, Uhren vom Handgelenk, Ringe von den Fingern gerissen. Taschenmesser, Fotos, Geldtaschen, sogar Schlüssel flogen auf den Boden. Den Antifaschisten, den mit den roten Armbinden, wurde das Stückchen Stoff vom Ärmel gefetzt, was zeigen sollte: Ob du Kommunist bist oder Sozialdemokrat, du bist Deutscher, das genügt. Als einer, der nur wenige Meter von Andreas entfernt stand, protestierte, traf ihn ein Kolbenhieb mitten ins Gesicht, so schwer, daß das Blut aus der zertrümmerten Nase schoß. Das Gefühl hoffnungslosen

Ausgeliefertseins erfaßte die Menschen. Sie standen wie erstarrt, mit angstvollen Blicken auf die Soldaten, die jetzt alle ihre entsicherten Waffen im Anschlag hielten. Die Lautsprecher spien einige Namen aus. Es handelte sich, wie der Vater Andreas zuflüsterte, um Mitarbeiter wichtiger Betriebe, wie Mannesmann, Krankenhauspersonal oder der Lebensmittelbranche. Andreas sah nämlich, wie sein Schulfreund Herbert, der im Lebensmittelgeschäft seines Onkels am Markt eine Arbeit gefunden hatte, aus der Reihe trat und sich vorn am Ausgang des Platzes zu den anderen stellte, die schon aufgerufen worden waren, wie der Apotheker Ritschel und sein Sohn.

Die Stimme aus dem Lautsprecher befahl jetzt, daß die in langen Reihen stehenden Männer größeren Abstand voneinander nehmen müßten. Tausende von Füßen scharrten über den Sand des Platzes. Schließlich Stille, in die aus dem Lautsprecher die Worte krächzten: »Obärrkerperr freimachen! Hände hoch!« Die männliche Bevölkerung der Stadt, vom Buben bis zum alten Mann, zog Jacken und Hemden aus, legte die Sachen vor sich hin und hob willenlos die Arme. Sie waren alle gleich: der Sparkassendirektor neben dem Mannesmann-Arbeiter, der Arzt neben dem Handwerker, der Kaufmann neben dem Büroangestellen, der Schüler neben seinem Lehrer. Aus den Svoboda-Einheiten und den wild bewaffneten Zivilisten, die den Platz umstellten, bildete sich ein Haufen heraus, der außer den Schußwaffen noch grobe Latten trug, die er aus dem nahen Zaun herausgerissen hatte. Den halbnackten Männern wurde befohlen, das Deutschlandlied zu singen und »Wir danken unserem Führer« zu rufen. Der vielstimmige kraftlose Chor war kaum verhallt, als der bewaffnete Haufen sich langsam, seiner Opfer sicher, durch die langen Reihen der Versammelten bewegte. Und sehr schnell wurde klar, wonach die Meute suchte: nach der Blutgruppentätowierung an der Innenseite des linken Oberarms, die jeden, der sie trug, als SS-

Mann auswies. Was im Krieg verwundeten SS-Männern oft das Leben rettete, hier wurde es zum Todesurteil. Zwei Reihen hinter Andreas, der, wie alle, starr und stumm vor sich auf den Boden blickte, begann ein fürchterliches Gebrüll, das von schweren Schlägen begleitet war, die auf nackte Haut trafen. An Andreas vorbei zerrten die Häscher einen Mann, dessen Oberkörper, zerschlagen von Latten, Lederpeitschen und Gewehrkolben, binnen Minuten nur noch eine blutige Masse war. Doch noch lebend und ein unartikuliertes Gebrüll ausstoßend, wird der Mann an den Rand des Platzes geschleppt, wo ihn ein zweiter mordbereiter Haufen in Empfang nimmt. Nach und nach entdeckt man etwa zwanzig SS-Männer. Und immer, wenn die Meute ein neues Opfer ausmacht, hebt unter den vielen Zaungästen, darunter auch Frauen, ein freudiges Geschrei an. »Sie haben wieder einen«, jubeln sie, und Andreas, der ein wenig Tschechisch versteht, muß sich übergeben.

Die schon blutig Gefolterten müssen sich jetzt nackt ausziehen und so lange »Spießruten laufen«, bis sie, wieder und wieder geschlagen, schließlich als blutige Bündel Fleisch halbtot inmitten des Kreises der Schläger zusammenbrechen. Die vollenden das Massaker, indem sie so lange auf die, die noch vor einer halben Stunde Menschen wie du und ich waren, hineinschießen, bis sich wirklich keiner mehr rührt, höchstens noch ein Arm oder Bein zuckt, sich ein Kopf im Sterben zur Seite legt. Minutenlang liegt über dem Platz, der gerade noch von Gebrüll, Schüssen, dem Wimmern Sterbender erfüllt war, eine unheimliche Stille, so, als seien die Mörder angesichts von soviel Blut selber erschrocken über das, was sie anrichteten. Doch der Schein trügt. Aus den Lautsprechern erschallt nun das Kommando, die vielen tausend Männer, die da noch wie erstarrt stehen und stumme Zeugen des Verbrechens werden, sollen wieder das Deutschlandlied anstimmen und »Wir danken unserem Führer« rufen. Nichts rührt sich.

Da zerren die Svoboda-Soldaten und Partisanen einen

Mann in der Uniform eines politischen Leiters der NSDAP herbei, der vor der Brust ein Hitlerbild hält. Auf dem von Schlägen blau aufgedunsenen Kopf trägt er eine Parteimütze.

Es ist früher Nachmittag, als der Befehl kommt, die Männer, die noch immer mit nackten Oberkörpern stehen, sollten sich anziehen und in einer Kolonne zum Abmarsch formieren. Der Mann mit dem Hitlerbild, barfuß, wie Andreas sieht, setzt sich an die Spitze des langen Zugs, der, an dem blutigen Haufen der Erschlagenen vorbei, den Platz verläßt, dem Weinberg zu, auf dem oben das Gymnasium steht.

Als die Männer, die stundenlang regungslos und von Entsetzen gelähmt auf dem Platz standen, langsam Schritt aufnehmen, wagt Andreas zum erstenmal, den Kopf richtig zu heben und den Vater anzuschauen. Er blickt in ein Gesicht, das plötzlich von Falten zerfurcht, von grauen Bartstoppeln übersät ist. Dann sieht Andreas, daß der Vater geweint haben muß, denn von den Augen herunter ziehen sich schmale Spuren, die noch feucht sind. Der Vater schaut zu Andreas herunter, schließt die Augen fest und nickt ihm zu, so als wollte er sagen: Es wird schon noch gut, wir sind ja zusammen. Die beiden folgen den anderen, und alle müssen vorbei an dem aufgetürmten Hügel der nackten, blutüberströmten Toten. Die meisten wenden den Blick ab, vermeiden es hinzusehen. So auch Andreas und sein Vater, die starr geradeaus schauen, den vor ihnen gehenden Männern in den Nacken.

Der endlos lange Zug, der sich vom Sportplatz hinauf zum Weinberg wälzt, wird begleitet von Wachmannschaften, die wahllos auf die Marschierenden mit Lederpeitschen einschlagen, wenn sie der Meinung sind, daß diese sich nicht schnell genug bewegen. Streckenweise wird Laufschritt befohlen, und es stellt sich schon nach ein paar hundert Metern heraus, daß mancher das Tempo nicht lange werde halten können. Oben am Weinberg, wo die Straße Richtung Görkau nimmt, fallen schon die ersten erschöpft zurück, wanken in den

Straßengraben, setzen sich hin. Es dauert nicht lange, da fallen Schüsse, die Wachmannschaften machen kurzen Prozeß. Halbwegs auf der Strecke nach Görkau sieht Andreas den »Onkel« Ihl aus dem Nachbarhaus tot liegen und wundert sich, daß der Mann, der mit seinem ungewöhnlich langen weißen Haar etwas von einem Professor an sich hatte, so weit gekommen ist, wo doch sein Hüftleiden ihn beim Gehen schwer behinderte.

Während die Marschkolonne auf der Straße zwischen den Feldern weiter Görkau zu marschiert, feuern die Wachmannschaften zu ihrer eigenen Freude pausenlos in die Luft, manchmal auch zwischen die Beine der Marschierer, um sie anzutreiben. Immer mehr bleiben zurück, werden liquidiert. Andreas empfindet nichts, hat nur den Wunsch, durchzuhalten, den Vater nicht zu verlieren, der neben ihm geht und der manchmal flüchtig seine Hand hält. Kurz vor Görkau wird Halt befohlen. Die Tausenden setzen, legen sich in den Straßengraben, viele schon am Ende ihrer Kräfte. Die Wachmannschaften machen ihre Witze über sie, reißen einem Brillenträger, der nicht weit von Andreas im Gras sitzt, die Gläser von der Nase, werfen sie zur Erde und zertrampeln sie, den jammernden Mann hilflos zurücklassend. Vielleicht ist es ja ganz gut, nicht alles zu sehen, was da noch auf uns wartet, denkt Andreas, doch ohne Brille kann man ja auch nicht fliehen, wenn sich einmal die Gelegenheit dazu bieten sollte.

»Du«, sagt plötzlich eine Stimme über Andreas, und als er aufschaut, sieht er einen jungen uniformierten Tschechen, der mit der Peitsche auf ihn zeigt, »du mitkommen.« Andreas erhebt sich müde aus dem Gras und zitternd vor Angst. Der Vater schaut ihm nach, wie er, vor dem Tschechen her, unter den Obstbäumen, die die Straße säumen, entlanggeht. Unter einem Baum, dessen tiefhängende Äste einen gewissen Sichtschutz vor den am Boden liegenden und stumpf vor sich hin blickenden Ausgetriebenen gewährt, befiehlt der Tscheche

Andreas, anzuhalten, stellt sich vor ihn, schaut nach rechts und links, ob er auch unbeobachtet bleibt, fährt mit der Hand in die Hosentasche und streckt Andreas eine Handvoll zerdrückter Zigaretten hin, fordert ihn mit einer Kopfbewegung auf, sie schnell einzustecken, und bringt Andreas wieder zurück an seinen Platz. Andreas sieht, wie der Vater aufatmet und ein Kreuz schlägt.

Dieser junge Tscheche, den Andreas nie zuvor gesehen hatte und der dem rechtlosen Deutschen mit den Zigaretten zeigen wollte, daß es so etwas wie Mitleid gab, war die Ausnahme. Die anderen Bewacher umkreisten die Tausenden von Männern, die sie aus der Stadt getrieben hatten, wie Wachhunde eine Herde, gespannt verfolgend, wenn einer aufstand, um am Feldrand seine Notdurft zu verrichten, um ihn, falls der das wagte, ihn an der Flucht zu hindern. Einige machten sich einen Spaß daraus, durch die Reihen und Gruppen der Lagernden zu gehen und ziellos mit Peitschen oder Gummiknüppeln auf einen, der gerade vor ihnen saß oder lag, einzudreschen.

Andreas wurde durch Zufall verschont, der Vater auch. Wie die allermeisten starrte auch Andreas, schon teilnahmslos geworden, vor sich hin, dachte nur, wenn sein Gehirn für kurze Zeit wieder zu arbeiten begann, wo dieser Marsch wohl enden, was die Mutter und Else mit den Kindern zu Hause wohl machen würden, ob sie schon von den blutigen Ereignissen am Sportplatz etwas erfahren hatten und vom Marsch der Männer ins Ungewisse.

Lange Zeit zum Grübeln blieb nicht. Auf Befehl mußten sich die Marschkolonnen wieder auf der Straße formieren, und es konnte plötzlich nicht schnell genug gehen, die Bewacher trieben ihre Opfer zum Laufschritt. Und es ging allmählich bergauf, hinein ins Gebirge.

An Görkau vorbei und auf einer schnurgeraden Allee in Richtung Rothenhaus. Als sie Görkau passierten, fiel Andreas die Geschichte vom sagenhaften Görkauer Maskenzug ein, und er bemühte sich, sie aus der Erinnerung heraufzuholen, so wie sie der Vater ihm oft erzählte, wenn die Familie mit Freunden am Faschingsmontag nach Görkau fuhr, um den Umzug zu sehen, für den die kleine Stadt berühmt war. Und so die Sage: Irgendwann im Mittelalter bewegte sich der Maskenzug, allen voran ein Hochzeitsschlitten mit Vorreitern, Stadtpfeifern und dem schon betrunkenen Hanswurst erst kreuz und quer durch die Stadt und dann am Friedhof vorbei. Durchs offene Tor rief der Narr vom Sattel aus mit sich überschlagender Stimme zu Gräbern und Toten hinüber. Die sollten aufstehen, die faulen Knochen klappern lassen und sich in den bunten Zug einreihen. Voll von Glühwein wie sie waren, bemerkten die Maskierten in ihren Schlitten zunächst nicht, daß sich an die Spitze des Zuges ein Unbekannter auf einem schwarzen Pferd setzte. Er trug eine schwarze Ritterrüstung, hielt das Visier seines Helmes geschlossen, ein schwarzes Banner mit einem Totenkopf in der Linken und einen Schild mit dem weißen Bild des Sensenmannes auf schwarzem Grund in der Rechten. Das fröhliche Lachen in den Schlitten verstummte jäh, als die Faschingsgäste sahen, wie der unheimliche Reiter den Zug entlangpreschte, durch sein Visier die in dicke Pelze gehüllten Faschingsgäste musterte, so als wollte er sie zählen. Als der Zug wieder am Friedhofstor vorbeikam, öffnete der schwarze Reiter sein Visier, und ein Aufschrei ging durch die Menge, als sie sah, daß hinter dem Eisen ein Totenschädel auf einem bleichen Gerippe steckte. Der Sensenmann rief, und alle konnten es hören, auch die im letzten Masken-Schlitten: »Heute war ich euer Gast, am nächsten Fasching seid ihr alle meine Gäste!«

Diese Prophezeiung fuhr allen in die Knochen, ein bißchen Faschingslaune kehrte erst später auf dem Tanzboden wieder zurück, doch richtig ausgelassen wurde nicht mehr gefeiert.

Am nächsten Tag ging es wie ein Lauffeuer durch die Stadt, daß der Faschingsnarr, der die Toten frech zur Teilnahme am Maskenzug herausgefordert hatte, zum Sterben krank geworden war. Am nächsten Tag wurde für ihn die Totenglocke geläutet. Ihm folgten in den kommenden Wochen und Monaten fast alle, die noch so fröhlich im Maskenzug mitgefahren waren. Die Pest wütete in der Stadt und forderte erst keine Opfer mehr, als am nächsten Fasching der Pfarrer die wenigen Davongekommenen aufforderte, nicht in Masken durch die Straßen zu ziehen, sondern in Sack und Asche zu gehen und sich so am Friedhof zu zeigen. Die noch Lebenden gehorchten ihrem Pfarrer, ließen Masken und bunte Gewänder in den Truhen. Die Seuche erlosch so plötzlich, wie sie gekommen war, und auch die, die schon an ihr litten, wurden wieder gesund.

Andreas hatte über dieser Sage, der er nachspann, vergessen, daß er marschieren und laufen mußte. Ein Gummiknüppel traf ihn quer über den Rücken. Die schier endlose Kolonne näherte sich jetzt dem kleinen Ort Türmaul. Am Ortseingang waren Maschinengewehre aufgebaut, die Bewacher schossen wie wild in die fest geschlossenen Fenster der Häuser, wo sich auch nur eine Gardine bewegte.

Es sind nicht die einzigen Schüsse, die fallen. Auch vom Ende der Marschkolonne hören die Männer, die, den Blick auf den Rücken des Vordermannes geheftet, vor sich hin marschieren und zum Laufschritt, immer wieder zum Laufschritt angetrieben werden, Einzelschüsse und Salven aus den Maschinenpistolen. Sie gelten denen, die einfach nicht weiterkönnen, liegenbleiben, was den sicheren Tod bedeutet.

Seltsam, denkt Andreas, wie oft bin ich mit Vater und der Familie diese Straßen gegangen. Kunnersdorf. Ein gebrüllter Befehl: »Augen rechts!« Andreas wendet, wie alle, den Kopf und sieht am Straßenrand einen Mann mit zerschlagenem Gesicht und blutverschmiertem Anzug, auf den ein paar Tschechen ohne Unterlaß einprügeln.

An den Grohmann-Schächten weiter nach Bartelsdorf. Die Straße beginnt jetzt steiler anzusteigen. Vielleicht wird deshalb wieder Rast gemacht. Ein paar Bewacher gehen suchend durch die am Boden kauernden oder liegenden Männer. Andreas sieht sie immer näher kommen, und er fühlt, wie sich ihre Blicke auf den Vater konzentrieren, sie ihn, der ein paar Meter vor ihm im Staub sitzt, aus der Kolonne holen. Sie führen ihn zu zwei anderen, die Andreas nicht kennt, auf eine kleine Lichtung rechts von der Straße. Dort sieht Andreas noch den Vater barhäuptig stehen im offenen Lodenmantel, die schütteren Haare wirr an Schläfen und Stirn, als er mit den anderen weiter muß in Richtung Eisenberg, wo die Straße beginnt, sich in Serpentinen ins Gebirge hinaufzuwinden.

Andreas weiß nicht, weshalb sie den Vater gegriffen haben, und eigentlich war es auch gleichgültig. Sie hatten ihn jedenfalls mit den beiden anderen herausgesucht, und das bedeutete nichts Gutes. Sie sollen ihn nur nicht schlagen, um Gottes willen nicht schlagen, dachte Andreas und sieht den blutüberströmten Mann vor sich, der ein paar Kilometer weiter unten am Straßenrand gestanden hatte, und wo der Kolonne befohlen worden war, ihn sich genau anzusehen. Würde dem Vater dasselbe Schicksal beschieden sein, oder würden sie ihn erschießen, seine Leiche am Waldrand liegenlassen? Andreas stolpert mehr, als daß er marschiert, bergauf. Es muß schon später Nachmittag sein, die Tausende von Männern unten aus der Stadt sind nun schon Stunden unterwegs. Im Grün der Bäume leuchtet weiß das Schloß Eisenberg. Unterhalb, direkt an der Straße, läuft Wasser aus einem dicken Rohr in einen Steintrog. Andreas sieht es, stürzt aus der Kolonne, läßt Wasser in die hohle rechte Hand laufen und beginnt gierig zu trinken. Wie auf der Hütte im Gebirge, wo das Quellwasser nie versiegte. Das ist noch nicht zu Ende gedacht, als Andreas einen Gewehrkolbenstoß in den Rücken bekommt, daß er taumelt. Seinem Beispiel waren noch andere gefolgt, und im

Nu hatte sich um den Brunnentrog ein Menschenknäuel gebildet, die Kolonne gerät ins Stocken, die Bewacher, ohnehin gereizt durch den Fußmarsch auf den staubigen Straßen, schlagen wütend zu, um wieder Ordnung zu schaffen.

Es ist jetzt der Teil der Strecke erreicht, wo es wirklich steil wird, die Straße zum Gebirgskamm, Richtung deutsche Grenze, verläuft. Bis hierher hatten sich viele geschleppt, am Ende ihrer Kräfte und oft gestützt durch die neben ihnen Gehenden, durchgehalten. Doch jetzt können sie nicht mehr, wanken noch bis zum Straßenrand, strecken sich aus. Sie wissen was ihnen bevorsteht, doch sie nehmen es hin, wollen lieber sterben, als diese Qualen noch weiter mitzumachen. Die Hinrichtungen lassen nicht lange auf sich warten.

Das nach Süden abfallende Gebirge ist rund um Schloß Eisenberg dicht bewaldet, von hier hat man einen weiten Blick ins Land, weshalb das Barockschloß, das einst im Besitz derer von Lobkowitz und Mittelpunkt kulturellen Lebens war, an dieser Stelle gebaut wurde. Andreas kannte jedes Dorf mit Namen, auch die der vielen Schächte, unter denen Kohle gefördert wurde. Da lagen Ulbersdorf und Tschernitz, Ober- und Niedergeorgental und weiter unten, schon in der Kohlenregion Seestadtl, Kommern und Tschausch. Unter den Schächten waren der Ellys-Schacht, der Germania-Schacht, der Robert- und der Washington-Schacht die bekanntesten. Neu in dieser Landschaft und unübersehbar, gigantisch, drohend erhoben sich Schornsteine und Kühltürme des Hydrierwerks bei Niederleutensdorf in den Himmel.

Andreas erkannte das Werk, das man auch von der Hütte im Gebirge noch gut sehen konnte, die Zerstörungen, die amerikanische Bomber noch im Frühjahr dort angerichtet hatten, waren aus dieser Entfernung allerdings nicht auszumachen. Orientierung und Erinnerungen halfen Andreas die Schinderei des Marsches etwas zu vergessen, doch er schrickt zusammen, als von den Bewachern ein barfüßiger Mann an der Kolonne entlanggetrieben wird, der ein Hitlerbild vor der Brust trägt und dem das Blut aus Nase und Ohren läuft. Im ersten Augenblick denkt er: Das ist der Vater. Doch der ist es nicht. Der stößt vielmehr, als noch einmal Rast gemacht werden darf, wieder zur Kolonne, ist atemlos, staubbedeckt, verstört, nimmt kraftlos Andreas in den Arm und stammelt nur: »Sie haben mich laufen lassen.« Kein Wort über das Warum und Wieso.

Der Mischwald hier oben zwischen vierhundert und knapp achthundert Metern ist ziemlich dicht und wie eine Aufforderung zur Flucht, denkt Andreas. Und schon peitschen Schüsse, pfeifen Querschläger zwischen den Baumstämmen. Einige haben es gewagt, sind ausgebrochen aus der Kolonne. Andreas kann keinen von ihnen sehen, hört nur das Geschrei der Begleitmannschaften, die wild feuern und zwischen den Bäumen den Fliehenden hinterherhetzen. Offensichtlich haben sie keinen Erfolg, kommen schweißgebadet zurück und schlagen die Marschierer, wo sie sie treffen, so als könnten die etwas dafür, daß einigen von ihnen die Flucht geglückt ist. Andreas denkt: Wohin hätte ich fliehen sollen? Hinüber nach Deutschland? Nach Hause? Fliehen ohne den Vater? Waren das alles nur Ausreden, um die eigene Feigheit zu bemänteln? War die Angst, erwischt zu werden, was den sicheren Tod bedeutet hätte, größer als die vor dem Schicksal, das ihnen an diesem Abend allen bevorstand?

Die großen Wälder, die »Eisenberger Tiergarten« genannt werden, treten, schon ganz nahe am Gebirgskamm, zurück. Keiner der todmüden Männer, die sich bis hier oben heraufgeschleppt haben, hat ein Auge für die sanft gewellten grünen Wiesen, die in der Abendsonne leuchten. Es duftet nach Kräutern und dem ersten Heu. Der Ort da vorne muß Gebirgsneudorf sein, denkt Andreas und fragt leise den Vater. Der nickt stumm. »Dann ist doch hier die deutsch-tschechische Grenze«, bohrt Andreas weiter. Der Vater bestätigt es und murmelt kaum hörbar: »Die ersten sind schon drüben.«

Und wirklich ein paar hundert Mann, die am Anfang der Kolonne marschieren, sind in Sachsen angekommen, das von den Russen besetzt ist. Plötzlich Halt. Es geht nicht weiter. Der Plan der Tschechen, Tausende von deutschen Männern einfach über die Grenze nach Deutschland abzuschieben, scheint nicht aufzugehen.

Ohne lange auf eine Erlaubnis der Wachmannschaften zu warten, setzen sich die Ausgetriebenen einfach auf die Straße oder legen sich der Länge nach hin. Was sie an Wurst, Käse oder Speck in ihren Rucksäcken hatten, wurde ihnen längst abgenommen. Die Ölsardinen, von denen Mutter dem Vater und Andreas je zwei Dosen im allerletzten Augenblick zusteckte, sind längst in die Mägen der Bewacher gewandert. So kauen die meisten, sofern sie nicht auch zum Kauen zu müde sind, auf trockenem Brot herum. Andreas sitzt auf kalten Granitplatten, die vor einem Bauernhaus ausgelegt sind. Zunächst läßt sich niemand sehen. Alle Häuser des Ortes sind scheinbar verlassen. Kein Licht brennt hinter den Fenstern, und aus den Schornsteinen steigt kein Rauch auf. Plötzlich Lärm. Einige der Bewacher trommeln mit Fäusten gegen die Tür des Hauses, an dem Andreas, nicht weit vom Vater, hockt. Die Tür geht auf. Eine Frau, das Gesicht fast ganz unter einem Kopftuch verborgen, schaut voller Angst auf die Uniformierten, die ihre Maschinenpistolen im Anschlag halten. Sie fordern Brennholz, und die Frau geht voran, zeigt ihnen den Weg zum Hof, wo frischgeschlagenes Holz, fein säuberlich aufgestapelt, unter einem Vordach lagert. Die Bauersfrau muß ihre angewinkelten Arme vorstrecken, die Bewacher laden so lange Holzscheite auf, daß die Frau unter der Last zu wanken beginnt. Dann muß sie das Holz im Laufschritt zur Straße tragen, am Rand hinwerfen. Das geht so lange, bis genug Brennmaterial da ist für viele Wachfeuer, die jetzt auflodern. Auch Holzzäune werden meterweise verheizt.

Die Posten haben die ganze Kolonne umstellt und können im Schein der Feuer genau beobachten, ob sich einer zur Flucht anschickt. Dennoch müssen einige versucht haben zu entkommen. Schüsse peitschen durch die Nacht, Flüche werden hinterhergeschickt. Andreas friert, wie alle anderen auch. Die Nacht ist kalt hier oben. Niemand hat damit gerechnet, im Freien übernachten zu müssen. Als es langsam hell wird, öffnet sich wieder die Tür des Bauernhauses, in dem die Frau wohnt, die Holz geschleppt hat. Sie hält eine große Milchkanne in der Faust und macht zum nächsten Posten ein Zeichen, ob sie denen, die am nächsten sitzen, vom Inhalt etwas abgeben kann. Der Posten nickt gleichgültig. In der Kanne ist dünner, doch heißer Kaffee. Andreas und der Vater kramen die Eßgeschirre aus, andere auch. Jedem, den sie erreichen kann, kippt die Kopftuchfrau etwas von der Brühe ins blecherne Geschirr. Es dampft und tut gut, wärmt den Magen.

Allmählich kommt Leben in die graue Masse von Männern, die die Nacht auf der Straße verbrachten. Die Posten erlauben es, im Straßengraben die Notdurft zu verrichten, und so wird der Graben zu einer kilometerlangen Latrine, in der Tausende von Männern mit heruntergelassenen Hosen dicht beieinandersitzen, vor sich die Bewacher mit entsicherten Waffen. Gerüchte machen die Runde. Es gibt nur ein Thema: Wie geht es weiter? Wohin bringen sie uns? Die Stunden vergehen, die letzten Essensvorräte sind aufgebraucht. Da erscheinen Tschechen in Zivil, die anhand von Namenslisten einige unabkömmliche Arbeiter, die unten im Hydrierwerk dringend gebraucht werden, eine Handvoll Antifaschisten und Kinder unter dreizehn Jahren herausholen. Es heißt, sie werden zurück in die Stadt gebracht. Die anderen hocken, sitzen und liegen wieder in völliger Ungewißheit über ihr Schicksal auf der Straße. Sie können beobachten, wie tschechische und russische Offiziere aufgeregt verhandeln. Offenbar geht es darum, den Weg hinüber nach Sachsen für die Ausgetriebenen zu öffnen. Das scheint den Tschechen gelungen zu sein, denn am Nachmittag kommt der Befehl, daß Kolonnen von je fünfzig Mann zu bilden sind, fertig zum Abmarsch.

Der Vater wird zum Kolonnenführer bestimmt, und Andreas weiß nicht, ob dies etwas Gutes oder Schlechtes bedeutet. Dicht hintereinander stehen die Kolonnen auf der Straße, warten. Plötzlich Unruhe und der Befehl, sich wieder hinzusetzen. Die Russen haben es im letzten Augenblick abgelehnt, die Männer aus der Stadt über die Grenze, in ihre Besatzungszone, zu lassen. Ein Aufatmen geht durch die Reihen der Deutschen, die müde, hungrig, ungewaschen und in staubigen Kleidern darauf warten, daß sie endlich wieder nach Hause können. Die Absage der Russen kann ja nur bedeuten: Es geht zurück.

Diese Hoffnung scheint Wirklichkeit zu werden, als gegen Abend Gruppen von Frauen und Kindern von Sachsen über die Grenze kommen. Sie sind, wie sich herausstellt, alle aus Brüx und wurden schon vor Tagen von den Tschechen aus ihren Häusern herausgeholt und über die Grenze getrieben, wo sie die überraschten Russen auch passieren ließen. Doch in Sachsen, wo die Bevölkerung hungert, haben sie erst recht nichts zu essen bekommen, wie Andreas später von einem erfährt, dem eine Brüxer Frau ein paar Worte zurufen konnte. Jetzt gehen sie wieder zurück in ihre Stadt, ob sie in ihre Wohnungen und Häuser dürfen, weiß niemand.

Als sich die Frauen mit ihren Kindern, die Kleinsten werden auf dem Rücken getragen, der Kolonne nähern, ergeht der Befehl, daß sich die Männer mit dem Gesicht auf die Straße legen müssen. Hunderte von Füßen, viele in zerrissenen Schuhen, in Socken, die keine Sohle mehr haben, oder blutig und barfuß tappen vor Andreas' Augen vorbei. Das Elend scheint grenzenlos, und zu allem Überfluß beginnt es auch noch zu regnen.

Das veranlaßt wohl einen Tschechen, der das Sagen und sich ein wenig Menschlichkeit bewahrt hat, sich nach einer Unterkunft für die in ihren Sommerkleidern frierenden und durchnäßten Männer umzusehen. Er findet sie in einem nahegelegenen Kino, wo die Ausgetriebenen eingepfercht, ohne Verpflegung, aber immerhin im Trockenen die Nacht verbringen. Alle Hoffnungen, am nächsten Morgen endlich abzurücken und in die Stadt zurückzukehren, zerschlagen sich. Die Stunden vergehen, ohne daß etwas geschieht.

Der Hunger wird immer gewaltiger. Endlich das Klappern von Milchkannen. Die Posten haben den Bauern des Ortes befohlen, Milch zum Kino zu bringen. Sie ist frisch und fett und riecht nach Stall. Die Bäuerin, die sie in das Kochgeschirr schüttet, das ihr Andreas hinhält, spricht kein Wort, kann aber die Tränen nicht verbergen, die ihr über die braungegerbten Wangen laufen.

Parolen machen die Runde in dem Kino, das einmal Treffpunkt für die ganze Gegend war. »Ihr werdet sehen, die lassen uns wieder nach Hause, was sollen die denn mit uns anfangen?« sagen die Optimisten. »Die bringen die Russen doch noch dazu, uns aufzunehmen. Und die verfrachten uns dann nach Sibirien«, halten die Pessimisten dagegen.

So bricht die zweite Nacht in dem Kino an. Am nächsten Morgen, es ist der 12. Juni, heißt es, die wenigen Habseligkeiten zusammenzupacken und draußen anzutreten. In der Kolonne, die sich endlich gegen Mittag in Bewegung setzt, werden da und dort fröhliche Stimmen laut. »Ich hab's ja gesagt, wir gehen nach Hause!« Doch der Schock läßt nicht lange auf sich warten. Als der schier endlose Zug der Männer nämlich aus Obergeorgental gebirgsabwärts sich in Bewegung setzt, nimmt er nicht den Weg hinunter nach Eisenberg, der vor drei Tagen in entgegengesetzter Richtung marschiert und im Laufschritt genommen wurde, sondern die Spitze des Zuges biegt links ab, an Johnsdorf vorbei und bewegt sich in Richtung

Obergeorgental. In der dunstigen Niederung erkennt Andreas Schornsteine und Kühltürme des zerbombten Hydrierwerks bei Maltheuern.

Die Salven aus den Maschinenpistolen der Bewacher begleiten den Zug. Der Mann, der beim Aufstieg ins Gebirge um die Kolonne hetzen mußte, das Hitlerbild vor der Brust, ist nicht mehr zu sehen. Er soll in einer der letzten Nächte nicht weit von der Straße erschossen worden sein.

Noch immer glimmt ein Funken Hoffnung. Denn viele Straßen biegen nach rechts ab, die zurück in die Heimatstadt führen könnten. Die wichtigste von Obergeorgental über Ulbersdorf nach Eisenberg. Der Vater, der immer noch dazu bestimmt ist, eine Kolonne zu führen, macht murmelnd Andreas, der neben ihm geht, auf eine Wegweisung aufmerksam, die im Ort Obergeorgental an einem Gartenzaun aufgestellt ist und auf der tatsächlich noch in deutsch »Eisenberg« steht. Doch die Kolonne biegt nicht ab, marschiert in südöstlicher Richtung durch Niedergeorgental, mitten hinein ins Braunkohlezentrum. Im Gegensatz zum Gebirge und der Grenzregion ist die Gegend jetzt dicht besiedelt. Hier wohnen in schmalen Häusern die Bergleute, die in den benachbarten Kohlenschächten unter Tage arbeiten. Deutsche und Tschechen nebeneinander. Nicht immer friedlich, doch nie in offener Feindschaft. Humboldt-Schächte, Zentrum-Schacht, Julius-Schacht, Guido-Schacht I und II heißen die Schächte, aus denen die sehr schwefelhaltige Braunkohle gefördert wird. Von Staubexplosionen, denen viele Bergleute zum Opfer fielen, erzählen traurige Lieder, die von Generation zu Generation weitergegeben werden.

Jetzt marschiert die Kolonne der ausgetriebenen Männer wie eine kleine Armee von Strafgefangenen durch die Bergarbeiterorte. An den Straßen stehen viele Tschechen und genießen das Schauspiel, treten an die Marschierenden heran, bespucken und beschimpfen sie. Steine fliegen. Manchmal greifen sich einige Zuschauer einen aus der Kolonne, zerren ihn heraus, bearbeiten ihn mit Fäusten und Fußtritten. Vor dem Humboldt-Schacht schwenkt die Spitze der Marschsäule scharf nach links, direkt auf den Ort Maltheuern zu, der im Schatten des Hydrierwerks liegt. Allmählich dämmert es den verzweifelten Männern, wohin sie getrieben werden, daß keine Rede davon sein kann, in die Heimatstadt zurückzukehren.

Es regnet noch immer. Hinter den grauen Wasserschleiern tauchen links und rechts der Straße zwei Barackenlager auf. Nummer 27 ist am Lager links, Nummer 28 am Lager rechts zu lesen. Hinter dem hohen Stacheldraht von Nummer 28 sieht man kahlgeschorene Männer mit riesigen roten Hakenkreuzen auf dem Rücken im Regen Erdarbeiten verrichten. Manche Männer, sieht Andreas mit Entsetzen, tragen einen eigenartigen »Kopfschmuck«. Statt sie kahlzuscheren, hat man ihnen ein breites Kreuz ins Haar geschnitten, es in vier Felder geteilt. In den beiden Lagern waren bis Kriegsende Tausende von Fremdarbeitern und Kriegsgefangenen untergebracht, die im Hydrierwerk eingesetzt wurden und Schwerstarbeit verrichteten. Bei Kriegsende haben die Lagerinsassen ihre Quartiere Hals über Kopf geräumt und dabei nicht vergessen, sie in blinder Wut zu verwüsten.

Da das Lager Nummer 28 bereits voll belegt zu sein scheint, öffnet sich das Stacheldrahttor von Nummer 27 für die Tausende von Männern, die nun völlig niedergeschlagen, hungrig und durchnäßt unter den Flüchen und Kolbenhieben der Bewacher in die Barackenstadt hineingetrieben werden. Kaum schließt sich das Tor hinter ihnen, als schon neue Bewacher über sie herfallen, ihnen alles, was noch irgendwie wertvoll erscheint, abnehmen. Sogar Mäntel und Schuhe. Wer protestiert, bezieht Prügel. Andreas' Schuhe sind zum Glück so verdreckt, daß man es ihnen nicht ansieht, wie gut sie noch in

Schuß sind. Er rettet sie über die erste Razzia. Auch der Vater hat Glück und wird verschont.

Mit zwei Freunden aus der Volksschulzeit, zwei Professoren aus dem Gymnasium und dem Vater und einem guten Dutzend Männer, die er nicht kennt, wird Andreas in eine leerstehende Baracke getrieben. Dicht an dicht dreistöckige Betten fast bis zur Decke, in der Mitte ein Kanonenofen. Auf den Betten verschmutzte Strohsäcke, manche aufgeschlitzt, Stroh quillt heraus. Andreas, der wie die anderen völlig apathisch an einem Bettgestell lehnt, erkennt auf den aus Papiergarn gefertigten Strohsäcken schon beim flüchtigen Hinsehen unzählige runde, etwa pfenniggroße Blutflecken. »Die sind von zerquetschten Wanzen«, klärt ihn einer auf. »Paß nur auf, wie sich die von der Decke fallen lassen, bis wir erst mal in den Betten liegen.« Immer wieder fallen Schüsse. Dann schlägt jemand mit einem Eisen gegen ein anderes Metall. Ein hoher Ton entsteht, einer Glocke nicht unähnlich. Das Zeichen bedeutet: Heraus aus der Baracke, Appell. Diesmal heißt es aber in einem riesigen Speisesaal »Abendessen« fassen. Für jeden gibt es eine Scheibe trockenes Brot und einen Schlag dünnen schwarzen Malzkaffee. Die Bewacher machen sich für die Arbeit des Austeilens die Hände nicht schmutzig. Andreas wundert sich, wie schnell willige Helfer gefunden sind, die den Tschechen unterwürfig zur Hand gehen. Vor den Bergen geschnittenen Brotes und den Wärmebehältern für Kaffee, die, den grauen Farben nach zu schließen, alle aus den Beständen der deutschen Wehrmacht stammen, bilden sich lange Menschenschlangen. Wie schnell Hunger Menschen verändern kann, denkt Andreas. Da will sich einer, dessen jetzt verschmutzter und zerrissener Jacke man immer noch den teuren Stoff und guten Schneider ansieht, einen Platz weiter vorn in der Reihe ergattern, will sich reindrängen, fängt zu streiten an. Willkommener Anlaß für einen Posten, mit der Lederpeitsche dazwischenzugehen. Andreas ist es eigentlich gleichgültig, wann er drankommt. Da er – und das kennt er noch von früher – lange nichts gegessen hat, macht sein Magen irgendwie zu, hört auf zu knurren. Schließlich ist Andreas aber doch an der Reihe, nimmt einen Kanten feuchten Brotes, ein halbgefülltes Kochgeschirr mit Kaffee in Empfang und geht damit vorsichtig zurück in die Baracke, kaut langsam und trinkt. Draußen wird es dunkel, in der Baracke still. Todmüde sind die Bewohner, in ihren verschwitzten und verschmutzten Kleidern wie sie waren, auf die Strohsäcke gefallen.

Andreas liegt ganz oben in der dritten Etage. Vom Appellplatz her fällt Scheinwerferlicht herein. »Du mußt jetzt an etwas ganz Schönes denken«, geht es Andreas durch den Kopf, »sonst hältst du das hier nicht aus.« Er schließt die Augen, und bunte Bilder tauchen auf: die Sommerabende mit der Familie im Garten, über den die Mauersegler jagten, das Holzhaus im Gebirge mit dem ewig plätschernden Brunnen, das Gymnasium, das Schwimmbad, in dem es immer nach Alaun roch, und Lea. Wo mochte sie sein, würde er sie wiedersehen?

In der Barackenstube ist es hell genug, um ein Zeichen in die Holzwand hinter dem Kopfende des Bettes zu machen. Mit dem Daumennagel ritzt Andreas eine zentimeterlange Kerbe in die Wand: der erste Tag. Von der Barackendecke beginnen ausgehungerte Wanzen sich gierig auf die Menschen fallen zu lassen, im Gesicht, an den Händen Blut zu saugen. Andreas ist zu müde, nach ihnen zu schlagen, und schläft ein.

IV

Eisen schlug gegen Eisen. Immer wieder. Dazwischen Gebrüll. Andreas schreckte hoch, wollte die Augen öffnen, was ihm kaum gelang, denn Lider und Brauen waren dick geschwollen. Immerhin konnte er sehen, daß der Morgen dämmerte, ein fahles Licht fiel durch die kleinen Barackenfenster. Das eiserne Signal bedeutete: Aufstehen und zum Appellplatz laufen, möglichst schnell. Auch auf den anderen Pritschen der Stube wurde es lebendig, richteten sich Gestalten auf, die sich in der Nacht zusammengekrümmt hatten, um die Kälte ein wenig abzuwehren, denn es gab keine Decken.

Andreas konnte noch immer nicht richtig sehen, stolperte zwischen den Bettgestellen hindurch, stand plötzlich vor dem Vater – und sah einen alten Mann. Graue Bartstoppeln bedeckten sein Gesicht, das ebenfalls grau war, ungewaschen, über das dann aber doch ein Lächeln huschte, als er Andreas erkannte im dämmrigen Licht, auf seine verschwollenen Augen deutete und sagte: »Mach dir nichts draus, das sind die Wanzen, und es wird nicht das letztemal sein.«

Die blutsaugenden Insekten, die in den Strohsäcken hausten, in den Fugen der Bretterwände und Decken der Baracken ihre Verstecke hatten, waren nach dem Auszug der Kriegsgefangenen ausgehungert, scheuten allerdings das Licht, stürzten sich in der Nacht aber um so gieriger auf ihre Opfer, zapften ihnen Blut ab, bis ihre Körper auf den kurzen Beinen prall gefüllt waren.

In der Barackenstube, in die Andreas eingewiesen worden war, hatten auch alte Freunde von ihm geschlafen. Ernst, Gerhard und zwei Professoren aus dem Gymnasium, Eduard Brix, der Latein gegeben hatte, und Franz Mohilla, ein Chemiker aus Leidenschaft.

Auf dem Weg zum Appellplatz in der Mitte des Lagers, dem nun die Tausende, eine frierende, hungrige, müde und schon hoffnungslose Masse Menschen aus allen Baracken zuströmten, ging Andreas neben dem Mohilla, den seine Schüler aus unerfindlichen Gründen nur den »Bim« nannten, und sah, daß dieser hagere Mensch – ebenso wie er – unter einem total verschwollenen Gesicht litt. »Achtzig Stiche dieser elenden Viecher habe ich heute morgen gezählt«, schimpfte der Professor, der alles sehr genau nahm. »Stell' dir vor, achtzig Wanzenstiche in einer Nacht. Dabei habe ich mich schon, als ich merkte, daß sie sich über mich hermachten, auf den Boden gelegt.«

Auf dem Appellplatz stand ein einsamer Baum, an einem Ast hing, befestigt an einem Stahlseil, ein großes Stück Eisen. Das bearbeitete fast pausenlos ein junger Mann in Uniform mit einem abgesägten Stück Stahlrohr, und es schien, als prügele er darauf ein.

Die Schläge waren hart und unüberhörbar und setzten fortan die Zeichen im Lageralltag, zerhieben ihn in Stücke vom Aufstehen bis zu den Zählappellen, Essensausgabe und anderen Anlässen, bei denen die Lagerinsassen anzutreten hatten, und das möglichst schnell.

»Schnell« heißt auf tschechisch »rychlý«, und es war gut, das fand Andreas bald heraus, solche Vokabeln umgehend zu lernen.

Im weiten Viereck, fünf hintereinander und ausgerichtet wie auf einem preußischen Kasernenhof, stehen die Männer, wer noch Hut oder Mütze hat, trägt sie in der Hand.

Gruppen von Bewachern, unausgeschlafen und manche

noch unter Alkohol, umkreisen die Häftlinge. Lederpeitschen und Gummiknüppel sind immer dabei. Es ist wichtig, nicht aufzufallen, nicht aufzufallen, wodurch auch immer.

Es genügte schon, nicht die durchschnittliche Körpergröße zu haben, ein wenig darunter oder gar darüber gewachsen zu sein, um Opfer zu werden, das Peitsche oder Knüppel zu spüren bekam, wenn es dabei blieb. Beliebt war, so stellte sich schon an diesem Morgen heraus, den, den man sich griff, bis zur völligen Erschöpfung um den Platz laufen oder ihn in der Hocke mit ausgestreckten Armen hüpfen zu lassen. Irgendwo müssen sie es doch gelernt haben, was sie da jetzt mit uns machen, dachte Andreas, der in der zweiten Reihe stand und sich bemühte, immer nur in den Nacken des Vordermannes zu schauen, der in einem unbeschreiblich schmutzigen Hemdkragen steckte. Mein Gott, dachte Andreas, sehen wir alle so aus, nach diesen paar Tagen? Sind wir schon so abgerutscht, verdreckt, elend? Andreas schaute kurz in die Gesichter der Bewacher, von denen einer, der Kommandant oder Lagerleiter, den sie »Velitel« nannten, was wohl den Rang angab, den Befehl zum Zählen erteilte.

Eine endlose Prozedur, die sich um so länger hinzog, als am Ende zunächst nie die gleiche Zahl herauskam, folglich von vorne begonnen werden mußte. Manche, schon einige Nächte ohne Schlaf, mit leerem Magen obendrein, hielten das nicht aus, kippten um, wurden mit einigen Eimern voll Wasser wieder zur Besinnung gebracht, stellten sich taumelnd zurück in die Reihe. Der Vater, nur wenige Meter vor Andreas stehend und zu sehen, ohne daß Andreas den Kopf bewegen mußte, stand noch fest, so schien es jedenfalls. Erst als die Zahl der angetretenen Männer endgültig zu stimmen schien, protokolliert wurde, wieviel Tausende es waren, kam das Kommando zum Abrücken in die Kantine, einen öden Saal mit rohen Tischen und Bänken und einem langen Tresen, hinter dem Kessel standen, aus denen es dampfte. Daneben Körbe, angefüllt mit Brot in etwa daumendicken Scheiben. Es begann sofort ein fürchterliches Gedränge vor dem Tresen, das in eine Prügelei ausartete, weil jeder der erste sein wollte an der Futterstelle und die meisten befürchteten, sie würden leer ausgehen, wenn sie sich in der Reihe anstellten, so hungrig sie auch waren. Mit Genuß fuhren die Peitschenträger dazwischen, schlugen auf das Menschenknäuel ein, bis es sich auflöste, eine Reihe daraus wurde, die durch den ganzen Saal, durch die Türen und weit bis ins Freie hinaus reichte.

Andreas stand hinter dem Vater, etwa in der Mitte der Menschenschlange. Es dauerte eine Ewigkeit, bis sie dran waren, die braune Brühe in ihre Kochgeschirre, die sie immer und überall dabeihatten, ebenso wie einen Löffel, schwappte und sie jeder ein Stück Brot in Händen hielten. Als der Vater sein Geschirr dem Küchenhelfer entgegenhielt, damit er es fülle, sah Andreas, wie die Hände des Vaters zitterten, so sehr, daß die Hälfte des Getränks auskippte.

Sie gingen hinaus in den trüben Tag, lehnten sich an die hölzerne Wand der Kantine, schlangen die Scheibe Brot hinunter und tranken das, was wohl Kaffee sein sollte, der aber eigentlich nach gar nichts schmeckte, nicht einmal nach Malz, nicht mehr war als eine lauwarme Brühe, die nur ein wenig den Magen wärmte.

Offenbar wußte die Lagerleitung noch nicht so recht, was sie mit dem plötzlichen Menschenstrom, der am Vorabend durchs Tor gekrochen war, anfangen sollte. Es wurden planlos einige Gruppen zusammengestellt, die unter strenger Bewachung in Richtung Hydrierwerk marschierten. Vater war nicht dabei, Andreas nicht und auch nicht der Lateinprofessor Brix. Der forderte Andreas auf, sich an der Suche nach etwas Eßbarem zu beteiligen, denn »sonst krepier' ich«.

Sie streunten durchs Lager, taten, als seien sie auf Befehl unterwegs, fanden kein Magazin, nicht einmal einen Kartoffelkeller, zu ihrem Glück, wie sich schon bald herausstellte, denn auch der kleinste Lebensmitteldiebstahl wurde mit fünfundzwanzig Gummiknüppelschlägen auf das nackte Gesäß bestraft. Mindestens. Es gab welche, wie den Gerhard Hampel und den Püschl, dessen Vornamen Andreas nicht kannte, mit denen er aber die harten Holzbänke der Volksschule am Graben gedrückt hatte, die hielten das alles, kaum hatte sich das Lagertor hinter ihnen geschlossen, schon nicht mehr aus. Zusammen mit zwei anderen, den Brüdern Niklas, krochen sie durch ein Loch im Stacheldraht, flohen aufs freie Feld. Ihre Flucht wurde bemerkt, sehr schnell bemerkt, Hunde fanden ihre Spur. Die Wachen schleppten die Buben ins Lager. Die Insassen traten an im großen Viereck, in dessen Mitte die vier Aufgegriffenen standen, schon halb bewußtlos von Schlägen. Der Kommandant hielt eine Rede, in der er jeden warnte, der auch nur versuchen sollte zu fliehen. Ihm werde es ergehen wie »diesen da«.

»Diese« wurden von bereitwillig zuschlagenden Wachmannschaften so lange geprügelt, bis sie kein Lebenszeichen mehr von sich gaben, endlich fortgeschleift. Irgendwo krachten dann Schüsse. Man schrieb den 13. Juni 1945. Andreas fühlte nichts. Es war, als fänden seine Füße von selbst zurück zur Baracke. Er nahm noch wahr, daß Bachstelzen im Gras nach Mücken jagten. Ganz wie zu Hause, dachte er. Dort sind die kleinen Vögel mit den langen wippenden Schwänzen auch so oft über das Pflaster im Hof getrippelt. Zu Hause – wo ist das? Wo war das?

Der Professor und sein ehemaliger Schüler Andreas entdeckten an der rückwärtigen Barackenwand ein paar üppig blühende Löwenzahnstauden, von denen der Professor behauptete: »Das Zeug kann man essen, daraus koch' ich mir eine gute Suppe.« Sie pflückten also Blatt und Blüte, stopften sich die Taschen damit voll und kehrten in ihre Baracke zurück. Andreas holte von einer Wasserstelle nahe der Küche zwei Essgeschirre davon, und als er sie in die Stube brachte, hatte der Professor den Löwenzahn schon kleingerupft. Schneiden hat er ihn nicht können, weil man ihm das Taschenmesser längst abgenommen hatte.

In der Mitte der Baracke stand ein kleiner eiserner Ofen. Irgend jemand hatte ein bißchen trockenes Holz besorgt, Feuer gemacht. Das Wasser in dem hohen Kochgeschirr sprudelte bald, der Professor tat das Löwenzahngemüse hinein und ließ es aufkochen und ziehen. Die Suppe roch nach frischem Gras, und jeder, der gerade da war, durfte ein paar Löffel davon nehmen. Auch der Vater, der wieder Mut zu fassen schien, aufwachte aus seiner Teilnahmslosigkeit, seiner Verwirrung über das, was ihnen allen widerfuhr.

Der Professor, mit dem Andreas und seine Freunde in Cäsars Gallischen Krieg gezogen waren und der ihnen für sein Leben gern einmal den Limes gezeigt hätte, dieser Professor, mit dem sie zuletzt die nicht endenden Sätze des römischen Schriftstellers Livius und die schon, wie sie meinten, recht schlüpfrigen Verse des Ovid übersetzt hatten, stand jetzt in der Mitte der Baracke und kochte Suppe!

Einige Augenblicke machte sich Stimmung wie bei einem Schulausflug breit. Plötzlich wurde die Tür aufgerissen, zwei uniformierte Männer stürzten herein, trieben die Suppenesser mit Fußtritten hinaus, warfen ihnen das Kochgeschirr hinterher und befahlen sie zum Appellplatz. Offenbar hatten sie gehört, daß in der Baracke gelacht wurde. Und das Lachen sollte denen schon vergehen.

Das verging ihnen wirklich, als sie in einer Reihe stramm, Hände an der Hosennaht, stehen und »Wir danken unserem Führer« im Chor rufen mußten, gut eine Stunde lang. Wäre nicht das Kommando zur allgemeinen Registrierung gekommen, hätte die Prozedur noch länger gedauert.

Dazu stellen sich die Männer mit allem, was sie noch haben, also auch mit ihren Rucksäcken, in einer nicht enden wollenden Reihe auf, warten bis sie dran sind, um den Uniformierten, die hinter einem Holztisch sitzen, ihren Namen, den Wohnort und das Geburtsdatum zu sagen, was eingetragen wird in vorbereitete Listen. Wer nicht laut und deutlich genug spricht, bekommt Ohrfeigen oder die Peitsche. Obwohl die Tschechen, die hier sitzen, sicher gut Deutsch sprechen, tun sie so, als hätten sie das nie gehört, haben Spaß daran, die Häftlinge ihre Namen wieder und wieder buchstabieren zu lassen. Dabei übertragen sie die deutschen Vornamen sofort ins Tschechische. Aus dem Karl wird ein Karel, aus dem Friedrich ein Bedrich. Bei Andreas tun sie sich schwer. Um so leichter fällt es den Posten, die um den Schreibtisch herumlungern, die Registrierung zum Anlaß zu nehmen, die Registrierten nun vollends auszuplündern. Da und dort finden sie doch noch eine Uhr, einen Ring, der ihnen gefällt, ein Paar gute Schuhe, eine Jacke. Gleichzeitig greifen sie sich alle Arten von Papieren, Ausweisen, Geld sowieso. Den Männern, die nun schon vor fünf Tagen aus der Stadt getrieben worden sind, bleibt nicht mehr als das, was sie am Leib tragen.

Andreas schaut an sich herunter und stellt fest, daß seine Schuhe nicht mehr lange leben würden, die Sohle klafft vorn schon weg vom Oberleder, die dünne Hose hält erstaunlich gut, die Jacke auch, das Hemd ist schmutzig, doch sonst noch in gutem Zustand. Erfreulicherweise konnte auch der Vater seinen Lodenmantel und die festen Schuhe behalten, geblieben sind ihnen beiden ebenso die Rucksäcke, die allerdings leer sind und ihnen schlaff von den Schultern baumeln. Plötzlich macht das Gerücht die Runde, daß die Registrierung den Zweck gehabt habe, festzustellen, wie viele Jugendliche bis sechzehn Jahre unter den Tausenden sind, und die dürften am nächsten Tag nach Hause.

Bei dieser Nachricht sieht Andreas, wie sich das graustoppelige Gesicht des Vaters aufhellt. »Ich hab's gewußt«, sagt er. »So können sie doch nicht sein, euch Kinder einsperren in ein Lager. Mit euch wird der Anfang gemacht, wir Männer werden bald folgen. Alles wird gut.«

Seit dem dünnen Kaffee am Morgen und der Scheibe Brot wurde kein Essen ausgegeben. Erst am Abend öffnete die Kantine, und für jeden gab es eine Wassersuppe, in der Graupen schwammen.

Es folgte eine weitere Barackennacht, in der Wanzen von der Decke regneten und sich die Menschen auf den schmutzigen durchgelegenen Strohsäcken vor Kälte zusammenkringelten. Andreas konnte nicht schlafen. Er dachte, was sein würde, wenn sie ihn am nächsten Tag entließen. Da Deutsche, für jedermann von weitem kenntlich durch die weißen Armbinden, nicht mit der Bahn fahren durften, würde er eben mit seinen Freunden die zwanzig Kilometer nach Hause laufen, so schnell es ging. Er würde an der Haustür läuten in der Hoffnung, daß gleich die Mutter öffnen würde. Er hörte schon ihr »Jesus Maria, Bub, da bist du ja endlich«. Er sah die Tränen in ihren Augen, hörte oben Else mit den Kindern die Treppe herunterkommen, es würde sehr laut werden im Haus bei all dieser Freude. Dann die Fragen nach dem Vater. Ja, es gehe ihm gut soweit, nur ein paar Tage noch, dann sei auch er zu Hause.

Ein Bad würde die Mutter vorbereiten, ihm die schmutzigen Kleider ausziehen – »Mein Gott, konntest du dich nicht waschen? Armer Kerl« –, dann Wasser, Seife, frische Wäsche. Andreas erinnerte sich an ein paar Zeilen in Rilkes »Cornet«, versuchte sie zusammenzubringen, was ihm schließlich gelang, und er murmelte vor sich hin: »... bis in die Fingerspitzen so, nach dem Bade sein.« Genießen wollte er es, wie das Essen, das Mutter inzwischen gekocht hatte. Ganz gleich, was es war, alles würde himmlisch schmecken im Vergleich zu dem Fraß aus der Lagerkantine. Endlich wieder mal satt sein! In den Garten gehen, das Gras streicheln, einfach nur dasitzen und dann schlafen, in einem richtigen Bett schlafen, auf einer Matratze mit einem Leintuch drauf, ein Federkissen unterm Kopf und zugedeckt mit einer leichten Decke.

Man kann viel ertragen, wenn man eine Hoffnung hat,

dachte Andreas und merkte dabei, daß die schrecklichen Bilder aus den letzten Tagen schon zu verblassen begannen. Lea! Er mußte sie finden. Es gab sicher einen Weg nach Westen, hinüber nach Deutschland. Ein Gefühl sagte ihm, daß das Mädchen mit ihrer Mutter den Weg dorthin genommen hatte, nachdem sie ohne Abschied plötzlich verschwunden war. Es gab bestimmt Menschen, die ihm bei der Suche nach Lea helfen würden. So viele Menschen wurden jetzt gesucht. Vielleicht konnte das Rote Kreuz Angaben machen. Wenn nicht, dann würde er Zettel schreiben, viele Zettel, mit dem Aufruf: »Wer hat ein Mädchen gesehen, das Lea heißt? Bitte melden unter folgender Adresse ...« Die Zettel würde er an Baumstämmen befestigen, an Bretterzäunen, wo viele Menschen vorbeikamen, sie in Suchzentralen abgeben, in Flüchtlingslagern. Wo ist Lea?

Da schlug, kaum daß der Tag heraufdämmerte, schon wieder Eisen gegen Eisen. Aufstehen, herauskriechen, den Vater umarmen. Der endlose Zählappell, die Peitschen, das Gebrüll, die Kantine, ein Schwapp braune Brühe, eine dünne Scheibe Brot. Macht nichts, nicht der Rede wert, denn es ist der letzte Tag im Lager.

Der Freund Ernst strahlend: »Heute habe ich Geburtstag, heute abend lade ich euch alle ein, vielleicht finden wir im Keller noch eine Flasche, wenn die Russen sie übersehen haben sollten.« Das Gerücht schien Wahrheit zu werden. Alle Lagerinsassen, die nicht älter als sechzehn Jahre waren, sollten sich aufstellen zum Abmarsch. Andreas war dabei, der Ernst natürlich, Heinz, Gerhard, Hermann und wie sie alle hießen aus der Klasse, der letzten im Gymnasium, die der Krieg übriggelassen hatte. Glück gehabt. Und jetzt noch einmal Glück gehabt.

Abschied vom Vater, von Posten mißtrauisch beobachtet. »Grüß Mutter und Else und sage, daß ich bald nachkomme. Sie brauchen mich eh, denn es werden neue Leute kommen, die das Geschäft übernehmen. Da mach' ich mir nichts vor.«

Aufstellen zur Kolonne, zum Abmarsch der Kinder durchs strengbewachte Lagertor, vernagelt mit Stacheldraht, jetzt weit offen. Beim Passieren der Posten links und rechts mußten die Mützen auf Kommando abgenommen werden, Andreas verstand etwas von »Cepice dolu«, aber er hörte gar nicht hin, hatte auch keine Mütze, und schließlich war es nicht mehr wichtig, denn er würde nie mehr durch ein solches Lagertor gehen. Neben ihm marschierte fröhlich der Fritz, Sohn des evangelischen Pfarrers, der ihnen in der Kantstraße gegenüber wohnte. Er war der Jüngste unter den Jungen, gerade dreizehn.

Nur wenige Bewacher begleiten die Kolonne, die sich auf der Straße nach Süden bewegt, und, so denkt Andreas, jetzt endlich nach Westen abbiegen müßte. Das wäre der kürzeste Weg nach Hause. Aber warum lassen sie uns überhaupt nicht laufen, wo wir doch schon halb entlassen sind? Marschieren wir vielleicht zum nächsten Bahnhof und dürfen mit dem Zug zurück? Die Antwort kommt schneller als gedacht. In unmittelbarer Nähe des gigantischen Hydrierwerks, von dem ein schwelfliger Gestank herüberweht und aus dessen Schloten gelblicher Qualm aufsteigt, sieht Andreas auf der linken Straßenseite einen hohen Stacheldrahtzaun, Baracken: ein neues Lager. Schon biegt die Spitze der Kolonne ab und passiert das Tor. Lager 17/18 nimmt die Jungen auf, von denen keiner ein Wort spricht, manchen die Tränen in den Augen stehen. Auch Andreas. Vor Wut, Enttäuschung, begrabenen Hoffnungen. Wo ist Lea?

Die Lager rund um das Werk waren zu Beginn des Krieges für Kriegsgefangene und zwangsverpflichtete Arbeiter aus ganz Europa gebaut worden und alle nach dem gleichen Schema angelegt: breite Lagerstraßen mit graugrün gestrichenen Baracken zu beiden Seiten, ein weitläufiger Appellplatz, nicht weit davon die Baracke für die Lagerleitung, die Kantine mit Großküche, eine große Baracke mit vielen Tischen und Bänken, die als Versammlungsort für besondere Anlässe diente, ein Barackentrakt für den Lagerarzt und die Krankenstation, Waschbaracke, Latrine, schließlich ein Tor mit Schlagbaum und Wache, das gesamte Gelände umgeben von einem hohen dichten Stacheldrahtzaun, von dem behauptet wurde, er sei elektrisch geladen. Durch das Tor eben marschiert, beschimpft von den Wachposten, die Kolonne wird zum Appellplatz geführt und bleibt dort erst einmal stehen. Wie lange, weiß niemand, denn allen sind die Uhren abhanden gekommen.

Gegen Abend werden die Jungen, die Hunger haben zum Umfallen, auf die Baracken verteilt, und Andreas sieht gleich an den eingetrockneten Blutflecken auf den Strohsäcken, daß die Barackenbewohner vor ihnen wohl ständig auf Wanzenjagd gewesen sein müssen, Andreas graust es vor der Nacht. Der Lager-»Gong« ist auch hier ein Stück Eisen, gegen das ein anderes Eisen geschlagen wird. Spät am Abend ruft es in die Kantine, graue Graupensuppe ist das Abendessen. Wer nach Brot fragt, bekommt als Antwort einen Schlag mit der Suppenkelle. Beim Zurückgehen in die Baracke, die Andreas mit den meisten seiner Freunde und mit zwanzig anderen Buben, die er nur vom Sehen her kennt, teilt, bemerkt er, daß das Lager nur von wenigen Posten bewacht wird. Am langen Zaun entlang, an den sich, in Richtung Westen, also zu Hause, ein Kornfeld anschließt, ist keine Patrouille zu sehen. An einigen Stellen ist der Stacheldraht vom Boden her auch aufgebogen. Für Augenblicke denkt Andreas an Flucht, das Feld würde gute Deckung bieten, Hunde scheint es im Lager nicht zu geben. Aber gleich verwirft Andreas den Gedanken wieder. Er hat keine Papiere, spricht nur Deutsch, dann ist der Vater noch im anderen Lager – und schließlich ist da die Angst, erwischt zu werden.

Trotz aller Müdigkeit, die ihn kaum die Füße heben läßt, geht Andreas mit einigen anderen hinüber zur Waschbaracke, in der er erst über Berge alter Arbeitskleidung steigen muß, um an einen der Wasserhähne zu kommen, die über einer langen Reihe von Waschbecken aus Zinkblech montiert sind. Endlich Wasser, endlich Waschen nach so vielen Tagen. Andreas zieht sich bis auf die Unterhose aus und sieht an seinem spindeldürren Körper hinab. Dick war er nie, doch jetzt sitzt nur noch wenig Fleisch auf den Knochen, und die Aussicht, dies zu ändern, ist nicht gut. Obwohl es nur kaltes Wasser, keine Seife und kein Handtuch gibt, fühlt sich Andreas unendlich sauber und erfrischt. So sehr, daß er beginnt, die verschwitzte Wäsche zu waschen, und da keine Zeit mehr ist, sie zu trocknen, auch gleich wieder anzuziehen, naß wie sie ist.

In dem Kleiderhaufen, den die abziehenden Kriegsgefangenen und Fremdarbeiter zurückgelassen haben, entdeckt Andreas nach einigem Wühlen noch zwei guterhaltene Monteuranzüge aus festem Stoff, auf deren Rücken mit weißer Farbe die großen Buchstaben PW (Prisoner of War, Kriegsgefangener) gepinselt sind. Zwar ist er kein Kriegsgefangener, aber etwas Ähnliches, sicher Schlimmeres, denn er steht nicht unter dem Schutz der Genfer Konvention. Andreas gibt den Kleidertip an die Freunde weiter, die ebenfalls fündig werden, zieht beide Arbeitskombinationen über seine Kleider und geht damit etwas unbeholfen zurück in die Baracke. Den zweiten Arbeitsanzug tauscht er noch am selben Abend gegen eine alte Jacke aus khakifarbenem Segeltuch, die vermutlich einem Engländer gehört haben muß, denn auf einem der Knöpfe, die anderen wurden ersetzt, ist »United Kingdom« zu lesen. Als Dreingabe zur Jacke bekommt Andreas von dem Tauschpartner, einem athletischen Jungen, dem er noch nie begegnet ist, eine verblichene Baskenmütze, die der ebenfalls aus dem Kleiderhaufen in der Waschbaracke gekramt hat. Sehr beruhigt, weil jetzt zweckmäßig angezogen, legt sich Andreas wie er ist aufs oberste der dreistockigen Betten.

Als hätten die Wanzen nur darauf gewartet, lassen sie sich,

munter geworden durch die aufsteigende menschliche Wärme, in ganzen Pulks von der Decke fallen. Während einige Freunde überhaupt nicht unter dieser Plage leiden, sind andere, darunter Andreas, ausgesuchte Opfer. Auf Kopf, Hals und Hände, die gerade noch aus den Kleidern ragen, stürzen sich die Insekten, beißen sich fest, saugen sich voll. Einer, der weiß, daß Wanzen das Licht scheuen, schreit: »Licht an!« Und da sieht man die Quälgeister dann, die Körper prall voll vom angesaugten Blut, über die Matratzen laufen, ihren Verstecken entgegen. Andreas schlägt zu, ein stinkender Blutfleck ist die Folge, der langsam in das Papiergeflecht des Strohsacks einsickert. Andreas wird übel, er springt vom Bett hinunter, läuft zum Fenster und erbricht die Graupensuppe an der Barackenwand ins Freie. Das Licht, der Lärm haben dann doch einen Posten aufmerksam gemacht, der draußen am Stacheldraht steht und glaubt, einer wolle fliehen. Der Mann schreit Hilfe herbei, stürmt zu der Baracke, in der er das Licht gesehen hat, fängt, im Laufen, aus seiner Maschinenpistole an zu feuern. Andreas kann gerade noch den Kopf durchs Fenster ziehen, einer macht das Licht aus, und alle liegen schon im Bett, schwer atmend vor Angst und hellwach.

Doch nichts geschieht, die Wanzen wandern weiter, und Andreas stellt bald fest, daß weiteres Ungeziefer die Holzbaracke bevölkert. Worum es sich handelt, sieht er am anderen Morgen, an dem sein Gesicht nicht allein von geschwollenen Wanzenstichen entstellt ist, sondern auch seine Beine jucken. Dort bemerkt er dicht nebeneinander Einstiche, die zu kleinen Hügeln angeschwollen sind. Mücken? Einer, der Erfahrung zu haben scheint, erklärt: »Nein, das sind keine Mücken, das sind Flöhe.« Und ein zweiter ergänzt so ganz nebenbei: »Hier gibt es auch Läuse.« Es war müßig, darüber nachzudenken, weshalb die Blutsauger sich auf die einen stürzten, andere verschonten. Andreas begriff, daß sie ihn nun jede Nacht traktieren würden, von Schlaf kaum die Rede sein könnte.

Die Sonne war gerade aufgegangen, schlug der eiserne Gong, begann ein neuer Tag im Lager. Die Hoffnung, mit der Verpflegung würde sich etwas ändern, trog. Es gab zum sogenannten Frühstück wieder nur eine Scheibe Brot, die etwa fünfzig Gramm wog, dazu eine Schale Kaffeebrühe. Das mußte reichen bis zum Abend, zur Graupensuppe.

Langsam beginnt die Lagermaschinerie zu arbeiten, wird der Tag eingeteilt nach einem unerbittlichen Plan, eine Ordnung hergestellt, die kein Ausbrechen zuläßt, es sei denn, man wagt die Flucht ins Ungewisse.

Die Registrierung der Inhaftierten verläuft ziemlich reibungslos, zwar von Gebrüll der Wachmannschaften und den gewohnten Hieben begleitet, doch es scheint, als müßten sich die Bewacher erst in ihre Rolle finden, die Hunderte von Buben, die da plötzlich durchs Tor in das Lager marschierten, als ihre Todfeinde, Werwölfe und Ausgeburten des Naziregimes zu behandeln. Sie lernten schnell.

Das Signaleisen zerschlägt den Tag in immer gleiche Abschnitte: vier Uhr Wecken, anschließend Brot und Kaffee, von fünf bis sechs Marschieren und Singen auf dem Appellplatz, dann Einteilung zur Arbeit, die mit einer Stunde Unterbrechung zur Mittagszeit bis siebzehn Uhr dauert. Sofort nach der Arbeit, ob sie nun außerhalb des Lagers oder innerhalb des Stacheldrahts verrichtet wird, in Kolonne aufstellen zum Marschieren, im Kreis herumlaufen bis zur Erschöpfung und möglichst laut singen. Essensausgabe kurz nach neunzehn Uhr, dann wieder Marschieren, Singen, Dauerlaufen. Nachtruhe, »Licht aus« in den Baracken schließlich um einundzwanzig Uhr.

Hinter der Küche lag ein weitläufiges Trümmerfeld, zerborstene Ziegel türmten sich, Bretter und Balken dazwischen. Vermutlich standen hier einmal Baracken, die Fliegerbomben zerstörten. Das Grundstück heißt im Lagerjargon »Planie«, und dorthin werden am Tag nach der Registrierung Andreas und die meisten seiner Freunde geschickt, um die Trümmer wegzuräumen, den Platz zu planieren. Als Werkzeuge erhalten sie Schaufeln und schwere Spitzhacken. Jeder bekommt einen Abschnitt zugewiesen, den er einebnen soll. Die Sonne kann sehr heiß vom Himmel brennen Mitte Juni, und Andreas ist froh, daß er seine Baskenmütze hat.

Schon als Kind vertrug er Kälte besser als Hitze und flüchtete im Sommer immer in den Schatten. Auch oben im Gebirge, wenn sie vor der Hütte saßen. Wie schön müßte es jetzt dort sein, sinniert Andreas. Er kommt nicht dazu, weiter darüber nachzudenken. Ein Fußtritt trifft ihn so hart, daß er vornüberkippt, und eine Männerstimme schreit: »Du pracovati!«, was unmißverständlich »arbeiten« bedeutet. Andreas rappelt sich auf, nimmt die schwere Hacke, schlägt auf ein Stück Ziegelmauer ein, um es zu zerkleinern, was mißlingt, weil sein Schlag so kraftlos ist, daß die Hackenspitze sich nicht in die Steine bohrt, sondern flach zur Seite legt. Dies deutet der Posten als Provokation, als Arbeitsverweigerung. Zur Strafe läßt er Andreas gut eine halbe Stunde die vom Platz wegführende Barackenstraße herauf- und hinunterlaufen. Und immer, wenn Andreas, dem die Luft ausgeht, denkt, es sei endlich Schluß, beginnt die Tortur aufs neue. Schließlich hat der Posten genug, läßt Andreas für Augenblicke sich hinsetzen. Und dann geschieht etwas, was Andreas zuletzt erwartet hätte: Der Mann in seiner Phantasieuniform zieht, wobei er darauf bedacht ist, daß es keiner sieht, den Rest seines Frühstücksbrotes aus der Tasche, das reich beschmiert ist mit Butter, auf der noch eine dicke Scheibe Wurst liegt.

Fast erschrocken schiebt Andreas das Brot in die Tasche seiner Jacke, denn jetzt kann er es nicht essen, so in Eile. Er will sich Zeit lassen dazu, die kurze Mittagspause abwarten. Endlich schlägt das Eisen, Andreas hockt sich in einen Winkel hinter der Küche, zieht das Brot aus der Tasche, es sind nur ein paar Bissen, dreht jeden lange im Mund herum, schmeckt Butter und Wurst, spürt keinen Hunger mehr – und muß sich wenige Minuten später übergeben, weil sein Magen das Fett nicht mehr verträgt. Irgendwie geht der Tag herum, schleppen sich die Buben zum Appellplatz, marschieren, singen, würgen die Graupensuppe hinunter, kaum fähig, sich den größten Schmutz von Gesicht und Händen zu waschen, und fallen dann auf ihre Strohsäcke, spüren nicht mehr, wie sich das Ungeziefer über sie hermacht.

An dem Bewacher, der ihm das Stück Brot gab, hat Andreas gesehen, daß es noch eine andere Seite gibt an den Posten, die nur zu prügeln und zu brüllen scheinen. Mag sein, so denkt Andreas, daß der junge Mann, der ihm den fetten Brotrest zusteckte, selber hinter Stacheldraht saß, eingesperrt von den Deutschen in einem Lager im Protektorat Böhmen und Mähren. Leider blieb für lange Zeit die schöne Geste des Wachmanns Episode. Bald rückt neues Wachpersonal ins Lager ein, Angehörige der gefürchteten Svoboda-Armee, und als Lagerkommandant befiehlt fortan ein Mann namens Schindelař. Er ist nicht mehr ganz jung, trägt eine gutsitzende Uniform, das Käppi mit dem roten Stern etwas zurückgeschoben auf dem schwarzen Haar und stets eine Reitpeitsche unter dem Arm. Er geht die angetretenen Kolonnen der Lagerinsassen aufmerksam entlang, schaut wortlos denen in der ersten Reihe in die Augen. Einmal auch Andreas, der vorn steht aus Zufall, denn sonst bemüht er sich stets, möglichst im Mittelfeld zu bleiben. Andreas schaut in zwei Augen, die eigentlich nicht zu der Uniform passen, erst recht nicht zu der Peitsche unter dem Arm, denn sie wirken nicht kalt, eher gutmütig.

Der Kommandant wird, in respektvollem Abstand, begleitet von einer Gruppe Untergebener und schon bald von einem kriecherischen Deutschen, dem sie eine rote Armbinde und ein Soldatenkäppi verpaßt haben. Dieser Mann hat hervortretende Augen, schielt so stark, daß man nicht weiß, ob er einen anschaut oder in eine andere Richtung blickt, und heißt

Drexler. Ein Name, den sich die Buben merken müssen, denn Drexler, Vorname Anton, überbietet seine Auftraggeber in allem, was den Alltag im Lager bestimmt. Seine heisere Stimme ist im gesamten Lager zu hören, immer in voller Lautstärke. Ein ganz besonderes Vergnügen ist es dem Herrn Drexler, auf einem Hocker sitzend mit dem Gummiknüppel für Ordnung bei der Essensausgabe zu sorgen. Wer in der Reihe, die mit leerem Magen und Kochgeschirr zum Ausgabeschalter drängt, nicht den gehörigen Abstand zum Vordermann hält, bekommt den Drexler-Knüppel zu spüren, egal wohin, und muß sich hinten anstellen.

Mit jedem Tag mehr wird im Lager der Mensch zur Nummer.

Weil angeblich der Befall durch Kopfläuse erschreckend zunimmt, müssen die Haare fallen. Ein Frisör, der auch den Wachmannschaften und dem Kommandanten täglich zu Diensten ist mit Rasur und Schnitt, greift nun für die Buben zur Schere und Schneidemaschine. Die Kundschaft nimmt im Freien Platz, und schnell türmen sich Berge von braunen, blonden und dazwischen auch rötlichen Haaren neben dem Frisierstuhl auf der Lagerstraße. Manchen ist es gleich, ob sie ihr Haar verlieren, für andere ist es eine Katastrophe, sie fühlen sich entstellt, noch weiter gedemütigt. Schließlich machen sich die Kahlköpfe über sich selbst lustig, obwohl die weiße Kopfhaut über den braungebrannten Gesichtern die Buben total verändert und oft genug eine Kopfform zum Vorschein kommt, die alles andere als vorteilhaft ist.

In seiner Stube schaut Andreas in die Spiegelscherbe, die auf einem Balken an der Wand lehnt, und erschrickt gar nicht so sehr über sich selbst. Das lag vermutlich daran, daß ihm durch die russischen Soldaten das Bild kahlgeschorener Männerköpfe recht geläufig war. Nur bei Frauen, fand er, ist das anders und erinnert sich an die blanken Köpfe der Mädchen, die man im Krieg auf Eseln durch die Straßen trieb, weil sie sich mit französischen Kriegsgefangenen eingelassen hatten.

Der Kommandant wollte die Lagerinsassen nicht nur kahlgeschoren, sondern auch numeriert sehen. Folglich gab die Verwaltung für jeden zwei fünf Zentimeter breite und zehn Zentimeter lange weiße Leinwandstreifen aus, auf die mit einer Schablone schwarze Nummern gepinselt wurden. Fortan waren diese Nummern, tschechisch »čislo«, aufgenäht am rechten Oberteil von Jacke oder Pullover und am rechten Hosenbein über dem Knie zu tragen. Es erwies sich als notwendig, diese Kennzeichnung Tag und Nacht im Kopf zu haben, denn die Buben wurden nun nicht mehr mit ihren Namen gerufen, sondern mit ihrer Nummer, natürlich in tschechischer Sprache. Deshalb sind Mißverständnisse stets gegeben. Mal meldet sich ein Bub, der gar nicht aufgerufen ist, mal bleibt ein anderer stehen, obwohl er vortreten soll. In beiden Fällen ist Prügel die Folge, manchmal mehr, je nach Laune der Posten, denen es gefällt, eine kahlgeschorene Nummer vor angetretener Lagerbelegschaft so lange im Kreis herumlaufen zu lassen, bis sie zusammenbricht und erst mit ein paar Kübeln kalten Wassers wieder zum Leben erweckt werden kann.

Erstaunt bemerkt Andreas, daß er nach nur wenigen Tagen diese Szenen, die ihn früher empört hätten, wie etwas Selbstverständliches hinnimmt, als etwas Unabwendbares. Für Tage ist ihm auch völlig entfallen, daß ja der Vater noch im anderen Lager sein muß und er abgeschnitten ist von allen Nachrichten aus seiner Heimatstadt, er nichts weiß von Mutter, von Else, ihren Kindern und schon gar nicht von Lea. Lassen Hunger und Demütigung den Schmerz und die Sorge um andere so schnell klein werden, verblassen in so kurzer Zeit?

Bewußt wurde Andreas das Schicksal des Vaters erst wieder, als ihm ein unbekannter Mann, der eines Tages ins Lager kam, »von oben«, vom anderen Lager, ausrichtet, daß es dem

Vater einigermaßen gutgehe und er hoffe, bald entlassen zu werden.

Es gab sie noch, die Welt draußen vor den Stacheldrähten der Lager. Aus ihr wurden ständig neue Menschen hereingebracht, einzeln, in Gruppen, auch Soldaten darunter, die auf dem Weg nach Hause, in ihre nordböhmische Heimat, den Milizen in die Hände gefallen oder an ihrem Marsch hinüber nach Deutschland gehindert und jetzt festgesetzt worden waren. Fast alle trugen sichtbare Spuren von Mißhandlungen, zerrissene Kleider oder Uniformen der Wehrmacht, hatten oft tagelang nichts gegessen und empfingen beim Einzug ins Lager vorn an der Wache in einem der beiden Häuschen links und rechts vom Schlagbaum erst die übliche Tracht Prügel von den Posten.

Aus dem Lager, in dem der Vater hinter Stacheldraht vegetierte (Was muß er eigentlich arbeiten, denkt Andreas. Er war doch schon bei Kriegsende nur noch ein Schatten), kommen schlimme Nachrichten, verbreiten sich wie das berühmte Lauffeuer. Von den Sedlaks ist die Rede, es muß Ende Juni sein.

Der Optikermeister Robert Sedlak hatte Glück gehabt, wie alle meinten. Seine beiden Söhne, der Wolfgang und der Walter, durften bei ihm bleiben, mußten nicht mit ins Lager für Jugendliche. Vater Sedlak hatte nochmals Glück. Er arbeitete mit seinen Söhnen als kleine Gruppe im Werk, beaufsichtigt von einem Meister, dem diese ausgemergelten Deutschen leid taten. Er half, was nicht weiter auffiel: Als die Gruppe Sedlak mit der Arbeit fertig war, durfte sie – bis sich die lange Kolonne der Häftlinge für den Marsch zurück ins Lager formierte – auf ein paar Röhren, die überall durchs Werk liefen, schlafen. Der Meister weckte sie pünktlich gegen fünf, wenig später war Abmarsch. Eines Tages wechselte der Meister, wohl informiert vom Vorgänger, er solle die Deutschen nach der Arbeit ein wenig schlafen lassen.

Der Mann tat, wie ihm geheißen. Er versäumte nur eines:

Vater und Söhne zu wecken. Die schreckten hoch, als die Kolonne der anderen längst das Werk verlassen hatte. Rannten zum Werkstor, nahmen die Mützen ab, drehten die Köpfe, wie es befohlen war, in Richtung Wache, passierten den Schlagbaum und trabten, in Todesangst, in Richtung Lager. Dort wurden sie schon vermißt, ein Posten ausgeschickt, der ihnen entgegenkam, sie vor sich her trieb ins Lager. Dort standen die Insassen angetreten im Viereck. In die Mitte stießen die Posten die Sedlaks, halbtot vor Angst. Drei Schüsse fielen, die die Sedlaks ins Genick trafen, dann noch einer für einen, der Neubert hieß, wie man sich später unter den Buben erzählte, die die Söhne des Optikers gut kannten. Nicht einschlafen also, nirgendwo. Oder war alles schon gleichgültig?

Auch die, die aus Städten und Dörfern Nordböhmens am Fuß des Gebirges eingeliefert wurden, berichteten nichts Gutes. Sie sprachen von Vertreibungen der Deutschen, die massenweise und oft binnen zehn Minuten Häuser und Wohnungen verlassen mußten, mit dreißig Kilogramm Gepäck maximal, oft nur mit dem, was sie buchstäblich am Leib trugen. Andreas und seine Freunde hörten es, wollten es aber nicht glauben, und Gerhard, immer Optimist, die Glatze jetzt unter einer löchrigen Strohmütze verborgen, meinte: »Das kann gar nicht sein, die können Nordböhmen ja nicht leerräumen, da leben Millionen Deutsche, da würde ja alles zusammenbrechen. Und wo sollen wir denn alle hin? Ins zerbombte Deutschland, wo es nichts zu essen gibt, die Menschen in Trümmern leben?«

Die Arbeit für die Lagerinsassen wurde neu organisiert. Es hatte sich draußen herumgesprochen, daß es Hunderte von Buben gab, die zwar halbverhungert, doch zwölf Stunden am Tag verfügbar und zu allerlei nütze waren. Außerdem arbeiteten sie ohne Lohn. So forderten Werkstätten, Magazine, Ortsverwaltungen, Bauern und schließlich das allgegenwärtige Hydrierwerk die Jungen aus dem Lager an, die, zu kleinen oder großen Trupps zusammengestellt, kurz nach sechs Uhr das Lager verlassen und, scharf bewacht, zu ihren Arbeitsplätzen gebracht werden. Erst gegen fünf Uhr am Abend kehren sie zurück, oft später. Ausgepumpt, hungrig, müde zum Umfallen. Dennoch müssen sie zum Zählappell antreten, stundenlang stehen, marschieren, singen, neuerdings das »Englandlied«, bekannt aus Hitlers Kriegszeiten. Einer der Wachposten hört es besonders gern, und so tönt es zu seiner kindischen Begeisterung über den Appellplatz: »... denn wir fahren gegen Engelland, Engelland.« Dieser Tscheche heißt bald nur noch »Engelein« oder der »Spivat«, was »Singen« heißt in tschechisch.

Es gibt Außenkommandos, die Glück haben, denen die tschechischen Dienstherren in der Mittagspause etwas zu essen geben, sie sich ausruhen lassen. Andere, voller Haß gegen alles, was deutsch ist, teilen nur Flüche, Fußtritte und Schläge aus. Andreas bleibt im Lager, vermutlich kommt er zu elend daher, um als Arbeitskraft nach draußen geschickt zu werden. Gesicht und Hände, alles, was nicht in Kleidern steckt, ist von Wanzen zerbissen, in der Wäsche machen sich Läuse breit, obwohl Andreas und seine Freunde Hemd und Unterhosen, vielmehr das, was davon übriggeblieben ist, Zentimeter für Zentimeter nach Läusen und Flöhen absuchen. Bei Flöhen ist das ziemlich leicht. Doch die Läuse verstecken sich in Falten und Saumkanten. Andreas muß lernen, wie es geht, sie zu knacken, zwischen den Nägeln von Daumen und Zeigefinger. Es ist eine eklige Arbeit, die lange dauert, meist auf den Sonntag verschoben wird, denn Sonntag wird nicht gearbeitet.

Bis in die Stadt, nach Hause, hat sich inzwischen die Nachricht durchgesprochen, wo die Männer und Jungen sind, die am 9. Juni verschleppt wurden. Verzweifelte Mütter tauchen am Lagertor auf. Sie kommen entweder zu Fuß oder mit dem Rad, möglichst mit einem verrosteten, damit es ihnen keiner wegnimmt.

Während der Woche werden die Besucherinnen von den Posten brutal vertrieben, müssen wieder zurück in die Stadt.

Nur am Sonntag ist offizieller Besuchstag, und an einem Sonntag kommt Else. Andreas, der, hoffend, daß ihn jemand besucht, mit vielen anderen in gehörigem Abstand zum Lagertor wartet, sieht sie sofort, als sie vom Rad steigt, in Hosen, mit den für sie typisch hochgebundenen Haaren unter dem turbanähnlich gebundenen Tuch. Else ist wohl gekommen, weil ihr perfektes Tschechisch den Weg hierher leichter gemacht hat. Doch kaum steht sie da, das Rad neben sich, den Rucksack noch aufgepackt, als ein Posten kommt und ihr ohne viele Worte das Rad einfach wegnimmt. Als sie protestiert, holt der Mann aus und gibt Else eine Ohrfeige. In Andreas steigt eine nie gekannte Wut hoch, doch er kann ihr nicht helfen, muß stehenbleiben, ganz ruhig.

Er sieht, wie Else, den Rucksack jetzt abgeschnallt, vor dem Posten in die Wachstube geht, offenbar zur Leibesvisitation und zur Gepäckkontrolle. Es dauert lange, bis sie wieder erscheint, aus dem Rucksack ist nur ein in braunes Papier gewickeltes Päckchen übriggeblieben, von dem die Verpackungsschnur herunterbaumelt. Also ist es geöffnet worden. Was noch im Rucksack war, kann Andreas nur vermuten. Eine heisere Stimme brüllt Andreas zum Tor, hinter dem Schlagbaum steht Else, die jetzt den zwanzig Kilometer langen Weg in die Stadt zurücklaufen muß. Sie ist dabei nicht allein. Der Posten übergibt Andreas das Paket, vielmehr was davon übrig ist. Der von Mutter säuberlich und in großen Buchstaben auf die Verpackung geschriebene Name ist allein schon ein Gruß von zu Hause, der Andreas das Wasser in die Augen treibt. Else soll es nicht sehen. Er winkt ihr hastig zu, sie winkt zurück, noch mal im Gehen schon, und Andreas läuft in seine Baracke. Wenigstens hat Else gesehen, wie es ihm geht, von weitem wenigstens, das wanzenverschwollene Gesicht hat sie hoffentlich nicht bemerkt, denkt Andreas, indem er das Päckchen auswickelt. An dem Fettflecken auf dem Papier kann er erkennen, daß Butter oder Wurst eingepackt wurden. Sie sind restlos verschwunden, geblieben sind ein Stückchen von einem Kuchen, ein gebrauchtes, doch festes Hemd, eine Unterhose, auch nicht mehr neu, gestopfte Socken, ein blaukariertes Handtuch und ein Stück grünlicher Kriegsseife. Gescheit, gescheit, denkt dankbar Andreas. Neue Sachen wollten sie gar nicht erst einpacken, wohl wissend, daß sie bei der Kontrolle geplündert würden. So hat wenigstens das Gebrauchte ihn erreicht. Jetzt ist er glücklicher Besitzer von zwei Hemden, zwei Unterhosen und einem Paar strapazierfähiger Socken, die anderen bestanden ohnehin fast nur noch aus Löchern. Andreas fühlt sich wie an einem Weihnachtsabend, würgt heißhungrig das Stück Kuchen hinunter und rechnet aus, wie lange wohl Else unterwegs sein würde, um zu erzählen.

An diesem Sonntag weht der Ostwind besonders viel Schwefelgase aus dem Werk herüber ins Lager, vermischt sich mit dem Gestank, der aus der Latrine aufsteigt, und macht das Atmen schwer. Andreas überwindet sich, geht hinüber zu dem Gemeinschaftsklo, einem langen Holzbau mit Eingängen ohne Türen, primitivem Dach und, zu ebener Erde, zu Sitzen aneinandergefügten rohen Brettern, in die kreisrunde Löcher gesägt waren. Latrinen funktionierten immer auch als Nachrichtenbörsen. Das hatte Andreas aus dem Lateinunterricht behalten, in dem viel von öffentlichen Einrichtungen in den römischen und griechischen Städten des Altertums die Rede war. Also ging er hin, nicht allein, um einem dringenden Bedürfnis abzuhelfen, sondern um Neuigkeiten zu erfahren, Nachrichten, die möglicherweise in den Paketen und Päckchen versteckt worden waren, die von den Sonntagsbesuchen ins Lager gelangten. Und wirklich: Einer erzählte, auf der Innenseite des Packpapiers hätte seine Mutter verstreut Buchstaben gekritzelt, die einfach zusammenzusetzen waren und einen Sinn ergaben. Die Botschaft lautete: Alle Deutschen müssen drei bis vier Wochen in ein Lager, dann können sie zurück nach Hause.

Daran klammerten sich nun alle fest, schöpften Hoffnung. Und wer eine Hoffnung hat, kann viel aushalten.

Andreas ertrug gleichgültig den Appell, nahm fast fröhlich die Graupensuppe hin, legte sich auf seinen verwanzten Strohsack und schrieb in Gedanken einen Brief an Lea.

»Liebe Lea«, so begann er, »ich bin eingesperrt und konnte Dich deshalb nicht suchen. Aber das ist bald vorbei. Ganz bestimmt werde ich Dich sehr bald finden, ich spüre es. Dann fahren wir nach Hause, ich stelle Dich meinen Eltern vor, Vater wird für Dich die schönsten Rosen aus dem Garten holen, Mutter einen ihrer berühmten Gugelhupfe backen, und dann werden wir um den großen Tisch im Wohnzimmer sitzen, uns freuen und Pläne machen. Ich hab' ja schon die Kriegsmatura, vielleicht genügt das, um zu studieren, wenn nicht, hole ich die richtige Matura halt nach. Bei Dir wird es sicher ähnlich sein. Wenn es uns glückt, gemeinsam auf eine Universität zu gehen – das wäre natürlich das allerbeste. Wir könnten, wenn es die Eltern und Deine Mutter erlauben, zusammen eine Wohnung nehmen. Das ist nicht so teuer. Ich bin sicher, daß ich Medizin studieren werde oder Biologie oder beides zusammen. Und Du? Denk schon jetzt einmal drüber nach. Bis bald, ich umarme Dich ...«

Während sich diese Zeilen in seinem Kopf drehten, vergaß Andreas, wo er sich befand, sogar den Hunger, der ihn auch nachts quälte. Er dachte an Lea bis zum frühen Morgen, als das Eisen schlug und er sich von der Pritsche herunterquälte, zum Waschraum schlich, sich endlich einmal mit Seife wusch und im Laufschritt zum Appellplatz rannte.

Die Ungezieferplage in den Baracken nimmt ständig zu. Neben Wanzen und Flöhen vermehren sich explosionsartig die Läuse, von denen bekannt ist, daß sie Typhus übertragen können, und davor hat der Lagerkommandant Angst. Er beschließt, die Baracken desinfizieren zu lassen. Durch diese Aktion entrinnen Andreas und einige seiner Freunde der Knochenarbeit auf der »Planie« und wechseln zunächst zum Kommando »Verkleber«. Ehe nämlich die Desinfektionsmittel in die Baracken verbracht werden, müssen alle Ritzen dicht sein, vor allem dort, wo die Bretter zusammenstoßen. Damit also das Insektengift nicht entweichen kann, verkleben Andreas und seine Freunde die undichten Stellen mit Papierstreifen. Verglichen mit der »Planie« ist das eine schöne Arbeit, die noch dazu schwer zu überwachen ist, weil, anders auf der offenen »Planie«, die Baracken Ecken haben, um die die Posten nicht herumschauen können. Sie müssen also ständig in Bewegung sein, um die Arbeiten zu kontrollieren, was sie bald aufgeben, und die Verkleber schnell herausfinden.

Als die ersten Baracken fugendicht verklebt sind, werden innen Rauchkerzen angezündet, die einen beißenden Geruch verbreiten. Wo nicht sorgfältig verklebt wurde, quillt der gelbe Rauch aus der Baracke, was aussieht, als habe sie Feuer gefangen. Trotz des hohen Aufwands und einer Wartezeit von einem Tag und mehr stellt sich heraus, das dieses Desinfektionsmittel praktisch wirkungslos ist. Die meisten Tierchen haben überlebt. Jetzt wird schweres Geschütz aufgefahren. Ein Lastwagen bringt Kartons, die mit einem unübersehbaren Totenkopf gekennzeichnet sind. Sie enthalten Dosen, Konservendosen zum Verwechseln ähnlich, wäre da nicht ein Etikett mit dem Totenkopf. Der Lagerkommandant, der die Aktion überwacht, sagt, als er die Dosen sieht, nur »Gas«.

Auf seinen Befehl müssen die »Kleber«, die nun »Desinfekteure«, im Volksmund »Kammerjäger«, sind, mit einem nassen Tuch vor dem Mund die Barackentür öffnen, hinter sich wieder schließen, im Innern der Baracke mit angehaltenem Atem die Dose aufreißen und das »Gas« im Raum verteilen, so fix es geht, da sie es offenbar nicht einatmen sollen. Weil die Luft schnell knapp wird, hat jeder gerade nur soviel Zeit, eine Dose auszukippen. Als Andreas voller Angst die erste Dose mit einer Hand öffnet, mit der anderen das feuchte Tuch gegen Mund und Nase preßt, sieht er, daß die Dose bis zum Rand gefüllt ist mit einer Art Bierdeckeln. Er denkt nicht lange nach und streut die Deckel, die mit dem »Gas« getränkt sein müssen, in der Baracke aus. Er stürzt hinaus, knallt die Tür hinter sich zu und holt tief Luft. Die Arbeit währt so lange, bis der Inhalt aller Dosen in den Baracken verteilt ist, was nur einige Stunden dauert, weil die Angst, das Gift einzuatmen, die Buben antreibt, sie ständig in Trab hält.

Welches Gift in den Dosen war, ob es lebensgefährlich hätte sein können auch für Menschen, haben die Häftlinge nie erfahren. Die Baracken jedenfalls mußten drei Tage fest verschlossen bleiben und dann noch einen gelüftet werden, bis sie wieder – und fast frei von Ungeziefer – bezogen werden konnten.

Unter den neuen Häftlingen, die ins Lager gebracht wurden, befanden sich auch einige Jungen aus Gablonz, der Schmuckstadt an der Neiße. Und weil Andreas durch den Bruder der Mutter und seine Familie Gablonz gut kannte, suchte er das Gespräch mit den Jungen, fragte sie nach der Tuchgasse, wo der Onkel, der Professor, wohnte, und danach, ob sie zufällig ebendiese Familie kannten. Dies war nicht der Fall, die Jungen erzählten aber, daß es in Gablonz »schrecklich zuginge«. Man hätte sie von ihren Familien getrennt, tagelang ohne Essen in einen Keller eingesperrt, verprügelt und schließlich in dieses Lager gebracht.

Bei einem Zählappell fehlten drei Jungen. Falsch gezählt? Nochmals von vorne. Es half nichts, die Soll-Zahl stimmte mit der Ist-Zahl nicht überein. Die Wut des Lagerkommandanten überträgt sich sofort auf alle Wachen. Die drei, die sich offenbar aus dem Staub gemacht haben, sind Gablonzer. Die Praxis hat gezeigt, daß alle, die tagsüber fliehen, sich erst einmal in der Umgebung, meist in inzwischen hochgewachsenen Kornfeldern, verstecken und nachts weitergehen.

Im Lager gibt es einige Jungen, die vorgeben, »schon immer« Antifaschisten und nie in der Hitlerjugend gewesen zu sein. Diese Gruppe erklärt sich sofort bereit, die Geflüchteten zu suchen. Befehl ergeht, daß die gesamte Lagerbelegschaft so lange »stillgestanden« angetreten bleibt, bis das Suchkommando Erfolg hat. Der läßt nicht lange auf sich warten. Von jenseits des Stacheldrahts, aus einem Feld, ist Geschrei zu hören, das sich schnell dem Appellplatz nähert. Gejagt von den Fahndern und halbtot vor Angst treffen die drei Flüchtlinge ein und werden gleich mit Fausthieben empfangen. Dann prügeln nicht etwa die Wachmannschaften, sondern die Jungen, selber Häftlinge, auf sie ein. Andreas schließt die Augen, kann nicht hinsehen, versucht, an etwas Schönes zu denken: »um-die-Hütte-im-Gebirge-müßte-jetzt-der-Thymianblühen-und-der-Bauer-Franz-die-Wiesen-schon-das-erstemal-gemäht-haben-vater-spaltet-holz-und-es-riecht-nach-harzvielleicht-serviert-die-Mutter-Eier-mit-Speck-direkt-aus-der-Pfanne …« Es hilft nichts, die drei Gefolterten schreien so laut, daß es weithin zu hören ist, doch unter den Schlägen, wobei auch ein Gewehrkolben splittert, werden die Schreie immer leiser, bis sie in ein Röcheln übergehen.

Totenstille liegt über dem Platz. Die Zusammengeschlagenen, die sich kaum noch rühren, werden weggetragen, später heißt es, sie mußten entlassen werden – als Krüppel.

Der Lagerleitung ist das nicht genug. Sie verschärft, als Strafe für alle, den Ton und läßt selbst am Sonntag im Lager arbeiten, unter strenger Bewachung und mit Hochdruck. Mit den Freunden schaufelt Andreas und füllt Schubkarren, die im Eiltempo weggefahren werden, und weil es viele Schubkarren gibt, kommt Andreas mit Einschaufeln kaum nach, arbeitet keuchend Stunde um Stunde, wie die anderen auch.

Als am nächsten Tag Andreas aus dem Bett steigt, wird ihm schwarz vor den Augen, er schlägt hin, was er nicht mehr bemerkt, denn er wacht in der Krankenstube auf. Er liegt in einem eisernen, weißgestrichenen Bett, auf einem Strohsack aber immerhin unter einer Decke in weiß-blau kariertem Überzug und wagt nicht, die Augen zu öffnen. Er tut es erst, als er Stimmen hört, die sich streiten. Die eine sagt etwas von »stitici se prace«, was man Andreas später als »arbeitsscheu« übersetzt, die andere spricht von »neschopny k praci«, was »arbeitsunfähig« bedeutet. Der Arzt oder Sanitäter, der Andreas für nicht arbeitsfähig hält, scheint sich mit seiner Diagnose durchzusetzen, denn Andreas kann liegen bleiben, wenigstens für diesen Tag.

Er wird nur flüchtig untersucht, es genügt dem Sanitäter jedoch festzustellen, daß sich bei Andreas an Unter- und Oberschenkeln kreisrunde rote Flecken mit einem entzündeten und da und dort schon eitrigen Punkt in der Mitte gebildet haben. »Ödeme«, sagt trocken der Sanitäter, »kommt vom Hunger.« Die Ausstattung der Krankenstube mit Medikamenten ist mehr als dürftig. Es gibt nur eine einzige Salbe, die ist dunkelbraun, riecht nicht besonders gut, muß aber als Allheilmittel herhalten. Der Sanitäter behandelt die entzündeten Stellen an Andreas' Beinen mit dieser Salbe, die sich als »Ichthyol« entpuppt, und umwickelt sie mit etwas Papierverband.

Dann darf Andreas zu ungewohnter Zeit, es ist Mittag, etwas Kaffeebrühe trinken und eine Scheibe Brot essen. Danach fühlt er sich besser, ist aber noch wacklig auf den Beinen und hat obendrein Fieber. Sein Bettnachbar, ein Junge mit Sommersprossen, der angibt, aus Brüx hierhergebracht worden zu sein, verrät, daß es gut ist, Fieber zu haben, »möglichst hohes«. Und er zeigt auch, wie es geht, »hohes Fieber zu machen«. Er holt ein Thermometer, reibt das Ende, in dem das Quecksilber steckt, am Bettleinen und zeigt den Fiebermesser Andreas. »Du siehst, schon 39,5.« Ein wichtiger Ratschlag folgt:« Paß auf, daß du nicht auf 41 oder gar drüber reibst. Das fällt auf, dann bist du nämlich gleich tot.« Andreas nimmt sich vor, darauf zu achten. Es ist jedoch gar nicht nötig, das Thermometer zu manipulieren. Das Fieber steigt von Messung zu Messung, und um es zu senken, greift der Sanitäter zu einem alten Hausmittel, das Andreas schon als Kind kennengelernt hatte: er bekommt Wadenwickel. Und wirklich, die Fieberkurve zeigt nach unten. Damit Andreas wieder vollends auf die Beine kommt, muß er noch Tabletten schlucken, die einzigen, über die die Lagerapotheke verfügt. Sie heißen Prontosil oder so ähnlich, werden gegen alles verschrieben, vom Durchfall bis zu Zahnschmerzen. Ob es ihnen oder seinen Selbstheilungskräften zuzuschreiben ist, Andreas geht es nach vier Tagen besser, er wird aus der Krankenstube entlassen, bekommt einen Zettel mit, den er bei der Lagerleitung vorlegen soll, und darauf steht: »lehky prace«, was soviel wie »leichte Arbeit« bedeutet.

Noch einmal kommt Else. Andreas steht zufällig an der Auffahrt zum Tor, als er sie sieht, wieder auf einem alten Herrenfahrrad, trotz der Julihitze in einen unförmigen dunkelblauen Trainingsanzug gekleidet. Sie steigt vom Rad, stellt ihren Rucksack neben sich und beginnt mit einem der Posten zu sprechen. Andreas versteht natürlich nicht, was sie sagt, merkt aber, daß der Mann in Uniform der Besucherin zuhört und offensichtlich einen guten Tag hat. Er winkt Andreas ans Tor und erlaubt ihm, ein paar Worte mit Else zu sprechen. Inzwischen geht er in die Wachstube, nimmt den Rucksack mit, kommt bald wieder zurück, übergibt ihn, wie Andreas hofft, nur flüchtig überprüft zurück an Else und bedeutet ihr, sie könne Rucksack samt Inhalt Andreas über den Zaun reichen.

Während das geschieht, erzählt Else hastig, daß der Vater

entlassen worden sei, um dem neu eingesetzten Verwalter sämtliche Schlüssel des Geschäfts zu übergeben. »Der Betrieb ist wohl weg«, meint Else in ihrer direkten Art, »wahrscheinlich werdet ihr dort nicht einmal mehr arbeiten dürfen.« Mutter hätte den Weg hierher nicht geschafft, berichtet sie weiter, während der Posten schon mürrisch schaut. Deshalb sei sie gekommen und froh, daß alles im Rucksack geblieben sei. Vielleicht sehen wir uns nie mehr wieder«, meint Else zuletzt. »Ich versuche, mit den Kindern nach Berlin zu kommen. Hoffentlich ist die Wohnung noch einigermaßen heil.« Dann beginnt die junge Frau hemmungslos zu weinen, versucht die Tränen mit der Hand abzuwischen, doch es sind zu viele. Sie streckt Andreas die Hand durch den Stacheldraht, er nimmt, drückt sie, läßt sie schnell los, als er merkt, daß der Posten, der alles mit ansah, dazwischengehen und letzten Endes Else das alte Fahrrad doch noch wegnehmen will. Da sitzt sie schon im Sattel, dessen alte Spiralfedern qietschen, tritt fest in die Pedale, radelt fort, ohne sich noch einmal umzusehen.

Für einen Augenblick steht Andreas wie betäubt am Tor, nimmt eilig, damit der Posten es sich nicht anders überlegt, den Rucksack und geht in seine Baracke.

Dort setzt sich Andreas auf seine Pritsche, beginnt aufgeregt den Rucksack zu öffnen, löst den schmalen Lederriemen, der die oberste Segeltuchklappe hält, zieht die Schnüre durch die Messingösen. Der derbe Sack riecht nach der Hütte im Gebirge, nach Holz und Wald, tausendmal über den Schultern getragen vom Vater bei den Wanderungen und Ausflügen. Andreas atmet dieses Stück Zuhause tief ein, kippt den Inhalt auf den Strohsack.

Mitten im Sommer ist Weihnachten, denn vor ihm breiten sich einige Dosen Ölsardinen mit am Boden angelöteten Öffnern, ein rundes frisches Brot, ein kleiner Topf mit Schweineschmalz und dicken Griefen, eine Tafel Fliegerschokolade Marke »Schokacola« (die die Piloten der Luftwaffe immer wachhielt) und schließlich, fast hätte er sie unter dem Brot übersehen, zwei Schachteln Zigaretten der Marke »R6« aus. Außer sich vor Freude und vor quälendem Hunger holt Andreas ein Messer aus dem Versteck zwischen zwei Brettern in der Barackenwand, schneidet einen Kanten Brot ab, öffnet eine Sardinendose, tropft das Öl aufs Brot und beginnt langsam zu essen. Die Sardinen hebt er sich noch auf. Weil Sonntag ist, werden die Baracken, die die Sonne obendrein ordentlich aufheizt, gemieden. Andreas kann Brot und Öl in Ruhe genießen. Da kommt Gerhard herein, zusammen essen sie noch ein Stück Brot, jetzt mit den Sardinen.

Dann verteilt Andreas seine Schätze an verschiedenen Stellen im Strohsack, die Zigaretten steckt er in die Innentasche seiner Jacke. Da er nicht raucht, will er sie tauschen, gegen Brot am besten, um sich endlich mal satt zu essen, wenigstens daran. Er denkt diesen angenehmen Gedanken nicht zu Ende, weil es ihm schlecht wird, furchtbar schlecht, er stürzt aus der Baracke, kann gerade noch um die Ecke verschwinden, dann muß er sich übergeben, würgt Brot und Öl und Sardinen heraus. Sein Magen hat das Öl nicht vertragen.

Genauso geht es ihm und den meisten im Lager, als überraschend für alle ein halbes Pfund Kristallzucker ausgegeben wird. Auch Andreas schlingt löffelweise und voller Gier die Süßigkeit hinunter und kommt bald von der Latrine nicht weg, weil Magen und Darm, wochenlang nur an trockenes Brot, dünnsten Malzkaffee und Graupen mit viel Wasser gewohnt, rebellieren.

Andreas lernt jedenfalls, ungewohnte Nahrungsmittel fein zu dosieren, kaut ein Stückchen Schokolade endlos, streicht von dem Schmalz nur Messerspitzen aufs Brot. Ganz langsam kommt er wieder ein wenig zu Kräften, kann sie brauchen, denn von »leichter Arbeit« ist in den nächsten Wochen gar keine Rede. Ganz im Gegenteil.

Das Hydrierwerk drüben schreit nach Arbeitskräften, nach

solchen, die Schwerstarbeit verrichten und nichts kosten. Fast alle Buben aus dem Lager müssen ins Werk. Andreas, Gerhard, Rudi, Ernst und Heinz verschlägt es zur Kabelkolonne. In der gesamten Region am Fuß des Erzgebirges zwischen Eisenberg im Westen, Seestadtl im Süden, Georgenthal im Norden und Brüx im Südosten wurde seit alters her Braunkohle abgebaut, die in riesigen Flözen dicht unter der Erdoberfläche, aber auch Hunderte von Metern unter Tage lagerte. Wo leicht an die Kohle heranzukommen war, geschah dies im Tagebau, sonst in zahllosen Schächten, deren Fördertürme zusammen mit den Tagebauten das Bild der Landschaft bestimmten. Eine Landschaft, deren Luft schwer war und geschwärzt von der Kohle, deren Staub der Wind vor sich her blies, zu Fontänen aufwirbelte und forttrug in die Straßen der Ortschaften, in Häuser und Gärten. Hier war das Leben nie leicht, das tägliche Brot hart erarbeitet in den Gruben und Tagebauten.

Da das Hitlerreich selbst über keine nennenswerten Bodenschätze, ausgenommen die Kohle im Ruhrgebiet, um Bitterfeld und in Schlesien, verfügte, machte es mit der Eingliederung des Sudetenlandes im Oktober 1938 einen guten Fang. Es gelangte in den Besitz von Kohlevorkommen in der beschriebenen Region und weiter östlich um Reichenberg und an eine Kostbarkeit, die einmal den Ausgang des Zweiten Weltkrieges entscheiden sollte: Uran, das im Erzgebirge bei St. Joachimstal lagerte und der Stoff war, aus dem Atombomben sind.

Während Tausende von sudetendeutschen Zwangsarbeitern in den strahlenden Urangruben schufteten, hatte es Andreas und die vielen Männer, die aus der Stadt ausgetrieben worden waren, eben in die Kohleregion verschlagen. Deutsche Physiker hatten längst entdeckt, daß Kohle zum Verbrennen viel zu schade war und aus dem braunen bröseligen Gestein eine Flüssigkeit hergestellt werden konnte, die Hitlers Wehrmacht zu Lande, zu Wasser und in der Luft so notwendig brauchte wie das Pulver zum Schießen: Treibstoff, Benzin.

Auch ein Blinder hätte das Werk gefunden, der Gestank der Abgase hätte ihm den Weg gewiesen. »Riecht wie Katzendreck«, sagte einer, der in der Kolonne, scharf bewacht, vom Lager etwa einen Kilometer zum nächstgelegenen Werkstor marschierte. Auf Kommando des Kolonnenführers mußten in Höhe der Wache, ein Ritual schon, die Mützen vom Kopf gezogen und die Augen zu den Posten gerichtet werden, bis alle Buben den Schlagbaum passiert hatten. Und wehe, einer riß nicht achtungsvoll den Kopf zur Seite, um die Posten respektvoll zu grüßen. Dann machte die Kolonne kehrt, begann die Zeremonie von vorne.

Das Werk, ein Gigant aus Beton und Stahl, mit Hallen, Öfen, schier endlosen Rohrsystemen, die auf Stützen montiert waren, über Brücken führten, irgendwohin, Hydrieranlagen, Schuppen, Werkstätten, dazwischen die Straßen, breit genug für überschwere Lastwagen, Eisenbahngeleise, Rampen, Kesselwagen. Überall noch die Spuren der Bombenangriffe, tiefe Trichter, zerfetzter Stahl, Leitungen, von denen die Isolierung herunterhing, Dampf quoll, oft Öl und dann die Kabelgräben, die an vielen Stellen von Bomben getroffen waren, aus denen die armdicken Kabel wie Schlangen herausragten, leblos, drohend. Im ganzen Werk verteilt die deutschen Zwangsarbeiter, kahlgeschoren, mit Nummern, in abgerissener Kleidung, ausgehungert, die Füße mit Lappen umwickelt, in Holzschuhen mit dicker Sohle, die das Gehen beschwerlich machte, besonders auf den schlag- und bombenlöchrigen Straßen, in den rutschigen, lehmigen Kabelgräben.

Kabelkolonne – das hieß in erster Linie die dicken Kabel herunterziehen von den hölzernen, mehr als mannshohen Kabeltrommeln, die oben am Grabenrand standen, oft drei oder gar vier Meter über dem Grabengrund. Das also war der neue

Arbeitsplatz für Andreas und seine Freunde. Zum Überlegen, wie was gemacht werden mußte, blieb keine Zeit. Einer nach dem anderen sprang, rutschte hinunter in den Graben, der knöcheltief voll war mit schmutzigem Wasser, dann stellten sich die Buben, einer hinter dem anderen auf, im Abstand von einem Meter etwa. Oben die Trommel mit dem Kabel und die tschechischen Aufpasser, die das Kommando gaben, mit den Peitschen knallten. Wie auf den antiken Galeeren, dachte Andreas, indem er sich bückte, um nach dem Kabel zu fassen.

Das schwerste Stück Arbeit bestand darin, die ersten Meter des Kabels von der vollen Rolle hinunter in den Graben zu ziehen, weil der Widerstand des Kabelstranges, einem Bündel von Drähten, wasserdicht umwickelt, am größten war. Wer ganz vorne stand, dicht unter der Trommel, mußte sich so ins Zeug legen, sich mit den Füßen in den Boden stemmen, daß er oft genug ausrutschte und hinterrücks in den Graben fiel, worauf die Aufpasser oben, die Maschinenpistole lässig über der Schulter, die Zigarette im Mund, in schallendes Gelächter ausbrachen. Andreas hatte seinen Platz etwa im Mittelfeld, und als das Kabel dort ankam, konnte es schon etwas leichter von der Trommel geholt werden.

Dennoch blieb Kabelziehen an jeder Stelle des Grabens Schwerstarbeit, den Takt dazu gaben die Aufpasser an, mal schneller, mal langsamer. Auf ihr »Hopp« oder einen anderen kurzen Ruf, den sie sich ausgedacht hatten, mußten die Buben und Männer unten im Graben das Kabel mit beiden Händen fassen und das Stück zum Vordermann weiterziehen. Manchmal gelang es der Kolonne, das Tempo selber zu bestimmen, indem sie im Chor das Kommando »Hau ruck!« gab, was manchen Wachen gefiel, anderen wieder nicht. Die sprangen dann in den Graben hinunter, teilten Fußtritte, Faustschläge oder Peitschenhiebe aus, weil sie glaubten, die Dreckskerle von Zwangsarbeitern würden bummeln. War das Kabel endlich bis zum letzten Meter von der Rolle und flach im Graben verlegt, lehnte sich die gesamte Kolonne von Kabelarbeitern erst mal völlig ausgepumpt an die Grabenwand, um wieder zu Kräften zu kommen. Die Pause währte nur wenige Minuten, dann war der nächste Graben, die nächste Trommel dran.

Eine Sirene verkündete die Mittagspause, die eine Stunde, von zwölf bis eins, dauerte. An bestimmten Punkten wurde Suppe ausgeteilt, doch niemand wußte genau wo. Andreas wollte auch keine Zeit vergeuden, es herauszufinden, vermutlich waren die Suppenkübel längst leer, ehe er sie entdeckt hatte. Er ließ sich in den Schatten einer Bauhütte fallen, um auszuruhen, kam neben einem deutschen Soldaten zu sitzen, einem Gebirgsjäger, denn das Edelweiß trug er noch an seiner ausgebleichten Mütze. »Hast keine Zigarette, Kam'rad?« fragte der Soldat, dessen Füße in genagelten Schuhen steckten, von denen sich schon die Sohlen lösten. Andreas fingerte nach der R6-Schachtel in seiner Jackentasche, zog, indem er die Hand in der Tasche ließ, eine Zigarette heraus und hielt sie dem Soldaten hin. »Was krieg' ich dafür?« Ohne viele Worte griff der in die Innentasche seines Rockes, zog ein handgroßes Päckchen hervor, fettiges Papier, in dem etwas eingewickelt war. Es entpuppte sich als ein Stück geräucherten Schweinespecks. Andreas schluckte und nickte mit dem Kopf, was bedeuten sollte: »Gib mir was, ich bin einverstanden.« Daraufhin fischte der Soldat ein kleines Messer, das er in einem Schuh verborgen hielt, heraus, schnitt einen großen Bissen des Specks ab und hielt ihn Andreas hin, der dafür seine Zigarette herausrückte. Der Handel war perfekt, Andreas kaute noch an der Speckschwarte, als er schon längst wieder unten im Graben Kabel zog. Er beschloß, seine R6-Packung so günstig wie möglich in Essen anzulegen, nur in Essen, damit er endlich aufhörte, der ewige Hunger.

Kabel wurden nicht nur in den Tiefen verlegt, es wurden auch Kabel, die in zerstörten Gräben lagen, freigegraben. Niemand wußte, ob sie noch unter Strom standen. Diese Arbeiten waren deshalb hochgefährlich. Nicht weit von Andreas' Einsatzstelle entfernt kam es zu einem schrecklichen Unfall. Ein Zwangsarbeiter aus dem Lager 27 traf mit der Spitzhacke ein solches Starkstromkabel, das noch intakt war. Es gab eine weithin hörbare Explosion, der Mann mit der Hacke erlitt tödliche Verletzungen. Sofort wurde verbreitet, es habe sich um einen Sabotageakt gehandelt. Büßen mußten es alle, das Tempo in den Gräben wurde noch schärfer, und in diese aufgeheizte Stimmung fielen auch Schüsse. Unweit von Andreas arbeitete eine Kolonne an Betonfundamenten für eine kleine Halle. Das Kommando hatte, weil er ebensogut Deutsch wie Tschechisch sprach, ein Professor aus der Staatsgewerbeschule, namens Hauptmann. Andreas kannte ihn flüchtig, weil der Professor oft durch die Kantstraße ging auf dem Weg von oder zur Schule. Nun machte sich der Professor, genau wie er nun einmal war, als Kapo seiner Mithäftlinge, eine Skizze, wie die Fundamente auszusehen hatten. Nichts sollte den Zorn der tschechischen Auftraggeber heraufbeschwören.

Wie der Professor nun so dasteht, die Skizze in Händen, brüllt ihn ein Milizionär an: »Du haben gezeichnet, du Spion!« Es wäre ein leichtes für den Schulmann gewesen, alles in fließendem Tschechisch zu erklären. Doch dazu kommt er nicht. Der Milizionär bringt seine Maschinenpistole in Anschlag und feuert aus kürzester Entfernung. Professor Hauptmann, der alles recht machen wollte, ist sofort tot.

Während Andreas und seine Freunde in der Kabelkolonne rackern, ahnen sie nicht, daß überall in deutschen Gebieten an den Rändern der Tschechoslowakei wilde Vertreibungen beginnen oder schon in vollem Gang sind. Am 22. Juli ist die Kantstraße an der Reihe, wird am frühen Morgen am oberen und unteren Ende von schwerbewaffneten Svoboda-Armisten und Milizionären abgeriegelt. Dann gehen die Uniformierten von Haus zu Haus, von Wohnung zu Wohnung und fordern die verängstigten Menschen auf, binnen zehn Minuten, wenn

Gnade waltet, binnen einer halben Stunde die Wohnung, das Haus zu verlassen, sich auf der Straße aufzustellen für den Abtransport ins Sammellager. Pro Person dürfen dreißig Kilogramm Gepäck mitgenommen werden, höchstens. Kein Geld, keine Wertsachen, kein Schmuck. Die erste Leibesvisitation beim Verlassen des Hauses.

Wieder steigt, wie beim Einmarsch der Russen, die Selbstmordrate sprunghaft an. Ganze Familien bringen sich um, hängen sich auf, schlucken Gift, drehen die Gashähne auf. Die Heimat verlassen, das, was Generationen aufgebaut haben? Niemals. Lieber sterben. In vielen Wohnungen, die die Austreiber gewaltsam öffnen, finden sie nur noch Leichen.

Einpacken, dreißig Kilo, wieviel ist das? Zwei mittlere Rucksäcke, ein großer Koffer oder doch zwei kleinere? Ein Sack aus grobem Leinen, den man vorbereitet hat, für alle Fälle? Wintermäntel mitnehmen, die gleich eine Menge Gewicht schlucken? Welche Kleider überhaupt? Neue Sachen wecken nur die Begehrlichkeit der Aufpasser. Also Altes, solches, dem man wenigstens den Gebrauch ansieht. Unbedingt und trotz der Sommerhitze das Mieder anziehen, in das die Brosche mit den geschliffenen böhmischen Granaten, das kleine silberne Amulett eingenäht sind, und ein paar Goldmünzen noch dazu. Unauffällig, im Saum.

Was geschieht, wenn sie einer entdeckt bei der nächsten Leibesvisitation, bei der einen derbe Hände angrapschen, herumfingern an den intimsten Stellen? Wird man gleich erschossen oder verschickt zur Zwangsarbeit ins Landesinnere oder nach Rußland deportiert? Den Schmuck, das bißchen, also doch dalassen, das Mieder wieder hinlegen? Angst, zu allem noch diese verfluchte Angst. »Willst du nicht deine Hausschuhe mitnehmen?«, fragt die kopflose Mutter in der Küche, in der die Austreiber herumstehen, aufpassen, während andere durch die Wohnung gehen, Schubladen aufziehen, Schränke öffnen, ungeniert zugreifen, ihren Mann. »Was soll ich mit

Hausschuhen?« gibt der zurück, fast zornig, was gar nicht seine Art ist. »Ich denk' an Andreas, und der sitzt im Lager.«

Die Treppe hinunter wie Verbrecher vor Männern mit den Maschinenpistolen im Anschlag. Hinaus auf die Straße, die sich langsam füllt mit Frauen, Kindern, nur sehr wenigen Männern, zumeist alten. Die schwere Eichentür schlägt zu, der, der die Aktion leitet, hat vom Vater längst den Schlüssel gefordert, schließt ab, versiegelt das Haus. Mutter drückt ihren Hausschlüssel, in der Manteltasche versteckt, ganz fest, ein Talisman.

Vielleicht kommen wir doch zurück eines Tages, dann wird sie den Schlüssel herausziehen, aufsperren, wieder einziehen ins eigene Haus, in dem vielleicht keine Möbel mehr stehen, alles ausgeraubt ist. Macht nichts. Wir können noch mal anfangen. Hauptsache, wir sind zu Hause.

Die Menschen aus der Kantstraße werden noch an diesem Tag ins Sammellager nach Oberdorf gebracht, wo schon andere vor ihnen angekommen sind, viele Freunde darunter. »Was, ihr auch?« – »Ja, wir auch!« Sie wollen zusammenbleiben, wenn irgend möglich. In der Fremde erträgt sich alles besser, wenn man Freunde um sich hat, das Elend teilt.

In langen Reihen stehen die Ausgetriebenen mit ihren weißen Armbinden vor der Baracke der Lagerleitung, treten einer nach dem anderen ein, werden registriert. An die Familiennamen der Frauen setzen die Schreiber ein »ova« am Ende, das ist tschechisch korrekt. Die Frau Müller heißt in Zukunft Müllerova, wenigstens auf dem Papier und solange sie in der Tschechoslowakei ist. Draußen in Deutschland kann sie sich wieder Müller nennen, ist egal. Wenn sie nur erst einmal draußen wären, diese verdammten Deutschen.

Einen Tag später bringen Lastwagen die Menschen aus dem Sammellager in Oberdorf zum Bahnhof. Dort verlädt man Tausende, nicht ohne sie nochmals ausgeplündert zu haben, in zumeist offene Güterwagen, die hinauf ins Erzgebirge und über die Grenze nach Sachsen rollen. Als der lange Zug diese

Grenze passiert, reißen sich die Deutschen wie auf Kommando ihre weißen Armbinden ab, die sie gebrandmarkt haben in den letzten Wochen. Der Schotter auf dem Bahndamm ist plötzlich mit weißen Leinenstücken übersät. In Wut und Tränen über den Verlust der Heimat und die Vertreibung mischt sich da und dort Trotz, hört man aus manchen Waggons ein befreites höhnisches Lachen. »Wir sind draußen. Jetzt könnt ihr sehen, was ihr macht aus unseren Städten und Dörfern, den Fabriken, Werkstätten, den Hopfengärten und Kornfeldern, den Wäldern, den Gruben!«

Es ist der 24. Juli 1945, Mutters Geburtstag, der einundfünfzigste.

In vielen Waggons dieser Transporte standen die Menschen so zusammengepfercht, daß im Stehen gestorben und geboren wurde. Oft hielten die Züge stundenlang in glühender Hitze, weil niemand wußte, wohin sie dirigiert werden sollten. Kinder schrien, Frauen weinten ohne Tränen, Alte, die das alles nicht mehr verstanden, schauten ins Leere, Kranke stöhnten und klammerten sich an die, die ihnen ein wenig Trost zusprachen. Erst drüben in Deutschland, auf Abstellgleisen, konnten die Vertriebenen aussteigen, hinter den Bahndämmen ihre Notdurft verrichten, sich unter den Pumpen, die die Dampflokomotiven mit Wasser versorgten, zum erstenmal waschen, Babys wickeln.

Von alldem hatten Andreas und seine Freunde keine Ahnung. Sie schufteten in den Kabelgräben und erfuhren erst durch Besuche am Lagertor oder ins Lager geschmuggelte Botschaften, was in ihrer Stadt geschah. Und eines Tages erfuhr auch Andreas: »Die Kantstraße ist so gut wie leer. Deine Eltern sind raus. Wohin, wissen wir nicht genau. Sie sagten nur, sie wollten sich nicht gar so weit von der Grenze aufhalten, um auf dich zu warten.«

In der Not des Lageralltags wurde Andreas und den anderen, die sein Schicksal teilten, erst allmählich bewußt, was ihnen mit der Vertreibung ihrer Familien widerfuhr. Bisher waren Eltern, Haus, Stadt, Straßen, Plätze, Schule, Freunde, Wiesen, Felder, das Gebirge ihr Lebensmittelpunkt gewesen, an dem sie sich orientierten und der ihnen das Gefühl gab, geborgen, zu Hause zu sein, eine Heimat zu haben, so war eben dieser Lebensmittelpunkt für sie über Nacht nicht mehr existent. Sie hatten keine Wurzeln mehr. Sicher hätten Bomben und Granaten ihre Stadt, die Häuser verwüsten, die Gärten umpflügen können. Das wäre schmerzlich, doch letzten Endes zu verschmerzen gewesen. Irgendwie hätte man sich eingerichtet, gegenseitig geholfen, vielleicht Wochen und Monate im alten Gartenhaus zugebracht, bis das Haus wieder aufgebaut, das Dach dicht war. Doch jetzt hatte Andreas den Boden unter den Füßen verloren, buchstäblich. Den Boden seiner Heimat.

Der Tag wollte nicht enden. Hitze flimmerte über dem Werk, drückte die Abgase zu Boden bis hinunter in den Kabelgraben, wo Andreas in langer Reihe mit den anderen diese schier endlosen widerborstigen Schlangen von der Trommel zog. Er schwitzte, weil er zu dick angezogen war, sich aber nicht traute, seine Jacke am Grabenrand abzulegen, von wo sie in einem unbeobachteten Augenblick gestohlen werden konnte. Beim Rückmarsch am Abend ins Lager schmerzten ihn seine Beine, er überstand kaum den Zählappell und das Marschieren im Kreis, immer wieder im Kreis, verzichtete auf die Graupensuppe und erreichte schließlich die Baracke, kletterte auf seinen Strohsack und legte sich hin.

Wie lange er so gelegen haben mochte, wußte er nicht, wurde nur wach durch das Getrampel der Freunde auf dem Holzboden, die schon von der Waschbaracke kamen. Andreas begann, seine Arbeitskombination auszuziehen, streifte sie über Schultern und Oberkörper, wollte die Beine herausziehen und schrie auf. Beide Beine waren an mehreren Stellen mit dem groben Stoff verklebt, und bei genauem Hinsehen zeigten sich mehrere Flecken außen am Stoff, wie Blut. Andreas riß sich zusammen, um nicht laut zu schreien, als er vorsichtig die Hose von den Beinen streifte, Zentimeter für Zentimeter. Dann sah er an sich herab und erschrak. Seine an sich nicht sehr kräftigen Ober- und Unterschenkel waren dick geschwollen, mehrere der Ödeme hatten sich entzündet, aus ihrer Mitte sickerte ein Gemisch von Blut, Wasser und Eiter. Andreas drückte vorsichtig auf einen dieser roten Ringe, die zur Mitte immer dunkler wurden. Eiter quoll heraus, hinterließ ein Loch, einem winzigen Krater ähnlich, der sich weiter ins gesunde Fleisch hineinfraß, je mehr Andreas versuchte, den Eiter vollständig aus der Wunde zu pressen.

Er wusch sich nicht mehr, versuchte zu schlafen und stand nicht auf. Er bat Gerhard, der so etwas wie ein Stubenältester war, beim Appell zu melden, daß er krank sei, nicht aufstehen könne.

Es dauerte nicht lange, da hörte Andreas schwere Schritte und Stimmen vor der Tür, die gleich danach aufgerissen wurde. In der Stube stand das Faktotum Ernst (ein Namensvetter des Schulfreundes Ernst), gefolgt von einigen Wachposten mit Maschinenpistolen. Ernst, der sich fast überschlug, wenn es darum ging, seine Macht gegenüber den eigenen Landsleuten zu zeigen, trug eine neue graublaue Phantasieuniform und ein Käppi mit rotem Stern auf dem kugelrunden Kopf, der fast halslos auf den Schultern saß. »Du bist angeblich krank«, schrie Ernst in Richtung Andreas, der noch immer auf seinem Strohsack lag. »Komm gefälligst herunter und steh' stramm!« Andreas kletterte vom dritten Bettenstock auf den Fußboden, in Unterhosen wie er war. Sofort drehte sich Ernst zu den Wachleuten um, knallte die Absätze zusammen, legte die rechte Hand ans Käppi und meldete mit seiner vom vielen Brüllen stets heiseren Stimme: »Der Kranke steht zur Besichtigung neben dem Bett.« Obwohl ihm gar nicht danach zumute war, mußte sich Andreas sehr beherrschen, um nicht laut loszulachen. Die Situation erinnerte ihn stark an Szenen aus »Die Fledermaus«, wo ein gewisser Gefängnisdiener Frosch zu ähnlichen Leistungen fähig war wie der kleine Ernst. Nur war dieses Lager nicht vergleichbar mit einem k.u.k.-Arrest. Leider.

Nun trat Ernst beiseite, um den Weg zu Andreas freizumachen für die Wachen, die sehen wollten, weshalb Andreas heute als Kabelmann ausfallen sollte. Andreas zeigte auf seine Beine mit den offenen Wunden. Hätte er über innere Schmerzen geklagt, verursacht etwa durch gebrochene Rippen als Folge von Schlägen mit dem Gewehrkolben oder dem Knüppel, hätten ihm die Nieren weh getan wie anderen, die geprügelt wurden auf Gesäß und Rücken, man hätte ihn zur Arbeit getrieben. So aber sahen die Aufseher mit kaum verhülltem Ekel Male an den Beinen, aus denen wäßriges Blut und Eiter sickerten. Die Männer wußten nicht, daß ständiger Hunger solche Spuren hinterläßt, und außerdem waren sie sich nicht sicher, ob Andreas an einer Infektionskrankheit litt, einer äußerst ansteckenden vielleicht.

Der kommandierende Wachsoldat zögerte nicht lange und machte eine Kopfbewegung in Richtung Krankenbaracke. Als dies der freiwillige Helfer Ernst sah und hörte, zeigte er sich beeindruckt, daß Andreas doch kein Simulant war, schnauzte dennoch, aber in gemäßigterem Ton: »Zieh dich an. Ich bring' dich rüber.«

Andreas stieg vorsichtig in seinen Arbeitsanzug und stelzte dann wie ein Storch, um nur ja nicht mit den Hosenbeinen an die offenen Beine zu kommen, hinüber zur Krankenbaracke, gefolgt von Ernst, der vor Wichtigtuerei fast platzte und ihn einem Sanitäter übergab, wobei er nicht vergaß, wieder zu salutieren. Ein Arzt war weit und breit nicht zu sehen, also nahm sich der Sanitäter, jedenfalls der, der sich dafür ausgab, Andreas an, wies ihm ein Bett zu und befahl ihm, sich auszuziehen.

Andreas zeigt dem Sanitäter, der kaum ein Wort spricht, die Beine mit den fast kreisrunden roten Flecken, in deren Mitte die eitrigen Stellen, die sich ins Fleisch fressen. »Sieht nicht gut aus«, sagt der Sanitäter, holt eine Flasche aus dem Regal und beginnt die Wunden zu reinigen. »Ist Wasserstoffsuperoxyd. Was anderes hab' ich nicht.« Das Zeug schäumt ein wenig, es brennt auch an den Wundrändern. Wenn es nur hilft, denkt Andreas und legt sich müde aufs Bett zurück. Der Sanitäter holt die schon bekannte teerfarbene Salbe, schmiert ein wenig davon auf Papierverband, schneidet ihn in kleine Stücke und legt sie nacheinander auf die Wunden. Dann wickelt er Papierverband darüber. Andreas setzt sich auf, zieht den Arbeitsanzug behutsam von unten über die Beine bis zur Hüfte und ist froh, als er merkt, daß die Verbände fest sitzen, die Wunden nicht mehr mit dem Stoff verkleben können. Er bekommt Tee, Brot, ein winziges Stück Margarine und einen Esslöffel voll gelbroter Marmelade. Er schlingt alles in sich hinein, wird sogar satt und ist ganz zufrieden.

Am nächsten Tag, Andreas traut seinen Augen nicht, tritt morgens eine Frau an sein Bett. Sie ist kahlgeschoren, trägt Sträflingskleider mit einer Nummer und eine blitzblanke randlose Brille. »Ich bin eine von denen, die in das Lager neben euch eingeliefert wurden, bin Krankenschwester und komme, wie die anderen, aus Aussig.« Mehr sagt sie nicht, besieht sich die Wunden an Andreas' Beinen, versorgt sie neu. Andreas hatte schon gesehen, wie vor einigen Tagen Frauen in die leerstehenden Baracken an der Nordseite seines Lagers, nur durch einen hohen Stacheldrahtzaun von diesem getrennt, eingezogen waren. Die Wachen hielten sie auf strenge Distanz zum Nachbarlager, dennoch konnte man erkennen, daß sie allesamt glatzköpfig waren und in gestreifter Kleidung steckten.

Wie ein Stein legte es sich Andreas auf die Magengegend, als er dachte, daß vielleicht seine Mutter, Else oder Lea solche

Kleider hätten anziehen, sich die Haare abschneiden lassen müssen. Er wußte ja nicht, wo sie waren, was mit ihnen geschah. Und weiter dachte Andreas, als er so dalag in dieser armseligen Baracke, in der die meisten Kranken schliefen, als wären sie schon tot, es ist nicht der Hunger, nicht die Arbeit und auch nicht die Prügel, sondern diese Schikanen, diese Demütigungen, die in einem das Gefühl ersticken, ein Mensch zu sein. Männer in Sträflingskleidung, das mag noch hingehen, aber diese Frauen, was hatten sie verbrochen, daß sie behandelt wurden wie Mörderinnen?

Die waren sie nicht. Das erfuhr Andreas am nächsten Tag, als die kahlgeschorene Krankenschwester, die so sehr darauf bedacht war, daß ihre blankgeputzte Brille ganz akkurat auf der Nase saß, ihm die Papierverbände wechselte. Indem sie die blutfeuchten Fetzen von den Beinen wickelte, begann sie, tonlos und nur für Andreas hörbar, zu reden, so zu reden, als spräche sie für ein Protokoll: »Wir sind aus Aussig. Alle. Der Krieg endete auch bei uns am 9. Mai 1945. Überall in den Straßen standen noch Geschütze, Panzer, lag viel Munition herum. Die mußten wir Deutsche unter der Aufsicht von Tschechen einsammeln und mit Handwagen zur alten Zuckerraffinerie in Schönpriesen bringen. Viel scharfe Munition. In den Lagerhallen der Raffinerie wurde die Munition einfach hingeschmissen. Alles durcheinander. Granaten, Gewehrpatronen, Panzerfäuste. Am 31. Juli 1945, so gegen vier Uhr nachmittags, gab es eine ungeheure Explosion, flog die Fabrik in die Luft.« Hier entstand eine Pause, mußte die Frau alle Kraft sammeln, um weiterzuerzählen. »Klar, daß sofort den Deutschen die Schuld an der Katastrophe in die Schuhe geschoben wurde. Die Tschechen haben nur auf so was gewartet. Von Milizen und Militärs, Leuten, die vorher noch nie einer in Aussig gesehen hatte, wurden die Elbbrücken abgesperrt. Jeder, der zufällig unterwegs war und eine weiße Armbinde mit dem ›N‹ (Deutscher) trug, war dran. Frauen mit

Kindern haben sie in die Elbe geworfen, die Kinderwagen gleich mit. Dann wurde hinterhergeschossen. Überall in der Stadt machte man Jagd auf die Deutschen, erschlug sie mit Latten und Gewehrkolben. Wer gleich erschossen wurde, hat noch Glück gehabt. In wenigen Stunden sind so an die zweitausend Leute massakriert worden. Viele Frauen, ich bin eine von denen, haben sie zusammengetrieben und ins ehemalige KZ Theresienstadt transportiert. Was die mit uns gemacht haben, ich könnt' es dir sagen. Bist aber selbst ein armer Hund. Jetzt sind wir hier, vom Regen in die Traufe.« Als der Bericht endete, hatte die Schwester auch den letzten Verband, so gut es ging, erneuert. Als sie aufstand, sagte sie noch: »Du brauchst mehr zu essen, etwas Fett. Sonst werden die Wunden immer größer. Kannst den Brand bekommen.«

Mit dem Wort »Brand« verbanden sich für Andreas nur undeutliche Vorstellungen, in jedem Fall nichts Gutes. Wie aber sollte er seine Ernährung aufbessern? Mit Paketen von zu Hause konnte er nicht mehr rechnen, seit die Eltern vertrieben worden waren. Vermutlich litten sie selber Hunger, wenn sie überhaupt noch lebten. Bei solchen Gedanken wurde Andreas bewußt, daß sich kein Mensch mehr um ihn kümmerte, Hilfe von jenseits des Stacheldrahts ausblieb. Das bezog sich einmal auf Pakete, zum anderen auf eine unverhoffte Entlassung. Wer »draußen« noch Eltern, Tante oder Onkel hatte, konnte damit rechnen, aus dem Lager zu kommen, wenn sich einflußreiche Tschechen bestechen ließen und einen Entlassungsschein erwirkten. Für einige wenige hatte sich das Lagertor auf diese Weise geöffnet.

In verzweifelten Fällen, auch denen von geringerer Bedeutung, zum Beispiel eine verlegte Brille, rief Mutter immer den heiligen Antonius an, ging, wenn Gebete keine Wirkung zeigten, hinunter in die Dreifaltigkeitskirche und opferte eine dicke Kerze. Nie, so erzählte sie jedenfalls, habe der Heilige sie »sitzen« lassen. Die Brille wurde gefunden oder ein anderes Problem auf wundersame Weise gelöst. Andreas hatte den Heiligen noch nie angerufen. Jetzt fiel ihm seine glaubensstarke Mutter ein. Er schloß die Augen und murmelte: »Heiliger Antonius, mach, daß ich bald mehr und besseres Essen bekomme, sonst faulen mir die Beine ab.«

Am Abend kam Rudi, Freund seit der Volksschule und jetzt Mitbewohner derselben Barackenstube, um nach Andreas zu sehen und ihn von den anderen zu grüßen. Rudi trug die Nummer 266 an Hose und Jacke, lag selber schon mal mit Fieber auf der Krankenstube und durfte nach schweren Wochen am Kabel jetzt in einer kleinen Kolonne außerhalb von Lager und Werk arbeiten, im nicht weit entfernten Ort Oberleutensdorf. Dort entfaltete Rudi seine Talente als Heizer, während andere aus der Gruppe sich als Dachdecker und Tischler versuchten. Rudi brachte ihm ein Stück Margarinebrot mit, einen »Doppeldecker«, wie er es nannte, denn es waren zwei Scheiben, mit der beschmierten Seite zusammengelegt. Heiliger Antonius ...

Während Andreas an dem Brot kaute, jeden Bissen lange im Mund herumdrehte, bis er ihn endlich schluckte, redeten sie, wie alle, die Hunger leiden, wieder einmal vom Essen, was sie sich wünschen würden von ihren Müttern, wenn sie endlich hier herauskämen. Sie schwärmten von böhmischem Schweinebraten, natürlich mit Semmelknödeln, von Hammelfleisch in Majoransoße, dicker Kartoffelsuppe, Gänsebraten, überbackenem Karpfen mit Dill, Schinkenfleckerln, Marillenknödeln, Dukatenbuchteln, Steinpilzen mit Ei, Prager Nußtorte oder ganz einfach nur Kuttelflecksuppe. »Davon würde ich jeden Tag einen großen Teller voll essen«, schwärmte Andreas, während Rudi erklärte, daß »solches Zeug« nicht gerade auf seinem Speisezettel stünde und er, wenn er an etwas ganz Einfaches denke, da schon der »Semmelbaba« den Vorzug geben würde. Allein der Gedanke an diese Mehlspeise aus altbackenen Semmeln, Äpfeln, Butter, Sahne, Rosinen und einem

Schuß Rum, Eiern und gehobelten Mandeln, alles in einer Auflaufform überbacken, trieben ihm das Wasser in den Mund. Zunächst einmal ist er aber froh, bei dem Außenkommando zu sein, als Heizer eben. »Da kommst du mit Leuten zusammen, die dir auch mal was zustecken. Zum Beispiel ein geschmiertes Brot, so eins, an dem du gerade kaust.« Rudi ließ sich von Andreas die papierumwickelten Beine zeigen und meinte: »Damit mußt du nicht mehr zur Kabelkolonne, glaub mir!« Dann ging er zurück in seine Baracke, Andreas ließ sich aufs Bett sinken und hatte wieder ein bißchen Hoffung. Heiliger Antonius!

Weil, vermutlich durch die Ruhe, die nässenden Wunden den Verband nicht mehr so schnell durchweichten, entschied tags darauf die Schwester, Andreas müßte die Krankenstube verlassen und wieder arbeiten gehen. Indem er seine paar Sachen packte und die Schuhe anzog, bemerkte Andreas, daß sich von beiden die Sohlen immer weiter vom Oberleder verabschiedeten. Er würde wohl bald barfuß gehen müssen, keine angenehme Vorstellung, wenn er an die zerbombten Straßen im Werk dachte. Zurück in der Baracke, klagt er sein Leid Rudi, von dem er nun weiß, daß der außerhalb des Lagers arbeitet und vielleicht irgendwie an feste Schuhe kommen kann. Andreas denkt an Herbst und Winter.

Er schleppt sich in den zerrissenen Schuhen noch einige Tage ins Werk, zieht Kabel. Als die Kolonnen wieder einmal einrücken, Zählappell und endloses Marschieren über sich ergehen lassen, macht eine Nachricht die Runde, die alle zunächst für ein Gerücht halten: es gibt statt Graupensuppe nach vielen Wochen am Abend zum erstenmal Kartoffeln. Andreas glaubt es erst, als er in die Kantine kommt und ihm von anderen, die ihren »Schlag« schon abgeholt haben, das Kochgeschirr strahlend entgegenhalten. Es sind wirklich Kartoffeln drin, nicht die besten, macht nichts. Und obendrein schwimmen sie in einer undefinierbaren braunen Soße. Heiliger Antonius!

Von da an wird die Verpflegung im Lager etwas besser. Es gibt mehr Brot und manchmal sogar einen Klecks Margarine, Butter oder Marmelade. Angeblich hat eine Kommission des Internationalen Roten Kreuzes die Hungerrationen scharf kritisiert und auf mehr Kalorien für die Lagerinsassen gedrungen. Noch etwas sollte sich ändern, auch für Andreas. Plötzlich wird für die Kabelkolonne kein weiterer Bedarf mehr angemeldet, dagegen verlangt die Lackiererei nach Arbeitskräften. Alles ist besser als das Kabel, denkt Andreas und meldet sich. Mit dabei sind die alten Freunde Gerhard und Heinz und wieder Rudi. Nach Kabelziehen mit gebeugtem Rücken und bis zu den Knöcheln im Dreck stehen, müßte Lackieren geradezu eine Erholung sein, freuen sich die Buben, den Lackierer vor Augen, der zu Hause fröhlich pfeifend meist im Sommer Fenster und Türen gestrichen hat.

»Nie sollst du die Rechnung ohne den Wirt machen«, hatte der Vater immer gesagt, und Andreas konnte mit dieser Lebensweisheit nicht viel anfangen. Jetzt lernte er, was es damit auf sich hatte. Die kleine Kolonne der Lackierer wurde von zwei Wachposten zu einer hohen Werkshalle mit einem Dach aus Wellblech geführt. Hinter einem Verschlag spielten drei Männer Karten, rauchten und tranken Bier. Als sie die Buben kommen sahen, standen sie widerwillig auf, um die Übergabemeldung der Wachposten anzuhören. Dann musterten sie die neuen Arbeitskräfte und wiesen auf eine Holzkiste, in der ein Haufen klobiger Drahtbürsten lag. Jeder von den Buben sollte sich eine greifen. Weil Andreas nicht schnell genug war, empfing er vom Vorarbeiter erst einmal eine Ohrfeige rechts und links, so stark, daß ihn die Ohren schmerzten.

Stumm zeigte einer der Männer, die ihr Kartenspiel nur knurrend unterbrochen hatten, auf einen Laufkran, der sich, geführt an zwei Schienen, etwa drei Meter unter dem Hallendach von einem Ende der Halle zum anderen bewegen ließ. Ganz oben am Kran, wo über schwere gußeiserne Rollen das

Seil lief, mit dessen mächtigen Haken an seinem Ende Maschinenteile oder Material durch die Halle bewegt werden konnten, war zwischen stählernen Traversen eine Plattform aus Holz montiert. Sie maß nicht mehr als fünfzehn Quadratmeter und entpuppte sich als die Arbeitsbühne für die Buben, ungesichert und gut ein Stockwerk über dem Hallenboden. Angetrieben von den Vorarbeitern, die schön unten blieben, kletterten die Buben über schmale, senkrechte Eisenleitern hinauf. Ihre Aufgabe war es, mit den Drahtbürsten alle erreichbaren Hallenteile, auch Wände und die Unterseite des Daches, zu entrosten. Der Kran konnte vom Boden aus mit einer elektrischen Steuerung vor und zurück bewegt werden, was die drei Männer unten auch gleich vorführten, kaum daß die Buben oben auf der Plattform standen. Es gab einen kräftigen Ruck, und zum Glück befanden sich alle in der Mitte der Plattform. Wie leicht hätte einer das Übergewicht bekommen und abstürzen können! Die Arbeiter am Boden brüllten vor Lachen, als sie sahen, wie sich die Buben unter dem Hallendach aneinanderklammerten. Andreas, ohnhin alles andere als schwindelfrei, fühlte, wie seine Hände feucht wurden vor Angst.

Die Wände, an denen der Laufkran mit der Arbeitsplattform entlangglitt, waren ziemlich leicht zu entrosten. Anders das Dach. Auch mit ausgestreckten Armen und auf Zehenspitzen konnte es keiner der Entroster erreichen. Heinz, der sich zur Bewunderung von Andreas auf der Plattform so sicher bewegte wie auf einem Fußballplatz, brüllte hinunter zu den Männern, die schon wieder in ihrer Bude saßen. Einer kam heraus, und Heinz gestikulierte ihm vor, daß alle da oben viel zu klein gewachsen waren, um das Hallendach zu bearbeiten. Fluchend suchte der Mann unten nach ein paar Stangen und einigen Metern Draht und bedeutete Heinz, er solle das alles holen, und zwar so schnell wie möglich. Heinz turnte hinunter, brachte Stangen und Draht herauf. Dann befestigten die Hilfslackierer die Drahtbürsten an den Stangen und erreichten jetzt damit leicht das Dach.

Indem sie den Rost abkratzten, verrosteten die Buben selber. Rotbrauner Staub legte sich auf Gesicht und Hände, auf die Kleider, um so mehr, als sie beim Abbürsten des Daches über Kopf arbeiteten. Andreas mußte lachen, als er die roten Freunde ansah, sich selbst zu betrachten, war erst am Abend möglich in der Spiegelscherbe am Barackenbalken.

Doch dazu kommt es vorerst nicht, denn als die Lackierer noch gar nicht recht im Lager sind, empfängt sie der Kapo Drexler mit Gebrüll. Die ganze Stube, in der Andreas und seine Freunde hausen, erhält erst mal fünfundzwanzig Hiebe mit dem Gummiknüppel, weil die Stube angeblich nicht aufgeräumt ist. Das bedeutet: Hosen runter, sich über den Holzschemel legen und die Zähne zusammenbeißen. Andreas wartet auf den ersten Hieb und beginnt im Kopf zu zählen. Eins, zwei, drei, vier, fünf … Dann gibt er auf, spürt von Schlag zu Schlag mehr den Schmerz auf der nackten Haut, merkt, wie ein Schlag schwerer, der nächste etwas leichter ausfällt, weiß aber nicht, wer geschlagen hat, das Faktotum Ernst oder Drexler, und erhebt sich, als die Schläge endlich ausbleiben, er es überstanden hat.

Die geschlagenen Buben ziehen ihre Hosen nicht gleich hoch, stehen in der Stube herum, zeigen sich gegenseitig ihre Hintern. Die einen sind mit blutunterlaufenen Striemen davongekommen, bei einigen ist die Haut geplatzt, läuft Blut, andere wieder hat es über das Gesäß hinauf getroffen, bis in den Rücken.

Andreas kletterte hinauf zu seinem Strohsack, und weil sein Hinterteil brannte wie Feuer, legte er sich auf den Bauch, das Gesicht in den Strohsack gepreßt. So lag er eine Weile, fühlte Schmerz und Wut zugleich, in die sich bald eine unendliche Traurigkeit mischte. Er analysierte seinen augenblicklichen Zustand. Das Gesäß blau geschlagen, Wunden an den Beinen, das Zuhause, die Kantstraße leer oder von fremden Menschen in Besitz genommen, die Eltern im Nirgendwo, keine Spur, keine Nachrichten auch von anderen Teilen der Familie, Lea verschwunden, er selbst im Lager ohne Aussicht auf Entlassung, immer noch hungrig, ohne ausreichende Kleidung. Andreas heulte sich in den Schlaf.

Am nächsten Morgen marschieren die Lackierer, als sei nichts gewesen, aus dem Lager hinüber ins Werk, werden vom Begleitposten bei den Arbeitern abgegeben, die wieder in ihrer Bude sitzen und Bier trinken. Den ganzen Tag bürsten Andreas und seine Freunde Rost von der Halle, rufen zu den Faulenzern hinunter, wenn die den Laufkran ein Stück bewegen sollen, und arbeiten so, als hätten sie ihr Leben lang nichts anderes getan wie Rost geschrubbt.

Nach einigen Tagen ist der Rost bis zum letzten Fleck an Dach und Wänden weggebürstet. Jetzt beginnt das Lackieren. Zuerst mit roter Grundfarbe, dann mit einem schönen Grau. Andreas und die Gruppe machen die Arbeit, für die die Kartenspieler und Biertrinker am Boden bezahlt werden. Denn wer aus dem Lager kommt, steht auf keiner Lohnliste. Als die tschechischen »Vorarbeiter« sehen, daß die Buben eigentlich ganz gut lackieren, obwohl sie das nirgendwo gelernt haben, lassen sie die kleine Kolonne nach ein paar Schikanen in den ersten Tagen auch in Ruhe.

Während Andreas mal zum Austreten vor die Halle geht, folgt ihm einer der Kartenspieler. Er befürchtet das Schlimmste, erwartet Ohrfeigen mindestens, aus Gründen, die er nicht kennt, halt so, wie es üblich ist. Der Tscheche tut nichts dergleichen, vielmehr führt er ihn an eine Straßenecke, wo hinter einem Mauerrest ein paar große Essenskübel stehen, in denen offenbar die Verpflegung für die Werkswache transportiert wurde. Der Tscheche zeigt auf die Kübel, Andreas öffnet einen, er ist leer bis auf ein Stück Knödel aus weißem Mehl. Andreas fischt es heraus, schlingt die Delikatesse gierig hinunter. So gut hat er lange nicht gegessen. Als er am nächsten Tag den Platz aufsucht, ist von Essenskübeln nichts zu sehen, sie wurden offenbar woanders abgeladen. Aus der Traum von einer Zusatzverpflegung.

Irgendwann sind die Lackierarbeiten zu Ende, und Gerhard schlägt vor, etwas graue Farbe mit hinüber ins Lager zu nehmen. »Damit könnten wir unsere Stube streichen.« Gesagt, getan, die Buben nehmen zwei große Kanister Farbe, die so schwer sind, daß sie von zweien getragen werden müssen, und gehen damit zum Werkstor. Da sie das ganz offen tun, brav die Mützen abnehmen, die Köpfe auf Kommando von Gerhard in Richtung Wache herumfliegen lassen, fragt kein Posten, was sie mit der Farbe wollen, kommt keiner auf die Idee, daß es sich um Diebstahl handeln könnte, der es im Grunde ja auch war. Beim Einmarsch ins Lager interessiert auch die Wache dort nicht, was in den Kübeln ist, und somit kommt die Stube zu so viel Farbe, daß damit am folgenden Sonntag nicht nur die Wände, sondern ebenso die Bettgestelle gestrichen werden können.

Meine Güte, überlegt Andreas, jetzt richten wir uns hier sogar häuslich ein, machen es uns wohnlich! Er geht an eine Stelle am Stacheldrahtzaun, wo man nach Norden einen freien Blick aufs Gebirge hat. Die Luft ist klar, und die untergehende Sonne bescheint grell die hellen Stämme der Buchenwälder, die sich an den Berghängen zu großen Lichtungen öffnen. Das muß Johnsdorf sein, der Draxelsberg ein wenig westlich davon, versucht Andreas sich zurechtzufinden. Gleich dahinter ist die Grenze zu Sachsen, zu Deutschland. Er denkt an den Vater, der ihn, kaum daß er in der Schule war, schon auf Schi stellte und mitnahm auf Touren durchs tiefverschneite Gebirge. Die Fichten waren so verschneit, daß sich ihre Wipfel bis zur Erde bogen, manche unter der Last des Schnees und im klirrenden Frost zusammenbrachen. Andreas schließt die Augen, und er hört das regelmäßige Sirren seiner Schi in der tiefen Spur, die der Vater vor ihm Schritt um Schritt zieht.

Als Andreas in die Baracke zurückkehrte, fielen seine Freunde über ihn her, waren außer sich: »Hast du gehört, der Lagerleiter Schindelař hat sich erschossen!«

Warum bringt sich so einer um, wo er doch lebte als Kommandant wie die Made im Speck? Hat er jemanden umgebracht, den Falschen? Keiner, der einen Deutschen totschlug in diesen Zeiten, mußte doch mit Verfolgung rechnen. Wurde Schindelar erpreßt, hatte er zuviel genommen, was ihm andere nicht gönnten? Oder konnte er es doch nicht ertragen, dieses Leben im Lager, wo er zwar das Sagen hatte, ihn aber doch die Schreie der Geprügelten bis in seine Träume verfolgten, wo er sah, wieviel Unrecht geschah an diesen Buben, die man nun schon Monate gefangenhielt und zu Sklaven machte? Hielt er das alles nicht mehr aus?

Niemand hat es erfahren, jedenfalls nicht die Lagerinsassen, die bis in die Nacht nur über diesen Selbstmord sprachen und rätselten, was nach diesem Kommandanten kommen würde, vor allem – wer.

Das ganze Lager steht, angetreten in Reih und Glied, auf dem Appellplatz zwischen Küche und Eßsaal. Keiner darf sich rühren, und wo die Reihen die geringste Ausbuchtung machen, fährt das Faktotum Ernst dazwischen, mit der Peitsche. Wie lange die Buben schon hier aufmarschiert sind, können sie nur schätzen. Eine Stunde bestimmt. Uhren haben sie längst nicht mehr.

Plötzlich Bewegung und Stimmen von der Baracke her, in der die Lagerleitung amtiert. Keiner traut sich, den Kopf zu wenden. Dann tritt ein hochgewachsener junger Mann in tadellos sitzender olivgrüner tschechischer Offiziersuniform auf den Platz, begleitet von der Schar Wachposten. Der Kapo Drexler, gefolgt von Faktotum Ernst, läuft dem jungen Mann mit dem frischen, glattrasierten Gesicht unter der Schirmmütze entgegen, schlägt die Hacken zusammen, daß es staubt, und meldet mit seiner heiseren Stimme und in gebrochenem Tschechisch, daß das Lager angetreten sei. Jetzt ist klar, wer der neue Mann ist: der Nachfolger des Kommandanten Schindelař, der das Leben nicht mehr ertrug. Es zeigt sich, daß Drexler sich vergebens bemüht hat, Tschechisch zu sprechen, denn der neue Lagerleiter spricht akzentfrei Deutsch, und er heißt Jasek. Und damit jeder begreift, welcher Ton fortan im Lager herrscht, schlägt Jasek ohne Unterlaß zunächst auf seine blankgeputzten hohen Stiefelschäfte und dann, während er die Reihen der Häftlinge abschreitet, auch zielos auf einzelne ein, deren Haltung ihm nicht gefällt oder deren Gesicht. Andreas wird verschont, und er senkt auch den Blick nicht, als Jasek ihn direkt anschaut, doch seine Knie zittern. Mit dem Stiel seiner Peitsche zeigt der Jasek dann auf Andreas' Schuhe, an denen nur noch ein Stück Draht die Sohlen am Oberleder hält. »Im Winter wirst du frieren«, sagt der Kommandant und lacht sich eins. Viele haben es gehört, es war deutlich genug, und es hieß, daß so schnell nicht an Entlassung zu denken ist.

Gegen Jasek, der in Ton und Auftreten leicht an deutsche oder alliierte Offiziere, allerdings von der schlimmsten Sorte, heranreichte, erschien sein Vorgänger den Lagerinsassen bald als ein gutmütiger Partisanen-Opa, der, wenn seine Energie verbraucht war, nur noch gelangweilt durch das Lager schlurfte und die Drecksarbeit den deutschen Kapos überließ. Die Zahl der aus den Reihen der Insassen bereits ernannten Kapos erschien dem Jasek zu klein, er ernannte neben Drexler und Ernst weitere. Sie durften sich bunte Streifen an die Jackenärmel nähen, was sie jedoch nicht vor der kaum verborgenen Verachtung bewahrte, die Jasek für sie an den Tag legte.

Ernst, nicht der Zwerg in der Phantasieuniform, der sich zum Kapo aufblasen ließ, nein, der Schulfreund von Andreas seit der Volksschule, gehörte immer zu den Besten der Klasse. Nur Turnen war nicht gerade seine Stärke, doch er glich alles aus mit seinem fabelhaften Gedächtnis, mit dem er sich beim Turnlehrer unentbehrlich machte. Ernst redete gern und hörte sich auch gern reden, und da er viel wußte, hörten ihm die Freunde stets aufmerksam zu. Ernst war, wie die anderen, beim Todesmarsch ins Gebirge dabeigewesen, mit ins Lager und zunächst zur Kabelkolonne gekommen. In den letzten Wochen hatte ihn Andreas aus den Augen verloren. An einem heißen Sommersonntag, an dem die Hitze über den pappegedeckten Barackendächern flimmerte und es ein wenig ruhig war im Lager, traf Andreas zwischen den Baracken einen Jungen, den er erst gar nicht erkannte, dann aber mit »Ernst« anrief. Eine matte Stimme antwortete mit einem langgezogenen, fragenden »Jaaaa?«. Ernst war so abgemagert, daß sein Knickerbockeranzug, dunkelgrün mit roten großen Karos, um ihn schlotterte wie die Kleiderfetzen um eine Vogelscheuche. Sein schmales Gesicht mit den nach dem Kahlschnitt ein wenig gewachsenen Stoppelhaaren hatte eine gelbe Farbe angenommen, die Augen lagen tief, an den Händen eiterten Wunden. Andreas erschrak so sehr, daß ihm kein Wort einfiel und er sich mit dem alten Freund auf eine Holztreppe setzte, die zu der Baracke führte, aus der Ernst gekommen war. Wie elend, wie krank und wie teilnahmslos ein junger Mensch in wenigen Wochen werden konnte, dachte Andreas. Mein Gott, wird dieses Lager uns alle noch zu solchen Wracks machen?

Die schlimmste Veränderung, die Andreas an Ernst bemerkte: Das früher nie stillstehende Mundwerk des Freundes blieb verschlossen bis auf den Satz »Ich hoffe, mein Onkel holt mich hier heraus, sonst verrecke ich«. Andreas, der von diesem Onkel nichts wußte, murmelte etwas wie: »Klar holt er dich, und dann kommst du ganz schnell wieder auf die Beine.« Ernst nickte und schlurfte davon in seinen Winterschuhen, die er, kraftlos wie er war, nicht zugeschnürt hatte und in denen seine nackten Füße steckten.

Ein paar Tage später hieß es, Ernst sei todkrank entlassen

worden, ein Onkel aus dem nahen Brüx habe dies bewirkt. Offenbar hatte er gute Beziehungen zu den tschechischen Behörden, war noch nicht vertrieben worden.

Darufhin erzählte Rudi, dessen Tante in der Umgebung wohnte, daß seine Eltern einem Tschechen viel Geld gegeben hätten, damit er freikäme. Doch der Tscheche nahm das Geld, forderte noch mehr, und Rudi saß weiterhin mit Andreas und den anderen in der Lagerbaracke, schuftete im Werk, ausnahmsweise immer noch bei der kleinen Kolonne in Oberleutensdorf, wo es ihm gelingt, ab und zu an etwas Essen zu kommen. Davon zehrt er lang, und im Gegensatz zu Ernst sieht Rudi richtig gut aus. Auch die anderen haben runde Gesichter, stellt Andreas verwundert fest. Dies war jedoch kein Beweis von ausreichender Ernährung, vielmehr sind die Gesichter aufgedunsen, Wasserköpfe. Und wer den Finger in den Oberschenkel drückt, hinterläßt eine tiefe Mulde, die nur langsam wieder verschwindet.

Dem neuen Lagerkommandanten ist die alte Lagerordnung nicht scharf genug. Die zwölf Stunden, die die Buben im Werk arbeiten, reichen Jasek nicht. Wenn abends die Kolonnen ins Lager einrücken, verdreckt und hundemüde und hungrig, müssen noch mindestens zwei Stunden Arbeit im Lager abgeleistet werden: Erde karren, Schrott aufräumen, Baracken ausbessern. Die Kapos, ausgeruht und immer satt, sind in ihrem Element, scheuchen die Lagerinsassen, wo sie nur können. Die Wut gegen sie wächst von Tag zu Tag, und manch einer denkt: Wehe, wenn ich dich draußen mal erwische.

Die Strapazen der vergangenen Monate, die Unterernährung, die schwere Arbeit, die ständige Angst und das Heimweh haben manchen Buben zum Bettnässer werden lassen. Für die hat sich der Kommandant Jasek etwas Besonderes ausgedacht, und es macht ihm Vergnügen, diese armen Kerle selbst zu »therapieren«. Er zitiert sie in den Waschraum, wo sie sich splitternackt ausziehen und in eine Ecke stellen müssen. Dann greift Jasek zum Schlauch und spritzt die Buben, die vor Kälte und Angst schlottern, regelmäßig jeden Abend minutenlang mit eiskaltem Wasser ab. Kein Wunder, daß sich das Leiden noch verschlechtert. Den Kapos wird angeschafft, jeden Morgen die Strohsäcke der Kranken zu kontrollieren und nachzusehen, ob sich wieder ein nasser dunkler Urinfleck zeigt. Natürlich versuchen die Bettnässer der gefürchteten Tortur mit dem Wasserschlauch zu entgehen. Sie binden sich vor dem Schlafengehen, oft unter dem Gelächter ihrer Stubengenossen, irgendeinen Fetzen zwischen die Beine, eine Windel. Wenn die zu locker sitzt, ist jede Mühe vergebens.

Andreas lehnte in der Sonntagnachmittagsonne an der warmen Barackenwand. Er hatte nichts am Leib als eine seiner beiden Unterhosen. Die anderen paar Wäschestücke, die er besaß, trockneten an einer Schnur, die sich unterhalb der Barackenfenster von einem Nagel zu einem anderen spannte und noch zur Hinterlassenschaft früherer Barackenbewohner gehörte. Mit dem kalten Wasser im Waschraum brauchte es Zeit und Mühe, die Wäsche einigermaßen sauber zu halten, eine ungewohnte Arbeit für Andreas und seine Freunde, doch notwendig, weil sie kaum Wäsche zum Wechseln besaßen und sich außerdem wieder Läuse in den Stuben breitmachten.

Andreas betrachtete seine dünnen Beine, an denen die Ödeme zwar nur langsam heilten, wenigstens aber keine neuen hinzukamen. Gerhard, inzwischen zum Stubenältesten ernannt, setzte sich neben Andreas, und sie begannen, zum erstenmal eigentlich, ihre Lage zu besprechen, versuchten eine Vorstellung davon zu bekommen, was noch werden würde. Mit Gerhard war Andreas besonders verbunden, weil dessen Mutter in den letzten Kriegswochen bei Andreas' Familie in der Kantstraße Unterschlupf fand und vermutlich auch zur gleichen Zeit vertrieben worden war.

Seit der Kommandant Jasek, beim Blick auf die zerrissenen

Schuhe von Andreas, die zynische Bemerkung gemacht hatte, darin würde er im Winter ganz schön frieren, bestand kaum Hoffnung, daß das Lager bald aufgelöst würde. Die Aussichten, daß von draußen den beiden Buben jemand helfen würde herauszukommen, waren gleich null. Um einigermaßen den Winter zu überstehen, brauchten sie also einen möglichst trockenen Arbeitsplatz, zusätzliche Kleidung, Andreas in erster Linie Schuhe, und etwas besseres Essen. Hungern und frieren, das ginge über ihre Kräfte.

Der scheinbar friedliche Sonntag endet mit einem schrecklichen Schauspiel. Ein Junge, den weder Andreas noch Gerhard kennen, versuchte zu fliehen, überwand den Stacheldraht, während die Wachposten in der schläfrigen Hitze dieses Spätsommertages dösten. Irgendwie wurde die Flucht bemerkt, die Suchtrupps durchstreiften die nahe Umgebung des Lagers in der Gewißheit, daß sich der Flüchtling bis zum Einbruch der Nacht hier versteckt halten würde. Sie behielten recht, griffen ihn und schleiften ihn zur Lagerleitung. Seit Jasek das Kommando übernahm, wurde noch nie ein Flüchtling gefaßt, und es war auch nicht bekannt, ob einer die Flucht gewagt hatte. Jasek ergriff die Gelegenheit, wollte ein Exempel statuieren.

Er ließ das Lager antreten, auch die Frauen. Dann rollten der Kapo Ernst und einige der neuernannten Unterkapos ein leeres Benzinfaß in die Mitte des weiten Vierecks, das die Lagerinsassen umstanden. Von Ernst läßt sich Jasek einen Gummiknüppel reichen. Wie ein Chirurg das Skalpell, denkt Andreas und erinnert sich an Bilder aus einem Ufa-Film. Sauerbruch? Er kann nicht weiter nachdenken, gebannt schaut er, was auf dem Platz geschieht. Der Junge, den sie gefaßt haben, muß sich, schlotternd vor Angst, mit dem Kopf nach unten über das Benzinfaß legen. Ernst reißt ihm die Hose herunter, und Jasek beginnt zu schlagen. Andreas zählt mit. Die ersten zehn Schläge nimmt der Geschundene klaglos hin, dann beginnt er immer lauter zu schreien und wird bei fünzig, so weit hat Andreas mitgezählt, ganz plötzlich still, während Jasek weiterprügelt, ohne daß sein Arm ermüdet. Schließlich hört er auf, läßt den blutig gewordenen Gummiknüppel sinken und befiehlt, den leblosen Körper des Geprügelten wegzuschaffen. Ernst und ein Hilfskapo packen den Jungen an den Armen und schleifen ihn in Richtung Krankenbaracke.

Es ist so still auf dem Platz, daß die Schritte der Kapos auf dem Kies zu dröhnen scheinen. Andreas steht mit den anderen wie erstarrt, wie an diesem Tag im Juni, als die Männer auf dem Sportplatz seiner Heimatstadt totgeschlagen wurden, weil sie die Blutgruppe eintätowiert auf dem Oberarm trugen. Warum hat keiner von denen, die stumm zuschauten damals und heute, aufgeschrien vor Wut und Zorn, warum hat niemand protestiert? Andreas wird sich diese Frage noch oft stellen nachher, und er wird von sich selbst und anderen immer dieselbe Antwort erhalten: weil es Selbstmord gewesen wäre, hier Mut zu zeigen. Was bringt einen Menschen wie den Jasek dazu, auf einen, der sich das holen wollte, was ihm andere genommen haben, ein Dasein ohne Stacheldraht, so lange einzuschlagen, bis sich der nicht mehr rührte? Wird er überleben, der Mithäftling, fragten sich die Buben, als ihnen endlich erlaubt wird, in die Baracken zurückzukehren. Lebt man weiter mit abgeschlagenen Nieren, oder verlängert man eines Tages die lange Liste der Toten, die im Sommer 1945 umgekommen sind in den Lagern um das große Werk, in dem Kohle zu Benzin gemacht wird?

Ein paar Tage später macht sich Jasek an der Spitze seiner Kapos auf zur Baracken- und Stubenkontrolle. Türenschlagen, Gebrüll, Stiefelgetrampel kommen näher, erreichen schließlich auch die Stube 25. Der Kapo Drexler reißt die Tür für den Kommandanten auf, Gerhard steht stramm wie alle anderen Stubenbewohner und meldet, die Stube, belegt mit soundsoviel Mann, davon einige in der Krankenbaracke, sei angetreten. Jasek schaut sich um, schlägt, wie gewohnt, mit der Reitpeitsche gegen die langen Schäfte seiner braunen Stiefel und entdeckt, daß die Bettgestelle schön grau gestrichen sind, die Sonderleistung der Lackierer. Das freut den Kommandanten, es setzt weder Ohrfeigen noch Prügel, und bald darauf erhält die Stube 25 blau-weiß karierte Bettbezüge, wird zur Musterstube erklärt. So kann er auch sein, der Schläger Jasek. Und dem Hermann, dessen Beine von Ödemen noch schlimmer zerfressen sind als die von Andreas und der mit den blaurot geschwollenen Füßen in keinen Schuh mehr hineinpaßt, dem läßt der Jasek vom Lagerschuster ein paar weiche Filzschuhe nähen, damit Hermann darin nicht etwa nach Hause gehen kann, sondern gebrauchsfähig wird für den Straßenbau bei Wind und Wetter.

Unter den weiß-blauen Laken schlief es sich zwar besser in der Stube 25, Andreas fühlte sich dennoch hundeelend. Trotz der etwas besseren Verpflegung wollten die Wunden an seinen Beinen nicht heilen, und so meldete er sich in der Krankenstube, wo ihn der Arzt, der dort seit einiger Zeit eingesetzt war, sofort aufnahm. Es gab, wenn auch nur für die schlimmsten Fälle, statt der Verbände aus Papier jetzt solche aus Mull, und Andreas wurde zum erstenmal richtig verbunden. Eines Morgens trat einer der Hilfskapos an das Bett von Andreas, der schon befürchtete, er würde wieder zur Arbeit getrieben. Statt dessen hielt ihm der Kapo einen Briefumschlag aus graugrünem Papier entgegen, sagte nur kurz: »Für dich«, und ging wieder.

Auf dem Umschlag stand der Name von Andreas, darunter die Lageradresse, Tabor 17/18, Zaluzi u Mostu, was zu deutsch Lager 17/18, Maltheuern bei Brüx hieß. Andreas stieß einen Schrei aus, so laut, daß die Kranken in den anderen Betten erschreckt hochfuhren. In der Adresse erkannte er die Schrift seiner Mutter, und sie schrieb aus einem ihm unbekannten Ort aus dem Vogtland, drüben in Deutschland. Der

Brief war geöffnet und mit einem Stempel der Lagerleitung versehen. Andreas nahm ein Blatt Papier heraus, ganz langsam, so wie einer, der eine Kostbarkeit in Händen hält.

Wirklich, Mutter hatte geschrieben, unverkennbar ihre sorgsam gesetzten Worte auf den Linien des gelblichen Papiers, das vermutlich aus einem Schulheft stammte. Sie schrieb nicht viel, nur, daß sie hoffte, der Brief würde Andreas erreichen mit der Nachricht, es gehe ihnen soweit gut, sie seien mit der Mutter von Gerhard zusammen und würden sich, solange wie möglich, in nicht zu weiter Entfernung von der Grenze aufhalten, damit er es nicht so weit habe, wenn er einmal entlassen werde. »Mit Gott« endete Mutter den Brief, um noch Platz zu lassen für ein paar Zeilen vom Vater, der Andreas Mut zu machen versuchte. »Die längste Zeit der Trennung ist bestimmt vorbei.« An den untersten Rand des Blattes hatte Vater noch ein P. S. gesetzt. »Schreibe bitte an die angegebene Adresse. Wenn wir nicht mehr hier sein sollten, werden wir dafür sorgen, daß Deine Post weitergeleitet wird.«

So allgemein die Mitteilungen auch waren, jetzt endlich wußte Andreas, daß die Eltern lebten und sie auch nicht ganz allein waren, denn die Mutter von Gerhard war eine sehr tatkräftige Frau, die das Beste aus allem zu machen verstand. Andreas ließ sich nach hinten auf sein Bett fallen, und während sich die Gedanken in seinem Kopf drehten, er sich auszumalen versuchte, wie die Eltern jetzt lebten, ob sie hungern und frieren müßten, wovon sie überhaupt lebten, ob sie doch etwas Schmuck gerettet hatten, den sie eintauschen konnten gegen Lebensmittel oder Geld, überkam ihn ein nie gekanntes Gefühl von Sehnsucht nach den Eltern und ein Schmerz über den Verlust von Geborgenheit in einer Welt, die für immer verloren war. Denn eines wurde ihm sehr bewußt – eine Rückkehr in die Stadt, in das Haus in der Kantstraße, dorthin, wo er aufgewachsen war, dies würde es nie mehr geben. In diese Gedanken mischte sich neben dem Bild der Eltern das von Lea, zu der überhaupt keine Spur führte.

Nachdem sich der Zustand von Andreas ein wenig gebessert hatte, was er nicht zuletzt auf den Brief seiner Eltern zurückführte, den er schon am nächsten Tag mit ein paar wegen der Zensur sehr allgemein gehaltenen Zeilen beantwortete, mußte er die Krankenbaracke verlassen, mit einem Zettel in der Hand, der für ihn wieder einmal »leichte Arbeit« empfahl.

So geriet er für einige Zeit an eine Tätigkeit, von der er bis dahin nicht einmal wußte, daß es so etwas gab: Andreas kam in die »Entlausung«. Dorthin wurden alle Lagerinsassen geschickt, die außer am Kopf noch an anderen Körperteilen von sogenannten Filzläusen befallen waren. Vor keiner Epidemie hatte die Lagerleitung eine so panische Angst wie vor Typhus, und Läuse können Typhus übertragen, das wußte man. Außerdem könnte ja diese gefährliche Krankheit von den Lagerinsassen auch auf Angehörige der Lagerleitung überspringen. Davor fürchtete man sich und rückte den Läusen zuleibe. Andreas mußte helfen.

Neben der Waschbaracke mit ihren in Doppelreihe angeordneten Waschbecken, eigentlich lange Wannen aus Zinkblech, über denen die – ständig tropfenden – Kaltwasserhähne montiert waren, verfügte das Lager auch über Duschräume, in denen das Wasser aus Brausen direkt unter der Decke kam. An die Heizung, die nur sehr selten warmes Wasser aufbereitete, schloß sich ein Raum an, über dessen Tür »Desinfektion« stand, daneben wieder ein kleinerer Raum. Der ganze Bereich mit den abgewetzten Betonfußböden und den nur bis Brusthöhe lackierten Wänden, von denen die graue Farbe an vielen Stellen abblätterte, wirkte eher abschreckend als einladend zur Körperpflege. Plötzlich befallen von der Angst vor Körperläusen und Typhusgefahr, ließ Kommandant Jasek die Duschen und den Desinfektionsraum anheizen. Baracke um

Baracke wurde zum Duschen und zur Desinfektion befohlen.

Vor dem Duschraum mußten sich die Lagerinsassen nackt bis auf die Haut ausziehen und ihre Kleider in Bündeln vor der Dusche ablegen. Jasek bereitete es Vergnügen, dem zuzusehen und jeder Gruppe, die in den Duschraum trat, die Bemerkung »Was meint ihr, kommt Wasser oder Gas?« mit auf den Weg zu geben. Natürlich wußte jeder, was gemeint war, denn längst hatte sich das Lager im Eßsaal einen Film über Konzentrationslager der Nationalsozialisten ansehen müssen. Prompt stellten die Buben Vergleiche mit dem Dasein in ihrem Lager, in dem die Zustände denen in deutschen KZs ähnelten, sich aber in einigem noch unterschieden. Die Buben trugen keine gestreifte Sträflingskleidung, ihre Nummern waren nicht in den Unterarm eintätowiert und – aus den Duschen strömte kein tödliches Gas. Jedenfalls noch nicht, wenn man über Jaseks Bemerkung nachdachte. Viel Zeit dazu blieb nicht, schon standen Andreas, Gerhard, Heinz, Rudi, Hermann und wie sie alle hießen im Duschraum, die Tür hinter ihnen fiel zu, und sie schauten zur Decke. Licht fiel nur durch ein fest verschlossenes Fenster in den Raum.

So standen sie, fast Schulter an Schulter, und warteten. Keiner sprach, keiner versuchte auszubrechen aus dem grauen Käfig. Nur für wenige Sekunden dachte Andreas darüber nach, wie lange es wohl dauern würde, durch Gas zu sterben, zu ersticken. Und weil er fühlte, wie die Kälte des feuchten Bodens über seine nackten Füße langsam die Beine hochkroch, verdrängte dieses unangenehme Gefühl auf merkwürdige Weise den Gedanken an den möglichen nahen Tod. Und später würde sich Andreas mit Erstaunen daran erinnern, daß ihm in diesen Minuten weder seine Eltern noch Lea eingefallen, ihre Bilder vor ihm aufgetaucht waren.

In den Leitungen unterhalb der Decke begann es zu gurgeln, und aus den verrosteten Brausen strömte Wasser, so heiß zuerst, daß sie sich fast verbrühten. Als sie ins Freie liefen mit vom Wasser aufgeweichter roter Haut, lachte Jasek und befahl ihnen, die Kleiderbündel aus der »Desinfektion« abzuholen, wo unter extremer Hitze den Läusen ein Ende bereitet worden sei. Dies erwies sich als ein Irrtum, vielmehr schien es, daß sich die bissigen Insekten in den aufgeheizten Kleidern noch vermehrten, also nichts anderes übrigblieb, als sie jeden Abend aus ihren Verstecken, vor allem im Hemdkragen zu holen und zwischen Daumen- und Zeigefingernagel zu knacken.

Eine Abart dieser Kopf- und Kleiderläuse, die Filzläuse, hatten sich bei manchen Lagerbewohnern in den Achsel- und Schamhaaren festgesetzt, wo sie kräftig zubissen und juckende Wunden hinterließen. Diese platten weißlichen, nur millimetergroßen Sechsbeiner spülten auch heiße Duschen nie ganz weg, ihnen mußte mit anderen Mitteln zu Leibe gerückt werden. Und diese Aufgabe fiel nun Andreas zu. Seine Ausrüstung bestand aus einem Pinsel, der an einer längeren Stange befestigt war, um gegenüber den Läusen und Verlausten Abstand zu halten. Den Pinsel mußte Andreas, so befahl ihm ein Kapo, in einen kleinen Eimer mit einer scharf riechenden braunen Flüssigkeit tauchen. Wand an Wand zur Dusche lag ein kleinerer Raum mit zwei Türen und einem Holzhocker. Auf dem nahm Andreas Platz, stellte den Eimer neben sich, nahm den Pinsel an der Stange fest in die Hand und wartete. Schon ging die Tür auf, ein Nackter trat ein, mußte auf Geheiß von Andreas die Arme heben. Schnell pinselte Andreas die Achselhöhlen mit dem braunen Zeug ein, und dann in der gleichen Weise die Schamhaare. Da diese Stellen von den Läusen oft arg aufgebissen waren, brannte die braune Tinktur auf der Haut wie Feuer, und vor Schmerz sprangen die Patienten oft mit einem Schrei und mit beiden Beinen zugleich fluchend in die Höhe und rannten zum Ausgang. Die Behandlung erfolgte am laufenden Band und hatte offensichtlich Erfolg.

Das Wundermittel hieß Cuprex, und den Geruch bekam Andreas vorerst nicht mehr aus der Nase. Damit fand er sich schnell ab, denn die Arbeit war wirklich leicht, er konnte dabei sitzen und blieb im Warmen. Oft hatte er stundenlang nichts zu tun, und weil er jetzt irgendwie zum Sanitätspersonal gehörte, kam er manchmal an ein Stück Brot, ein bißchen Butter oder Marmelade.

Während Andreas gegen die Läuse kämpfte, kam die Leitung des Werks jenseits der Straße auf immer neue Ideen, wie die billigen jungen Arbeitskräfte aus dem Lager eingesetzt werden könnten. Zur Kabelkolonne verschlug es zumeist nur noch die, die Jasek in einer Art Strafabteilung zusammenfaßte, weil sie in seinen Augen nicht richtig arbeiteten oder sonstwie aufgefallen waren. Sie mußten nicht nur die schwerste Arbeit leisten, sondern regelmäßig am Abend und an den Wochenenden zusätzlich im Lager schuften. Während bei den anderen Lagerinsassen die Kopfhaare nach dem ersten Radikalschnitt wieder langsam nachwuchsen, blieben die von der Strafabteilung immer kahlgeschoren.

Der Zavodny Straz, die Werkswache, hat ihren Bedarf an Arbeitern aus dem Lager angemeldet. Eine kleine Gruppe soll es sein. Darunter ist Gerhard, und als Andreas mit dem Läusepinseln fertig ist, Gerhard als Kolonnenführer noch einen Mann braucht, meldet er Andreas an, und der hat nichts dagegen, bei der Werkswache zu arbeiten, wenn es Gerhard schon vorschlägt.

Die Wache oder der Werksschutz hat sein Quartier am Haupttor des Werkes, gleich hinter dem Schlagbaum. Es sind mehrere langgestreckte Baracken, die in einem zur Längsseite hin offenen Rechteck stehen und eine Art Hof bilden. In der Mitte ragt wie ein dicker Daumen aus Beton ein Einmannbunker mit spitzem Dach zum Himmel. Er hat alle Bombenangriffe heil überstanden und dient der Wache jetzt als Einmannzelle. Als Andreas mit der kleinen Kolonne zum erstenmal an seinem neuen Arbeitsplatz eintrifft, kommt aus dem kleinen Bunker, vor dem eine Wache steht, ein unablässiges Gebrüll und Stöhnen. Das fängt gut an, denkt Andreas, während ihn Gerhard als Neuankömmling meldet. Für Arbeit ist reichlich gesorgt, und wer neu anfängt, muß die dreckigste machen. Andreas wird zum Toilettenreinigen kommandiert. Von Toiletten kann eigentlich keine Rede mehr sein. Die kleinen Räume, etwa fünf an der Zahl, sind kniehoch mit Exkrementen vollgestopft, daß die Türen nur noch einen Spalt zu öffnen sind. Ein entsetzlicher Gestank schlägt Andreas entgegen, und er übergibt sich.

Jetzt stecke ich wirklich in der Scheiße, denkt Andreas und überlegt, wie er da wieder herauskommt, denn die Arbeit abzulehnen, würde mit Sicherheit fünfundzwanzig aufs Gesäß bedeuten, mindestens. Und da gab es ja auch noch den Einmannbunker. Andreas erfuhr, daß Gerhard und Heinz in einem Werkstattschuppen arbeiteten, wo sie unter Anleitung eines deutschen Meisters Auto- und Motorradmotoren auseinandernehmen, reinigen und wieder zusammensetzen mußten. Es handelte sich um Fahrzeuge, die die Wachen, zumeist aus zurückgebliebenen Beständen der deutschen Wehrmacht, sich angeeignet hatten und die sie jetzt auf billigste Weise von den Buben und ebendiesem Meister, der nicht im Lager wohnte, sondern von außerhalb kam, wieder herrichten ließen.

Andreas fand den Schuppen und bat um einen Lappen, den er sich um Mund und Nase binden wollte, um den Toilettengestank zu ertragen. Er bekam den Lappen und entdeckte in einer Schüssel eine farblose Flüssigkeit. »Das ist Naphta. Damit putzen wir die verölten Motoren«, erklärte Gerhard. Andreas tauchte den Lappen ein wenig in das Reinigungsmittel, das streng nach Benzin roch. Was für ein Duft gegen die dicke Luft in den Toiletten! Er ging dorthin zurück, band sich, wie beabsichtigt, den getränkten Lappen vor Mund und Nase und begann mit der Reinigung, für die ihm ein aufmerksamer Posten noch Eimer und Schaufel stellte. Mit dem Geruchsfilter im Gesicht, ging die Arbeit voran, schleppte Andreas Kübel um Kübel aus den Toiletten zur Sickergrube. Als er wieder einmal zurückging, wurde ihm schwarz vor Augen und er kippte um, der Dreckeimer polterte zu Boden.

Andreas schreckte hoch, nachdem ihn eine Ladung kalten Wassers mitten ins Gesicht traf. Über sich sah er das Gesicht eines Wachmannes, der von einem Ohr zum andern grinste. »Hör auf. Sätzeeen!« befahl der Mann in gebrochenem Deutsch und half Andreas sogar auf die Füße und zu einem Stuhl neben dem Eingang zur Wache. Er dachte wohl, Andreas sei vor Überanstrengung ohnmächtig geworden. Was er und zunächst auch Andreas nicht wußten: das Naphta hatte, ständig eingeatmet, eine betäubende Wirkung, die bis zur Bewußtlosigkeit führen konnte. Das erfuhr Andreas aber erst von Gerhard, als er mit der Kolonne abends noch etwas benebelt ins Lager wankte.

Mit Hilfe des Mundschutzes, den er vorsichtshalber etwas weniger mit Naphta tränkte, überstand Andreas die Prozedur in den Toiletten, übergab sie einigermaßen sauber dem Kommandanten des Werkschutzes. Mag sein, daß der seine Leute dazu brachte, sich an diesem Ort wie Menschen zu benehmen, mag sein, daß den Wachmännern das selber einfiel, jedenfalls mußte Andreas dort nicht mehr viel tun, war die Arbeit nicht mehr so ekelerregend wie am ersten Tag. Dazwischen schraubte er mit den anderen in der Werkstatt an Motoren herum, reinigte peinlich Getriebe und Bremsen und erwarb sich, wie die ganze kleine Kolonne mit Gerhard an der Spitze, den Ruf eines gewissen Spezialistentums für Motoren und Maschinen, was natürlich vorn und hinten nicht stimmte. Immerhin führte es dazu, daß die Gruppe, offenbar zuverlässig, morgens ohne Bewachung vom Lager ins Werk und am Abend wieder zurück marschieren durfte.

Sein kahlgeschorener Kopf war rund und saß auf einem

kurzen Hals, seine Erscheinung athletisch, er kam in die Stube, drückte jedem fest die Hand und sagte nur: »Ich heiße Wolf.« Dann bezog er eines der leerstehenden Betten, legte sich hin und schlief sofort ein. Schon am anderen Morgen gelang es Wolf, die Lagerleitung davon zu überzeugen, daß er soviel von Motorrädern und Autos verstehe wie kaum ein anderer. Und so kam er ohne großen Umweg zu den Spezialisten in der kleinen Werkstatt an der Wache. Wolf bewies sofort seinen Sinn fürs Praktische. Als er sah, in welchen Schuhen Andreas neben ihm ins Werk ging, schüttelte er nur mit dem Kopf, sagte aber nichts. Am Abend kramte er in seinem Bündel und holte ein Paar fast neue Schuhe mit dicker Holzsohle hervor, an die als »Oberleder« feste schwarze Leinwand genäht war. Mit zwei Riemen ließen sich die Schuhe fest um den Knöchel binden. Wortlos drückte er die Kostbarkeit Andreas in die Hand, und als der sich bedanken wollte, sagte Wolf nur kurz: »Es wird bald Winter.«

Vorerst hatte sich der Herbst angekündigt. Die Buchenwälder oben am Gebirgskamm loderten in Rot. Andreas schaute hinauf und dachte daran, wie noch vor einem Jahr der Vater mit ihm in die Hütte am Waldrand gegangen war, um nachzusehen, wieviel Holz der Bauer Franz gebracht hatte und ob es reichen würde für den Winter. Dann saßen sie gemeinsam vor der Hütte und schauten hinüber eben zu diesen Buchenwäldern oberhalb des Schlosses Eisenberg, zu denen jetzt Andreas hinaufstarrte über den Stacheldraht hinweg. Das kann gar nicht sein, dachte er. Das alles ist Wahnsinn. Säße nur er in diesem Lager, gäbe es die Eltern noch im Haus in der Kantstraße, es würde ihm hier nichts ausmachen, wäre jede Tortur zu ertragen. Doch die Welt, aus der er kam, war untergegangen wie ein Schiff, und er trieb auf einer Planke irgendwo im Ozean. Jetzt, da er nicht mehr so viel hungerte, eine leichtere Arbeit erledigte und zum Glück auch ein Paar feste Schuhe besaß und die Wunden an seinen Beinen allmählich zu heilen begannen, verfiel Andreas immer wieder in tiefes Nachdenken, saß in der wenigen freien Zeit oft auf den Stufen der Baracke und stierte vor sich hin. Es erschreckte ihn, daß nicht einmal der Gedanke an seine Eltern oder an Lea, der Wunsch, sie wiederzusehen, ihm etwas Lebensmut gaben, ihn antrieben, in jedem Fall zu überleben. Auch heraufbeschworene Bilder aus der Vergangenheit, an die er sich sonst klammerte, halfen ihm wenig, diese Stimmung zu überwinden. Er fühlte sich schwach, elend und außerstande, die Arbeit in der kleinen Werkstatt Tag für Tag zu bewältigen.

In den Schuhen, die ihm Wolf vermacht hatte, marschierte er fortan ins Werk. In einer Abstellkammer der Werkswache entdeckte Andreas zerrissene, doch brauchbare Handtücher mit kleinen blauen Karos. Sie erinnerten ihn an zu Hause. Mutter hatte diese Tücher aus sehr festem Leinen im Krieg gekauft. Andreas nahm zwei Tücher mit ins Lager, wusch sie gründlich und machte daraus Fußlappen, mit denen seine Füße in den Holzschuhen nicht so hin und her rutschten. In der Werkstatt schnitt er aus einem alten Autoreifen Sohlen und Absätze zurecht und nagelte sie fest unter seine Schuhe. Die klapperten nun nicht mehr über das Pflaster. So gesehen war er für den Winter gerüstet. Insgesamt besser fühlte sich Andreas aber nicht. Als er in Gedanken wieder einmal ölverklebte Zahnräder in Naphtalösung legte, um sie zu reinigen, stieg ihm der Geruch der Flüssigkeit wieder in die Nase, begann es sich in seinem Kopf zu drehen. Andreas beugte sich etwas zurück, das Schwindelgefühl ließ nach. Am Abend füllte Andreas Naphta aus dem Kanister in eine kleine Flasche und nahm sie mit ins Lager.

Am nächsten Morgen, kurz bevor das Eisen zum Aufstehen schlug, tränkte Andreas einen Fetzen Stoff, der von den Handtüchern übriggeblieben war mit dem Naphta aus der kleinen Flasche, stöpselte sie zu und ließ sie unter dem Strohsack verschwinden. Dann legte er den stechend riechenden

Stoff über Mund und Nase und atmete tief ein. Das Naphta begann in dieser Konzentration schnell zu wirken, die Stube mit den Betten sich um Andreas zu drehen. Als ihm schwarz vor Augen wurde, versteckte er noch schnell den Naphtastoff im oben offenen Rohr des Bettgestells. Bald fühlte er nichts mehr und wachte erst in der Krankenstube wieder auf. Ob, hätte er das Lösungsmittel länger eingeatmet, den Stoff noch kräftiger damit getränkt, die Dosis tödlich gewesen wäre, hat Andreas nie erfahren, auch hat man in der Krankenstube nie herausbekommen, weshalb er in tiefe Bewußtlosigkeit gefallen war. Andreas wiederholte das Experiment einige Male in leichterer Form, nur so weit, als ihn das Naphta in einen sanften Rausch versetzte, ihn für Stunden fortrug, weit weg von der Welt des Lagers und des Werks.

Wieder in der Wirklichkeit, sprach ihn eines Tages zwischen den Baracken der Werkswache ein Mann an, Häftling wie er, kahlgeschoren, mit grauem Stoppelbart, der ihn sicher älter machte, als er ohnehin war. »Du bist doch auch zuerst oben im anderen Lager gewesen«, begann der Unbekannte. »Mit dir sind ein paar von euren Professoren aus dem Gymnasium gekommen.« Andreas nickte. »Ja, der Brix, der Mohilla, der Steiner, der Bochskanl.« Der Fremde überlegte kurz, ob er das, was er auf dem Herzen hatte, sagen sollte oder nicht. Schließlich machte er den Mund auf.

»Ja, der Bochskanl. Mit dem lag ich in der Krankenstube. Dem geht es richtig schlecht. Hat Tuberkulose und ist außerdem zuckerkrank. Wenn der nicht bald rauskommt, geht er elend zugrunde. Er hat mir gesagt, ich soll schauen, ob ich vielleicht einen treffe, der mal sein Schüler war. Ich soll sagen, der ›Boxer‹ läßt grüßen, und es geht ihm schlecht.« Andreas hörte aufmerksam zu. Der Professor Bochskanl war einst ein stattlicher Mann, beim Unterricht immer im Maßanzug. Geliebt bei denen, die Mathematik und Physik, die er lehrte, verstanden. Gefürchtet von solchen, die es schwer hatten in diesen Fächern. Dazu gehörte Andreas, der froh war, als der »Boxer« nach Brüx versetzt wurde, wo er zum Direktor aufstieg.

Außerhalb des Unterrichts schrumpfte gerade an diesem Gymnasium, das Andreas besuchte, die Distanz zwischen den Professoren und den Schülern schnell, wurden die Lehrer zu Ratgebern, zu Freunden. Das traf auch für den »Boxer« zu, der unter anderem wegen seines oft gebrauchten Satzes »Studieren macht schön. Schauen Sie mich an!« Berühmheit erlangte und natürlich wegen seiner fabelhaften Kenntnis in Mathematik und Physik, die er mit Bravour vermittelte, zu denen Andreas aber dennoch keinen Zugang fand, was sich auch nicht änderte, als der »Boxer« versetzt wurde.

Welchen Sinn macht es, dachte Andreas, als er vom Schicksal dieses Mannes hörte, solche Pädagogen wie ihn, seine Kollegen, den stillen Chemiker Mohilla, den gutmütigen Lateiner Brix oder den kettenrauchenden Historiker Steiner in ein Lager zu sperren, zu demütigen, zu quälen und schließlich verhungern zu lassen? Und er sagte dem Boten aus dem anderen Lager: »Richte bitte dem Herrn Professor, bitte sprich ihn mit ›Professor‹ an, aus, wir denken an ihn und die anderen Lehrer. Sie sollen nur durchhalten, wir brauchen sie doch noch.« Ein Trost für den Todkranken und eine Selbsttäuschung zugleich, das wußte Andreas, kaum daß er den Satz beendet hatte. Denn dieses Gymnasium mit diesen Lehrern würde es für ihn und sie nie mehr geben, und den »Boxer«, sofern er nicht mehr zur Arbeit taugte, würden sie als menschliches Wrack über die Grenze nach Sachsen jagen, wo er sich zu Tode husten würde, irgendwo. So, das erfuhr Andreas später, ist es auch geschehen.

Das Schicksal von »Boxer«, Nachrichten wie diese und die Gedanken, die sie auslösten, stürzten Andreas in tiefe Niedergeschlagenheit. Er vergaß, wo er war, und brauchte jemanden, der ihn, wie es Gerhard tat, wieder mit der Aufforderung zur Besinnung brachte: »Träum nicht vor dich hin, sonst bist du hier die Arbeit los, mußt wieder Kabel ziehen.« Überhaupt Gerhard. Er nahm die Dinge, wie sie waren, und bewies Umsicht, viel mehr Mut als Andreas, traute sich was zu. Und als ihn eines Tages der deutsche Werkstattleiter, der gut mit »seinen Buben« umging, fragte, ob er nicht nur Motorräder putzen, sondern auch damit fahren könne, antwortete Gerhard mit einem eindeutigen »Ja«. Dabei hatte er noch nie auf einem Motorradsattel gesessen, geschweige denn, mal Gas gegeben.

Wochenlang bastelten sie an einer olivgrün gestrichenen DKW mit Seitenwagen herum, einem Beutestück aus den Beständen der deutschen Wehrmacht. Nun schien das Motorrad fahrbereit, und Gerhard sollte es ausprobieren. Er schob es aus der Werkstatt, setzte sich darauf, kickte es an und gab Gas. Es hatte schon ein wenig geschneit, die DKW zog eine frische gerade Spur auf der Straße vor der Wache. Wenden konnte Gerhard gerade noch, schon aber sahen alle entsetzt, wie sich an der Maschine erst ganz leicht, dann immer stärker der Beiwagen hob, aufstellte und schließlich gegen einen Mauerrest krachte, Gerhard darunter, doch immer noch im Sattel. Er befreite sich von der Maschine, stellte das Gas ab und lachte breit übers ganze Gesicht unter seiner Strohmütze. Zwar war die Jungfernfahrt mißlungen, doch Gerhard galt fortan nicht nur als Motorenspezialist, sondern auch als guter Fahrer, der auf verschneiter Straße immerhin das Schlimmste verhinderte, denn er und die DKW kamen ohne Kratzer davon. Die Probefahrt blieb allerdings nicht ohne Folgen, das konnten die Buben zu diesem Zeitpunkt aber noch nicht ahnen.

Sie kehrten am Abend ins Lager zurück. Vor dem Tor standen beiderseits der Straße kleine dunkelgrüne Lastwagen mit dem weißen Stern auf Kühlern und Türen: Amerikaner. In einem Jeep lümmelte der Fahrer hinter dem Steuer, süßlicher Zigarettenrauch umwehte ihn und den Buben entgegen.

»Jetzt kommen wir raus!« schreit Wolf, und nur mit Mühe kann die kleine Kolonne Fassung bewahren, wie gewohnt beim Passieren der Wache die Mützen herunterreißen, den Kopf zur Wache drehen. Dann rennen alle in Richtung Speisesaal, der hell erleuchtet ist und vor dem sich die Lagerinsassen drängen. »Heim, und das noch vor Weihnachten!« ruft wieder Wolf, und er ist außer sich, tanzt förmlich in den Speisesaal hinein, die anderen hinter ihm her und bleiben wie angewurzelt stehen. So stelle ich mir die Unterwelt vor, denkt Andreas. Weiße Schwaden durchziehen den Saal, ein Staub, der in den Augen beißt und in der Nase, der sich wie ein Schleier auf alles legt, auf Tische, Bänke und Menschen. Das ganze Lager, die Buben und die Frauen, steht in langen Reihen vor einigen Männern in amerikanischen Uniformen, auch Schwarze sind dabei. Eine junge Frau in einer Uniform, die Andreas nie gesehen hat, überwacht die Soldaten. Am Ärmel trägt sie eine weiße Binde mit dem roten Kreuz. Die Soldaten lassen die Lagerinsassen einzeln vortreten, ihre Hemden öffnen, die Hosen auch, vor allem den Hosenschlitz. Die Frauen müssen die Hosen ganz herunterlassen oder den Rock, sofern sie den Bund nicht ganz weit vom Körper wegziehen können, damit der Soldat mit der großen Spritze seine Arbeit tun kann. Er bläst damit jedem und jeder weißes Pulver in die Haare, unter die Achseln, vorn in Hemd oder Bluse, den Rücken hinunter und in die Schamhaare. Die Soldaten, selbst weiß gepudert, lachen, wenn sich eine Frau ziert. Andreas hört zum erstenmal den Ausdruck »okay«. Die Soldaten sagen es fortwährend und in einem gutmütigen Ton, der sich wohltuend abhebt von dem Gebrüll der Kapos, die sich auch hier wichtig machen, natürlich. Denen aber die Spritze nicht erspart bleibt mit dem weißen Zeug, das sie DDT nennen und ein Wundermittel sein soll gegen Läuse, die sich wieder ausbreiten im Lager, erneut die Angst vor Seuchen, vor Typhus umgehen lassen.

Andreas und seine Freunde halten den Kopf hin, nehmen die Arme hoch, lassen sich das Desinfektionsmittel überall hinblasen, müssen husten, weil es die Atemwege reizt, was ihnen gleichgültig, ihnen plötzlich alles egal ist, denn die freundlichen Amerikaner und die Frau mit der Rote-Kreuz-Armbinde werden wieder abziehen nach der DDT-Aktion, sie nicht mitnehmen, von »nach Hause« kann keine Rede sein.

Andreas bekommt Post, den zweiten Brief von den Eltern. Vater hat eine »2« oben in die rechte Ecke der ersten Seite gesetzt und einen kleinen Kreis drum herum gemalt, damit Andreas nicht die Übersicht verliert, falls mal ein Brief nicht ankommt, dieser war drei Wochen unterwegs vom Vogtland nach Nordböhmen. Seine wenigen Zeilen hatten die Eltern erhalten. »Lieber Junge! Wir freuen uns, daß es Dir gutgeht. Uns auch. Wenn Du nur an Weihnachten hier wärest, dann wäre alles gut.« Mein Gott, denkt Andreas, nichts ist gut. Den Eltern geht es schlecht, so schlecht wie noch nie in ihrem Leben. Ich sitze hinter dem verfluchten Stacheldraht, weiß nicht warum. Von einem Paket an Weihnachten kann Andreas, können alle, die niemanden mehr im Land haben, nur träumen. Die Eltern werden selber hungern, was sollen sie auch schicken?

Gerhard will sich nicht darauf verlassen, daß die Lagerleitung sich für den Heiligen Abend etwas Besonderes einfallen läßt, obwohl im Lager Gerüchte die Runde machen, es gebe Fisch und für jeden sogar einen kleinen Weihnachtsstollen aus weißem Mehl und mit Rosinen. Frauen vom tschechischen Roten Kreuz hätten das Weihnachtswunder gebacken. Gerhard bestimmt: »Wir holen uns Kartoffeln, bringen sie rüber ins Werk, in unsere Bude dort, und kochen am Weihnachtsabend grüne Knödel. Wenn es dann im Lager noch etwas extra gibt, um so besser.«

Allein bei dem Wort »Knödel« lief Andreas schon das Wasser im Mund zusammen, und er dachte an die richtigen böhmischen Knödel aus schönem Mehl, zu Hefeteig geknetet, mit Würfeln aus angebräunten Semmeln zu Laiben geformt und für eine Weile in köchelndem Salzwasser zur Reife gebracht, herausgenommen und mit einem Zwirnsfaden in gleichmäßige Scheiben geschnitten. Das waren sie, die »echten« Knödel, unverzichtbare Beilage zu jedem Sonntagsbraten, besonders für den vom Schwein. Die grünen Knödel, eigentlich hießen sie Klöße, ein Wort, das aus »dem Reich« nach Böhmen kam, bestanden aus Kartoffeln, ausschließlich. Und Kartoffeln könnten beschafft werden, meinte Gerhard, Mehl eben nicht. »Und so machen wir halt Klöße.« Er war fürs Praktische.

Die Kartoffelvorräte lagen nicht einfach so herum, sondern in einer Baracke mit geräumigem Keller, den man normalerweise durch eine Tür, andernfalls durch schmale Fenster an den Längsseiten der Baracke erreichen konnte. Diesen Einstieg mußten Gerhard und seine Freunde nutzen, wollten sie an die Kartoffeln kommen, die das Weihnachtsfest zu etwas Besonderem machen sollten. Obwohl es gefährlich war, bei Dunkelheit ohne besonderen Grund im Lager herumzulaufen und dabei erwischt zu werden, schlichen sich Gerhard, Heinz und Andreas an einem späten Abend zum Kartoffelkeller, drückten ein Fenster auf und sprangen zu den Kartoffeln hinunter. Die Buben trugen alle ihre Arbeitsanzüge mit den unten zugebundenen Hosen, und in diese Hosen stopften sie Kartoffeln, soviel der Stoff hielt. Das ging alles sehr schnell, etwas problematischer gestaltete sich der Weg hinauf zu den Kellerfenstern.

Andreas überlud seine Hosenbeine mit den Erdfrüchten so, daß er den Klimmzug zum Fenster im ersten Anlauf nicht schaffte und sich erst hochstemmen konnte, nachdem er das halbe Gewicht wieder aus den Hosenbeinen entfernt hatte. Aber auch da blieb er zunächst wie ein Sack am Fenstersims hängen, die Kartoffeln in den Hosenbeinen zogen bleischwer nach unten. Angst begann ihn erst recht zu lähmen. Er fürchtete, die anderen könnten durch ihn entdeckt werden, schlimmer noch, sie könnten sich ohne ihn davonmachen. Nichts von dem geschah, Heinz erschien am Fenster und zog ihn hoch. Gemeinsam gingen sie mit etwas steifen Schritten in ihre Baracke, in der kein Licht mehr brannte. Sorgsam holten sie die Kartoffeln aus den Hosen, um sie am anderen Morgen wieder dort zu verstecken, denn die Klöße wollten sie ja drüben im Werk, in ihrer Werkstatt, kochen. Und wirklich staksten sie anderntags mit den kartoffelbeladenen und unten fest zugebundenen Hosenbeinen an ihren Arbeitsplatz, leerten die Hosen aus und verstauten die Kartoffeln in einem eisernen Spind unter den Augen des Meisters, der wegschaute.

Es schneite, dicke Flocken bedeckten die vom Kohlenstaub geschwärzte Erde im und rund ums Werk, legten ein weißes Tuch über noch längst nicht aufgeräumte Trümmerfelder. Dem rauchenden Giganten mittendrin, der Kohle fraß, Rauch und giftige Dämpfe ausspie und ohne Unterlaß Treibstoffe und Fette produzierte, konnte der Schnee, der auf Andreas immer versöhnlich wirkte, weil er die Welt stiller machte, seine Bedrohlichkeit nicht nehmen. Unheimlich war es in dieser Gegend am Hang und Fuß des Erzgebirges schon immer gewesen, lange bevor hier Kohle abgebaut wurde. Das wußte Andreas vom Vater, der ihm von Bergleuten erzählte, die nach Gold, Silber und Edelsteinen gruben. Fasziniert hörte Andreas die Geschichte von den geheimnisumwitterten Walen, die von weit her gekommen waren, um im Erzgebirge ihr Glück zu versuchen. Hatten sie wertvolle Erze oder Steine mit Hilfe eines Zauberspiegels gefunden, sorgten sie dafür, daß kein anderer den Schatz entdecken konnte. Sie legten einen bösen Zauber darüber, indem sie Holz von Särgen, die sie in Friedhöfen aufbrachen, in Bäume schlugen, unter denen Gold, Silber und Edelsteine lagerten. Totenköpfe, die sie in die Eingänge der Gruben warfen, sollten Fremde abschrecken, dort nach etwas Kostbarem zu suchen.

Nicht weit von der Stelle, an der jetzt das Werk steht, sinnierte Andreas weiter, beim Dorf Kommern, soll einmal ein prächtiges Schloß gestanden haben. Es versank eines Tages in den sumpfigen Wiesen, weil seine Bewohner ein lasterhaftes Leben führten und ihre Leibeigenen peinigten, wo sie nur konnten. Der Vater hatte Andreas einmal an den Rand dieser Pingen, wie die mit Wasser gefüllten und von Schilf umgebenen Senken genannt wurden geführt und erzählt, daß in warmen Sommernächten Irrlichter darüber tanzten. Das seien die Seelen der mit dem Schloß versunkenen Menschen, die auf Erlösung warteten, erklärte er dem Sohn, und Andreas war es ganz unheimlich damals.

Eigentlich werden wir jetzt auch wie Leibeigene gehalten, schoß es Andreas durch den Kopf, doch das Werk versinkt nicht und die, die uns schinden, irrlichtern noch nicht über dem Moor.

Wie auf ein Zeichen erscheint einer von der Werkswache in der Tür der Werkstatt und befiehlt Andreas mitzukommen. Der glaubt, es sei wieder eine Toilette verstopft, und geht angewidert mit. Der Mann führt ihn an eine schlammige mannshohe Grube, auf deren Boden etwas Bleiches liegt. Erst bei näherem Hinsehen erkennt Andreas, daß es sich um einen skelettierten Pferdekopf handelt, den er herausholen soll. Wie der Kopf in die Grube gekommen ist, weiß niemand, es ist auch unwichtig. Entscheidend ist, daß er heraussoll, weil er den Mann, der in der Baracke dicht dahinter sein Büro hat, stört, er den Anblick des Schädels mit den langen gelben Zähnen nicht ertragen kann. Wie war das, denkt Andreas, indem er, von Ekel gepackt, in das Loch steigt, haben die Walen nicht ihre Bergstollen mit Totenköpfen verschlossen, um Fremde abzuschrecken? Liegt hinter dem Pferdekopf ein Schatz verborgen? Ihn schaudert, als er die schweren Knochen, aus denen ihn die leeren Augenhöhlen furchtbar anstarren, anhebt, bis über seinen Kopf stemmt und an den Grubenrand schleudert. Der Wachmann grinst und bedeutet Andreas, er solle den bleichen Kopf ein paar Meter weiter verscharren.

Am nächsten Tag ist Heiliger Abend. Der deutsche Meister, dem die Buben unterstehen, bringt jedem ein dick mit Griebenschmalz geschmiertes Brot und einen Apfel mit. Dann kümmert er sich nicht mehr viel darum, was die Buben machen. Die verziehen sich in einen Nebenraum der Werkstatt, in dem ein eiserner Ofen steht. Nun holen sie die Kartoffeln aus dem Spind und beginnen sie zu schälen, einen Teil davon reiben die Buben, so, als hätten sie schon immer grüne Knödel gemacht, durch ein grobes Sieb, nichts anderes als ein Stück Blech, in das Gerhard mit einem dicken Nagel Löcher geschlagen hat. Der andere Teil der dicken Kartoffel wird mit Wasser weich gekocht und dann zu Brei gestampft. Andreas holt sich dazu einen einigermaßen sauberen kleinen Hammer aus der Werkstatt, mit dessen Kopf er die Kartoffeln in einem Eßgeschirr zu Brei drückt. Die geriebenen rohen Kartoffeln vermischen die Knödelspezialisten mit dem Kartoffelbrei, formen hübsche Kugeln daraus, nicht größer als eine halbe Faust und werfen sie ins Wasser, das in einem zweiten Kochgeschirr schon siedet. Dort lassen sie die Knödel etwa zwanzig Minuten ziehen. »Eigentlich gehört ja Salzwasser dazu«, erklärt Gerhard. Aber Salz ist in Böhmen eine Kostbarkeit, im Lager praktisch nicht vorhanden. Endlich angeln die Köche die ersten Knödel, die jetzt eine grünliche Farbe angenommen haben, heraus, zerteilen sie mit dem Löffel und kratzen ein wenig Schmalz von ihren Broten darüber, die ihnen der Meister geschenkt hat. Das Fett zerläuft schön, es dampft und duftet. Die Buben wollen sich gerade über das Mahl hermachen, als die Tür geöffnet wird und der Wachkommandant hereinschaut. Die Buben springen auf, voller Angst und denken: Jetzt ist alles vorbei. Wolf bringt es fertig, eine Art Meldung zu machen, indem er besonders stramm steht. Es vergehen einige Sekunden, dann zieht sich der Kommandant wortlos zurück, macht die Tür von außen zu.

Nach dem ungewohnten Essen steht Andreas auf, um sich,

es dämmert schon, vor der Wache, in der laut gefeiert wird, die Beine zu vertreten. Er geht die Straße entlang in Richtung des Werks und entdeckt hinter einer zerbombten Wand einen riesigen Tannenbaum, der, halb von Schnee zugedeckt, auf dem Boden liegt. Heiliger Antonius! Er erzählt von seinem Fund den Freunden, und als sie später, es ist nun ganz dunkel, an dieser Stelle vorbeikommen, schneiden sie mit einer Eisensäge die oberste, dicht bewachsenene Spitze des Baumes ab, Heinz klemmt sich die grüne Pracht unter den Arm. Mit weichen Knien marschiert die kleine Kolonne auf das Werkstor zu, der Schlagbaum ist von Scheinwerfern grell beleuchtet, nichts zu verstecken. Gerhard gibt das Kommando, die Buben reißen die Mützen herunter, die Köpfe fliegen nach rechts, so stramm, daß einer der Posten sogar anerkennend lacht, damit vergißt, genauer hinzusehen. Der Schlagbaum fliegt hoch, zehn Meter dahinter, weiter reicht der Kegel des Scheinwerferlichts nicht, verschluckt die Dunkelheit die Kolonne. Zehn Minuten später ist sie im Lager, in ihrer Stube.

Es gibt als Sonderration zum Heiligen Abend natürlich weder Fisch noch Stollen, sondern nur einen Klecks Kartoffelsalat. Doch ehe der in Empfang genommen werden darf, muß das Lager noch gut eine Stunde arbeiten. Dann sitzen sie in ihrer Stube mit der Nummer 25 um den Kanonenofen in der Mitte, für den es genügend Kohle gibt. Unter dem Beifall der anderen stellen die Freunde ihr Geschenk, die Baumspitze, hin. Einer hat von zu Hause ein Paket erhalten, fast unversehrt ist es angekommen mit den Weihnachtsgaben der Mutter, die auch an ein bißchen Lametta und ein paar Kerzen gedacht hat, für alle Fälle. Die Buben schmücken ihren Baum, manche zerschneiden Brot in kleine Stücke und rösten es am Ofen, und es ist eigentlich ganz weihnachtlich, weil Gerhard plötzlich aufsteht und eine Rede hält. Er spricht von dem Glück, daß man das alles überstanden habe bis hierher, und ewig könne es ja auch nicht dauern, dieses Leben hinter Stacheldraht. Andreas dreht den Kopf zur Seite, damit keiner sieht, wie ihm das Wasser in die Augen schießt. Den anderen geht es nicht viel besser, das bemerkt er erst, als ihm einer auf die Schulter klopft und ein Vanillekipferl hinhält, so eine Spezialität, die auch Mutter immer buk zum Fest, eine unter vielen. Wer ein Paket bekommen hat, teilt, der eine mehr, der andere weniger, mit den Stubenkameraden, die dann wieder einmal nur vom Essen reden, vom gebackenen Karpfen am Weihnachtsabend, von der Gans am ersten Feiertag und Marzipankugeln und Nougatstollen und Nüssen auf Schokoladenteig.

Andreas kriecht auf sein Bett, versucht an die Eltern zu denken, an die Familie überhaupt, an Lea und wer wohl feiern würde im Haus an der Kantstraße an diesem Abend. Ihm fällt ein, daß er Weihnachten noch nie ohne die Familie gefeiert hat, und er erinnert sich an vergangene Jahre, in denen das größte Weihnachtsunglück darin bestand, daß an der mächtigen Weißtanne vielleicht doch eine kleine kahle Stelle entdeckt werden konnte.

Böhmen ist ein gesegnetes Land. Es gibt reichlich Korn, Fleisch, Milch, Kartoffeln, Hopfen und Butter. Doch seit jeher fehlte den Menschen das Salz in der Suppe, buchstäblich. Immer mußte Salz von jenseits der Grenzen eingekauft und herangeschafft werden, traditionell aus dem Salzkammergut im Österreichischen, und wer mit Salz handelte, wurde immer reich. Daran hatte sich nichts geändert auch in der Zeit nach dem Zweiten Weltkrieg, der das Unterste zuoberst kehrte und dem Lagerkommandanten Jasek ein Motorrad bescherte aus den Nachlässen der Deutschen Wehrmacht, eine DKW mit einhundertfünfundzwanzig Kubikzentimetern Hubraum. Mit dieser kleinen Maschine fuhr der Jasek, sooft es ging, über die Grenze hinüber nach Sachsen. In den Satteltaschen transportierte er, gut verpackt, viele Kilogramm goldgelber Butter, die er drüben in Sachsen im Verhältnis eins zu eins gegen Salz eintauschte, was ein glänzendes Geschäft war für die ausgehungerten Sachsen, denn Butter kannten sie seit Jahren nur noch vom Hörensagen. Und nach dem Krieg ließ sich mit einem Kilogramm Butter gut und gerne ein Sack Mehl, eine halbe Sau, ein prächtiger Perserteppich oder ein kostbarer Ring erwerben. Das Salz dagegen, das Jasek von jenseits der Grenze mitbrachte, spendete er nicht etwa der Lagerküche, vielmehr verwendete er es als Zahlungsmittel für allerhand Dinge, die das Leben angenehmer machten. Andreas vermutete, daß sich Jasek zum Beispiel seine extravagante Uniform auf dem Salzweg erstand.

Ob Jasek zu großzügig mit dem Salz umging oder die Butterquelle versiegt war, ihm ging jedenfalls das Benzin aus für seine kleine DKW, er saß buchstäblich auf dem trockenen. Irgendwie erfuhr er, daß sich eine Truppe aus Stube 25 seines Lagers bei der Werkswache als Mädchen-für-alles-Mechaniker nützlich machte und einer darunter war, der auch Motorrad fahren konnte. Er ließ Gerhard kommen und fragte ihn im Vertrauen – und das wollte schon etwas heißen zwischen Lagerleiter und kahlgeschorenem Häftling –, ob er ihm einen Motorradtank voll Benzin besorgen könne. Er sähe natürlich ein, daß er Gerhard nicht zumuten könne, mit einem Kanister durchs Werkstor zu marschieren, es gäbe aber doch die Möglichkeit, mit der DKW in die Werkstatt zu rattern, sie dort vollzutanken und wieder zurück ins Lager zu fahren. Ein Posten würde Gerhard auf dem Soziussitz begleiten, damit alles seine Ordnung habe. Wenn das klappe, bekämen Gerhard und der Rest der Kolonne drei Tage Urlaub. Ehrenwort.

Gerhard wußte sofort, worauf er sich einließ. Das Risiko bestand darin, daß er das Benzin in der Werkstatt stehlen und ins Motorrad umfüllen mußte. Zweitens stand zunächst nur reines Benzin zur Verfügung, das er nach Gefühl mit einer Zugabe an Öl zu einem Zweitaktgemisch machen mußte, das die DKW auch vertrug. Drittens wußte er nicht so recht, ob seine

Fahrkenntnisse ausreichten, um die Strecke ins Werk und zurück ohne Zwischenfälle zu meistern, noch dazu mit dem Posten auf dem Rücksitz. Doch irgendwie traute er sich alles zu und vertraute auch dem Jasek, daß das mit den Urlaubsscheinen keine Falle war.

Andreas stand am Lagertor, als Gerhard startete. Die kleine Anhöhe vom Lager zur Straße bewältigte der Freund ohne Fehler im ersten Gang und ließ erst oben, bei laufendem Motor, den Posten aufsitzen, hoffend, daß das Benzin wenigstens noch reichte bis zu Werk und Werkstatt. Etwas bange blieb Andreas am Tor stehen und wartete auf das Knattern der Maschine, die Gerhards Rückkehr ankündigte.

Wieviel Zeit verging, wußte Andreas nicht, ihm schien nur, sehr viel. Endlich hörte er ein Motorrad und sah gleich darauf Gerhard mit rotgefrorenem Gesicht, den Posten hinten sitzend. Doch statt ins Lager einzubiegen, fuhr Gerhard dran vorbei, und Andreas sah, wie der Posten auf seinen Rücken mit Fäusten hämmerte, weil er glauben mußte, Gerhard wollte samt ihm und DKW fliehen. Erst etwas abseits vom Tor wendete Gerhard und rollte schließlich die Anhöhe hinunter ins Lager. Er lieferte ein vollgetanktes Motorrad, einen Posten und sich selbst bei Jasek ab. Am nächsten Tag stellte der die Urlaubsscheine aus, mit Stempel und Unterschrift, berechtigt zur Bahnfahrt in die Stadt und zurück, gültig drei Tage.

Für jeden ist die Frist anders gesetzt, damit die Gruppe nicht etwa gemeinsam flüchten kann. Gerhard darf zuerst fahren. Doch als er und Andreas den Urlaubsschein, ein mit Maschine geschriebenes Papier, in dem die Daten handschriftlich eingetragen sind, erst einmal in Händen halten, wird ihnen klar, daß es eigentlich gar keine Adresse gibt, bei der sie Urlaub machen, schlafen können. Da ist die Stadt, aus der sie kamen, doch für sie ist es eine Geisterstadt, in der fremde Menschen wohnen, deren Sprache sie nicht sprechen und die einen Teufel tun werden, kahlgeschorene Buben in heruntergekommener Kleidung bei sich aufzunehmen, sie auch noch zu füttern. »Uns bleibt nur die Pfarrersfamilie in der Kantstraße«, fällt endlich Gerhard ein. »Die durften noch bleiben in Haus und Wohnung, sind Österreicher irgendwie.«

Dennoch mußte der Sohn Fritz, Enkel des über die Stadt hinaus weit bekannten Kirchenrats Richard Färber, zusammen mit allen männlichen Bewohnern der Stadt am 9. Juni 1945 den Todesmarsch ins Gebirge antreten und geriet schließlich mit Andreas und Gerhard ins gleiche Lager, in dieselbe Baracke. Das Färber-Haus lag dem Elternhaus von Andreas genau gegenüber, ob das gut war für Andreas, wußte er noch nicht. Jedenfalls konnten sie den »Urlaub« bei Nachbarn verbringen, und daß diese einverstanden waren, setzen sie voraus, schließlich kannten sich die Familien.

Gerhard fuhr zuerst, einen Tag vor Silvester 1945 folgte Andreas. Den Weg zum Haltepunkt der Bahnlinie wiesen ihm die klagenden langgezogenen Signale aus den Dampfpfeifen der Lokomotiven, die am Fuß des Gebirges auf einer gewundenen Strecke Personen- und Güterzüge durchs Braunkohlerevier schleppten.

Der Drehteller am Fahrkartenschalter befördert den Urlaubsschein direkt unter die Nase des Beamten, der kaum aufsieht, eine Rückfahrkarte ausschreibt, den Urlaubsschein auf der Rückseite stempelt und beides an Andreas mit Hilfe des Tellers zurückschickt. Andreas ist der einzige Fahrgast im trostlosen Warteraum der Haltestelle. Er schaut sich um. An der Wand kleben einige Plakate in der Sprache, die für ihn wirklich ein böhmisches Dorf ist, noch immer ist – trotz der vielen Monate im Lager. Obwohl es auf Mittag zugeht, wie die Kienzle-Uhr über dem Schalter zeigt, will es nicht hell werden. Das Fenster hinaus zum Bahnsteig ist seit langer Zeit nicht geputzt worden, denkt Andreas und zählt die toten Fliegen am Fensterbrett, die, längst vertrocknet, auf dem Rücken liegen und ihre Beine im Sterben dicht an den Körper gezogen haben.

Der Zug kommt, bleibt keuchend stehen, Andreas steigt ein in ein fensterloses Abteil der dritten Klasse. Niemand beachtet ihn. Dampf quillt ins Abteil, und Andreas zieht den Kopf zwischen die Schultern, bleibt so sitzen, bis der Zug in den Bahnhof einrollt, den er so gut kennt aus den Zeiten, in denen er hier die langen Züge mit Flüchtlingen versorgte, auch den mit den Säuglingen, von denen so viele starben.

Die Halle ist voller Menschen, die in Gruppen herumstehen und rauchen, Bier und Schnaps trinken aus der Flasche. Es wird kaum gearbeitet zwischen Weihnachten und Silvester, viele sind unterwegs, nicht die mit den weißen Armbinden, die sind längst verjagt. Andreas fürchtet, daß nun alle auf seine weiße Binde, das Kainsmal, starren würden, doch niemand beachtet ihn, nicht einmal seine Holzschuhe fallen auf. Die Nummer an seiner Jacke, die ohnehin nur noch an ein paar Fäden hing, hat er abgetrennt, als er am Morgen das Lager verließ. Jetzt hastet er aus dem Bahnhof, die Straße an der langen Bretterwand, die das Bahnhofsgelände abschließt, vorbei und erreicht schließlich nach fünfzehn Minuten die Kantstraße, bleibt am oberen Ende, dort, wo das Polizeigefängnis ist, erst einmal stehen. Dann besinnt er sich schnell, hat Angst aufzufallen, geht auf der linken Seite die Straße hinunter und steht schon vor dem Färber-Haus, läutet, hört Schritte auf steinernen Treppen, wird eingelassen. »Mein Gott, Andreas – komm herein, Gerhard hat bereits alles erzählt.« Die Frau mit den dunklen Haaren drückt Andreas an sich, der läßt die Arme steif herunterhängen, tölpelhaft, ungewohnt solcher Gesten, wann das letzte Mal? Mutter, Else und Lea – wann war das eigentlich?

Andreas darf baden, bekommt frische Wäsche, eine Suppe, Brot dazu, wird nicht viel gefragt, Gerhard hat ja alles erzählt, auch von Fritz. Andreas ist dankbar, daß ihm das Berichten erspart bleibt. Er sieht sich um in dem Wohnzimmer mit der großen Bücherwand, darunter eine Couch, hier kann er schlafen. Durch die Fenster fällt der Blick, muß fallen, auf das Haus gegenüber, auf sein Elternhaus mit der stuckverzierten Fassade, der schweren Tür aus Eichenholz. Von gegenüber, aus dieser Perspektive habe ich das Haus noch nie gesehen, denkt Andreas und bemerkt Leben hinter den Gardinen. Die Frau mit den dunklen Haaren ist plötzlich neben ihm, zieht in weg vom Fenster und sagt: »Versuch wegzuschauen, quäl dich nicht, geh lieber ein bißchen in die Stadt bis zum Abendessen.« Und so geht Andreas hinunter zum Deutschherrenplatz, den sie jetzt anders nennen, natürlich, schaut hinüber zum Geschäft des Vaters, wo die Rolladen heruntergelassen sind. Vorbei an der Druckerei, in der ein freundlicher Herr Butter Andreas einmal zeigte, wie man Buchstaben aus Blei gießt, weiter zum Haus des Apothekers, in dem Ingrid wohnte, die Andreas einst so verehrte, daß er einen roten Kopf bekam, sobald er sie nur sah.

Die Holzsohlen seiner Leinenschuhe klappern über das Pflaster des Marktplatzes, als Andreas hinuntergeht zu dem Lebensmittelgeschäft gleich neben der ehrwürdigen Ignatiuskirche, in dem die Mutter seines Freundes Herbert so streng über Schokolade und Rosinen wachte. Wo sind die Menschen geblieben, die er so gut kannte, warum sind sie aus der Stadt getrieben worden?

Andreas geht zurück über den Platz, den ein paar Lampen spärlich erleuchten. An der Pestsäule mit der Marienstatue an der Spitze läuft Andreas einer tschechisch-russischen Streife in die Arme. Er soll seine Papiere zeigen, hat aber nur den Urlaubsschein vorzuweisen. Ein Uniformierter beleuchtet ihn mit seinem Feuerzeug (hoffentlich brennt er das Dokument nicht an!), reicht ihn herum, gibt ihn schließlich an Andreas zurück, der geht davon, zitternd vor Angst. Er fürchtet sich in der eigenen Stadt, jetzt eine fremde Stadt, in der nur die Straßen, Plätze und Häuser dieselben geblieben sind. Andreas stellt sich die Frage »Was tue ich hier eigentlich?«, geht zurück in die Kantstraße, erzählt nur wenig, es gibt ja auch nicht viel zu erzählen, vertilgt einen Berg Bratkartoffeln, trinkt Brombeerblättertee und geht schlafen im Zimmer mit der großen Bücherwand.

Als er aufwacht am anderen Morgen, bemerkt er als erstes ein Paar feste Schuhe aus Leder, die vor seinem Bett stehen. Die Frau mit den dunklen Haaren sagt: »Sie werden dir passen, wenn sie zu groß sind, bekommst du noch ein Paar Socken.« Andreas ist glücklich, und er umarmt die Frau, die eine Botschaft hat. Wenn Andreas es aushalte, solle er hinaufgehen zum Krankenhaus, dort liege ein guter Freund seines Vaters, der Fritz, und er würde vielleicht nicht mehr lange leben.

Andreas macht sich auf den Weg, der ihm leichter fällt in den neuen Schuhen. Das Krankenhaus ist überfüllt, Betten stehen auf den Gängen so wie damals, als der Krieg zu Ende ging. Es dauert eine Weile, bis er sich durchgefragt hat nach einem Patienten mit dem Namen Fritz Wildner. Der liegt in einem Zimmer, das gemacht ist für vier, in dem aber jetzt, dicht an dicht, gut zehn Betten stehen, Andreas mag sie gar nicht zählen. Der Gesuchte erkennt Andreas natürlich nicht sofort, kann auch nicht sprechen. Erst als Andreas mehrfach seinen Vornamen und dann den Familiennamen nennt, leuchten die Augen des Kranken für wenige Augenblicke auf, füllen sich mit Tränen. Der Freund des Vaters, einmal der Lustigste in der Runde, ergreift die Hand von Andreas, versucht Worte zu formen, bringt aber nur ein Lallen hervor, verbirgt das Gesicht schließlich in seinem Kissen. Andreas soll die Tränen nicht bemerken, ihn nicht so elend sehen, den einstigen Prokuristen des Röhrenwerks mit dem weltbekannten Namen. Als Andreas geht, flüstert ihm eine deutsche Schwester nur ein Wort ins Ohr: »Glashütte«, und Andreas kennt den Namen der Folterstätte und weiß, weshalb der Fritz Wildner nicht mehr sprechen kann.

Andreas verläßt das Krankenhaus, geht das kurze Stück Weg hinüber zum Friedhof, findet schnell die Gräber von den Großeltern, den Eltern von Vater und Mutter. Etwas Schnee deckt sie zu, Stengel von längst verblühten Blumen ragen aus dem schmutzigen Weiß. Andreas hat weder Blumen noch Kerzen, er hat nur Gedanken, die weit zurückführen, und andere, die nach vorn weisen. Denn wenn er die Eltern je wiedersehen sollte, wird er ihnen sagen können, daß die Gräber bis Ende 1945 nicht angetastet sind, und das wird sie freuen.

Es ist Silvesterabend. Andreas ist müde, geht bald schlafen, schaut vorher wie magisch angezogen hinüber ins Elternhaus, in dem alle Zimmer hell erleuchtet sind. An einer Wand erkennt der Junge den Bücherschrank des Vaters aus schwarzem Holz. Doch ohne den Vater, seine Beziehung zu den vielen Büchern mit den schönen Rücken, ist dieser Schrank nur ein Möbel wie viele andere aus Holz und Glas, so fremd geworden wie das Haus gegenüber, in dem Menschen, die er nie gesehen hat, auf das neue Jahr anstoßen.

Mit einem eigenartigen Gefühl fährt Andreas am Neujahrstag zurück ins Lager. Er hat wieder seine Holzschuhe angezogen, um nicht aufzufallen, die Lederschuhe in seinem Bündel verstaut, das er an einer Schnur um die Schulter trägt. Im Eisenbahnabteil, das diesmal intakte Fenster hat, denkt er über sich und die Stadt nach, die er gerade verließ. Einen weiteren Urlaub dorthin wird es nicht geben, weil der Kommandant Jasek das Spiel Benzin gegen Urlaubsschein wohl nicht ein zweites Mal würde treiben können. Andererseits wußte auch die Pfarrersfamilie nicht, wie lange sie würde noch bleiben dürfen. Ohne diese Adresse hatte Andreas, die Toten ausgenommen, niemanden mehr in der Stadt, in der ihm zwar noch jeder Stein vertraut, die aber nichts mehr für ihn war, als die stehengebliebene Kulisse aus einem heiteren Theaterstück in vielen Aufzügen. Einen würde er sicher »Kantstraße« nennen, den nächsten »Schule«, den dritten »Sommer am See und im

Gebirge«, den vierten ganz sicher »Lea«. Der letzte Vorhang war gefallen, der Beifall verrauscht, die Musik verklungen. Schauspieler und Publikum hatten die Bühne verlassen, sie stand leer und zerfiel allmählich. Vielleicht mußte Andreas noch einmal diese drei Tage in der Stadt gewesen sein, das Haus in der Kantstraße gesehen haben, damit ihm wirklich bewußt wurde, daß er, wie Millionen Menschen in dieser Zeit, ohne Bindung war, Existenz und Identität verloren hatte.

Rudi liegt mit hohem Fieber in der Krankenstube. Zurück im Lager, geht Andreas hin und erfährt, daß Rudis Mutter, die noch in der Wohnung bleiben durfte, weil ihr Mann Facharbeiter in der Malzfabrik war, den Lagerkommandanten bestochen habe, um den Sohn frei zu bekommen. Das sei aber am Arzt der Krankenstube gescheitert, der Rudi angeblich wegen des Fiebers nicht gehen ließ. Rudi ist verzweifelt, die Hoffnung, endlich entlassen zu werden, geplatzt. Um den Freund und Stubenkameraden auf andere Gedanken zu bringen, erzählt Andreas von seinem Urlaub und tröstet den Kranken damit, daß sich »draußen« die Mutter doch um ihn kümmern und sicher den Kommandanten noch einmal bestechen kann. Hat der's gut, denkt Andreas, als er Rudi verläßt. Wer besticht wen für mich?

Zwei Tage nach Dreikönig, am 8. Januar also, sind die Wachen in heller Aufregung. Im Lager ist angeblich Typhus ausgebrochen. Nichts fürchtet die Lagerleitung so wie eine Seuche, die mit den vorhandenen Mitteln nur schwer zu beherrschen ist. Das Lager wird gesperrt, niemand darf die Baracken verlassen. Ein Tag zum Ausruhen, leider nur einer, denn schon am Abend wird die Sperre aufgehoben. Es ist der Abend, an dem Gerhard Andreas und Wolf beiseite nimmt und sagt: »Den Todesmarsch haben wir überstanden, Hunger und Prügel auch, selbst die Schwerstarbeit. Ich hab' keine Lust, jetzt noch an irgendeiner Krankheit einzugehen. Der Typhusalarm ist bestimmt nicht der letzte. Also, wir müssen uns von hier entfernen.« Andreas lacht, weil das Wort »entfernen« so gestelzt daherkommt. Gemeint ist natürlich fliehen, abhauen, türmen. Und während er weiter über Gerhards schöne Wortwahl nachdenkt, sagt der schon: »Ich habe mir dazu etwas einfallen lassen.« Was, das sagt der Freund nicht, noch nicht.

Sie sind längst wieder an der Arbeit in der kleinen Werkstatt, da setzt Gerhard, der Meister ist gerade draußen, die Gruppe ist allein, das Thema »Entfernen« fort. Er hat bei seinem Urlaub in der Stadt einen früheren Lagerinsassen getroffen, der auf Intervention seiner Eltern hin aus dem Lager entlassen wurde. Mit gültigen Papieren. Im Gegensatz zu Andreas, der eher die Dinge an sich herankommen ließ, plante Gerhard im voraus, was ihn zu einem guten Schachspieler und Mathematiker machte, der Andreas weit überlegen war. Gerhard entwickelte einen Plan, in dem die Entlassungspapiere des Buben, den er jetzt zufällig in der Stadt traf, eine wichtige Rolle spielten. Er lieh sich kurz entschlossen den Entlassungsschein und tippte ihn auf einer kleinen Schreibmaschine, die er bei der Pfarrersfamilie entdeckte, peinlich genau ab, gleich fünfmal hintereinander. Dasselbe tat er mit seinem Urlaubsschein, den ihm der Kommandant als Gegenleistung fürs Benzinholen ausgestellt hatte. Beide Dokumente, sowohl für den Urlaub als auch zur Entlassung, enthielten keinerlei vorgedruckte Passagen, sondern waren von Anfang bis zum Ende mit Maschine geschrieben, nur Namen und Daten setzte die Schreibstube von Hand ein. »Wenn wir nun«, so spekulierte Gerhard, »einfach unsere Namen in die Scheine eintragen, uns Stempel und Unterschrift der Lagerleitung besorgen, können wir uns selbst in Urlaub schicken und sogar ordnungsgemäß entlassen.«

»Du spinnst«, entfuhr es Andreas, der spürte, daß allein bei dem Gedanken an so ein Vorhaben sich Feuchtigkeit in seine Handflächen schlich. »Denkt drüber nach, es müßte gehen«, meinte Gerhard. »Wir müssen hier irgendwie raus, und ich bin nicht scharf drauf, falls sie uns erwischen sollten, mich halbtot prügeln zu lassen. Mit guten Papieren in der Tasche könnten wir es riskieren.« Damit war das Thema vorerst beendet. Die Plackerei in der Werkstatt hielt sich in Grenzen und hatte vor allem einen Vorteil, sie vollzog sich unter Dach und meist in der Nähe eines geheizten Ofens. Dazu kam, daß die kleine Kolonne, seit sie dem Jasek zu Benzin verhalf, von Drexler und Ernst und den Hilfsprüglern etwas geschont wurde – das bildete sie sich jedenfalls ein, bis eines Tages zwei Männer ins Lager kommen, ehemals deutsche KZler, wie Jasek beim Abendappell bekanntgibt. Die beiden Herren sollen im Lager »endlich« für Ordnung und Sauberkeit sorgen.

Das geht so: Der kleine Kapo Ernst riß die Stubentür auf und schrie »Pozor!«, was in deutsch »Achtung« heißt. Auf diesen Befehl hin mußte jeder, der sich in der Stube befand, stramme Haltung annehmen. Die Saubermänner ließen sich meistens zuerst die Kochgeschirre zeigen, und wenn sie dort nur den kleinsten Speiserest fanden, setzte es Ohrfeigen für den Besitzer. Sie befahlen dem willigen Helfer Ernst, unter die Betten zu kriechen und nach Staubmäusen zu forschen. Sie fuhren selbst mit dem Zeigefinger an den Bettgestellen entlang, um zu prüfen, ob die auch regelmäßig abgewischt worden sind. Beim geringsten Anlaß gab es Prügel oder als verschärfte Strafe »Im Laufschritt um die Baracke«, von Ernst oder einem der anderen Kapos überwacht und oft bis zum Umfallen. Andreas traf es, weil am eisernen Ofen, der nicht weit von seinem Bett stand, ein paar festgebackene Krümel entdeckt wurden, die vom Brotrösten übriggeblieben waren.

Heinz wurde entlassen, der alte Freund aus den allerersten Schultagen und fast in jeder Kolonne, in der auch Gerhard und Andreas arbeiteten, mit dabei. Seine Großmutter, die Eltern waren längst vertrieben, hatte die Papiere beschafft, die ihm das Tor öffneten. Der energischen Egerländerin, die in der Gymnasiumgasse einen kleinen Porzellanladen betrieb, war das auch zuzutrauen. Sie betreute Heinz stets, wenn seine Eltern auf großen Märkten Porzellan aus den Fabriken bei Karlsbad verkauften. Dann saß Heinz in einem Zimmer neben dem Laden und machte Schulaufgaben. Wer ihn suchte, konnte ihn dort bestimmt finden, in der winkligen Gasse, die vom Marktplatz zum alten Gymnsium führte, dessen Geschichte als Jesuitenkolleg im Jahr 1591 begann. Als Heinz jetzt außer Atem berichtete, daß die Großmutter das Wunder seiner Entlassung vollbracht hatte, hörte Andreas in den Wolken seiner Erinnerung das Gebimmel der Ladenglocke des Porzellangeschäfts, in dem es immer nach Holzwolle roch, in dem Teller, Tassen, Schüsseln und Kannen eingepackt waren. Er sah die Frau mit dem streng nach hinten und zu einem dicken Knoten gebundenen Haar und hörte ihren Egerländer Dialekt, in dem das rollende »R« so oft vorkam. Er dachte aber auch an den Vater und den lustigen Onkel Gustl, die beide unzählige Male durch die Gasse mit dem Porzellanladen zum Gymnasium gezogen waren, die bunten Mützen auf dem Kopf.

Abschied ist immer für den leichter, der geht, als für den, der bleiben muß, dachte Andreas, als er Heinz noch ein Stück die Lagerstraße zu Wache und Tor begleitete.

Die Entlassung des Freundes und die neuerlichen Schikanen im Lager gaben den Plänen von Gerhard aber einen neuen Schub, ließen die Sehnsucht nach einem Leben außerhalb des Stacheldrahts wachsen, so unbekannt und unsicher es auch sein würde. In der Werkstatt und in der Stube, wenn dort niemand zuhörte, den die Sache nichts anging, wurde kaum noch über etwas anderes gesprochen als über die »Entfernung« aus dem Lager. Irgendwie kam Andreas der Stubengenosse Gerhard sehr gescheit vor, als er ihn sagen hörte: »Bis jetzt haben wir ums Überleben gekämpft, jetzt müssen wir mal an Leben denken.« Schon recht, schon recht. Doch Andreas, ganz nach dem Vater, eher ein Zweifler und Pessimist, entdeckte auf einmal, daß es im Lager weit schlimmere Zeiten gab. Kurz, er suchte nach einer Erklärung, jetzt nicht mehr unter allen Umständen fliehen zu müssen. Sicher setzte es ab und zu Prügel, war die Verpflegung alles andere als ausreichend. Aber hatten sie die Stube 25 mit den lackierten Betten, den weiß-blau karierten Überzügen nicht fast wohnlich eingerichtet, war die Wanzenplage erträglich, die Zahl von Läusen und Flöhen, sofern man sich nur die Mühe machte, jeden Tag nach ihnen zu jagen, nicht erheblich zurückgegangen? Hatte die Arbeit in der Werkstatt unter Dach und mit Ofen nicht auch ihre angenehmen Seiten? Würde nicht das Lager ohnehin eines Tages aufgelöst, könnte man sich deshalb nicht das Risiko der »Entfernung« sparen? Und vor Andreas tauchen die Szenen bildhaft auf, als Jasek den Buben übers Benzinfaß legen ließ, unzählige Male auf ihn einschlug, weil er einen Fluchtversuch wagte?

Trotz dieser Bedenken wurden die Pläne von Gerhard, der in Wolf einen kühlen Mitdenker fand, immer genauer. Und so würde die »Entfernung« ablaufen: Um das Risiko so gering wie möglich zu halten, sollten Gerhard, Wolf, Andreas und Georg, ein Junge, der erst in den letzten Wochen mit in die Werkstatt gegangen, ihnen bisher aber nicht näher bekannt war, am »Entfernungstag« wie immer als unbewachte Gruppe in Richtung Werk gehen, auf halber Strecke, es herrschte ja noch Dämmerung, umdrehen, ihre Eßgeschirre wegwerfen, die Nummern von ihren Jacken reißen. Dann müßten sie, in der Tasche die Urlaubsscheine, den Weg zu dem Eisenbahnhaltepunkt nehmen, den sie von ihrem kurzen Urlaub her schon kannten, sich eine Fahrkarte ausstellen lassen und in ihre Stadt fahren. Sollte man sie erwischen, so hätten sie sich also nur auf einem Kurzurlaub befunden, selbst wenn herauskäme, der Schein sei gefälscht.

Die Buben wollten aber zu ihren Eltern, deshalb über die Grenze. Und das mit der Bahn, wo sie am wenigsten auffallen würden, wie sie glaubten. Für diese Strecke hatte sich Gerhard den Entlassungsschein ausgedacht, in dem der Grenzort einzutragen war, aus dem Wolf stammte, in dessen Elternhaus aber nur der Hausmeister und seine Frau wohnten. Wolfs Eltern wurden längst über die Grenze getrieben.

Je mehr sich Andreas, der eine gute Vorstellungskraft hatte, mit den Einzelheiten dieses Plans befaßte, desto aussichtsloser schien ihm dessen Gelingen. Und außerdem, so beruhigte er sich, Urlaubs- und Entlassungsscheine müßten ja erst gestempelt und unterschrieben werden. Beides war nur in der Schreibstube, bei der Lagerleitung, möglich. »Ich probier's«, sagte eines Tages, kurz nach Lichtmeß (2. Februar), Gerhard. Er hatte als Benzinbeschaffer für den Lagerleiter Jasek als einziger zum Büro einen gewissen Zutritt, stand ein wenig in der Gunst von Jasek, der sich ab und zu mit ihm unterhielt. »Wenn du das mit den Stempeln schaffst«, bot sich nun Wolf an, »unterschreib' ich die Scheine und erkunde schon einmal den Weg über die Grenze. Ich kenne mich dort gut aus, auch wenn Schnee liegt.« Die anderen rissen Mund und Ohren auf. Wolf macht eine Flucht auf Probe? Der reine Wahnsinn! »Du gehst rüber, bist frei und kommst wieder zurück hinter den Stacheldraht?« fragte Georg, der bisher nur durch große Schweigsamkeit aufgefallen war. »Und wie kommst du aus dem Lager und wieder hinein? Mit den gefälschten Scheinen kannst du ja nicht durchs Tor«, gab Andreas zu bedenken, dem vor so vielen Hürden die »Entfernung« immer riskanter schien. »Durch ein Loch im Zaun. Ich weiß auch wo«, antwortete Wolf und kletterte in sein Bett, ganz oben im Gestell.

Verglichen mit den alten Freunden, war Wolf eigentlich ein Fremder, und der wollte so etwas für sie tun, vielleicht sein Leben aufs Spiel setzen? Denn selbst wenn ihm der Sprung über den Bach gelang, er bildete in diesem Abschnitt die Grenze zwischen Böhmen und Sachsen, mußte er noch einmal zurückspringen, den Weg vom Gebirge hinunter zum Lager machen, durch das Loch im Zaun kriechen. Andreas spürte, wie ihm, allein bei dem Gedanken daran, der Schweiß ausbrach. Dann beruhigte er sich wieder, weil er fest glaubte, schon die Sache mit den Stempeln gehe schief, Gerhard würde sie nie bekommen.

Doch es dauerte nicht lange, da erschien der eines Abends und sagte nur drei Worte, die entschieden über Leben und Tod oder ein Dasein hinter oder außerhalb des Stacheldrahts: »Ich habe sie.« Und es sei leichter gewesen, als er dachte, der wichtige Stempel sei auf einem Schreibtisch herumgelegen, und als er allein war für Augenblicke, habe er neun Papiere gestempelt, vier Urlaubsscheine, vier Entlassungsscheine und den Probe-Urlaubsschein für Wolf. Als der das hörte, sagte er kurz entschlossen: »Dann gehe ich übers nächste Wochenende.« Da würde es nicht so auffallen, wenn er in der Werkstatt fehle. Die Freunde sollten am Samstag sagen, er sei eben krank, und am Sonntag würde ohnehin nicht gearbeitet, und am Sonntagabend sei er wieder zurück.

Wolf sagte dies mit einer Bestimmheit, als handle es sich in Friedenszeiten um eine Bahnfahrt nach genauem Plan nach Karlsbad und zurück. Andreas spürte ein steinschweres Gefühl in der Magengegend.

In der Nacht zum Samstag verschwindet Wolf aus der Baracke, beim Zählappell wird gemeldet, er sei krank, was seltsamerweise später niemand nachprüft. Der Samstag vergeht, der Sonntag, und je näher der Abend rückt, es schon dunkel ist, desto mehr schwindet die Hoffung, daß Wolf wieder zurückkommt, was aber gar nichts darüber aussagt, ob er heil die Grenzgänge überstanden hat. Gerhard beschreibt die Möglichkeiten. Entweder, ein Teil der »Entfernung«, wenigstens für Wolf, ist geglückt, ihm gelang der Sprung nach Sachsen. Und bleibt, wo er ist, was jeder verstehen würde. Versprechen hin oder her. Zweite Möglichkeit: Man hat ihn erwischt, erschossen, eingesperrt. Dritte Möglichkeit: Es gab irgendwelche Verzögerungen, und Wolf kommt noch, obwohl es gleich Mitternacht ist. Da, plötzlich, läuft jemand zwischen Zaun und Baracke, scharrt an der Wand entlang. Dann geht die Tür auf, langsam. Wolf. Durchgefroren, erschöpft und sagt: »Alles in Ordnung, es geht.« Wolf erzählt, wobei ihm vor Müdigkeit die Augen zufallen, daß er wegen des vielen Schnees oben im Gebirge für den Weg zurück die Schi nehmen mußte. »Sonst wär' ich jetzt nicht hier.« Am nächsten Morgen marschiert die Viererkolonne wieder ins Werk.

Der Fasching ist in Böhmen eine fröhliche Jahreszeit und ganz besonders nach einem Krieg, erst recht für die Sieger oder die, die sich dafür hielten. Als die Buben, die auf dem Sprung sind, herausbekommen, daß ab Faschingssamstag viele Wachen kaum ordentlich ihrem Dienst nachgehen, sich Mädchen in die Wachstube holen, viel Alkohol im Spiel ist, beschließen sie, ohne lange zu überlegen: Am Montag gehen wir. Nun, da der Termin der »Entfernung« feststeht, ist Andreas erleichtert. Bis zuletzt hatte er im stillen gehofft, Gerhard und Wolf würden den Plan, trotz des gelungenen Versuchs von Wolf, doch aufgeben. Nun aber ist er dabei, spürt keinen Druck mehr in der Magengegend, überlegt, was er mitnimmt und in der Baracke läßt. Viel wird es nicht sein, er zieht an, was er hat. Am Sonntag malt Wolf die Unterschriften auf die Scheine für Urlaub und Entlassung, fein säuberlich über den Stempel und genauso wie auf den Urlaubsscheinen, die sie fürs Benzinholen ergatterten.

Am Montag morgen gehen vier Buben durch die Wache wie gewohnt in Richtung Werk, werfen nach ein paar hundert Metern Eßgeschirre und Sträflingsnummern in den Graben, ziehen sich weiße Armbinden über, damit sie nicht auffallen, machen kehrt und marschieren dieselbe Strecke zurück. Sie müssen am Lager vorbei, an der Wache, die sie kurz vorher passiert haben. Heiliger Antonius, fleht Andreas, es wird doch keiner merken. Niemand merkt es, es ist neblig-dämmrig zum Glück, Anfang März. Auf dem Weg zur Haltestation auf der schmalen Straße, an der kahle Obstbäume stehen rechts und links, hören sie plötzlich ein Motorrad, zwei Männer unterhalten sich. Sie spüren schon, wie man sie packt, zusammenschlägt, bedroht mit vorgehaltenen Pistolen oder Maschinenwaffen. Keiner dreht sich um, verlangsamt den Schritt, jeder spürt Angst, unbeschreibliche Angst, die das Atmen kaum noch möglich macht. Da, nur ein paar Meter hinter ihnen, es ist kaum zu glauben, ein Wunder geschieht, dreht das Motorrad um, Andreas hört einen der Männer sagen: »Nic, nic«, was »nichts, nichts« heißt.

Wie betäubt erreichen sie den Haltepunkt, hinter dessen Schalter wieder der Mann sitzt wie vor Neujahr, und der schreibt ihnen die Karte aus für die Fahrt in die Stadt, wo sie, kaum im Bahnhof, ihre Urlaubsscheine zerreißen, denn jetzt brauchen sie den Entlassungsschein hinauf in den Ort, in dem Wolfs Eltern bis vor kurzem wohnten und von dem aus sie den Sprung über den Bach wagen wollen.

Sie trennen sich, zwei und zwei, Andreas bleibt mit dem stillen Georg zusammen, Gerhard mit Wolf. Die schmutzige Bahnhofshalle, in der sie sich wärmen wollen, ist voller Menschen, schließlich sind viele unterwegs, wird wenig gearbeitet am Faschingsmontag. Draußen steht schon der Zug, der in wenigen Minuten fahren soll, wie Wolf herausgefunden hat, bei seiner Generalprobe. Doch der Zug ist nicht abfahrbereit, sagt die Stimme aus dem Lautsprecher, die Geleise hinauf ins Gebirge hat der Schnee blockiert.

Genau 57,7 Kilometer lang ist die Strecke, das entnimmt Andreas einer Tafel, die zum Gebirgskamm führt, in unmittelbare Nähe der Grenze. Nur zu oft sind die Familien im Sommer, dann, wenn es am Fuß des Gebirges zu heiß wurde, die gewundene Bergstrecke gefahren. Andreas hört noch jetzt, da er die Tabelle hinauf und herunter liest zum wiederholten Mal, um sich die Zeit zu verkürzen, das Fauchen der Lokomotive an den steilsten Abschnitten, wo oft genug die Räder durchdrehten, wenn der Zug überladen war.

Andreas fällt eine tragische Geschichte ein, die sich auf dieser Strecke ereignet hatte, noch lange sprach die ganze Stadt darüber. Der Großvater von Fritz, dem Pfarrerssohn, in dessen Haus Andreas kürzlich während seines Urlaubs wohnte, verunglückte mit dieser Gebirgsbahn mitten im Krieg. Es gab viele Tote, der Großvater von Fritz, ein Kirchenrat, wurde selber schwer verletzt, hielt aber an der Unglücksstelle noch eine Andacht. Später starb er an seinen Verletzungen. Andreas ist froh über jeden Gedanken, der ihn ablenkt. Als er sich umdreht, wegschaut von der Tafel, sieht er im letzten Moment, wie Gerhard und Wolf von bewaffneten Männern, offenbar die Bahnhofswache, abgeführt werden. Jetzt ist es aus, denkt Andreas, zieht Georg am Ärmel, will mit ihm hinaus auf den Bahnhofsplatz flüchten, denn es ist bestimmt nur eine Frage von Minuten, bis sie den Bahnhof durchkämmen auf der Suche nach vier Häftlingen aus dem Lager, die sich morgens nicht zur Arbeit gemeldet haben. Und jetzt ist es schon früher Nachmittag. Georg zögert, allein will Andreas sich nicht davonmachen. Da erscheinen Gerhard und Wolf wieder in der Halle ohne Wache, als wäre nichts gewesen. Andreas bremst sich, schaut kaum hin, geht erst recht nicht zu den Freunden, wartet wie sie, bis der Zug endlich fährt.

Es dauert, wohl eine Stunde. Eine Stunde im Fegefeuer, denkt Andreas. Schlimmer kann es nicht sein. Endlich werden die Türen zum Bahnsteig geöffnet. Da fällt Andreas ein, daß sie noch gar keine Fahrkarte haben für die Gebirgsstrecke. Er holt sie am Schalter, Georg hinter ihm, niemand fragt, als er den Entlassungsschein auf dem Drehteller durchschiebt.

Der Zug mit den engen Abteilen, jedes hat eine Tür, ist voll besetzt, steht noch lang vor dem Bahnhof. Lautsprecherdurchsagen, Fahndungsmeldungen nach vier Buben? Andreas steht schweißgebadet im Gang eines Abteils, in dem er vor Rauch kaum die Hand vor den Augen sieht. Die Luft ist zum Schneiden, das Fenster angelaufen. Einer, der einen Fensterplatz hat, malt wirre Zeichen aufs Glas. Wassertropfen rinnen aus den Strichen auf die Fensterleiste. Andreas schaut gebannt zu, wie die Rinnsale in der Fuge, aus der die Scheibe mit einem Gurt hochgezogen werden kann, verschwinden.

Durch die Malereien auf der Scheibe sieht er, wie sich die Baracken am Bahnsteig langsam, erst im Schneckentempo, dann immer schneller zu bewegen scheinen, die Räder laufen über den ersten Schienenschluß, der Zug fährt. Heiliger Antonius, es sind siebenundfünfzig Kilometer, laß diesen Kelch an uns vorübergehen.

Es ist dunkel, als sie aussteigen. Georg hinter Andreas. Aus einem anderen Abteil klettern Gerhard und Wolf. Das erste, was Gerhard sagt: »Sie haben uns kontrolliert, ausgefragt, schließlich auf die Rückseite unseres Entlassungspapiers einen Stempel gedrückt. Beinahe wäre alles schiefgegangen, weil ich in der Schreibstube statt eines Rundstempels nur einen Querstempel erwischt habe. Und das war nicht in Ordnung. Alles hing an einem seidenen Faden.« Sie umarmen sich. Es ist kalt, der Schnee knirscht unter ihren Füßen.

Sie finden schnell den Weg zum Elternhaus von Wolf. Der klopft, eine Tür öffnet sich. Das Hausmeisterpaar hat gerade Kartoffelsuppe auf dem Herd. Die schlingen sie hinunter, können nicht erwarten, über den Bach zu springen, damit endlich der Druck aufhört im Magen, alles zu Ende ist, so oder so. Schneehemden sind vorbereitet, doch sie nehmen sie nicht, wollen lieber ohne gehen durch den Schnee, den Abhang hinunter und durch den Bach, der jetzt viel Wasser führt, weil es getaut hat in den letzten Tagen. Sie ducken sich an den vereinzelt stehenden Häusern entlang, die leerstehen. Sie hören, wie sich die Grenzstreifen unterhalten, sie hören aber auch Musik von jenseits des Baches. Es ist ja schließlich Faschingsmontag. Dann gehen sie den Weg zurück in Wolfs Haus, schlafen, ruhen sich aus. Sind wieder hellwach, überdreht. Am nächsten Tag essen sie Haferflockensuppe, bis sie fast platzen, warten ungeduldig den Abend ab.

Schneehemden? Nein. Warum nicht, der Schnee leuchtet, sie werden euch sehen in den dunklen Kleidern. Nein, doch keine Schneehemden, wir könnten uns darin verwickeln, wenn es den Hang hinuntergeht. Also nicht. Wie ihr wollt.

Die dunklen Häuser stehen wie am Abend vorher, die Grenzstreifen unterhalten sich. Deutsche und russische Laute von drüben, tschechische und russische von diesseits der Grenze. Es dauert lange, bis es den Buben gelingt, eine Lücke zu finden, die Distanz von den Streifen extrem ist. Sie laufen, alle vier, die zehn Meter hinunter zum Bach, dann durch. Das kalte Wasser reicht ihnen fast bis an die Knie. Doch gut, ohne Schneehemden. Auf der anderen Seite das deutsche Dorf. Kein Schuß ist gefallen, niemand brüllte »Halt« oder »Stoj«. Durch die breiten Dorfstraßen. Tanzmusik und Gelächter aus dem Gasthaus. Faschingsdienstag, klar. Was sonst?

Sie sind noch außer Atem, als sie bei dem Haus ankommen, zu dem sie Wolf führt, zu den Freunden seiner Eltern. Die Buben werden schon erwartet, reden nicht viel, essen einen dicken Brei, fallen, wie sie sind, in breite weiche Betten, schlafen weit in den nächsten Tag hinein. Sie können sich waschen und wieder einmal in einen großen Spiegel schauen. Andreas sieht auf seiner Oberlippe eine Art Bart wachsen, rötlichblonden Flaum. Warum rötlichblond? Ich bin doch dunkelbraun, denkt er. Sie fahren, die Grenznähe ist zu unsicher, mit einem klapprigen Bus, den Holzgas treibt, in einen weiter entfernten Ort zu Verwandten von Gerhard. Sie gehen zur Post und geben Telegramme an ihre Eltern auf. »Wir sind angekommen, bitte holt uns ab.« An Lea konnte Andreas keine Nachricht schicken. Ihre Adresse hat er nie erfahren.